U0467143

有爱的青春陪伴者

清途

著
NAN GANG

南湾巷

广东旅游出版社

中国·广州

图书在版编目（CIP）数据

南港 / 清途著. — 广州：广东旅游出版社，2023.6
　ISBN 978-7-5570-3045-2

Ⅰ. ①南… Ⅱ. ①清… Ⅲ. ①长篇小说－中国－当代 Ⅳ. ①I247.5

中国国家版本馆CIP数据核字(2023)第083598号

南港
Nan Gang

清途 / 著

◎出版人：刘志松　◎总策划：苏瑶　◎责任编辑：何方　◎责任技编：冼志良
◎责任校对：李瑞苑　◎策划：雪人　◎设计：刘艳 孙欣瑞　◎图片绘制：我的宗介

出版发行：广东旅游出版社
地址：广州市荔湾区沙面北街71号
邮编：510130
电话：020-87347732 020-87348887（销售热线）
印刷：长沙鸿发印务实业有限公司
地址：长沙黄花工业园三号
邮编：410137
开本：889毫米×1194毫米　1/32
印张：11.5
字数：425千字
版次：2023年6月第1版
印次：2023年6月第1次
定价：45.80元

版权所有·侵权必究
如本图书印装质量出现问题，请与印刷公司联系调换。联系电话：020-87808715-321

目 录 CONTENTS

| 001 / 第一章
　　　招合租室友吗

| 033 / 第二章
　　　怕蜘蛛的少年

| 062 / 第三章
　　　我因为你感冒

| 092 / 第四章
　　　柠檬和甜橙

| 119 / 第五章
　　　带你去冲浪

| 146 / 第六章
　　　隐藏的闪光点

| 174 / 第七章
　　　你过来，我领带散了

| 199 / 第八章
　　　今夜风掠过星星

目 录
CONTENTS

231 / 第九章
你在跟我表白吗

259 / 第十章
永不衰竭的爱意

346 / 番外一
育婴课

283 / 第十一章
你就仗着我喜欢你

351 / 番外二
真好

318 / 第十二章
从此刻，到以后

356 / 番外三
长命百岁

第一章 招合租室友吗

1

火灾报告很快就出来了。

最先燃烧的是二号床，原因是使用违规电器导致被子着火。很快连着二号床的一号床也烧了起来，火势一时间控制不住。宿舍里还有电脑等电器，一瞬间整个宿舍就烧了个精光。

万幸的是，消防出警很快，最近又是雨季，只烧毁了一个宿舍。

更万幸的是，当时没人在宿舍。

班主任头疼，当时已经是宿舍门禁的时间了，学生在这时候夜不归宿，他也不知道是好还是不好。

学管主任头更疼，学校要评优，所以有三种车是万万不能出现在校园里的：一是消防车，二是救护车，三是警车。

结果现在倒好，一场大火把这三种车全召集来了。

学校教师大会上，学管主任拿着火灾报告气得脸都红了，问："二号床是谁的？"

一个岁数看上去和学管主任差不多大的老师颤颤巍巍地举起手，说："主任，是我班上的……江邢。"

整个会议室沉默了。

喀城以前是殖民地，东西方文化在这片土地上共存了几百年，造就了这座城市的经济和社会迅速发展，外企、遍地的高校，旅游业和独一无二正规合法的博彩业让这座城市富裕，且长盛不衰。

喀城有世界上最繁华的港口之一——南圣都港，人们简称为"南港"。

而江邢就生在寸土寸金的南港。

如果坐渡轮在夜间来到这座城市，在星火寥寥的港口灯塔光里下船，就能望见远处耸立的高楼。在那一片绚丽夺目的霓虹灯里，最亮眼的就是"普里湾"的招牌。

普里湾是南港最大的赌场，江邢就是那个赌场老板的独生子。

江邢回来时看着烧得只剩下一个壳的宿舍有点蒙，嘀咕道："要死了。"

他从口袋里拿出手机，给妈妈打了个电话过去，电话响了好几声才被接通。

"亲妈，我好像干坏事了。"

电话那头的林云英语气不好："一天到晚干坏事，天天闯祸，你当我死了吗？你这次又干了什么？"

江邢老实回答："我不小心把宿舍烧了。"

那一刻，一句横幅标语飘过林云英的脑袋——放火烧山，牢底坐穿。

短暂的沉默后，林云英放下手机，大拇指已经搭在挂断键上了，说："你当我死了吧。"

"嘟——"电话被挂断了。

最近正逢雨季，天气在阴雨绵绵和瓢泼大雨之间来回切换。

孟昭和坐在公交车上，脚边摆着一把正在滴水的雨伞。伞面是墨绿色的，但在夜里看着有点接近黑色。

伞尖不断有雨水流下，不过公交车的地面本来就潮湿，没有留下一条长长的水渍指证她这个"罪魁祸首"。

公交车里播报着下一站的信息，孟昭和抬头看了眼站台表，离她下车还有几站。

学校的论坛火热了两天后，今天总算恢复正常了。

前两天学校发生火灾的热度还没有下去，因为学校还没有给出任何交代。大家都知道，这是一场资本和正义的碰撞。

有个不怕死的匿名账号发起了投票。经过两天的投票之后，全校的学生都觉得学校对这件事大概率要装聋作哑地盖过去。

公交车停靠了几站之后，一把墨绿色的伞出现在了南港区，最后停在南港最大的赌场普里湾的门口。

孟昭和穿着校服没进去，在马路对面的咖啡店门口站了半个小时，看着络绎不绝的豪车在门口停停走走，从车上下来的人无一例外都提着一个手提箱。

孟昭和在咖啡店门口又踌躇了一刻钟之后，才慢慢走过潮湿的路面。

赌场门口的保安看见墨绿色的伞面倾斜，直到走到屋檐下，伞放下，露出一张一点也不像会来普里湾消遣的脸。

和其他地方的女人不一样，喀城的漂亮女人英气又率真、性感又颓废。

收伞的人也是这样，标准的喀城美人，就是看穿着打扮，最多是个高中生。

保安狐疑孟昭和是不是里面哪个老板的女儿，可哪有老板的千金穿得这么素净的?

权衡再三,保安最后还是让孟昭和进了普里湾。

里面金碧辉煌,灯火通明,叼着雪茄举着酒杯的男人到处都是,陪同的女人衣香鬓影,腰杆笔直的服务员端着圆盘穿梭在赌桌之间。

孟昭和费了一些时间才找到孟沭,他已经快输光了,手表、筹码全抵押了。

孟沭的牌品不怎么样,输了就爱怨旁边站了人,挡了他的财运。这把也是,可他刚面带愠怒地转过头,却看见一张熟悉的脸,还有她臂弯里的帆布包,帆布包上印着南港外国语学院的校徽。

下一秒,孟沭脸上雷雨转晴,扯出一个笑容,问道:"你怎么来了?"

孟昭和其实懒得管他,不过是今天她刚从学校下课就接到后妈的电话,说找孟沭回来吃饭找了三次了,次次都不成功,今天奶奶要过来吃饭,孟沭不回去,不像样子。

孟昭和不用想也知道孟沭又来普里湾赌钱了。

孟沭上回赌钱被他们老爸打了一顿,但狗改不了吃屎,居然还有胆子再赌。

孟昭和与孟沭是同父异母的兄妹,孟沭的妈妈生病早亡,后来爸爸娶了孟昭和的妈妈生了孟昭和,再然后孟昭和的亲妈跑了。

孟昭和的亲妈没带着她一起跑,前些年良心发现,亲妈用她没见过面的继父的钱给她买了一套房子。

现在爸爸又娶了第三任老婆,孟沭已经毕业工作了所以搬了出去,孟昭和也因为和那个新妈不能从容相处,就搬去了亲妈和继父送的房子里住。

见孟沭今天输了那么多,孟昭和皮笑肉不笑地说:"来对你进行临终关怀。"

南港外国语学院后面有条天街,附近学校的学生都喜欢去那边玩,江邢也不例外。

天街网吧的女收银员很漂亮,网吧环境好、网速快,也安静。

林云英的秘书吴柏丽在网吧里找到江邢的时候,他正在打游戏。

大约是在游戏中失血之后队友帮他挡了伤害,江邢很激动地吼道:"哇,兄弟牛啊,这个大局观意识清晰!看我操作,我把他们秀死⋯⋯"

游戏里的疾风剑雨还没有飞起来,江邢就被两个壮汉架着直接抬出了网吧,徒留和他一起打游戏的人错愕地看着他远去的背影。

江邢被塞进一辆银色腰线的宾利车后排,下一秒,从车两侧各上来一个一米九几的肌肉壮汉。他被挤在中间,显得他这个意气风发的少年像《疯狂动物城》里被两只北极熊带去见大先生的狐尼克。

江邢人往前倾,身体趴在驾驶座和副驾驶座之间。他看着副驾驶座上的女人,谄媚一笑,问道:"姐姐,我的好姐姐,我亲妈找我干吗?"

坐在副驾驶座上的吴柏丽回了同样的笑容,语气也相似:"祖宗,我的好祖宗,老板说要抓你回去打一顿。"

江邢笑容垮了,谄媚的样子完全不像个富家公子哥,甜甜地说:"柏丽姐,柏丽美女,你舍得看我挨打吗?放我这一次,你就和我亲妈说没找着我行吗?"

"祖宗啊,你知不知道你这次闯了多大的祸?你把学校的宿舍给烧了,你知不知道?还好火势控制得好,没有人员伤亡,否则老板连夜送你下黄泉去见你亲爹。"吴柏丽不敢放了江邢,也不吃他谄媚讨好的那一套。

得了,老妈的秘书向来只听老妈的话,江邢知道自己跑不掉了。

一路畅通,最后黑色的宾利驶入普里湾的地下停车场。

江邢像小鸡崽一样被拎下车,现在如果往他两边的壮汉胸口贴个警徽,说江邢是个通缉犯都有人信。

林云英不在办公室,办公室门上了锁。吴柏丽接到通知,顶楼的赌桌来了个大客户,叫老板去开一次牌。

吴柏丽叮嘱那两个保镖:"你们看好他,就是他现在拉肚子你们也让他直接拉裤子上。"

江邢不做无谓的挣扎,在车上就没办法跑,来了普里湾他亲妈的地盘更跑不掉了,于是百无聊赖地走到走廊围栏边朝下看。

十层楼高度的吊顶灯从上垂下,普里湾内金碧辉煌,而这一切以后都是他的。

江邢对两边盯他的保镖显摆道:"十层楼的赌场,二十层楼的食宿酒店,还有天街一条街,以后全是我的。"

保镖就当自己是个聋子,他们此时的工作就是看好江邢,别让他跑了。

见没人搭理自己,江邢视线游离,恍惚间看见了一个穿着南港外国语学院校服的女生。

昂贵的地毯掩盖了脚步声,来人听见了江邢显摆的话语,脱下高跟鞋不顾形象地朝着他的后背砸了过去,骂道:"我今天不揍你,我都对不起你!'有钱'还知道和狗打架不还手,你呢?前一段时间打架,现在放火,我看你都不如它!我刚好准备给'有钱'报个培训班,找人训练它定点上厕所。我多交一份钱把你也送进去算了,让宠物驯导员按导盲犬的标准好好训练你。"

"有钱"是江邢送给林云英三十七岁的生日礼物,一只法斗。

林云英刚开始嫌弃"有钱"又丑又难看,现在一天不见都不行,对狗比对江邢这个亲儿子还要好。

后背被鞋跟砸了一下,江邢吃痛地回过身,看着落在地上的黑色高跟鞋和不远处正"金鸡独立"的林云英。

吴柏丽小跑着过去将老板的高跟鞋捡起来，蹲在地上帮她把鞋重新穿好。

江邢懒懒地倚在走廊的围栏旁，楼下那个德州牌桌旁的女生微仰着头，目中无人的样子真像只孔雀。

江邢认得这张现在被普里湾的吊灯照得明亮的脸——

高二下学期期末，话剧社庆功宴上对他反胃的女生。五官很漂亮，浓颜类型的，只是明明是可爱的圆眼，但眼尾上翘，变成凶气的"下三白"。

那天江邢好心地关心她反胃是不是身体不舒服，结果她却说："不是身体不舒服，是看见你让我不太舒服。"

江邢收回余光，似乎是嫌老妈不够生气，火上浇油道："我又不是故意的，我以为那个插头拔掉了，谁知道会把我床给烧了。当时他们催我出去玩，我着急就直接走了，还好催得急，否则我要是睡在宿舍里，那现在可能小命都没了。美丽的林云英女士，你的独生子，你亡夫的独苗苗差点没了，你知道吗？"

林云英要气死了，上前揪着江邢的耳朵，准备将他拖进办公室，骂道："烧死你活该，省得拉去火葬场。你爸正好想你了，你下去陪他算了。"

江邢这个人是正事上的混不吝，坏事上的门槛精，但有一点好，那就是林云英再怎么打他骂他，他都不还手，就这么受着。

他疼得龇牙咧嘴，连挣扎都不挣扎，也就嘴上求求情："妈，亲妈，疼疼疼……耳朵要掉了。"

林云英不松手，说道："掉了就掉了，反正你也不用它来听我讲话。"

"别啊，会影响我帅气程度的。"

林云英揪着江邢的耳朵进了办公室，办公室里放着一个时尚前卫又具有民族特色的关公。

江邢被放倒在沙发上，索性也不起来了，伸手去够茶几上的水果拼盘，说道："我的亲妈，别生气了。大不了我们象征性地给学校的房租算便宜点，我又不会被退学，你生什么气嘛。"

林云英在弯腰换鞋，听见儿子说这种话，气得拿起换下来的高跟鞋又朝着沙发砸过去。

"你要被退学最好，害群之马，一天到晚游手好闲，你晓得火灾有多恐怖？人家消防员辛辛苦苦训练，冒着生命危险去给你擦屁股，你要点脸行吗？哪个小孩不是爹生娘养的，要有个人因为你那个电锅出事了，我跪地上给人家磕头道歉都没用。"林云英越说越来气，干脆把另一只鞋也砸过去。

江邢知道错了，小声认错："我以后不会了。"

这话林云英听多了，上回江邢打架他就是这么说的。她压根儿不理他，抬手拿起座机电话拨通了吴柏丽的内线，说："柏丽，你去联系一下，找人把江邢所有的银行卡都停了。"

江邢麻溜地从沙发上爬起来，拿着林云英刚砸过来的两只鞋求饶："亲妈，给条活路。"

林云英瞥了他一眼，继续对电话那头的人吩咐："还有，江邢要是跟你们借钱，谁敢借给他或是敢偷偷帮他，明天就给我滚蛋。"

江邢泄气了，知道亲妈这回来真的。他重新倒回沙发上，生无可恋道："君要臣死，臣不得不死。"

"老子英雄儿好汉"这句俗语放在江邢身上似乎不灵验。

林云英叹气道："儿啊，你都已经是高中最后一年了，你还不奋斗是准备重读吗？"

江邢气人地回道："都最后一年了，奋斗也来不及了。"

话不投机半句多，骂也骂完了，财路也断了，林云英不想再看到他，挥了挥手，叫他麻溜点滚蛋。

林云英都能断江邢财路，自然不可能主动安排司机送他回家。

外面还在下大雨，江邢站在普里湾大门口，拿出手机给林云英打了个电话，可怜巴巴地说："妈，下雨呢。"

"淋不死你。"林云英挂了电话想了想，对于这个祖宗，还是得在他脖子上挂根狗绳拴家里。

她拿起座机电话，再次拨通了内线，吩咐道："叫司机把江邢送回去。"

江邢在大门口站了一会儿，林云英的专用座驾慢慢开到他面前。他上车，稍微淋到一点雨。司机开车老实规矩，起步的时候油门踩得压根儿对不起这辆车的发动机。

江邢把后座上的抱枕摆在舒服的位置，手搭在上面，视线朝着窗外一瞥，只看见一把墨绿色的伞被撑开，那把雨伞慢慢没入未歇的大雨中。

江邢和孟昭和正式碰面是在学生会的话剧表演里，他们两个都不是学生会的，之所以去是被各自的好友拉去救场。

话剧排练快接近尾声时，许峙食物中毒，便叫好友江邢去救场帮个忙。巧的是，陪许峙一起去吃饭的学生会成员夏令是孟昭和的朋友，于是两个人一起食物中毒。

江邢和孟昭和都是没有什么戏份的配角中的配角，有个更确切的词语，叫作龙套。

可孟昭和就只是站在那里，不说话，不管是看人还是目空一切，都比台上那个演女主角米兰达的女生还耀眼。

主演们在台上生动地演绎着话剧。

"上天赋予你一种坚韧，当我把热泪向大海挥洒，因心头的苦怨而呻吟的时候，你却向我微笑，为了这我才生出忍耐的力量，准备抵御一切接踵而来的祸患①。"

和着主演不算好听的声音，江邢的视线飘到舞台边缘的人，穿着南港外国语学院统一的校服，裙摆下的腿很白，膝盖处泛着微微的粉红。

灯光师技术不好，一束光打歪了，没打在女主演身上，偏得有点离谱。灯光下的孟昭和抬手挡了挡刺眼的灯光，在黑色的幕布前，她连发梢都是金色的。

她是好看的。

与众不同，又让人念念不忘。

2

孟昭和把孟沭劝回去了，两个人在普里湾附近拦了一辆出租车，司机将他们送到禄定区的一个小区大门口。孟昭和不准备下去，她和奶奶关系不怎么好，没有什么其他原因——一个抛弃自己孩子跟别的男人跑了的女人，奶奶怎么可能不恨，又怎么可能待见这个女人生下来的孩子？

孟沭问："你都到家门口了，不进去？"

"不进去。"孟昭和撒谎，"我等会儿还有好多事情。"

孟沭拉开车门，说："我看你是不想遇见奶奶。"

孟昭和没好气地说："知道就快滚。"

孟昭和住的房子不小，一百多平方米。南港的房价贵得离谱，还是学区房，不知道她这个没见过面的继父是做什么工作的，总之有钱到超乎孟昭和的想象。

不过也是，如果不比爸爸有钱，妈妈又怎么可能愿意抛家弃女跟继父走呢？

昨天已经把作业全写完了，孟昭和坐在电脑前准备看一会儿竞赛的材料，搁在旁边的手机在不断地跳出信息，连着响了几下，孟昭和以为是群聊。

手机还没有被拿起来，又听见五六声提示音，孟昭和就猜到了，不是群聊，估计是好友夏令给她发消息。

夏令说明天中午要在学生会的会议上"执行正义"。

学生会有专用的会议室，学管主任头痛还没好，打击有二，全是一人所为。

一是学校评优泡汤了；二是江邢的处分。

学校方面左右为难，这是个动不了的主，但是不动他又堵不住悠悠之口，也有损学校的颜面。

会议用的长桌旁，学管主任坐在最上方，左右两边是学生会各个部门的部长。

会议象征性地开了三十分钟，不过是踢皮球。

---

①注释：出自莎士比亚《暴风雨》。

夏令同学对这件事态度很明确:"全校通报批评,处分,然后叫江邢退宿。"
好半天终于有个答案了,结果还是让学校最难办的一个答案。
学管主任为难,朝旁边的许峙使眼色,问道:"主席有什么想法?"
学生会主席许峙领会主任的意思,说:"我觉得像江邢这样的学生对他批评没有多大的作用,主要还是以教育为主,多开展一些防火的安全教育,同时给全校的学生一起培训防火知识。"
夏令翻了个白眼,气愤地说:"真要是这么办了,我看不仅是要进行防火教育,还要多开两次学前教育,好好学一学不偏私不帮私,为人公正的道理。"
会议室里的人都习以为常了,一场会议,秘书处的夏令和学生会主席许峙不吵两句,那会议就没有味了。
最后也没有商量出个结果,学管主任只好散会说下次再开。
针锋相对的两个人留到最后才走。
许峙目送着其他部长都走了,靠在椅背上,望着对面的夏令,质问道:"你非要跟我对着干是吧?"
夏令对上他的视线。这件事她理直气壮,对视什么的,不带怕的。她说:"这件事你自己处理有问题,你摸着你的良心,如果今天把宿舍烧掉的不是你那个狐朋狗友,你能这么昧着良心说出教育为主的话吗?"
看夏令执迷不悟,许峙觉得她蠢,压低声音说:"你看你刚才说完之后学管主任有表示吗?这件事学校如果真的没有想法,丢给我们学生会早就出解决方法了,结果硬是开了半个小时会。学校要开这个会不过是做个样子,到时候让结果看上去是民心所向。"
他说完,夏令不说话了。
的确像是那么一回事。
见夏令不讲话了,许峙抬起手腕,看了眼手表上的时间,他还要去上课,起身准备离开。
刚走了几步,他又忍不住折返回来叮嘱:"我请你吃饭,这件事你就别跟我唱反调了。"
一说起吃饭,夏令就来气,上次就是许峙请她吃饭,结果把她吃到食物中毒,她不得不去请孟昭和代替自己去参加话剧排练。
夏令对和许峙吃饭这件事有心理阴影了,没好气地叫他滚。

下午孟昭和有一节课是英语语言和文学。选这门课的学生不多,孟昭和就是脑子里进水的那一个。
还有一个脑子出问题选英语语言和文学的人是江邢。

离孟昭和有些远的地方,她看见一个站姿懒散的人靠着储物柜的门,脖子上挂着头戴式耳机。

是同学也不同命,每一门学科都要按照成绩分班级的,江邢是普普通通混及格学生中的一员,孟昭和成绩好,两个人从来没在一个教室上过课。

虽然选课的时候孟昭和脑子宕机短路,但她很喜欢这节课安排的教室——1301教室。

江邢的储物柜正对着的那个教室。

他像是在等人,课本被他顶在指尖,像转篮球一样在转。

夏令和孟昭和今天都是三点半放学。孟昭和放学之后还有竞赛队训练,不过还得等一个小时才开始。

现在时间还早,夏令和孟昭和一起去图书馆写作业。她们两个从同一所初中升学上来,关系很要好。

初中的时候,孟昭和有一次不小心惹到了一个高年级男生的妹妹,被高年级学长威胁叫她放学别走。

那时候她同桌是夏令,夏令说陪她一起。

放学的时候,孟昭和愣在原地,看着夏令轻而易举地把一个男生过肩摔在地上,然后捡起地上的书包拍灰,朝着孟昭和走来,又帅又酷。

当天她们两个一起去桑拿房,在共吃一杯关东煮和将一根玉米一掰为二分了之后,深厚友谊培养得无比之快。

图书馆的自习区没有多安静,到处都有交头接耳讨论题目的声音。

说起今天学生会的会议夏令就气不打一处来,还怕孟昭和沉迷竞赛错过了学校的重大八卦,于是给她"科普":"江邢你知道的吧,你们话剧排练还见过呢。"

孟昭和从书包里拿出充电宝,连接上平板电脑,小声问道:"让他吃处分退宿这就是你昨晚说的'执行正义'?"

"嗯,但有邪恶帮凶许峙。"夏令在内心鄙视他。

孟昭和点开自己记笔记的软件,探口风:"那学校会怎么做?"

"不能怎么办,有许峙和江邢的亲妈在,估计就是让他退宿吧,毕竟要给广大学生做个'榜样'。"夏令耸肩,"到时候他随便在学校外面租个房子,其实惩罚了和没有惩罚差不多。"

孟昭和又问了几句学校和学生会的态度。

夏令回忆了会议上许峙的发言,依旧很不屑,但又意识到孟昭和居然这么关心这件事,有些疑惑,问:"你怎么突然这么关心江邢?"

"没有啊。"孟昭和嘴上说得随意,低着头用电容笔在平板电脑上做题,一副不在意的模样,"听听八卦,打发时间咯。"

许峙找到江邢的时候,江邢站在走廊上写着他名字的储物柜前,指尖顶着一本书,转得比东北二人转演员转红手帕还专业。

虽然这次学生会会议还没有讨论出个结果,但许峙心里有数,说道:"大概率是宿舍没得住了,我争取弄一个不严重的处分给你。"

没宿舍住是江邢最大的噩梦,他可怜巴巴地说:"只要有宿舍住,我宁可吃严重处分。"

没宿舍住就得住家里,远不说,还天天被林云英盯着。

许峙说得轻巧:"租房子呗。"

江邢想到了自己被妈妈抓去普里湾的画面,非常失落地说:"我妈妈把我的银行卡都停了,喀城房租什么价你不知道?"

许峙算是知道江邢为什么宁可吃处分了,的确是没有比学校宿舍性价比更高的房子了。他想了想,给江邢出了个馊主意:"你要不去投靠周漾?"

江邢扯了扯嘴角,嫌弃道:"不是我说,我家'有钱'的狗窝都比周漾家干净。"

许峙和他斗嘴:"你家'有钱'厕所乱上,至少在周漾家你不会光脚踩到狗屎。"

说起周漾,江邢朝四周望了一圈,小声问:"最近就没有见到周漾,该不会还一放学就去那条巷子里等那个给他手帕的女生吧?"

许峙想到了周漾宝贝手帕的样子,点头表示赞同:"有两年了吧,这是真爱吗?"

江邢有默契地附和道:"这叫感动世界。"

两个人没再继续贫嘴,等会儿还有课,分道扬镳了。

许峙上完最后一节课下楼的时候,正巧和上楼去训练的孟昭和遇见了。相比他和夏令的剑拔弩张,其实他和孟昭和关系还可以。

"孟昭和。"许峙叫住了她,"你要不帮我劝劝夏令,江邢这件事叫她别继续针对我。江邢被他妈妈限制消费了,如果不住学校他就没地方可以住。"

孟昭和停在许峙上面的几级台阶上,脑子里将他的话记了下来,表情淡淡的,然后点了点头。

训练教室在三楼,孟昭和一边上楼,一边拿出手机给夏令发了条信息。

孟昭和:【我觉得你在图书馆的时候说得很对。】

孟昭和:【正义必胜,你加油!一定要坚持你原本的想法!】

孟昭和:【这种害群之马,就应该给他点教训,让他知道火灾的恐怖和严

重性!】

　　信息发完，孟昭和很快就收到了夏令回复自己的一个"好的"的表情。
　　夏令:【不愧是我志同道合的老姐妹。】

　　周五那天，关于江邢把宿舍烧了的事情处置结果终于尘埃落定了。
　　是出乎学校论坛投票结果的一个处理方案。
　　学校联系了林云英，她并没有说什么，于是江邢就被全校通报批评，然后剥夺了他住校的权利。
　　江邢在走廊碰见了夏令，要不是自己是个有品的人，否则都冲上去揍她了。
　　许峙瞥江邢一眼，问道:"你打得过她吗?"
　　好吧，还真不一定。
　　江邢不耐烦地道:"你行不行?我们两个关系这么要好，结果现在你喜欢的姑娘差点整死我，你知道吗?我因为她要流落街头了。"
　　"你是因为使用违规电器，而且还缺乏消防安全知识才流落街头。"许峙已经仁至义尽了，"我甚至都拜托了她朋友帮忙劝说一下了。"
　　"她朋友?这姑娘这么损还能有朋友?"江邢快气死了。
　　许峙"嗯"了声，说道:"你应该见过，叫孟昭和。"
　　他突然想到了什么，皮笑肉不笑地故意朝江邢的伤口撒盐，说:"就是对你反胃的那个女生，还记得吗?"
　　记得吗?
　　怎么可能不记得?
　　江邢想到了那天孟昭和是怎么让自己下不了台的，对许峙说:"你滚蛋。"
　　他们高中不是扎堆一起放学的，江邢下课的时候还有班级在上课。南港外国语学院绿化做得好，一年四季都有各种花花草草营造出生机勃勃的氛围。
　　学校的人行步道旁边拉起了横幅，红底黄字全是预防火灾的标语，"始作俑者"路过没敢停留，羞愧难当。

　　江邢花了一个多小时才到家，家里虽然舒服，但是为了不迟到早起的这点时间他宁可用来睡觉。
　　可现在，他被强制退宿。
　　"有钱"不在家，被林云英送去了宠物培训机构。
　　早上出门还乱糟糟的房间已经被打扫干净了，江邢懒散地躺在床上，点开手机的群组聊天，是一个三个人的讨论组。
　　他、许峙，还有周漾。

011

江邢：【周末有没有人陪我一起看房子？】

许峙：【我。】

周漾：【我。】

许峙：【不愿意。】

周漾：【不愿意。】

江邢：【滚滚滚！】

许峙：【你先别说，你明天肯起床，乐意出门再找我们。】

得了，不愧是好兄弟。

许峙把江邢猜得透透的，第二天早上江邢还真不乐意出门了，于是找房子这件事真的就变成了随缘。

其实也可以拜托吴柏丽帮忙。

但吴柏丽可不管什么未来发展，毕竟现在给她发工资的还是林云英，于是回绝了江邢："祖宗，不是我不帮你，我要是帮了你，我饭碗就丢了。等不到你'登基'我就饿死了，哪还有什么未来发展。"

找房子这件事一旦要江邢自己做，他就会一拖再拖。

周末晚上，林云英回家看见江邢躺在床上打游戏，负手站在门口，问道："周末这两天你出门了吗？"

江邢把耳机摘了，回道："没钱怎么出门？"

林云英又问他："房子找得怎么样了？"

江邢扯谎道："找了，贵死了，什么押一付三，我口袋里这点钱都坚持不了多久。"

林云英不信他真没钱，知道他有个不舍得用的小金库，但还是假装不知情，不给儿子任何骗钱的机会，说："那你就住家里，你每天早起一个半小时也来得及上学。"

早起一个小时那都是要他的命。

江邢从枕头底下摸出手机，有两条新的私信躺在锁屏上。

前一条很正常，后一条纯属许峙恶趣味地逗他。

许峙：【你房子找到没有？我这里有个房源。】

许峙：【房东你也认识，是夏令的朋友，我周五还跟你提过一次的，孟昭和，认识的吧？上学期期末话剧结束后的庆功宴，对你反胃的那个女生。】

3

许峙是晚上刷朋友圈的时候看见孟昭和的动态——

【招合租室友，德桦院，一千五百块一个月，想要了解详细的情况可以私

聊我。】

江邢周一见到孟昭和了，和那次话剧排练见到她时差不多，她没在玩手机，和周围低头族格格不入，她看着一棵树，一棵普通到不行的樟树。

那句"好看的人也是一道风景"果然不无道理。

南港外国语学院的校服套在孟昭和身上，多了一份干净。她手里拿着一本莎翁著作，全英版，书本上还贴着学校图书馆的标签，江邢记得这周英语语言和文学的选题就和这本书有关。

江邢的小论文还没写，好像是周日要发到老师的邮箱来着，算下时间已经过了。

孟昭和今天不训练，正好可以带江邢去看一下房子。她走在前面，头发不算长，用一根现在格外流行的大肠发圈扎了一个很高的马尾。今天没下雨，但她手里还拿着一把墨绿色的雨伞。街边的霓虹灯牌还在滴水，有一滴落在她校服衬衫上。

并肩同行，没有。

一路畅谈，更是没有。

德桦院就在学校一条马路外的小区，孟昭和的房子算上公摊面积一共一百七十平方米。

进屋后，孟昭和给江邢递了一双鞋套。

室内装修得很简单，家具不多。墙上还挂着几幅看不出画手的画作。房子采光也不错，地理位置也好。

江邢想要是自己租这里也有很多物品是用不到的。

他打量着四周，问："不错，多少钱？"

孟昭和把拟订的合同拿出来，说道："房租一个月一千五百块，包水电费、网费。"

这个价钱在南港找不到第二处了，江邢也不傻，看了眼合同，嘀咕道："这么便宜？"

孟昭和把雨伞放到阳台后，说道："我要求很高，你住这里不能损坏家具，要保持室内卫生，打扫要求是我一次你一次。"

江邢听明白了："所以，一千五百块是一个房间的价钱吗？"

孟昭和看他的表情如同看个傻子，反问道："一千五百块你觉得能租到一整套房子吗？"

的确不能。

腾出来给江邢的房间是一个没有阳台的次卧，不大，就只有一张床、一个衣柜和一套桌椅，放在他家里就是只能当个衣帽间的大小。

到头来，他还没有他的衣服住得宽敞。

"公主命"，就是落魄了也改不掉，从小到大就没有吃过苦，江邢有点接受不了，问："还有别的房间吗？"

隔壁房间是孟昭和的书房，她的书房都比他的房间大。

孟昭和秉承着"爱租租，不租滚蛋"的态度叫江邢自己考虑。

江邢就没有被人这么刺激过，那股死要面子的倔强上头，感觉就像那次庆功宴被孟昭和当众"羞辱"差不多。

他不租了。

隔天，许峙问江邢和孟昭和谈得怎么样了。

江邢今天五点半就起床了，耷拉着眼皮，含混不清地说："一千五百块就一个小房间，我都不知道要说她黑心，还是说南港资本家太无情。"

江邢也和老妈唠叨过，但林云英保持着不满意就货比三家自己出去继续找，又懒又要享福的好事哪有那么多的冷眼旁观态度，丝毫没说要帮帮他。

中午吃饭时，他们碰见了。

孟昭和说："不打扫卫生也可以，你要有钱你可以请清洁公司代劳。"

废话，他当然没钱，否则能出来租房子吗？

江邢也赌气道："我还就不信找不到个不强制要求我打扫卫生，我还能独居的好房子了。"

事实证明，江邢低估了喀城的房价，周末看房的第一个房东是个老婆婆，江邢还挺满意那个虽然只有六十平方米的商品房。

中介转达房东的意思："四千五百块一个月，水电费不算。"

"四千五百块？"江邢还以为自己听错了。

中介点头："对，押一付三。"

这个房子离学校近，地理位置不差，是寻常价格了。放以前他别说租了，就是买下来都有这个钱。当然，脑子没坏他是不可能买的。

江邢想了想，问中介："你能不能带我去跟房东谈一下？"

阿婆住在老街区，此刻在打麻将。

江邢看着通往麻将馆的石板路上的小水坑，又低头看了看自己的联名鞋……

走进棋牌室，找到了房东，直接开口说房租能不能便宜点这种事，江邢做不出来。

讨价还价，他这辈子就没有做过这么掉价的事情。

自己不能主动开口要求降房租，但是可以变相地让别人把房价降低。

江邢小心翼翼地开口："阿婆，知道我是谁吗？"

"中介说你是来租房子的,我的要求都和中介说过了,你还有什么事情啊?"阿婆在摸牌,就把脸转过去对着江邢,但眼睛还落在麻将桌上。

那样子和男生打游戏的时候被女朋友要求看自己时一样。

"阿婆,我叫江邢,我妈是普里湾的老板。"

他的意思是这只是暂时有难,只要给他降低房租,以后等他掌握财政大权了,必定知恩图报。

阿婆瞅了他一眼,没听清,问道:"你在讲什么啊,我听不清。"

江邢扯着嗓子在一片麻将声中提高音量:"普里湾,我家的。"

这话等同于——我家,有钱。

"听不清,听不清。"阿婆边说边挥手。

对面的人摸牌,阿婆眼尖看见下家刚出的三条,急忙说道:"等一等,我碰我碰。"

但是对面的人已经摸到牌了,还是自己要的牌,顿时就有些不悦,小声嘀咕了一句。

江邢都没有听清,然后看见他扯嗓子大喊都没有用的阿婆把牌一摔,骂道:"你讲什么呢?我要碰就碰,怎么就没素质?嘴巴这么碎,难怪女儿和儿媳都不乐意跟你住。"

"你说什么呢,比画比画……"

……

第一次主动看房就这么失败了。

江邢要求中介给他找一个年轻一点的房东,至少能知道普里湾,耳朵能听见他讲话。

中介下午就给他找到了一个。

房东是一个离异的女人,房子离学校不近,但是交通格外便利。

"四千块,水电费另算。"

江邢老规矩先开口:"你知道普里湾吗?"

中介站在旁边不语。

给他们倒水的女人手上的动作一顿,说道:"知道。"

江邢心中一喜:终于能听见我说话了,也知道普里湾了。

他拍了拍胸口,说道:"普里湾是我家的。"

于是,一杯水直接泼了过来。

"杀千刀的,就是你们家害得我离婚。做什么生意不好,开赌场,你知不知道我前夫在你家输掉了多少钱?那些钱是我和我孩子的未来啊……"

之后的混乱多亏中介介入才终止。

夏令今天要参加学生会的例会，孟昭和独自在图书馆看书。

她一个人在自习室研究竞赛题目，经济竞赛不仅需要专业相关的知识，因为不是纯笔头考试性质，所以还需要在演讲方面下功夫。

耳机里在放别人的演讲视频的音频，她一心二用，还在看题。

右肩膀被拍了一下，孟昭和朝右边看去没人，再朝左边看去的时候，江邢拿着杯奶茶已经从她的左边路过，坐到她对面的椅子上了。

"你好。"

孟昭和看着江邢，没回话。

江邢将奶茶递给她，说道："我们两个应该对对方不陌生了吧，客套的话我不说了，就想问问你还招合租室友吗？"

"招。"孟昭和没碰那杯奶茶，"两千块一个月。"

坐地起价，一周就涨了五百块。

江邢气愤道："有点过分了吧。"

"你既然又折返回来问我租不租，就说明你一直没有找到合适的房子。"孟昭和回答很官方，"市场需求就是我涨价的资本。"

说完，她将江邢放在桌上的奶茶拿过来，拆开吸管外面的包装纸，用尖头戳破上面那层塑封纸，表情有点嘚瑟，问他："所以，大少爷你租不租？"

"租。"

孟昭和退了一步，允许他房租按月结算，不用给押金。

夏令听说了他们合租的事情，有点不可思议地问："你好好的干吗突然招合租室友？"

孟昭和晃了晃手机，说："赚钱。走，请你喝奶茶，江邢交房租了。"

孟昭和永远记得高一那年的秋天。

南港的雨季太长了，那天最后一节课下得有点晚，雨势也大。她背着书包回家，即便撑着雨伞，但也阻止不了鞋子和袜子全都湿掉了。

家门上还贴着喜字，虽然这场不算隆重的婚礼已经过去了三四个月了。

她爸爸又一次结婚了。

孟昭和开门，低头就看见门口的脚垫上摆着一双"一脚蹬"鞋子。

是老人爱穿的。

老人的声音从客厅里传来："这是给我孙子的，你要放起来收好，等我孙子回来了再拿出来。"

这些话，孟昭和已经听过很多次了，像是碎在掌心里的玻璃碎片，没有剔除干净,最后和血肉长在一起,看不出来了,可一碰就好疼好疼。

孟昭和抬头和沙发上的人对视了一眼,那人头发已经花白,脸上长着老人斑,在看见回家的人是孟昭和后,不动声色地翻了个白眼,然后扭回头继续看电视。

电视里在放黄梅戏。

孟昭和站在门口脱鞋,动作间还在犹豫,犹豫等会儿自己要怎么办,是直接回房间,还是留在客厅。

很快,这两个选项会导致的场面都已经在孟昭和的脑海里上演了一遍——

回房间会被老人说"没教养,回家了就知道往房间里跑,不孝顺的东西";如果陪她一起看电视,又会被说"没眼力见,看不出来自己遭人嫌吗,还往我跟前站"。

孟昭和将滴水的雨伞放到阳台上。

电视声音开得挺大,但老人尖酸的话讲得也不小声:"想见的不回来,不想见的倒是回来了。"

孟昭和不讲话,拿着拖把把雨伞滴下来的水渍拖干净。

从厨房出来的孟父听见了母亲的话,忍不住出声打断:"妈,昭昭也是你孙女。"

"谁知道呢?"老人轻哼,"她妈妈能二话不说就跟人跑了,谁知道这个孩子是不是她妈妈嫁给你的时候就带在身上了。"

孟父从孟昭和手里拿过拖把,叫她去沙发上坐着休息一会儿,说道:"马上就可以吃饭了,下雨天地上都是潮的,不用拖了。"

老人一惊,说:"怎么就快吃饭了?小沭还没有回来呢,你打他电话叫他回来吃饭啊。"

孟父无奈地说:"我打了,打了好几个电话都没有人接。"

"那就去找啊,都要到吃饭的点了,他还不回家怎么能成呢?"

"妈,现在外面吃的很多,小孩子宁可在外面吃。"从厨房里出来的新媳妇帮着自己老公打圆场,"妈,昭昭,快过来吃饭吧。"

"这里有你说话的份儿吗?"老人板着张脸,"外面那些东西能干净吗?我孙子不回来我也不吃了。"

孟昭和不是很想和沙发上的这个人相处,手里的拖把被爸爸拿走之后,她朝着门口走去,说道:"我去找哥哥吧。"

外面还在下雨,空气潮湿闷热,却远比屋子里让她觉得敞亮。

到楼下的时候,孟昭和才发现自己没有带雨伞。

大雨已经转成毛毛雨了,她懒得折返回去,把外套的帽子戴上,拿着手机一边给哥哥打电话,一边朝外面走。

孟沭不接电话。

但要找他很简单,大约是在天街的台球馆。

前几天听他在家里打电话和人聊天说起台球馆,孟昭和猜他可能最近都在那里。

天街的店铺拆了一大半,普里湾老板把这里买下来了,最近在大规模重建。这条街的位置很好,挨着南港外国语学校,又挨着附近的小区。

修路的地面全是小水坑,到处都是混浊的污水。

孟昭和找了好久都没有找到台球馆,去问了一个水果店的老板,老板指着一条窄胡同,说:"往里面走。"

孟昭和朝他道了谢,戴着外套的帽子穿过绵绵细雨进了窄胡同。

刚走到开阔一点的地方,她看到几个抽烟的男生躲在能避雨的地方,嘴里讲着不入流的话,他们全顶着一头对理发师来说绝对是赚了个盆满钵满的发型。

这几个一看就是南港的混子。

孟昭和站在原地不敢过去,直到身后传来脚步声和对话声。

"周漾,要不是你小时候老是帮我打架,我都懒得来找你。你看看你现在的样子……你真是不怕死,是吧?今天对方几个人,你有几条胳膊?"

"我哪吒转世。"

"滚你的,我看你像哮天犬儿子。"

"那你就是哮天犬的孙子。"

"周漾你给我滚蛋。"

孟昭和身后这两个人一前一后地走着,后面那个穿了件连帽的球衫,双手揣着兜,走路姿势看上去和那群抽烟、讲脏话的男生是一路货色。

男生即便戴着帽子,额前的碎发还是被打湿了,雨珠从发梢滴下来,像天将明时曙光乍现。一身休闲打扮、湿发配上优越的骨相,造就他侧脸格外好看。

他湿发下的眼睛扫过那群人,最后落在贴着墙边为难的孟昭和身上。

"怎么,害怕?"

他的声音不大,在不远处那群人的聒噪哄笑声中却格外明显。

和他一起走进胡同的男生回头看他,催他快点走:"江邢,走不走?"

江邢应了声,走了两步之后,回头问孟昭和:"怕他们的话,要不要跟我们一起走?"

他睫毛挂着雨珠,视线模糊,看不太清楚细雨中站着的女生。

那一次是只有孟昭和知道的关于她和江邢的初遇,江邢后来在话剧排练的时候都没有认出孟昭和来。

那个胡同里,风声鹤唳的初遇,江邢的一举一动都在孟昭和的心里开出了一个绚丽、阳光明媚的秋季。

4

江邢研究了半天的天气,最后挑了一个没有下雨的天搬进孟昭和家里。结果早上没下雨,中午没下雨,等他下午搬家的时候,天空开始下起了淅淅沥沥的小雨。

江邢搬家前提前知会过孟昭和了,交房租那天她就把门禁卡给他了。

林云英对儿子找到房子这件事还是非常意外的。

江邢搬家那天她没空过去,便叫吴柏丽过去帮忙,还叮嘱道:"你等会儿买点东西送给江邢的房东,再给江邢点零花钱,但别给多。"

吴柏丽办事让人放心,送的东西贵重而且实用价值很高,还买了点水果和零食。

"这个箱子往里面摆,行李箱靠墙放。这些东西摆门口,剩下的箱子也摆门口。"江邢跟个大爷似的站在旁边,手里剥着个橘子,指挥着他亲妈的手下将一个个纸箱子搬进屋。

江邢的行李搬得差不多了,叫来帮忙的人在帮他收拾完房间后,把搬家产生的垃圾也顺道收拾了。

吴柏丽在房子里逛了逛,路过阳台的时候看见衣架上晾着一条校服裙,眉尾一挑,在心里记下来准备等会儿回去给老板汇报。

"我说祖宗啊,你该不会是出卖色相了吧?"

否则能两千块租到地理位置这么好的房子?

"侮辱谁呢?"江邢听见了,直接唾弃,"我的色相就值这么一间小房间啊?"

"那你该不会打着普里湾招牌对小姑娘坑蒙拐骗了吧?"

顿了顿,见江邢真要发飙了,吴柏丽不和他开玩笑,问他要合同:"我还是觉得有点奇怪,合同给我看看,你别被人卖掉了都不知道。"

合同很简单,没有任何猫腻。

吴柏丽还是有疑虑,说:"该不会真是傻人有傻福,所以让你捡漏捡到这么一个房子吧。"

江邢拿回合同,愤愤道:"明明就是人间自有真情在。"

吴柏丽不和他吵架,把林云英给自己的信封交给他,说道:"老板给你的零花钱,你拿去自己买点吃的。"

江邢一听"零花钱"三个字,马上喜笑颜开,瞧着信封不厚,拆开后事实证明就是钱少。

他甩了甩手里的一小沓钞票,不满道:"老实说,这应该是我妈钱包里的零钱吧？这么点钱够我吃几天啊？我买个狗盆去普里湾门口要饭还差不多。"

吴柏丽打击他："'有钱'一个碗都得五千，你买不起。"

江邢把吴柏丽买的东西扣下来了，赶她走，说："我妈今天叫你来是言语痛击我的吧？"

孟昭和今天下集训有点晚，傍晚的时候老天终于放晴了，地上还有积水，灯光照在湿漉漉的地面上，光影模糊。

闲聊纳凉的阿婆们摇着蒲扇，踩着双拖鞋，从儿媳的错处聊到社会时事。

放晴的晚上出来散步的人不少，这时候如果有一个人站在大马路上唱一句"摇晃的红酒杯"大约会被追着打。

孟昭和回去一开门就看见江邢坐在玄关口，他穿了件黑色的短袖，不拘小节地坐在地板上在捯饬他的鞋架子。

就两只脚，鞋子却能摆一面墙。

还没有做好江邢住过来的心理准备，孟昭和一开门看见屋里亮着灯，甚至都没有反应过来。

江邢听见开门的声音，回头看了她一眼，问道："我房间摆不下，这里能摆吗？"

孟昭和把自己的鞋子脱了，靠着墙的另一边摆整齐，没看他，回道："能，但如果你脚臭，就要另外收费了。"

江邢坐在地上举着手里的鞋子，说道："放心吧，没味道。"

说完，他扭头继续捯饬他的鞋架子和鞋子。

孟昭和不管他，朝着书房走去，脚步停在书房门前时，手握着门把手却一直没有转下去。她偷偷扭过头，朝江邢的方向望过去。

她没像往常进去做作业，调转了方向。

转身走回餐桌旁，她打开书包拿出课本和笔记本开始赶作业，几个单词刚刚敲下，视线掠过电脑屏幕，看着江邢坐在那里的背影，觉得很神奇。

合租这件事放他们两个身上是很神奇，有一股不真实感，他们两个几乎没有在学校里讲过话。

孟昭和回忆了一下，好吧，其实表演话剧前也讲过一句。

是高一刚开学的时候，那时候还没有按成绩分班，那天江邢上课差点迟到，只剩下孟昭和斜后方一个空位置了。

他问自己借作业抄。

然后就没有然后了，最后是别人帮他还作业的。

想到这里，孟昭和收回注意力，重新投到电脑屏幕上。

江邢的手机搁在地上，外放着聒噪的电子舞曲。电子舞曲被电话铃声打断了，江邢把鞋子放下，接了电话。

是林云英打来的慰问电话。

随口问了两句的电话，挂断得也很快。

等孟昭和反应过来的时候，话已经脱口而出了："你妈妈打电话来关心你？"

江邢把鞋架弄好了，开始往里面放鞋，回道："嗯，提醒我好好做人。"

顿了顿，他拎着双鞋回头看孟昭和说："你爸妈胆子也挺大，居然能同意你和男生合租。"

"我爸妈离婚了。"孟昭和将视线收回来，盯着白色的文档底色看，手搭在键盘上，敲敲删删，作业一直都没有什么进展。

江邢不讲话了，他还是有点眼力见的，发现自己踩到了雷区了，张了张嘴，也不知道要怎么安慰她，最后用沉默蒙混过去。

他回到那个狭小的房间，从没整理的行李箱里随便抽了件衣服，然后拿着洗漱用品从房间出来。

孟昭和背对着江邢坐在餐桌旁边写着功课，是江邢最讨厌的那种根据十几页阅读材料写一篇小论文。

和江邢一贯的浑水摸鱼不同，她能不注水地写完一篇千字的小论文。

光标在英文字母键后闪烁，一个个英文单词在白色的文档里被敲击出来。孟昭和听见江邢开门的声音，转头和站在卫生间门口的人对视了一眼。

孟昭和的手停在键盘上，视线落在他手里的换洗衣服上，冷冷道："看我干吗？给多少钱我都不提供搓背服务。"

想到她涨房租后那副资本家的面孔，江邢不信，问道："要有人拿一摞钱砸你，你肯搓吗？"

孟昭和继续瞧着他，淡淡地说："那你砸啊。"

他砸就是他有病。

江邢拧开卫生间的门把手，肩头搭着浴巾进去了。

第二天江邢醒得很早，也不是认床，是他忘记调整闹钟的时间了，但也磨磨叽叽到快迟到了才出门。

厨房的水槽里摆着孟昭和早上吃过早饭后还没洗的碗筷，江邢看了眼冰箱门，没开。

他还没到不问自取的那种没品地步，而且就算冰箱里的食材可以用，他也不会做早饭。

他没这项技能，因为从小就有钱，没锻炼的机会。

昨天晚上没下雨,今早起床还有晨光。太阳罢工许久后终于赏光了,但天上的乌云被赶走了,课业的乌云还布满在他头顶。

江邢注了水的论文被老师退回来了,老师叫他今天放学前改完之后再交上去。他的成绩普普通通,比不了孟昭和那梯队的人,但也没有完全来混日子那么差。

江邢站在储物柜前,手里拿着一个三明治,另一只手点着支在柜子里的平板电脑。

他没有任何关于作业的思绪,一边吃早饭,一边改小论文。

孟昭和下课从走廊上路过,正好就看见江邢腮帮鼓鼓的,人有点委屈崩溃,眉头微蹙。

许峙回来拿书,看见江邢在吃东西,问道:"你这是早饭还是午饭?"

江邢咬了一口手里的三明治,不小心咬到了包装纸,低头将不可食用的包装纸扯开。这时,上课前的预备铃响起了。

他囫囵吞枣一般,两三口把还有大半的三明治解决了,含混不清地说:"别提了,我连房租都要从我的老婆本里拿出来,你觉得我妈还能给我配备个保姆吗?"

孟昭和抱着资料从他们身后路过的时候听了一耳朵,什么也没有说,径直走了过去。

南港外国语学院早上七点半开始自习,孟昭和每天六点就起床了。

隔天早上,刚热好平底锅的时候,江邢从房间里面出来了。他头发乱糟糟的,一边挠着胳膊上的蚊子包,一边抱怨:"你家有蚊子。"

孟昭和不招蚊子咬,没察觉到:"哦,那说明我家环境好,适合生存。"

江邢不讲话,因为无语。

江邢转身走进了厕所去洗漱,刷牙的时候他想了想,觉得她讲的真是屁话,什么叫环境好,适合生存?万物有灵,蚊子除外。

男生刷完牙,手捧把水就能洗脸。他没用洗脸巾擦脸,睫毛和额前的头发都有点湿,那样子和孟昭和第一次碰见他的时候很像。

江邢看到餐桌上摆着两份早饭,慢慢走过去,看着她把平底锅上的煎蛋盛出来,铺在已经吸过鸡蛋液后烤好的吐司上。

他拿起旁边的刀叉,吃了一口吐司,赞道:"很好吃,手艺不错啊。"

孟昭和把平底锅放进洗碗机,从冰箱里拿了一大盒牛奶,又在架子上取下两个玻璃杯。

孟昭和倒了两杯牛奶后,递了一杯给江邢,问道:"好吃吗?"

江邪点头。

孟昭和伸手，说："给钱，谢谢。"

江邪吐出来也不是，咽下去想着钱又舍不得，问道："不是免费的啊？"

"免费的只有水电费、网费。"

"我觉得这算强制性欺诈消费。"江邪继续吃着，心想既然不能主动要求免费，但可以说服对方主动给自己免费或者折扣。

他脑袋里开始打小算盘。

但显然孟昭和不是他能打动的算盘。

孟昭和动了动手指，示意他快给钱，说："这叫作合同研究不够透彻。"

江邪抬手展示自己手臂上的蚊子包，问道："这包和昨晚蚊子在我耳边叫了一整宿的精神折磨不赔偿吗？"

孟昭和摇头，说："蚊子又不是我放的。"

"但蚊子在你家里。"

"在我家就是我的？"孟昭和朝着江邪笑，"那你也在我家里，你算我的吗？"

江邪从口袋里拿手机给她转账，心想：我算你三舅大爷……

当然，如果能免费，她算他姥姥也行。

很明显，孟昭和对当江邪姥姥这件事完全不感兴趣，她就对钱感兴趣。

中午夏令和孟昭和一起吃饭。

"我还是想不通你为什么要跟江邪合租。"夏令用筷子夹走了孟昭和餐盘里的卤蛋，对着卤蛋一口咬下去。

孟昭和语气无比平淡地说："我对他有好感。"

蛋黄糊了嗓子，夏令差点喷出来。

孟昭和把这个答案说出来之后，夏令思考的问题成功地从"孟昭和为什么要和江邪合租"变成了"孟昭和为什么喜欢江邪"。

后面这个问题远比前者更消耗她的脑细胞。

良久的沉默后，夏令问："你被亚当·斯密用《国富论》砸了脑子？"

孟昭和是个彻头彻尾的本我主义者，多汹涌的爱意都冲不昏她的头脑。这份清醒是她妈妈给她的，依附男人是她妈妈的生存技能，但孟昭和不要这样的生活。

这辈子人能真正抓在手里的东西不多，她知晓什么是最重要的，什么是可以试一试但不能当真的。

江邪是那个可以试一试，但不能当真的，孟昭和想他也不会当真。

或是暧昧，或是开花结果，她不追求结局好坏，只要有交集就好。

永恒被定义得太过庞大，较于人的一生如同寰宇一般。星轨在产生，时间在流逝。行星会碰撞，生命会终止，一切都是有尽头的，与其苦恼于"永恒"，庸人自扰，还不如满足于窥探一角的满足。

至于夏令的好奇，就像有部电影说的那样，有些人就是一本有趣的书，你看完第一页后还会想看第二页、第三页，看完了，如果觉得是一本好书就收藏起来。

孟昭和很清醒。

如果这本书的大小和她书架的格子高度不符合，她不会为了一本书专门换一个书架，但这不妨碍她现在想看这本书。

夏令听完，想着孟昭和说把书收藏起来，半天就憋出两个字："集邮？"

孟昭和知道这词是什么意思，在餐桌下踢了她一脚。

夏令不疼，但装痛。

这时，她看到食堂门口走来的三个人，反踢了孟昭和一脚，小声说："你的'书'来了。"

孟昭和回头去看，他们刚来。一行三个人在排队这件事上谦让，最后许峙被另外两个人"盛情"地按在了第一个。

原因很简单，叫他付钱。

"你们两个抠得让我鄙视。"许峙刷完自己的校园卡，可惜现在端着餐盘不能给他们一人一个国际友好手势。

端着餐盘的人坐在两个女生后面那桌。

江邢和孟昭和是面对面的。

孟昭和不知道江邢是不是故意的，他看着自己，一副痛心疾首、恨其不争的模样，对着许峙他们说："我抠是因为我一大早就被资本家剥削了。"

无情资本家的帽子已经扣上来了。

发现江邢的视线很怪，许峙顺着他的视线回头望去，就看见了夏令和孟昭和。她们两个已经吃好，起身端着餐盘走了。

许峙目送了一两米，回过头，咬了口炸鸡腿，采访起江邢："家里没有破产但是过起了穷人的日子是一种什么样的感觉？"

"难受。"江邢想大概比勇士没有夺冠还让他伤心，"和你拿着买鞋的号码牌排了一晚上队，但是店员告诉你号码牌是系统错发的一样。"

许峙想了想，说道："这个比喻不恰当，如果是系统错误，那家店理所应当给予你一定的赔偿和道歉。"

江邢灵光一闪，回道："对啊，我可以举报孟昭和。"

"你去哪里举报？你觉得喀城的人民警察有工夫管你被房东收了早餐费这

点小事吗？抢劫、偷盗还有立案金额标准呢。"许峙打击他，"你已经穷得连立案的资格都没有了。"

长这么大，江邢就从来没有和穷这个字沾过边。

江邢憋屈。憋屈的人看见什么都是机关枪模式，挨到点边就要被他攻击。

看见埋头吃饭的周漾，江邢夹走了他餐盘里的虾球，气愤道："我现在有难，你就知道埋头吃饭。"

周漾将嘴里小排的骨头吐掉，问："你房租多少？"

江邢不知道他为什么突然问这个，下意识回道："两千。"

"一千。"周漾对江邢比了个一的手势，"住我家，我家房间随便你挑，早饭我给你做，免费。"

江邢唾弃道："叫你给我想办法，你就惦记我钱。你家都没地方下脚。"

周漾没生气，把江邢夹走的那个虾球抢回来，心平气和地说："我家虽然乱，但还是能住人的。"

江邢气得直翻白眼。

5
江邢靠在写着他名字的储物柜前，他旁边就是许峙。

走廊上环保社的学生正在发传单，他们为了课外学分不得不挤出空余时间来忙环保宣传。

一个女生抱着一摞宣传单走过来。

"给，这是宣传单。"季风铃用涂着裸粉色指甲油的手指点了点宣传单上的标语，"无纸化办公。"

给了两人一人一张。

许峙看见是季风铃，问道："你不是话剧社的吗？"

上学期期末《女巫的子孙》话剧的女主角就是她。

"能者多劳呗。"季风铃手腕上挂着一个纸袋子，她从里面拿出两支笔，"两位帅哥帮忙拍个照片，发到网上宣传一下呗，这是赠品。"

许峙作为学生会的主席自然没有二话。

江邢把宣传单还给她，问道："无纸化办公干吗还印海报，都无纸化办公了赠品干吗送水笔？"

季风铃被说得哑口无言，耳尖泛着红，抱着一摞海报跑开了，其他环保社的学生追上去问她怎么了。

怼完人之后，江邢还不自知。

"哎，多朝气蓬勃的校园生活啊，丰富多彩。"江邢看着季风铃跑开的背影，做作地叹了口气,"看看我什么社团活动,什么课外拓展都没有参加,我的人生真的好平庸。"

许峙讽刺道:"你不平庸,你都把宿舍烧了,全校第一人。用千古留名形容你夸张了的话,那也得是流芳百世的程度。"

他没说过瘾,继续嘲讽:"想想,上一个被全校拉横幅表扬的那是为校争光的竞赛队,你就用了一个电锅就一样获此'光荣'待遇。"

说着,许峙朝江邢竖起大拇指,"佩服"地说:"牛。"

江邢给了他一拳,转身去储物柜里找下节课的教材,没好气道:"嘲讽我是能给你带来幸福满足感吗?"

等会儿江邢还有一节数学课,教材被他顶在指尖转着。离上课还有二十分钟,江邢又和许峙说起了自己早上被孟昭和收早餐费这件事:"我吃了之后,孟昭和还问我好不好吃,然后跟我要钱,你说这缺心眼的地方和夏令是不是很像?两个人真不愧是好朋友。"

许峙在找学生会需要的一个资料表,他记得就放在柜子里,现在突然找不到了。

许峙一边翻着那一沓纸,一边说:"夏令也是这么看我们两个的,觉得我们两个狼狈为奸。"

江邢看他在找东西,问道:"找什么呢?"

"一个表格,等会儿例会上要用。"

江邢扯了扯嘴角,说:"你们学生会天天开会,真是吃饱了撑的。"

"托你的福,学校要搞消防安全的讲座。"说着,许峙瞥了他一眼。

对于这件事江邢没办法理直气壮了,但还是忍不住吐槽:"年年都开,耳朵都要起茧子了,就是被拉去听讲座了,也全是左耳进右耳出的。"

许峙表情依旧,语气嘲讽:"就是啊,年年都开,偏有些人还是脑子雁过不留声,把宿舍给烧了。"

江邢生气了,语气也提高了一些:"还说是吧?你午饭吃饱了吗?没吃饱请你吃我拳头。"

许峙不和他贫嘴了,翻着那一摞纸,说:"行行行,我不说了。我也烦死了,学管主任说要让这次讲座变得有特色,说什么年年老调重弹没有新意,就一个消防安全讲座,我还能给他弄出朵花来吗?"

江邢靠在储物柜门上,袖手旁观着许峙找东西,突然看见他从那一摞纸里翻出一张日料店的海报。

江邢抬手把那张宣传单拿出来,问道:"你还去吃日料呢?"

"嗯。"许峙不给他,"准备带夏令去吃。"

"我们小时候在同一个小水坑里练过蛙泳,挨过同一根鸡毛掸子的打,这种革命友谊比不过她?"

许峙终于找到了例会要用的那张表格,说道:"你要是自己带条三文鱼去,我还可以考虑带你去。"

江邢"呵"了一声:"那干脆你把钱给我,我做给你们吃。"

说完,江邢脑袋里灵光一闪。

夏令坐在自习室里,霸占着一个光线特别好的座位发呆,暴殄天物。

孟昭和抬手在她眼前晃了晃,问道:"你发什么呆呢?"

夏令托着腮,一副兴味索然的样子,说道:"我在想消防讲座怎么才能弄得有特色。"

一听就知道是学生会的事情。

消防讲座已经办了好几年了,孟昭和入学那一年就听过一次,讲座的内容已经很丰富生动了,甚至还有互动的环节,已经完善得很难让人突破。

夏令想着特色,想着想着就想到另外一件事,说:"我这次非要把许峙比下去。"

孟昭和习惯了他们两个这样比来比去的日常了。学生会的事情孟昭和着实帮不了什么忙,与其想消防讲座,还不如好好琢磨一下竞赛资料。

电容笔的笔尖在平板电脑上写写画画,孟昭和突然想到了什么,说道:"你要不去找江邢做个演讲?"

"啊?"

"他这种烧了宿舍的学生作为代表总结发言,应该比许峙或者什么优秀学生讲话更有意义吧!"

夏令想了想,打了一个响指,又做了一个手枪的手势,朝着孟昭和做了一个开枪的动作,高兴地说:"你怎么这么聪明?"

但兴奋了没一会儿,夏令又愁了:"你说我要怎么说服江邢呢?他和许峙是臭味相投的狐朋狗友,要是被许峙知道了这个办法,到时候许峙请他发个言,我们不就偷鸡不成蚀把米了吗?"

而且她当时还坚持江邢受处分退宿呢。

孟昭和伸手,说道:"我帮你搞定。"

"搞定之后请你喝奶茶。"夏令把手拍在孟昭和掌心,"我爱死你。"

江邢四点就放学了,等回了住所才想到自己忘记买电蚊香液,便拿出手机给孟昭和发了一条短信。

【靓女，回来的时候能不能帮我带一瓶电蚊香液？】

联系方式是租房那天孟昭和主动要求交换的，江邢觉得她是为了方便收房租。

他们的聊天记录一共就两条信息。

一条是系统自动生成的：【我通过了你的朋友验证请求，现在我们可以开始聊天了。】

第二条是江邢交房租的转账记录。

孟昭和的头像是一个符咒，说她是道学文化喀城区宣传大使都有人信。

符咒下面配了八个大字：

赐我高分，赐我巨款。

孟昭和刚和夏令说到江邢，口袋里的手机一振，她拿出手机，看着一个戴着金链子的法斗头像出现在了通信列表的最上面。

点开，看全了信息的内容，孟昭和回复信息。

孟昭和：【可以。】

看了眼手机上的时间，孟昭和要去参加竞赛训练了。

江邢：【收跑腿费吗？】

孟昭和：【不收，顺路。】

江邢：【那就行。】

夏令看见孟昭和开始收拾东西，问道："你今天还要去训练啊？"

"嗯。"孟昭和把手机放回书包里，看见里面还有一块巧克力，拿出来给了夏令，"明年三月份就是国赛了。"

暑假的省赛，孟昭和作为本校四个参赛选手之一去了。如果竞赛成绩不保持住，国赛的时候她就有可能选不上，但是她申请大学，需要经济竞赛的成绩做装饰。

夏令拿过孟昭和手里的巧克力，说道："你们竞赛老师好帅的，换我去训练也积极。"

大约是又想到了中午的时候孟昭和说的话。

孟昭和起身，手里拿着一沓资料，将资料卷成圆筒敲了敲她的脑袋，笑着打她。

孟昭和去教室的时候，竞赛老师正巧抱着考卷进来了。老师叫梁意致，是从剑桥毕业的，初中就在英国念书的经历让他的普通话不是很标准，有时讲话还带着一些英式幽默,但没有多少人能领悟到。

比起纠正学生的考卷错题,他更喜欢纠正学生的英语发音。

孟昭和来竞赛队的第一周就看见两个被他气跑的学生,一个学生说话带着澳洲口音,另一个是才转学来的美籍华侨。

孟昭和凭借薄弱的共情能力,用一口英美混杂的传统国式英语教学发音在这里熬了两年了。

梁意致也不再纠正孟昭和了,甚至有时候还会被其他学生的发音带跑偏。

他渐渐从一开始口误的害羞、窘迫变成了自嘲。

南港外国语学院的年薪开得格外高,梁老师后年就三十岁了,每天还换着名牌套装来上班。

年轻又帅,智商还高。

可惜全校女性年龄适合的,婚姻状况不适合。

前两天孟昭和还看见学校的保洁阿姨拦下梁老师,说要给他介绍对象。

他只是笑笑,特别客气地说:"那就谢谢阿姨了,但是我本人暂时没有结婚的打算。等我想法转变了,我到时候再拜托你当这个红娘。"

人很温柔。

孟昭和随便找了一个空位置,等把平板电脑拿出来才发现自己坐在季琸的后面。

孟昭和不着痕迹地扯了扯嘴角。

关于季琸这个人,孟昭和这种不爱对人评头论足的人都忍不住要唾弃两句。

暑假一起打省赛的时候季琸是队长,结果他把其他三个人的观点偷过去作为他自己的发言,他当时还成了优秀选手。

此人听风就是雨,平生最见不得别人比他用功,对所有人的复习资料和学习进度总是充满了好奇。

孟昭和为了不被他刨根问底,努力降低了自己的存在感。

还有个比孟昭和晚来的人,鼻梁上架着一副黑框眼镜,绣着"季听雨"三个字的校服衬衫上因为沾了水所以有点透,额头和两鬓的头发也是湿的。

她站在门口局促不安地扫了一眼教室,最后看见孟昭和旁边还有一个空位才松了一口气。

孟昭和将自己的书包放到另一边,给季听雨空出位置。

她和季听雨就只有经济学这门课是同教室一起上的,其余没有一样的课表。

季听雨那副样子狼狈得让人不想注意都不行,但所有人仅仅是打量一下,没人乐意和她说话,更不会关心地问问她怎么了。

原因很简单,季听雨的妈妈是个风评有问题的人。

孟昭和对这种上一辈的恩怨没有任何想法,她也没有要和季听雨做朋友的想法,但她不戴有色眼镜去看季听雨,毕竟自己妈妈也没有万人称赞。

孟昭和对季听雨不过是以普通同学去相处。

季听雨问她问题,知道就告诉,不知道就说不知道。

今天要测验,所有人主动地把资料收起来。

孟昭和埋头做着考卷,在教室里来回踱步的老师有点打扰她思考了。

脚步渐远,突然一个声音从孟昭和旁边传来,带点口音的普通话:"你的手怎么了?"

整个教室的人都下意识地朝着声源望过去。

梁意致握着季听雨的手腕,看着她右手小指。

指甲有点发黑,是出血后没有好好处理。

季听雨低着头把手缩回去,小声说:"不小心被门夹到的。"

梁意致抬手指着医务室的方向,说道:"别考试了,你先去医务室看一下手有没有事情。"

之后的事情孟昭和兴趣不大,她还是以好好考试为主。

下了训练,孟昭和在回家的路上去了趟便利店,拿出手机给货架上摆在一起的两款电蚊香液拍了张照,然后发给江邢。

价格不同。

孟昭和只拍了价格。

江邢果不其然挑了便宜的那个。

孟昭和:【不觉得便宜的很有可能对身体有损害吗?】

江邢:【别吓我。】

孟昭和没回他,抬手拿了贵的那个,又去保鲜柜里拿了一袋生产日期是今天的吐司。

回到家,客厅灯开着。

江邢坐在餐桌旁边,他面前摆着一桶泡面。

孟昭和拿出吐司后把购物袋给江邢,看着桌上的泡面桶,她不知道他葫芦里在卖什么药,便开门见山地问:"干吗?"

江邢把桌上的袋子拿了过来,说:"给你煮的泡面。"

孟昭记得这桶泡面是自己放在橱柜里一直没吃的,于是扯开椅子坐下来,撕掉泡面盖子,用塑料叉子捞了一口面。

就普通的泡面,说不上多好吃,但也不难吃。

江邢歪着头看着孟昭和吃,问道:"好吃吗?"

这一幕有点眼熟，就像自己早上问他早饭好不好吃。

孟昭和回道："好吃。"

这泡面是她自己买的，水电费也是她自己出，想不出江邢能耍什么花招。

江邢手一伸，说："给钱，谢谢。"

"泡面是我自己的。"

江邢点头，说道："人工费啊。去日料店里自带一条三文鱼都还需要给厨师人工费呢。"

"我免费给你跑腿买蚊香液你就是这么报答的？"

"我问你要不要跑腿费，你说不要的。"

江邢转给孟昭和买电蚊香液的钱里面扣除了泡面人工费，孟昭和领了转账。

孟昭和问道："你不是有钱人吗？你不是家里开普里湾的吗？这么抠？"

落魄"大少爷"就是看不得别人说自己穷，虽然是暂时的事实，但事实也不准别人说。

"用高大上一点的词形容。"江邢想了想，"这叫资金短缺，周转困难。"

孟昭和嗤了一声，想到了早上收了他早餐费十块钱，笑着问："什么跨国大企业？十块钱的交易就影响运作了？"

江邢好面子，耳根连着脖子都有点红，为找回面子，他开口扯别的话题试图挽回尊严："你知道我为什么烧了宿舍还没有被开除吗？"

孟昭和咬断了泡面，嚼了嚼，说道："你家给学校捐了栋楼？"

江邢摇了摇手指，淡淡地说："学校造在我家的地皮上。"

孟昭和沉默了一会儿，说道："原来贫穷真能限制想象力。"

奉承的话江邢听得心情舒畅，他开始显摆："我家还有一条街，每年租金就多得不得了。"

孟昭和看见他飘飘然，还是忍不住刺激他："你真不是一般人，一边收租一边交房租。"

"我穷着玩玩的。"江邢不想和她贫嘴了，因为知道自己说不过她。

他拿着电蚊香液准备回房间打游戏，孟昭和开口叫住了他。

"江邢。"

两个字念得轻飘飘的。

"你觉得我早饭做得好吃吗？"

江邢打量着她，不知道她要使出什么叫他给钱的招数。

"你帮我一个忙，我免费给你做一周早饭。"

江邢虽然不聪明，但也不傻，还是知道留心眼的，问道："什么忙？"

"夏令想找你在消防安全的讲座活动上发言。"

江邢听不得"消防安全"这几个字,他要是去了简直就是打自己的脸,马上说道:"我拒绝。"

大不了一周不吃早饭,就算饿死也不能丢人,有句话叫作不为五斗米折腰。

孟昭和加注:"一个月的早饭。"

江邢重新坐回椅子上,说:"讨论一下演讲稿内容?"

还有句老话叫什么?

——国以民为本,民以食为天。

人是铁,饭是钢,一顿不吃饿得慌。人都已经落魄了,不能再饿肚子了,否则多可怜。

孟昭和见江邢同意之后,给夏令发了条信息。夏令说她可以帮忙写演讲稿,只需要江邢到时候照着念一念就好。

江邢和孟昭和击掌为誓:"成交。"

江邢回房间,想着明天早上要让孟昭和给自己做什么早餐比较好,想着想着肚子就饿了,这时床头柜上的手机一振。

他拿起正在充电的手机。

是许峥找他。

许峥:【我突然想到,要不你作为烧了宿舍的千古第一人来消防安全讲座上演讲发言?】

江邢:【我们这么多年情谊你给我多少出场费?】

许峥:【我们这么多年情谊你还要我钱?】

短暂的思想挣扎之后,江邢回复。

江邢:【不了,我对演讲不感兴趣。】

"对不起,好兄弟。"江邢撒完谎把手机飞行模式打开,喃喃道,"她们给的实在是太多了。"

第二章 怕蜘蛛的少年

1

门板能隔音,但早饭香味挡不住。

孟昭和穿着校服站在冰箱前,拿出芝士片盖在培根上,把经历过"跳楼机项目"的吐司片从吐司机里拿出来。

热好的牛奶倒在玻璃杯里,内壁被熏起白雾。

江邢洗漱完站在旁边,瞧了一会儿。孟昭和的动作很熟练,大约是这些事她已经做习惯了。

几缕头发没被扎起来,贴着脖颈后面的皮肤。孟昭和肩颈的弧度很好看,这种仪态得是从小就注意塑造的。

水汽被油烟机吸走,她在吐司上浇上沙拉酱。

孟昭和余光瞥见旁边站着的人,端着两个餐盘转身面对他,催促道:"快点洗漱,可以吃了。"

江邢伸手接过其中一个盘子,说:"居然真给我做了早饭?"

"我虽然爱钱,但诚实守信是基本道德。"说着,孟昭和检查了一遍厨房里的天然气阀门和油烟机是否都关了。

那天早上,他们头一次一起去上学。

但怎么看都只是像两个人很凑巧地走在一条马路上。

两人一前一后。

一个人戴着耳机走在前面,一边走路一边玩手机;另一个人走在后面,手里拿着一沓竞赛材料,臂弯里挂着一把墨绿色的伞。

谁也没有搭理谁。

进了校门后,江邢跟熟络的同学慢慢走远了。

夏令今天带队在校门口值日,孟昭和路过她的时候,她的视线刚从江邢身上收回来。

"今天什么时候聊一聊演讲稿的事情?"

孟昭和在大脑中回忆了一下今天的课表，问了夏令几点下课后，说道："到时候问一下江邢的时间。"

江邢没有参加任何社团活动，每天下了课之后就有空。

孟昭和抽空给他发了条信息。

等了一节课之后他还是没回。

她拿着手机一直在刷新消息列表，还是没有弹出新内容。

外教在黑板上写下作业后，拎着背包从教室出去了。

一下课，学习小组的消息倒是弹出来了，不过是问作业要怎么写。

孟昭和对和他们讨论作业的兴趣不大，继续把学习小组的消息免打扰开启。

抱着课本上二楼的时候，江邢和许峥，还有周漾难得三个人聚齐了，在储物柜前聊天。

孟昭和在等江邢告诉自己具体的时间，他倒好，看见孟昭和就一直在偷偷朝她挥手，叫她快走开。

孟昭和站在原地看着江邢给自己打的手势，从那个挥手的速度来看，她有点分不清他是求救，还是叫她快走开。

江邢看孟昭和还站在那里，干脆拉着身边的两个人走了。

三个人有说有笑地路过孟昭和下了楼。

孟昭和把课本放进储物柜里，她还有一节生物课，从一排书本里找到生物课本，检查了一遍平板电脑里的生物笔记是否还在。

夏令下完课之后在走廊上逮到了孟昭和，左顾右盼，没看见江邢，问道："江邢人呢？不会放我们鸽子吧？"

孟昭和说："不知道，我刚刚看见他和许峥一起下楼了。"

夏令扭头就要杀过去，恨恨道："我去把他们腿打折。"

孟昭和还没有拉住她，她自己又见鬼似的转身回来。

孟昭和放眼望去，看到了夏令那个当教导主任的姐姐。

一个比夏令大了二十多岁的堂姐。

"夏令。"

闻言，夏令背对着叫自己名字的人，痛苦面具持续了三秒后，扯出一抹笑容，回过头甜甜地叫了一声："夏主任好。"

夏芙推了推鼻梁上的眼镜，问道："快要上课了，你怎么还站在这里？"

夏令胡诌："我请教孟昭和同学经济课程方面的知识。"

"你不是没有选这节课吗？"

夏令顿了几秒后，继续胡扯："和学生会的财务报表有关系。"

夏芙半信半疑地说:"哦,你最近有没有好好学习,有没有帮助同学,有没有欺负人?"

"有,有,没有。"夏令拍了拍胸脯,"我上次打架也是正义出手,我和我爸妈解释过原因了。"

夏芙有些放心了,语气也柔和了很多:"那你等会儿还有没有课?要不要去我办公室里玩一会儿?"

夏令可不想去听已经被这个堂姐讲过无数遍的、关于她艰苦的奋斗史。

刚刚一起下楼的三个人,除了江邢都回来了。

许峙偏头在和周漾讲话,视线和夏令目光交会后的下一秒,站在他旁边原本好好走路的周漾就被夏令一掌推开了。

一米八几的大高个踉踉跄跄地退后了几步,差点撞到别人。

夏令跟个没事人一样朝着许峙挥了挥手,一脸假笑地说:"主席,是你啊,我们聊一聊学生会的事情吧,我有好多事情要向你汇报。"

夏令拉着许峙,朝夏芙挥手,说道:"夏主任,学生会还有事,我就先走了,再见。"

周漾站在原地揉着胸口,龇牙咧嘴地也走了。

孟昭和可不想做那个去夏主任办公室听她讲述自己奋斗史的幸运观众,连忙拿上生物课要用的东西,说了声"夏主任好"就跑了。可她前脚刚下楼梯,后脚她就被从旁边跳出来的江邢拉住了。

江邢抓着孟昭和的手臂,骨节分明的手指抓在她臂弯上。

喀城的夏天很长,孟昭和还是穿着短袖的校服,他掌心的温度直接传递到她的手臂上。

她刚下楼都没有注意到江邢,做贼的都没有他躲得这么专业。

江邢心想自己可是好不容易把许峙和周漾骗走了,有点生气地说:"你有点眼力见好不好?刚刚许峙找我,说让我去演讲,我怕你一过来就讲演讲的事情,死命挥手叫你走开,你倒好,准备在旁边偷听。"

孟昭和平静地说:"你以后小心。"

江邢还以为是说他抛弃许峙,要帮夏令演讲这件事,很有底气地说:"我们多少年的兄弟了,没事,决裂绝交还不至于。"

"不是。"孟昭和摇头,"你以后被绑架了,被歹徒挟持,你最好注意一下表情管理。你首先要让来救你的人知道你那副样子是在求救,而不是准备英勇就义。"

江邢摸了摸脸,不解地问:"我表情这么难读懂的吗?"

"有一门课叫作'微表情分析学',对你来说应该算高难度了。"

江邢想了想，有点不太确定地问："你是不是在损我？"

孟昭和朝他扯出一个笑容，皮笑肉不笑地说："你可是帮我们演讲的大恩人，我不敢。"

听她说起演讲，江邢想到了正事："我四点二十分之后应该没有什么事情了，到时候去图书馆吗？"

孟昭和刚想回答，先前拉着许峙从另一边下楼的夏令的声音就传来了。

"我没事，我有事干吗跟你汇报？我都解决不了你能解决？我都说了真没有事情。你没课了？有课？那你的书呢？你空着手去上课啊？"

夏令当着夏芙的面说有重要事情和许峙汇报，现在又说没事了。

许峙莫名其妙地被夏令拉着绕了一大圈，他还有课，书本还没拿就被她拉走了，现在还得回楼上拿书。

从脚步声能判断许峙和夏令慢慢上了楼，躲在楼梯后面的两个人背贴着墙壁，都没有出声。

脚步声已经没了，孟昭和才敢喘口气深呼吸一下，说："那我们到时候在图书馆的自习室见，我租到单独的自习室就把门牌号发给你。"

江邢"嗯"了一声，也准备回楼上。他视线一扫，看见孟昭和肩头的黑色小蜘蛛，突然尖叫，他浑身的汗毛都要竖起来，在他的感官里拉响警报。

江邢颤颤巍巍地举起了手，指着孟昭和的肩膀结结巴巴地说："蜘……蜘蜘……蜘蛛。"

他说完，发现视线里的那张脸并没有花容失色。

孟昭和格外淡定地顺着江邢所指的方向望过去，一只还没有小脚指指甲盖大的蜘蛛从她肩头往下爬。

孟昭和神情淡淡的，手朝着蜘蛛伸过去，中指弯曲，然后一弹。

小蜘蛛被弹出的瞬间，孟昭和看见江邢正以平生难得迸发几次的反应速度躲开了。

孟昭和看他躲开后身体僵直，有些意外地问："你怕蜘蛛？"

"谁怕了？就这么点大的小蜘蛛我怎么可能怕？"江邢扯顺了身上的校服。

演技拙劣。

孟昭和抬手，学着他刚才指着自己肩头的动作，说道："你肩头有个小蜘蛛。"

江邢脸上最后一点血色没了，他恨不得当场把身上的校服脱下，激动地问："哪里？哪里？在哪里？"

那谎言不攻自破。

江邢看清楚自己肩头没有东西之后，见孟昭和憋着笑，他有些生气了，没好气地说:"幼稚。"

他那原本没有血色的脸颊瞬间又染上红晕,从脖子一直爬上耳朵。

在他微微侧过头下楼走出去时,孟昭和跟在他身后还在笑,一抬头,看见他后背上挂着个黑色的东西——

一只比刚刚她身上那只还要大一圈的蜘蛛,身上还有花纹。

孟昭和咽了咽口水,认真地说:"江邢,你后背上有蜘蛛。"

江邢不上当,"哼"了一声:"幼稚。"

"真的。我发誓绝对没有骗你。"

孟昭和说完,前面的人僵住了,不敢动,颤声问:"真的?"

"真的。"孟昭和也不敢直接用手帮江邢弄下来,说完,蜘蛛开始爬了,"它在动。"

江邢发出一声哀号。

孟昭和没被蜘蛛吓到,却被他的喊声给吓到了,她拿起教材往他后背上一挥,稳准狠。

蜘蛛落地后不知道跑哪里去了,江邢抱着脑袋蹲在角落里,仰头看见孟昭和在抖书。

看着她手里的书,江邢愣了愣,问道:"这就是知识的力量吗?"

孟昭和扑哧一声笑了出来,说道:"是的呀,所以人要多读书知道吗?有句话叫书到用时方恨少,就是这个道理。"

"是吗?"江邢眼巴巴地看着她。

"是的呀。"这话似乎是孟昭和的口头禅,她喜欢尾音上翘,这不是喀城人的习惯。

孟昭和抖完书,走到江邢面前,问道:"你还要蹲到什么时候?等听见你那叫声后闻风赶来的人都参观过一遍再起来?"

她一说完,角落里的人蹦了起来。

江邢板着脸,努力把自己刚刚那副可怜虫的样子压下去,说:"这件事你不准说出去。"

孟昭和可不怕他威胁,说:"你威胁我?我不仅是你房东,还是你救命恩人呢。"

"我⋯⋯"江邢怕了,双手合十,"不是威胁,是恳求。"

夏令最晚到,她一下课被老师抓着聊了两句,赶来图书馆的时候江邢在喝奶茶,人有点蔫。

反观孟昭和,她坐在椅子上,人往后坐,两只脚故意不挨着地,来回晃着,心情比在喝奶茶的江邢似乎更好。

夏令打量着江邢，问道："怎么了，一副很有故事的样子？"

孟昭和耸肩，假装不知道。

江邢更不会把自己的糗事抖出来。

夏令把已经拟好的演讲稿拿出来，还有一些需要修改的地方。

江邢拿过去慢慢看起来。

孟昭和瞄了几秒，和自己不相关的东西，她好奇心也一般，没想细看，更何况到时候江邢还得在台上念出来。

两个女生面对面坐着，趁着江邢看演讲稿的工夫开始聊天。

她们从最近的课程讲到学校外面新开的美食店，这些店铺有一些已经被学校学生打卡过后发在学校论坛里供人参考了。

其中发帖最多的就是季风铃，也不知道她有几个胃，没几天就全尝了个遍。

"我们什么时候去吃？"夏令的安排从来都是迁就孟昭和的，讲着讲着她突然想到了什么，思维跳跃得很快，"对了，上节课开始前，你有没有听见我们教学楼传来尖叫声？"

江邢拿稿子的手一抖。

孟昭和不着痕迹地朝旁边瞄了一眼，然后抿着唇努力憋笑，摇头。

夏令说着不知道从哪里听来的八卦："我听说是有个男生从楼梯上摔下去，是真的还是假的？我们学生会里还有人说是有人被打了，两个男生为一个女生打架，结果女生眼看着自己不喜欢的那个要赢了，一板砖把那个男生拍倒在地。"

"离谱，你作为学生会的一员，应该实事求是，而不是传播谣言或是听信流言。"江邢把演讲稿往桌上一拍，"以讹传讹可耻，知不知道什么叫作人言可畏？"

夏令和孟昭和正聊到八卦的地方，被江邢这么一打断，两人有点蒙。

夏令问道："你知道？"

"我……"江邢咬咬牙决定沉默。

关于那声尖叫，各种版本的离谱程度参差不齐。

演讲稿后续的内容江邢没有什么兴趣看了，他对这类演讲也没有什么心得，看不出错误的地方，就是看出来了他自己也不知道要怎么改。

夏令把那张演讲稿直接给他，让他好好念稿子，又交代了几个演讲方面的小技巧，能为演讲加分不少。

江邢随手把演讲稿塞进书包里，愤懑地从图书馆走出来，很巧地碰见来还书的许峙。

许峙瞧见他，问道："怎么闷闷不乐？"

江邢说："很烦。"

烦自己因为一只蜘蛛闹出来的乌龙。

许峙叹了口气，说："我也烦，我还要去看监控查一查是谁尖叫，为什么大喊大叫，要不要一起去？"

江邢抽了抽嘴角，腹诽道：去什么去。

2

孟昭和训练完回来，家里的灯开了不少，江邢在玩游戏，还没有玩通关。

听见电子锁打开的声音，他嘴里叼着一双筷子，抬头看了一眼，又低头继续打游戏。

他面前摆了一份外卖，已经吃得没剩下多少了。

他吃得有点撑，没着急回房间躺着，把一条腿支在椅子上，坐姿懒散，已经没有了今天白天在学校里被蜘蛛吓到的样子了。

两个人面对面坐着。

孟昭和照旧开电脑，写作业。

江邢悠闲自得，他不等到最后一个晚上是不可能开始赶作业的，有时候就是过了时间他也不在意。

有人念英国高中课程是为了出国，江邢念纯属是因为只选三门课就可以。当然他也属于家底厚实的那一种，脑子也还可以，还有点天赋。

虽然这点天赋在一群努力的聪明人中不怎么显眼。

他身上的校服换掉了，又是一身黑，估计是一回来就洗过澡了。上衣是短袖，露出了一截手臂，手臂上贴着一个个小型的圆形贴布。

孟昭和赶了一会儿作业，江邢那一关没有通过，他把游戏机放下，放松一下两只手。他将面前的外卖垃圾放在塑料袋里，打上一个结转身拎着袋子走去厨房丢了。

江邢从冰柜里拿了瓶冰饮料，不顾肠胃，也没觉得晚上了喝碳酸饮料对身体有危害。他一偏头就看见孟昭和在电脑后面看着他，发现她的眼睛瞳孔很黑，不似别人像琥珀色的玻璃珠，眼睛有些遮瞳，所以会显得有一点无神。

"看我干吗？要来一瓶吗？"

孟昭和扯了扯嘴角，还是摇头，收回目光继续赶作业。

还没敲下几个字，她又看向他，问道："我在想你这么有钱不应该很惜命吗？不怕这种饮食习惯导致早逝吗？"

"要死终归会死，我爸不抽烟还吃什么保养品，刚过四十就死了。"江邢从厨房出来，拿走了桌上的游戏机，"所以，意外和明天你永远不知道哪个会先来。人活着最重要的就是愉悦。年轻的时候该干的叛逆事都干一遍，当然也得有钱，这样老了瘫在床上了才能有钱找个美女多的护理院。"

孟昭和听完他的理论笑了一声，说道："傻子。"

"啧。"江邢没生气，"怎么还骂人呢？"

孟昭和突然想到了什么，半仰着头看他。餐桌上方设计感十足的灯落在她眼睛里，像无星星的夜幕中只有一盏月亮。

她认真地问："你不应该找个没有蜘蛛的护理院吗？"

江邢抬手佯装要用游戏机砸她，吓唬道："还说是吧？"

孟昭和举手投降，说："最后一个问题。"

江邢手还举着，斜睨着她，说道："准奏。"

孟昭和扯出一个笑盈盈的表情，问道："你是只怕蜘蛛，还是对很多小昆虫都害怕？"

知道这问题是在自己伤口上撒盐，江邢准她问，但是没说自己会回答。

见江邢转身要走，孟昭和叫住他，说："回答一下嘛，我请你喝饮料。"

江邢答应后忸怩了半天，语气委屈，不太情愿地说："就……一般人会怕的我都怕。"

说完，他就听见孟昭和躲在电脑屏幕后面笑，电脑屏幕没有她想象中的大，她也没有她想象中笑得那么收敛，露在屏幕外面的肩膀轻颤着。

"孟昭和。"

头一回听见江邢叫自己的名字，还笑着的孟昭和一愣，名字的魔力远比想象中的要大。孟昭和谈不上有多喜欢这个名字，这是她爸当年翻《尚书·尧典》找的名字——百姓昭明，协和万邦。

孟昭和从电脑屏幕后面探出脑袋，问："我在，怎么？"

孟昭和抬手擦了擦眼角笑出的眼泪，又问："要我帮你抓蜘蛛吗？"

江邢转头走了，门关得很响。

消防讲座在本周五下午举行，孟昭和周五虽然放学早，但是她有竞赛训练，大概率不会去听。

消防讲座每年都开，所以每年都是抓刚入学的新生去听。

前一天，江邢翻箱倒柜地找出了领带。夏令非要他穿着正式得体一些，麻烦得江邢当场想放她鸽子了。

领带和校服外套都有些皱了，他抱着衣服出来，问道："有没有挂烫机？"

孟昭和在看竞赛资料，没有抬头，回道："有，难道你会用？"

江邢把衣服放到她旁边的椅子上，说："你说得挺有道理的，那我是不是应该问你会不会用挂烫机？"

"我不会。"孟昭和继续拿着笔在资料上涂涂写写。

"你居然不会？"江邢想到她每天早上起床做早饭的熟练度，还以为她已经在家政方面点满了技能点。

孟昭和看着自己旁边的衣服，手上的笔一停，扭头看他，语气怪怪的："一般人不会的我也不会。"

她学江邢当时的语气，连停顿都是故意模仿他的。

江邢想骂人，把衣服扔在椅子上就走了。

他气鼓鼓地回房间"躺尸"，想着自己果然是吃了有素质的亏。

孟昭和放下笔，把椅子上的领带和衣服拿起来，穿了一双拖鞋出了门。

楼下干洗店的阿伯在看邓丽君，听见店门打开时候的铜铃声，扭头看见是个漂亮囡囡。

孟昭和把外套和领带放到柜台上，说："阿伯，我想熨一下衣服。"

阿伯拿下脖子上的皮尺，起身去里间叫自己老婆。

挂烫件衣服不需要多少钱，阿伯看见她衣服里的领带，拿出来贴心地给她系了一个活的领带结，到时候直接调整松紧就可以了。

孟昭和从干洗店回来，路过小区外面的便利店，买了两瓶饮料，她没看，还以为是气泡水。

孟昭和回家的时候，卫生间的门没关，江邢叼着牙刷在刷牙，口齿有点不清。

混着水声和漱口声，他声音有点沉，带着惺忪和沙哑，拿着手机在接受亲妈的关爱："我最近没去上网，更没出去玩了，钱都没有。出去玩也是需要钱的，林女士你要不给点？"

大约是被电话那头的人拒绝了，江邢说："行行行，我知道了。炸宿舍是我活该，那生活费你还是要给我的，我就是没烧宿舍你也得给。"

他换了只手拿手机，从卫生间出来，又问："那我能提前预支二十年的生活费吗？喂……喂，妈……亲妈，喂喂喂，林女士听得到吗？喂……"

电话被挂了。

孟昭和把袋子里的衣服拿出来，铺在沙发上，晃了晃手里的购物袋，说："上回说要请你喝的饮料。"

江邢看见整齐平整的领带和外套，从她手里拿过一瓶饮料，单手撬开易拉环，问道："你去给我烫衣服了？"

"废话。"孟昭和在旁边的沙发扶手上坐下来，拉开拉环，一口下肚，不是甜甜的气泡水，而是刺喉的液体。

痛苦的表情是一瞬间因为大脑传输的信息占领面部神经反馈出相应的表情。

孟昭和龇牙咧嘴，一回味，嘴里的味道让她眉头紧锁。

江邢抱着垃圾桶在旁边吐，将手里的饮料丢进去。

"我就在想夏令的朋友怎么这么好心。"江邢想把胃吐出来，"我发誓，夏令上学期期末的食物中毒事件，我本人没有参与其中，如果有阴谋，也都是许峙的阴谋。"

上学期期末，许峙搅黄了夏令和她喜欢的人之后，"大发善心"请夏令吃饭。结果夏令和他吃完就食物中毒了，因此耽搁的话剧排练，孟昭和与江邢就替各自好友去了。

孟昭和想喊无辜，但是一张口，那种入胃的液体一路留下的气味仿佛要顺着食道跑出来，马上冲进厨房干呕了半天。

江邢好一会儿才缓过神，和垃圾桶分开之后，看见厨房里俯身漱口的孟昭和，站在门口想安慰她一下："你没……"

想问问她没事吧，但又想到上回话剧社庆功宴，自己也是看她反胃，好心安慰，结果她居然来了句"不是身体不舒服，是看见你让我不太舒服"。

是可忍，孰不可忍。

再关心她，自己就是犯贱。

江邢从冰箱里拿了瓶矿泉水准备回房间，看见孟昭和还趴在水池旁，离开的脚步停了，朝着她那边挪了两步，伸手把拧松到一半的矿泉水递了过去，问道："你没事吧？"

能喝下去这么一大口，孟昭和觉得人世间应该没有难事了。她看了眼垃圾桶里的瓶子，努力把它的样子记住。

她接过江邢递过来的矿泉水，反胃吐得眼角有泪，吸了吸鼻子，问江邢："难喝吗？"

江邢瞥她，仿佛觉得她在说废话。

"如果有一天，一个变态抓到你了，他给你两个可以不死的选择：一是喝这么一瓶饮料，另一个是把你丢进全是小虫子的房间里待一天，你选择哪个？"

"那个变态是你吧？"江邢真觉得自己是瞎眼了，还给她递了一瓶矿泉水。

孟昭和喝了大半瓶水，说道："如果是我，那我肯定问你家要钱，谁要看你喝完之后抱着垃圾桶深吻，或者和蜘蛛一起尖叫？"

"我要以后娶了个像你这么爱钱的老婆，我绝对不担心她会劈腿。"江邢站在旁边，背靠着料理台，一手撑着台面。

孟昭和把盖子拧回矿泉水瓶上，说："像我这种优秀又聪明的干吗非要嫁给你？暴殄天物了。"

江邢笑着说:"毕竟全喀城找不出几个比我帅,还比我家有钱的男生了。"

帮夏令去演讲这件事瞒不住许峙的,中午要彩排,许峙总算知道夏令的防火讲座的特色是什么了。

只是彩排,江邢穿得还是随意,校服的扣子还没有全扣起来,戴着耳机坐在台下玩手机。

手机横放,里面不是什么著名日式游戏,也不是热门国产游戏。

耳机里传来系统的语音:"给阿姨倒杯卡布奇诺。"

许峙知道江邢当了"叛徒",把会场大部分事情安排好之后,在江邢旁边坐下,看见他手机里的斗地主画面。

家里开赌场的"大小姐",不会玩这些才不正常。

许峙想了想之后损江邢:"我想问问她们是给了你多少出场费?能超过我们这么多年的情谊吗?"

江邢抬手比了个一,说道:"一个月早饭。"

许峙唾弃道:"这就让你卖身了?"

"民以食为天,我万一饿死了,到时候我家的家产谁继承?"江邢看着故意放牌的农民队友,一气之下开了托管关掉了后台。

许峙鄙视道:"你再多干点不是人干的事,林阿姨没准直接全身心投入慈善事业,到时候你继承什么家产?"

江邢打开了在线麻将的APP,开始反击:"投身慈善就投身呗,到时候你准备换张不损人的嘴,我叫我妈全线赞助你。"

"不是说我们是一个小水坑里蛙泳的情谊吗?"许峙反问他。

主讲人还没有来,所谓的彩排不过是看看麦克风能不能正常使用,PPT能不能投影成功。

夏令认真地将台上主讲人的名牌摆放好,将矿泉水之间的间距也全部调整好后,一下台就看见许峙在偷懒。她还没来得及在小本子上记他偷懒一笔,他就起身走出会议中心了。

被江邢气走了。

走了一个彩排的过场后,江邢肚子饿了。

这时,周漾发信息来问他要不要一起吃午饭。

江邢打字问道:【你请客?】

周漾:【叫声哥哥,我请你吃。】

江邢:【你要不嫌恶心,我叫了。】

周漾:【丢人吗?】

江邢：【人是铁，饭是钢。收起这点骨气，我都能晚上炖碗排骨汤喝了。】

在食堂排队之后，江邢发现孟昭和拿着餐盘排在他前面。

她拿着餐盘，抬头看着电子显示屏上的菜单，似乎在纠结今天吃白斩鸡还是吃脆皮烧肉。

江邢问道："吃什么？"

孟昭和最后敲定了白斩鸡，下意识回答之后，朝身后望去，看见是江邢。

江邢站在她身后，阴阳怪气地说："不选脆皮烧肉，脆皮烧肉多可怜。"

孟昭和转过身，慢慢地在队伍里前进，说道："你可以选啊。"

"我不喜欢吃。"

孟昭和嫌他无聊。

江邢扯了扯孟昭和的头发，等她转过身来后，问道："我下午演讲你来不来看啊？"

大约是江邢头一次不是以念处分的方式站在台上，夏令的演讲稿写得也着实太"正面人物"了。

孟昭和皮笑肉不笑地说："好啊。"

江邢一乐，说道："早点来，找个前排。我难得发表这么正面的演讲。"

孟昭和的表情依旧，淡淡地说："要不要买束花等你演讲完了送给你？"

江邢听出来她话里的暗讽，不高兴地嘀咕："我还以为你真乐意来呢。"

这会儿孟昭和连笑都没有了，说道："不用怀疑，我大多数情况都在嘲讽你。"

江邢嗤声："爱来不来，你不来也有其他人可以见证我的帅气。"

孟昭和继续冷嘲热讽："所以上学期期末话剧社庆功宴时，你和发现你帅气的人在厕所门口亲亲？"

3

高二期末的时候，夏令来找孟昭和，让她帮忙参加话剧社的排练和表演。那时候夏令因为许峙"黄鼠狼给鸡拜年"的一顿饭给吃得食物中毒了。

一听话剧表演，孟昭和就没有兴趣，大概率又是改编了莎翁的作品。

学校领导就爱莎翁。

每一个饱受英语语言和文学折磨的人大约都不喜欢话剧，平时上课万年主角就是莎翁，文学分析得头发都要掉光了。

现在还要去演他的话剧。

简直就是到火架上烤。

"不要，我不演莎翁的话剧。"孟昭和拒绝。

夏令哭戚戚地哀求："不是莎翁啦。"

夏令继续卖惨："我好可怜,我就知道那个姓许的人不会安好心,向老师告发我,还给我下毒。"

孟昭和耳根子软了,不是莎翁可以考虑一下。于是等孟昭和一答应下来,就收到夏令发来的台本。

文档的大标题赫然写着——《女巫的子孙》。

《女巫的子孙》被称为现代版的《暴风雨》。

由布克奖小说家玛格丽特·阿特伍德重讲莎翁经典。

孟昭和上了贼船,还好只是一个龙套配角,台词很少,也没有什么戏份。

但她没有想到许峙会找江邢来帮忙,而且江邢居然也乐意过来。

中途排练休息时,孟昭和看见江邢和女主演季风铃聊得火热,她不动声色地坐在他们后排,听江邢在讲斗地主的十个小知识。

那会儿再看见他,他比小巷子里的初遇更匪气一些。

家里有钱,长得好看,成绩勉勉强强看得过去,内里没有什么墨水,富了好几代人,却更像个暴发户。

好看的暴发户。

话剧表演很顺利,后来有庆功宴,孟昭和不想去,觉得自己只是个可有可无的小配角,如果夏令不找自己帮忙,就是把这个小角色删掉也可以。

结果那天上完课,孟昭和从教室里走出来看见季风铃在邀请江邢晚上去参加庆功。

孟昭和脑子一热,转身答应了夏令一起去。

她下了竞赛课再去已经有点晚了,一进包厢就看见江邢在和别人打牌,家里开赌场的,谁都玩不过他。

季风铃坐在江邢的右手边,不知道是想学还是什么,一直在和他说话。

讲起打牌的技巧,江邢和谁都熟络。

孟昭和找到了夏令,和她坐在一起。孟昭和看了看自己身上的裙子,又看了看季风铃的小亮片吊带。

裙子是孟昭和回家特意换的,一条很素的格子裙,但还是被比下去了。不过也收到了夸奖,被一个不知道名字的男生夸很漂亮。

孟昭和"哦"了一声,语气听起来不怎么友好。

但别人没有恶意,孟昭和怕对方尴尬,想礼尚往来便反夸了一下:"你眼光真好。"

那个男生觉得她不解风情便不再和她说话了,转身去找别人聊天。

孟昭和一个人吃了一个果盘,然后在江邢赢了好几局牌之后,豪饮了两瓶果酒没醉,直接把自己喝反胃了。

她在厕所吐了好久,一出来就看见外面站着两个人。

季风铃踮着脚拉江邢,江邢一动不动地站在那里,像个睥睨一切,只乐意高高在上的人。

看见那一幕的孟昭和第一反应是"亲亲"居然不低头,第二反应才是不行,还要吐。

孟昭和胃里一酸,反胃的声音特别明显,把走廊上的两个人给惊动了。

孟昭和捂着口鼻冲回厕所又吐了一次,这回胃舒服了不少。

等她再次从厕所出来,走廊上没人了,回包厢只看见季风铃和几个女生坐在一起,没看见江邢。

那群人准备玩真心话大冒险,早就过时了的聚会游戏,但那群人就是爱玩。

孟昭和去厕所之后自己的位置被别人占掉了,最后她随随便便找了一个人群最边缘的位置坐下。

那群人里有个人是学校"金话筒"的冠军,主持的 DNA 已经刻在了骨子里,不知不觉就开始主持局面,还格外有经验地把控节奏。

游戏刚开始,包厢的门被打开了,孟昭和没注意是谁进进出出,下一秒有人挨着她坐下来了。

孟昭和看见一条黑色的运动裤出现在自己的视线里,男生人高腿也长,一条腿伸到孟昭和旁边。

游戏开始,他们用个空酒瓶转啊转。好几轮下来,酒瓶一直没有转到孟昭和这个方向。

大约是全场没有孟昭和想要八卦的人,所以任何真心话大冒险她都不是很感兴趣。

也可能是旁边那个人的存在感太强了,他拿着手机在斗地主,偏比其他男生玩操作类型的游戏还要吸引人。那双拿着手机的手格外好看,手腕上戴着一块孟昭和不认识的手表,手指修长,指节分明。

又或许是江邢对这个聚会游戏不感兴趣,一副漠然众生的样子。但他也有笑颜对人的时候,比如似笑非笑地露出虎牙和许峙、周漾他们开玩笑,又比如巷子里他问自己要不要跟他一起走。

孟昭和用余光看着他玩了好久的纸牌游戏,不知道他的花凋谢了几朵,也不知道给多少个阿姨倒了卡布奇诺。

只知道他一直在赢。

孟昭和收回余光,目光和没有瓶盖的酒瓶口对视了,那个酒瓶慢慢停到她和江邢这边。

江邢刚结束一把，输掉了。连胜后只要输掉一把就会一直输下去，这是游戏定律，所以他一输就没有再继续玩。

他探身看了一眼，发现自己的人气远比孟昭和要高，直接顺应民意地当选了这一轮的倒霉蛋。

有个软件是专门用来玩这个游戏的，各种真心话和大冒险类型都汇集在里面，被选中的人只需要点一点屏幕，什么惩罚就自动跳出来了。

手机被传到江邢手里，孟昭和抱着看好戏的心情，等他点完屏幕之后凑过去看了一眼——

【和左手边第一个人亲一下。】

看见那行字的时候，孟昭和第一时间没有反应过来，有那么一点左右不分。

最后，孟昭和发现是自己。

江邢把手机递回去了，想了一下左右，带着笑意朝旁边的孟昭和望过去。

孟昭和对上他的视线，然后下意识地朝季风铃看过去，看见她一脸的不甘和愠怒。

这种游戏如果不认惩罚玩不起其实是最扫兴的，但太强人所难也能躲。

江邢揽了选择权，扫他们兴的也就成了他，他扫兴别人不高兴也没有办法。

"我可没有当众表演的兴趣。"

有个酒壮人胆的说："喊，江邢你这就扫兴了。"

"那你过来，我亲你。"江邢朝说话的人抬手。

有人带头提议："不亲嘴，亲脸或是抱一抱总可以吧。"

一群人开始起哄。

江邢把决定权给孟昭和，问道："要不，抱一个？"

孟昭和的视线越过他看向季风铃，发现季风铃周边一群人没一个高兴的。孟昭和想到了自己在厕所门口看见的画面，着实不知道江邢是怎么做到吊着一个又勾另一个的，她把手撑在椅子边，胃里还在翻江倒海。

强忍着反胃的举动很明显，江邢问她是不是身体不舒服。

孟昭和摇了摇头，说："不是身体不舒服，是看见你让我觉得不舒服。"

从小到大被人拍马屁的江邢一脸错愕，长这么大他就从来没有被人这么驳过面子。这回他总算明白为什么会有"你成功引起我的注意"这么一句台词了。

果然，存在即真理。

他现在也挺想说这么一句话的。

江邢说孟昭和误会自己了，非要让她道歉。

他那没有在话剧里表演出来的演技在这里得到了释放，一副胃口全无的样子,说道:"我当时还觉得你是个女生,脸皮薄,主动替你挡了仇恨值,结果你说对我反胃。"

他又说起季风铃莫名其妙拦在厕所门口那件事:"没办法,我不想引人瞩目,谁能想到我默默无闻,努力地低调,却也遮盖不住体内的星光,风沙掩盖不了珍珠的风光,使得她们闻风赶来。"

孟昭和不着痕迹地翻了个白眼,没感情地道歉:"对不起,请你喝饮料。"

孟昭和夹了一块鸡肉,埋头开始吃饭。

"大小姐"知道她下午放学早,下了圣旨非要孟昭和在讲座中途给他送饮料过去。

孟昭和拎着味道最保险的冰可乐去找了他。

"大小姐"坐在会议中心外面玩游戏机,不知道是什么游戏能让他放弃斗地主。

阳光从会议中心巨大的采光玻璃中投进来,江邢坐在能遮阳的柱子后面,一个影子率先落在他脚边,他抬头顺着黑色的帆布鞋往上看,是一截笔直的小腿,再往上是泛着粉色的膝盖,大腿淹没在百褶裙裙摆下。

孟昭和把可乐递给他。

游戏打到一半,暂停了会影响这一刻的手感,江邢眼看就要通关了,没接,叫孟昭和放旁边。

麦克风扩大的声音从会议中心的后门传出来,孟昭和把可乐放到他左手边,问道:"你不用准备一下吗?"

领带没系,皱巴巴的稿子被他垫在屁股下坐着,昨天特意熨烫好的外套就随便搭在他腿上,一个袖子还拖到地上。

"还早,要我准备的时候夏令会出来通知我的。"江邢将游戏通关后,伸手去拿旁边的可乐。他隐隐记得刚刚匆匆一瞥看她腿的时候看见是一瓶可乐,便没仔细看。

一口喝下去,甜度和口感让他差点吐出来,手一抖,撒了一点在外套上。

"谁喝可乐喝无糖的?"

江邢手上都是可乐,拿起瓶子远离了他的外套,想起身去洗手,但是腿上的游戏机和外套限制了他的动作。

孟昭和识相,不用他说就帮他把腿上的东西拿走。

江邢起身往厕所走,孟昭和捏着被他垫着坐在地上的演讲稿一角跟了上去。

只是可乐,洗掉手上黏腻的感觉就好。

夏令出来看江邢还在不在,要是跑了她就完了,通知他:"再过半个小时就到你了。"

江邢甩了甩手上的水，说："知道了。"

看着才喝了一点的可乐，江邢拧上瓶盖放在了旁边。

孟昭和在洗手池旁帮他收拾了一下外套滴到可乐的地方，在吹手的烘干机下吹了一会儿，然后把外套搭在通风的栏杆上，天热太阳也好，很快就能干。

江邢靠着栏杆开始斗地主。

已经不是盛夏的毒日头了，暖意还在，拂人面，听樟树叶摩擦，只觉得惬意。

孟昭和被风吹出一股倦意，头发被吹起，在空中扬起又落下，有一缕发尾飘到了江邢手臂上。他从手机上移走视线，偏着头，那缕头发调皮地擦过他下巴。

他的视线落在孟昭和的侧脸上，那是一张带着些攻击力的侧脸，双眸闭着，细小的碎发被阳光照成金色。

孟昭和手里拿着自己的衣服，大约是被太阳晒得太舒服了，动了动肩膀，直了直腰板，转动脖子，没征兆地在某一刻抬眸。

像是某一间密闭房间的窗户突然拉开了一条缝，灰尘在阳光中跳舞，空气中有一股像用皂角洗干净的白色床单，在经过一天的晾晒后残留的味道。

孟昭和像是在屋瓦檐上晒太阳的小猫，弓着腰在青苔瓦片上伸懒腰，慵懒又妩媚。

孟昭和望着他，问道："看什么？"

她眼睛很漂亮，是一个特色。

江邢慌忙错开目光，手里点着要出的牌，恍然发现自己忘记这局出过哪些牌，还有哪些牌没出。

江邢觉得这种被抓包的事情没有什么好撒谎的，撒谎倒显得心虚，于是说："看看你呗，看你怎么不讲话一直站在旁边。"

孟昭和趴在栏杆上，身体往前倾，上半身悬在栏杆外，说："托你的福，在感受没有课没有作业的休息时光。"

"你就是自己活得太累。"江邢又搬出自己那套人生苦短，要及时愉悦的理论。

孟昭和检查着校服上洗过的地方，回道："我是活得明白。"

"我看你每天都赶作业还要搞竞赛，你就是这么个活得明白法？活这么累？"江邢这把斗地主输了，他坑了队友。

"因为我得拿 A+ 的成绩去申请我想要的学校，不光要有成绩，还要有竞赛表现。"孟昭和摸了摸他的校服，留着太阳的温度，不湿了。

竞赛很累，但理想的大学很让人憧憬。

进入一个好大学，毕业后赚很多的钱，然后独立，彻彻底底地独立。

江邢没有凌云壮志，没有鹏程万里的想法。

他只想退休,没上岗就退休。

躺在家里收房租,吃银行利息。

每天都干自己想干的事情,如果还有什么想法,那就是别像他爸一样死那么早。

阳光还正好,风也没有停,江邢手机里的游戏也在继续。

会议中心的后门被打开了,夏令从里面探出上半身,喊道:"可以过来了。"

孟昭和把外套递给他。

套上外套之后,里面的衬衣有点乱,领带被江邢从口袋里拿出来,团在一起。他们这个年纪大多都不会系领带,最多弄个红领巾的系法。

孟昭和怕他把领带结给拆了,拿过来给他松了松,说道:"戴上去调整一下松紧就好了。"

江邢不慌不忙地在扣衬衫扣子,捏着领带往上系,没系好。

孟昭和看不过去了,没好气地说道:"你在给我表演上吊吗?"

说完,她抬手打掉正在"折磨"领带的手,先把领子翻起来,调整好领带松紧再把领子翻下来。

甜橙的味道沁在江邢鼻尖,不知道是来自护手霜,还是喷在手腕上的香水,很好闻。

4

江邢垂眸望向给自己整理的孟昭和,脑子一抽,问她:"你等会儿留下来看我演讲吗?"

"不知道。"孟昭和帮他把外套扯平整,"好了。"

"看呗。"江邢把手机和游戏机,还有那瓶喝了一口的可乐全丢给她,故意找了个借口,"正好帮我看着点东西,这是我全部家当,看住了,等会儿请你吃冰。"

"你还没破产啊?"孟昭和被他塞了一手的东西,"可乐你喝不喝了?不喝我帮你丢了算了。"

"请你吃个冰的钱还是有的。"江邢一边往会议中心里走,一边回答她后半句话,"别给我丢了,我还要喝的。"

孟昭和莫名其妙就留下来看江邢演讲了,可竞赛队通知集合训练的消息很快就来了。

孟昭和没办法,拿着江邢的东西去找夏令。

夏令在中控室,看见孟昭和过来了,客气地给她腾了一个位置出来。

"你这是抢劫完回来?"夏令看着孟昭和手里拿着的游戏机和手机,怎么看都不像是孟昭和的东西,"怎么连可乐都不放过?"

孟昭和把东西全给了夏令,说道:"江邢的,你帮他看着,或者转交给许峙,我得回去训练了。"

夏令叫她放心。

中控操作室有专门看着舞台的小窗口,孟昭和从小窗口望出去时,聚光灯正好从江邢头顶落下来,他的声音从麦克风里传出来,音质不怎么好,但低沉的音色很突出。嗓音灼灼,盘旋在会议中心里,灌入孟昭和的耳朵里。

他该这么光芒万丈。

孟昭和望了几眼,从中控室出去,开了会议中心的后门离开了。

搞竞赛的学生大多都得要点天赋,孟昭和不属于天赋型学生,现在这么好的成绩全是她努力出来的。

天赋重要,努力也重要。

她找了靠后排的位置坐下来,旁边是季听雨。

今天梁老师找到了一个"好玩"的难题,这话是表面的意思,第二层意思就是"小兔崽子们,想破你们的脑袋吧"。

孟昭和看着投影出来的题目,拿着笔先把题目在平板电脑上抄了一遍。

梁意致先给了三分钟自由思考的时间,时间不算短,但题难。

做题先找切入点,孟昭和用传统的做题思路,先根据国情思考题目。

三分钟后,梁意致没提问,只是先问有没有想出来的同学。

见没人举手,梁意致挥了挥手,说:"再给你们十分钟的时间,前后左右相互讨论一下。"

坐在孟昭和前面的男生转过头,自动无视了季听雨,问孟昭和有没有思绪。

孟昭和知道他们互相排挤,没聊什么,前桌两个男生很快因为他们前桌转身讨论题目而把孟昭和抛弃了。

季听雨朝孟昭和那边挪过去了一些位置,说道:"先从国情出发应该没有问题,但应该没有那么简单,我觉得可以加一点国债情况的分析。"

和孟昭和想的差不多。

孟昭和把自己的平板电脑移过去,说道:"关键是拟订,可以借鉴一下央行的各种体制下的货币政策工具。"

季听雨开始在笔记本上写东西,孟昭和看见她上回被梁老师发现的手伤已经开始变好了,大约是去医务室处理过了。

梁意致开始一个个点名让学生起来回答问题,很快就问到孟昭和和季听雨。

孟昭和是主讲人,讲完后由季听雨补充了一些地方。

两个人的回答都卡在了得分要点上,虽然不是很完善,但多多少少把知识重点全都讲到了。

梁意致没再继续提问,就着两个人的发言把答案完善。

大家开始埋头记答案。

梁意致趁着大家记答案的空隙踱步过来,手搭在孟昭和桌子旁边夸她们:"嗯,你们两个回答得都挺好的。"

一下竞赛课,果不其然季琸杀了过来,拦在孟昭和桌子旁边,语气不善:"孟昭和,你看的是什么复习资料,我想知道。"

孟昭和懒得搭理他,够客气地敷衍了一句:"没有看额外的复习资料,就是梁老师发给我们的那些。"

季听雨在季琸过来的那一刻,麻溜地收拾好书包,低头贴着旁边没人的墙根跑了。

季琸显然不会放过孟昭和,追问:"那道题你怎么想出来的?"

"和季听雨一起想出来的。"孟昭和背起书包,看见他因为听到"季听雨"这个名字时眼睛里立马燃起的嫌弃。

孟昭和绕过季琸下了楼,拿着手机走在树荫下。校园网首页不少动态都是同校校友的,挂在最上面的是季风铃的动态。

一共五张照片,三张是她对脸自拍,另外两张是她拿着手机拍的演讲中的江邢,还特意圈了江邢的账号。

孟昭和犹豫了一下,点进季风铃圈出来的账号。

好家伙,私密账号不公开内容。

从被锁的界面里退出来,孟昭和看着季风铃的自拍,想到了竞赛队里的另外两个人,着实觉得这同父的三个兄妹好搞笑。

更搞笑的还是季琸,他对季听雨的嫌弃太不遮掩了,可全校的人都知道他和季听雨才是从一个娘胎里出来的。

不仅对亲妹妹被异母的季风铃霸凌欺负无动于衷,甚至连他自己也是孤立季听雨的元凶之一。

手机显示的这张照片很漂亮,季风铃其实挺好看的,身材也好,有多少女生不喜欢她虚伪的一面,就有多少男生喜欢她这款类型。

妆容下了苦功夫,修图也是个大工程,但孟昭和没兴趣研究季风铃修了什么地方,更不会留言求告知用了什么拍照软件、什么滤镜。

手划过季风铃的三张自拍,停在了后两张上。

照片像素不高,但江邢硬是扛住了手机原"死亡摄像头"。

列表里不少人都是女生,她们都去看了这次的消防演讲,但凡去的人似乎都拍了照片。

但从照片上看,江邢穿着正式的样子,还真让人以为他是一个品学兼优的好学生。

如果好好做一件事,他也是可以做好的。

孟昭和想到江邢和季风铃全是自己的臆想,对江邢还是改观了不少,虽然不改观也不影响自己喜欢他这件事。

但很快孟昭和就翻了船。

她刷到了江邢和一个女生的合照,似乎是在学校的小卖部,女生穿着校服,一副拘谨娇羞的模样,江邢则笑得自然,照片上还圈了他的账号。

孟昭和把手机一收,腹诽:呵,果然不是什么好人。

江邢此刻正闲着没事刷手机,像是批奏章似的点评着一张张偷拍。

"这张不错,这张也不错……这张更不错。"

周漾听着,觉得他臭美,问道:"就没有不好看的?"

"模特是我,就没有不好看的偷拍。"

周漾嫌弃地撇撇嘴,点开学校论坛都就看见江邢的身影,帖子下全是夸他的,有一条最离谱——

【你觉得江邢是南港外国语学院最帅的吗?】

然后楼主发表了自己的意见,洋洋洒洒写了三百多字的小作文,最后总结就是楼主觉得江邢帅得不得了。

周漾嗤声:"你老实说,这个帖子是不是你自己开小号发的?"

"这说明我们南港外国语学院对祖国花朵矫正视力做的伟大慈善活动很有效果,不出多时,全校人都可以拥有一双雪亮的眼睛。"江邢说着,顺手就拉黑了一个话里带酸的账号。

"也是,你写不出三百字的夸赞。"

"滚啦。"

他们两个在学校便利店里吃冰,各开了一瓶气泡水。

对江邢来说是久违的饮料了,见玻璃瓶的瓶盖上写着"谢谢惠顾",江邢抬手将盖子丢进专门储存瓶盖的罐子里,仰头喝了半瓶。

穿戴整齐的校服有点勒脖子,他伸手扯松领带,单手解了衬衣的第一粒扣子。

有个以前一起打球的男生带着个女生走进来找江邢,说是想跟他照张相,问他可不可以。

江邢身上的衣服还没脱,还是演讲时的那副样子。

想合照的女生缩在旁边很拘谨，江邢倒觉得无所谓。

周漾坐在对面帮他们拍了张照，女生笑着和他们道了谢，拿着手机跑了。

那个男生跟在后面，走出去之后想到什么，又折返回来和江邢他们说："今天晚上我过生日，赏个光？"

拍完照江邢就开始嫌热了，把领带和外套通通解开，又变成了平时那副不羁的模样。他朝邀请自己的那人点了点头，说道："行，到时候说。"

吃冰吃到一半，江邢看见从便利店外走过去一抹身影，背脊清瘦，下午还没有扎起的头发现在随手扎了一个马尾。

他拿出手机给那抹身影发了条消息。

江邢：【说好看我演讲的，结果你居然半路跑了。】

孟昭和：【刷手机已经刷到给我一种自己看完了全程的错觉了。】

江邢：【帅吗？】

孟昭和没回，江邢拿着手机等了一会儿之后继续打字。

昨晚她特意出去帮他熨校服这个忙还是欠着的，更别说今天帮他清理干净了校服上的可乐。

江邢：【我在便利店，来不来吃冰？】

孟昭和：【不打扰你，你和妹妹吃吧。】

江邢看着消息，然后抬头看了眼吃着冰，豪饮汽水后打了个嗝的周漾，笑着打趣："妹妹，注意点形象。"

"什么妹妹？"周漾白了他一眼。

江邢：【这个妹妹没有你漂亮。】

江邢：【来呀，请你喝瓶正常的饮料。】

孟昭和：【不喝，我出校门了。】

江邢：【我给你带回去？】

孟昭和：【好啊，我要吃妹妹同款的。】

江邢把手机收起来，看了眼周漾手里干干净净的碗，问道："你吃的什么口味？"

周漾回道："可可。"

孟昭和是故意的，但她没想到江邢真提了一份冰回来，上面撒着甜腻的巧克力可可浆，底下铺了一层加过黄油压实的奥利奥碎。

江邢把纸杯装的冷饮放在桌上，难得没见孟昭和埋头看书搞竞赛或者赶功课，有些惊讶地问："你也有煲剧的时候？"

孟昭和把屏幕转向他，说："我在看去年全英范围的经济竞赛录播视频。"

江邢把冷饮朝她手边推过去，说道："我狭隘了。"

尽管住得近，但冷饮也有些化了。孟昭和去厨房拿了把勺子，挖了一大勺放进嘴里，特别甜。

江邢随手把外套和书包丢到沙发上，想到今天是周五，周五就意味着今天晚上可以快乐通宵。

手机里收到了在便利店吃冰的时候邀请自己去参加生日会的男生的消息。

聚会地址定在天街。

江邢在书包里找充电器，准备回房间洗个澡收拾收拾出去玩。他视线扫过客厅的人，见她看视频的样子专心致志，不知道是听见了什么，抬手找出纸笔开始记录，双眸低垂。大约是因为眼睛的关系，她不笑的时候给人一种凶凶的感觉。

江邢向来佩服在学习上这么认真的人，放弃玩乐去学习对他而言是一件比登天还难的事情。江邢没打扰她，晃着手里的充电器回了房间，找了一套衣服去卫生间洗澡。

他哼着小曲洗完澡，拿着吹风机把头发吹到适当的干度，随手抓了个发型，带着一身柠檬沐浴露的味道从卫生间出来。

孟昭和还保持着刚才看书的样子，坐姿标准得能让小学生父母含泪拓印下来给他们弯腰驼背的孩子学习。

能让其他父母妒忌的当然不只是坐姿，还有她的脑子和学习成绩。

江邢抓了头发就是要出门，孟昭和识时务地不问。

但他出门的时候还是随口说了句："我出门了，今天晚上不回来，周末放假我直接回家了。"

一句其实寻常到不能再寻常的话。

孟昭和没接话，只是看着他挑着鞋子的背影，一身黑、脚踩联名鞋是怎么都不会出错的穿搭。

孟昭和望过去，看到黑袜子底下还有两个卡通熊的图案。

幼稚。

房子好像没有想象中的隔音，孟昭和隐隐听见了电梯上来的声音，然后"叮——"的一声，应该是电梯门打开了。

孟昭和不知道怎么就突然想到了那天，妈妈拉着行李箱不告而别，楼下接她的男人按了一声汽车的喇叭，回忆中汽车的声音和电梯到达楼层的提示音重合。

妈妈走的时候都没有说一句再见或是交代什么，走得悄无声息，等飞机降落在伦敦北九十千米的地方后才用一个短短二十多秒的电话告诉了孟昭和。

罗马人曾在距离伦敦九十千米的地方落脚，建成了现在的剑桥郡……

孟昭和思绪飘远了,想到那年秋雨绵绵的巷子,他问自己要不要一起走。

窗外,喀城的夜幕已至,月光穿透云层。

霓虹璀璨,港口渡轮来往,灯塔夜里永明,海风从多良和南港一起刮来。

她站在窗边看见江邢走在路灯下,拿着手机在发信息。

下一秒,手里的手机一振。

江邢:【忘了和你说了,我周日晚上也不一定回来,可能周一直接去上课。】

孟昭和看了眼沙发上的书包,还没来得及回他。

他又来了一条信息。

江邢:【少住两天房租能便宜几百吗?】

孟昭和:【做梦。】

江邢:【算了,你爱钱。】

孟昭和:【嗯,而且你书包还在我家的沙发上,你在你书包上安了腿了吗?周一要它自己跑去找你?】

江邢:【我忘了。带个书包这种顺道的事情,你可以帮我的吧?】

孟昭和:【可以。】

孟昭和很快又补了一条。

孟昭和:【给钱,谢谢。】

5

今天有寿星,江邢到的时候茶几上摆了个蛋糕。

许峙不来这种地方,毕竟在学校是"正派人物",家里父母也管得严,平时住校,放假回家家里也有门禁。

江邢借着晃眼的灯光在周漾旁边坐下,伸手去拿酒,说:"看看许峙,再看看我们,我们两个就是没人疼的小孩。"

周漾朝着他拿酒的手背打过去,转手给了他一杯饮料,说道:"喝这个。"

江邢拿起杯子喝了一口,嫌弃道:"果汁啊?"

周漾作势要拿回来,说:"不爱喝?不爱喝你就去买瓶气泡水,别人问起来你就说是香槟。这招你不是还没有用烂吗?"

江邢这人喝不了酒,酒量太差。他老爸和他爷爷当年为了扩大生意,在酒桌上喝趴了一群老板,可这点基因没有遗传给江邢,老子好汉,现在儿子还是三杯就倒。

江邢喝了两口果汁,味觉上只觉得甜,扭头开始找着附近熟悉的人。

最后看了一圈也没几个。

打碟的 DJ 不再是那个花臂美女,今天这个像日本男人,打扮很哥特。

江邝神游了一会儿，觉得旁边一挤，是寿星带着女朋友过来了。

还顺道带了副牌过来，是德州扑克。

周漾见江邝没动，用胳膊撞了撞他，问道："不来？"

江邝就在普里湾这个销金窟里长大，玩牌不精说不过去。但他不怎么想来，拿起果汁抿了一口，说："又不来钱。"

"你还想赢寿星？"周漾抬手挡了挡嘴，"不怕折寿？"

江邝看不上他们的牌技，说道："送财童子要来，我还能拒之门外吗？"

可惜不来钱，还不如今天坐在这里蹭吃蹭喝只管吃饱。

果汁到底没有那个劲，江邝要了半罐果酒。

周漾看江邝吃着果盘，又听他说只管吃饱，笑道："你别喝多了，我怕你三杯倒，到时候你大喊一声打包一份果盘，我来不及捂住你的嘴帮你保住尊严。"

好友是好友，损也是真的损。

江邝咬了口西瓜，说："到时候捂不住了，也不用送我回家，我要说出这么丢人的话，麻烦直接把我丢护城河里，让我一路漂去多良的海里喂鲨鱼算了。"

两个人斗着嘴，还不停地吃着水果。

热闹的不仅是打牌的那群人，还有寿星的手机，从刚才开始就一直振个不停。

有人问他怎么不接。

说起这个寿星就嫌烦："别提了，我妈打来的，非叫我今天早点回家。生日出来玩，通宵才是正常的好吗？在家里过生日不就是和全家人一起吃个饭，别提有多无聊了。我好不容易出来玩一次，一直催催催，烦死了。"

吃着西瓜的江邝身体一僵，脑海里蹦出那个面容有些模糊的人。

他有些记不得爸爸眼下的细纹有几条，只记得爸爸在自己小时候总是出差，最后一次见面是在爸爸生日之前。可那天江邝一早就约好和朋友出去玩，一天没见到人影，晚上回家爸爸又去了外地。

江邝不黏爸爸，除非是林云英打电话的时候他碰巧在旁边才会和爸爸聊一两句。那十余年的相处里，聚少离多，偏撞上那会儿他是叛逆期，不愿意和爸妈交流，就爱出去玩。

然而，某一天那专门为爸爸接风洗尘的饭菜一直等到凉了都没有被动过。

思绪飘远，最终自己戛然而止。

寿星终于接通了快要抖成帕金森的手机，语气不好："我不是说我不回去了吗？我难得出来和朋友玩一次，又不是八十大寿。我天天和你们一起吃饭，少吃这一顿怎么了？我是明天要死了吗？你们等不到明天跟我一起吃饭了吗？"

寿星挂了电话之后，把手机开了静音模式丢给旁边的人，大约是看见来电显示都嫌烦。

他嘴里还和旁边的人念叨家里人的啰唆:"自从我爸妈离婚了,我妈就神经质了。我是她儿子又不是她老公,干吗天天盯着我管着我?"

空掉的易拉罐被随手摆回桌上,周漾余光看见了江邢拿果酒的手,心存疑惑地拿起易拉罐掂量了一下,发现空了好几罐,不由得心里一惊。

这时,江邢开口了。

不是要打包果盘。

尊严还在,至少不用跳护城河了。

他语气不怎么好,没了平时那副嬉皮笑脸的模样:"嘴上说着你妈的不是,敢情你今天出来吃饭喝酒用的不是你爸妈的钱?平时吃饭那叫吃饭,今天叫你回家吃饭是因为你妈当年生你遭了罪。就是不回家吃饭你也要好好地说话,一边啃你妈的钱包,一边叫你妈走远点,全场数你最不要脸。"

被骂的寿星有点蒙,他好心叫人过来玩,结果还挨骂。周围的人都看了过来,是人在这种情况下都好面子,尤其旁边还有自己女朋友,今天还是他过生日。

寿星抬手指着江邢,大声说:"我说我爸妈关你什么事情?我回不回去和你有什么关系?我不回家过生日我不孝顺,你孝顺你体贴那你现在回家端盆水给你爸洗脚啊。"

两人剑拔弩张,旁边的人都很识趣地各自拉着就近的人。

最后那句话刺进江邢的伤疤上,他想到了那个盖着白布的男人,全身僵硬冰凉地躺在停尸间里。

江邢眼神冰冷地说:"你再说一遍。"

一个酒瓶已经被他拿手里了,绿色的玻璃反射着酒吧里的灯光。

江邢虽然嚣张,但不跋扈,也不妄自菲薄,对人挺客气的,见面不算笑盈盈也没有瞧不起人,有富家公子哥的样子和做派,但没有公子哥的架子。

周漾看着那酒瓶就知道大事不妙,劝道:"江邢,算了算了。"

寿星不见好就收,还妄图找点面子回来,嘀咕一句:"什么人。"

周漾眼疾手快地把江邢手里的酒瓶抢下来了,拦着准备动手的人。

劝解的话已经没用,周漾只好把江邢往外拉。从正门出去要穿过舞池,人实在是太多了,周漾只好拉着他从后门走。

天街后面很安静,酒吧里刺耳的音乐小了下来。在鳞次栉比的钢铁森林里,霓虹灯就像是都市的启明星。

江邢扶着根电线杆在醒神,浪费的是喀城最值钱的时间。酒劲上来得特别快,他是一喝酒就脸红的人,酒量差劲。

夜风徐徐,没把他吹醒,反而吹得头重脚轻。他抱着电线杆,难受得想哭:"要死了要死了,我感觉我要死了。"

周漾站在旁边，拿着手机给许峙打电话，听见旁边抱着电线杆的江邢说的话，就知道他要开始发作了，不由得抽了抽嘴角。

电话很快接通了，周漾声音不小："他是我儿子吗？我们一起出来玩，我眼睛难道缝在他身上？鬼知道我一眨眼他就喝了三罐果酒。三罐果酒，我都不敢相信他发酒疯的酒量居然还有这么小的计量单位。"

江邢抱着电线杆，脑子有点涨。

周漾拿着手机，也头疼，问电话那头的许峙："那现在怎么办？我给他送回家？"

许峙不用想也知道结果，说道："那大概率他要挨林阿姨的揍。"

"林阿姨要揍揍他，屁股开花也是他的事情。"

等周漾说完，电话那头的许峙提议周漾把江邢带回去。

犹记得当年他们仨年轻不懂事，想尝尝酒精是个什么滋味。结果江邢喝了三杯就开始发酒疯，差点吐在他奶奶的骨灰盒里。

周漾拒绝道："我家？算了吧，你不知道他发酒疯是什么样子？"

最后没辙了，许峙说："他不是租了房子嘛，你把他送回去呗。"

江邢跟孟昭和合租的，这件事周漾知道。

用余光瞥了眼抱着电线杆的人，周漾有点心不忍地说："是不是对人家女生有点残忍？房东也不是保姆。"

许峙有些不耐烦了："那你就带回家。"

周漾连忙说道："别别别，就送孟昭和那里，我泯灭良知了。"

孟昭和看完视频，写了一张卷子，洗过澡后准备看一会儿书就睡觉。

客厅的灯都还没有来得及关，孟沭就给她打电话问她这周末有没有安排，要不要回家吃个饭。

没有任何安排的下场就是被随意安排。

所以孟昭和随便撒了个谎："竞赛训练。"

孟沭摸准她就是不想回家，问道："你这是要竞选喀城经济部部长吗？一个经济竞赛你有必要为了它连和家人团聚都放弃吗？"

孟昭和想到奶奶那副尖酸刻薄的样子，抿了抿唇，说："说实话，我觉得很有必要。"

孟沭看不见她的表情是如何透着一股淡淡的恨意。

她不招奶奶喜欢，着实不想回去给老人家添堵，也不想给自己找不痛快。

孟沭变招，开始道德绑架威胁她："你要是不回来，爸肯定很失望。而且奶奶已经回去了，就我和爸，还有阿姨三个人。"

孟昭和没有直接回答要不要回家这件事。

她原本想要回房间的，因为这通突然打来的电话，她坐在客厅的沙发上，旁边是江邢随手丢在沙发上的校服和书包。

孟昭和随手理了理，靠着沙发椅背，拿着手机，说道："你去相亲给他找个儿媳妇，他肯定就不会失望了。你顺便早点给奶奶生个重孙，给她找点事情做，她就没有时间盯着我骂了。"

当代年轻人要结婚的早就结婚了，不乐意结婚的谈个恋爱都嫌烦，孟沭就是后者。

孟沭在电话那头愤懑地感慨，如同文人批斗十里洋场里的灯红酒绿："我的梦想不是儿女私情，我想要为社会、为喀城的经济发展做出贡献。"

孟昭和嗤声："你是为普里湾的赌徒提供经济救援。"

孟沭听出来孟昭和是在说自己牌技差，便在电话那头笑道："散散财就当积德行善，下辈子投胎在一个有钱的好人家。像普里湾这种，可以叫我几辈子不用奋斗的。"

知道他又在白日做梦，孟昭和损他："你可以下回赌钱的时候看看能不能碰见老板，问问老板对于养一个二十五岁的'废材'有没有兴趣。"

"你说我能不能当个赘婿？"

孟昭和想了想，翻了个白眼，说："普里湾老板生的是个儿子。"

"你居然是那种对爱情有性别歧视的人。"

孟昭和默了两秒，回道："没有，我只是对你这种脑子进行过抛光处理的人有同情心罢了。"

"你是不是特别喜欢从我身上找自信？"

孟昭和语气平平地说："我只能从你身上找笑话乐子。"

电话被孟沭愤懑地挂断后，孟昭和从沙发上起身，穿着双拖鞋不紧不慢地朝客厅的开关走去，手还没有来得及摸到墙壁，门铃响了。

江邢说过他不回来的，她又没有点外卖……说不害怕是假的。

孟昭和蹑手蹑脚地走过去，从猫眼里只能看见一个头顶，隔着门能听见是男声。

门外的对话有点骇人。

"是不是这家？什么叫好像？哪根手指……中指，呵呵，你最好祈祷是这根手指。如果不是，我给你把手砍了。你用指纹开门啊，你对着我竖干吗？我的脸是指纹采集器吗？"

周漾费了九牛二虎之力把人搬回来了，江邢没有钥匙，这年头都是指纹解锁。

结果问他是哪家，他不知道。

问他是不是这家,他说好像是。问他哪根手指的指纹,现在倒好,直接竖中指。

周漾捏着江邢的手指验了两下后没有成功,结果门开了。

一个穿着睡衣的女生有些胆怯不解地望着他们。

孟昭和望着累得半死大口喘气的周漾,以及靠墙而站的江邢,江邢给孟昭和一种随时双眼一闭就会昏过去摔倒的错觉。

"他这是喝了多少?"

"他?"周漾把人丢沙发上了,"两杯果酒就开始头晕眼花脸红,三杯就倒,能抱着电线杆叫祖宗。"

周漾还算有点兄弟情义,拿起江邢先前丢在沙发上的校服外套盖在他身上,对孟昭和说:"不用管他,晚上锁好门睡觉,只有见过江邢喝醉过的人才知道这个人是有多多事。"

孟昭和把周漾送出门,回来后看着沙发上睡着的人。

还好沙发不小,江邢人高还能缩手缩脚地躺在上面。

孟昭和给他倒了杯水,家里没有蜂蜜,她就在里面加了点柠檬水,也不知道有没有解酒的效果。

孟昭和站在沙发旁边看着江邢的睡颜,和平时没有多大不同。

只是身上的皮肤有点红,脖子是红的,脸颊也透着红。

孟昭和站了一会儿,准备给他在客厅留一盏小灯后自己回房间睡觉。步子刚迈开,一只手摸上了她的腿。

睡裙不长,和校服裙子差不多,江邢穿的也是短袖。

她洗过澡,皮肤凉凉的。

江邢喝了酒,体温明显比孟昭和高了不少。他用胳膊环住她一条腿,不肯松,说道:"老爹,你别走。"

孟昭和想到了周漾说的,三杯倒,还能抱着电线杆叫祖宗,果然是真的。

两个人,一个躺在沙发上,一个站在沙发旁边,僵持着。

孟昭和不敢贸然走,刚刚硬着头皮挣脱他手臂的桎梏,结果他从沙发上下来了。

孟昭和没有周漾的力气,没办法把他弄回沙发上。

他要是下来了就只能在地板上睡一晚。

他眼睛半睁,喝过酒之后双眸含水,可怜巴巴地抱着孟昭和的腿,问道:"老爹,你腿怎么这么滑?"

第三章 我因为你感冒

1

夜晚,晚间公交车还在来回奔波。街头为方案被打回而压力巨大的青年抱着电话痛哭流涕。

零点之后,还没有睡的人就有好几亿。

孟昭和就是那几亿分之一——

江邢这样神志不清的,大约只能算作半个。

"老爹,我没钱花了,我好穷,我现在还在外面租房子,你老婆断了我的信用卡,她就给我点生活费。还好我从小就存了老婆本……"

听着江邢像个小孩和大人撒娇的语气,孟昭和心里有点悸动。

想他大约是不容易的,习惯了花钱大手大脚,现在妈妈还不给钱用。

他这样的人,如果勒紧裤腰带过日子都会让人觉得可怜。

他得寸进尺,抱着孟昭和两条腿不撒手,又将喝了酒之后发红滚烫的脸颊贴着她的腿,把炽热的鼻息洒在她腿上,头发蹭着孟昭和腿上的皮肤。

孟昭和挣脱不开,只好站在原地,半哄非哄地安抚,问道:"你存了多少老婆本?"

"六位数吧,快七位数了。"

闻言,孟昭和收回了自己的同情。

孟昭和垂眸看着沙发上的人,继续问:"六位数,你准备娶什么样的老婆啊?"

江邢慢慢抬头,仰视着被自己抱着腿的人,又低头看着自己面前白皙的腿,眼睛混浊,眉头一蹙。

下一秒,一只冰凉的手贴上了江邢的手臂,好一会儿他才觉得手臂被掐了一把。

弄巧成拙,他抱得更紧了。

孟昭和重心有点不稳,踉踉跄跄地扶着沙发,说道:"江邢,你给我撒手。"

江邢打了一个酒嗝,声音轻轻的:"老爹,我好想你。"

孟昭和站在沙发旁边动弹不得,被他抱着腿,愣是浑身都出了一层细细的薄汗。

她叹了口气,说道:"你就是想我也不能抱着我的腿一晚上吧,我也要睡觉。"

"你要睡觉?"江邢忽然从沙发上坐起来,一把将孟昭和拉到沙发上一起坐着,激动地说,"上回我们苗苗班要带绿植去班级,我叫你给我买仙人掌,你也说你要睡觉,结果第二天拿了阿姨做的青菜给我。"

苗苗班?

孟昭和看着面前这张脸,有十八岁的干净晴朗,又有迈入成熟时的一些刚硬,眼睛水雾蒙蒙地看着她,眉头蹙起。

孟昭和扑哧一声笑了出来:"江邢,你念几年级了?"

他像个小孩一样用头撞她,真把她当作一个大人,凶凶地回答:"大班了。"

孟昭和拿手挡着脸,笑得更开心了。

笑声惹来他不满,孟昭和被他一撞,人朝旁边倒下去。她用手撑着沙发椅背,投降说:"我不笑了,我也不睡觉了。"

江邢这才满意了。

孟昭和坐在沙发上,嘴上继续逗他:"今天幼儿园讲了什么?"

"忘了。"江邢耷拉着脑袋,往她肩上一靠,"我和人打架了。"

"打赢了?"

"打赢了。"他的语气有点小骄傲。

孟昭和坐在沙发上不动,肩上的脑袋仿佛靠不住了,慢慢从她肩头往下滑,微烫的脸颊贴着她的胳膊。

她轻轻地叫了声"江邢",没有人应声。

她垂下双眸看着他的睡颜,悸动将胸腔填满,最后连旮旯角落里都是澎湃的情愫。

头疼是因为宿醉,身上疼是因为睡的沙发。

江邢从沙发上坐起来,眼睛有些睁不开。窗帘都没有拉上,采光特别好在这时候也是个讨人厌的优点。

眼皮重得就像是有人拿胶水给他黏了起来,这种感觉很熟悉,他好几次上课都是这种感觉。

江邢转了转僵直的脖子,环顾四周开始找记忆,脑袋里拼凑不出来回来后的片段了。他只隐隐记得自己喝了酒,然后和人吵架。

孟昭和在写功课,余光里看见江邢顶着一个乱糟糟的发型。他嫌阳光刺眼,用手挡着。

"我昨天晚上怎么回来的?"江邢一开口,才发现喉咙又干又疼。

"周漾送你回来的。"

江邢按了按太阳穴,说:"还好,他还算有人性。"

他看见茶几上孟昭和昨天倒的柠檬水,也不介意过了夜,两三口喝了大半杯,然后摸着口袋找手机——当代年轻人醒来之后第一件事情就是找手机。

他从裤子口袋里拿出低电量的手机,还够他给亲妈林女士打个电话。

电话里的钢琴演奏提示音响了好久,就在快要自动挂断的时候接通了。

江邢靠在沙发上,闭着眼睛缓解着头疼。

电话那头先响起一声"喂",他清了清嗓子,说:"妈,我这周不回去了。"

林云英语气没有任何波澜:"哦,那还有别的事情吗?"

江邢看了看手机屏幕,说:"算了,没事,你继续忙工作吧。"

"没在忙工作。"

江邢不懂了,没在忙工作居然不盼着他回家,也不来看看他,疑惑地问:"那你在干吗?"

"我在宠物训练机构,我来看看'有钱'。"

孟昭和正在写作业,听着江邢在打电话,语气平平,不过是通寻常的对话。

下一秒,他骂了句脏话。

声音挺大,孟昭和被吓一跳。

江邢抓狂地说:"你今天不上班,宁愿去看条狗,都不来看看你儿子?"

电话就这么挂断了,江邢随手把手机丢在一旁,久久没从慈母的爱中缓过神来。手机一振,他点开来发现是林云英的消息。

林云英:【训练机构的人说"有钱"不舒服,我就过来看看了。】

很快又弹了一条信息,是一笔转账。

江邢:【收到妈妈的爱了。】

林云英:【少恶心。】

江邢开开心心地领了钱,倒在沙发上突然意识到自己昨天喝醉了。对于自己的酒品,他一向没有清晰的认知,周漾和许峙都说他喝完酒之后简直就是开启第二人格。

他不信,但他还是转过身,问孟昭和:"我昨天回来发酒疯了吗?"

他刚说完,孟昭和就想到了那个苗苗班,扑哧一声笑了出来。

听到她的笑声,江邢就知道大事不妙,一脸震惊地望着孟昭和,问道:"我干什么了?"

孟昭和知道再提昨晚的事就是给他找不痛快,于是撒了个谎:"你昨天晚上要给我唱歌，我嫌你唱歌跑调，你就哭了，非说你在苗苗班年年都参加儿童文艺表演。"

"苗苗班"三个字就像是三把利刃，一刀一刀狠狠地捅进了江邢身上。

社会性死亡般的凌迟处死。

孟昭和看见视线里的人慢慢抬起手，捂着脸，崩溃地跪在沙发上，背脊弯曲。好一会儿后，江邢缓缓放下手，扭头看着孟昭和。

"我真的干了这种蠢事吗？"每个字都仿佛从他嗓子里挤出来的，万般痛苦，但还祈祷出现一丝希望。

孟昭和在他的目光中，重重地点了两下头。

江邢一脸深恶痛绝，随后又转变成痛心疾首的模样。谁说变脸是女性的专利，江邢也有这么一手拿手绝活。

他倒吸了一口凉气，然后直直地往沙发上一倒，抱着头痛苦地哼唧了两声，开始乱甩锅："啊——周漾干吗要带我过来？"

孟昭和看着电脑界面上的英文，把手搭在键盘上，讲着"安慰"人的话："要是把你丢在街边，你当街表演个苗苗班儿童才艺，也能浑水摸鱼当个街头艺人，所以你应该谢谢他把你送回来了。"

江邢听着不像好话，不解地问："你在安慰我吗？"

孟昭和点头。

江邢扯了扯嘴角，说："你昨天在食堂还说，你大多数情况都是在嘲讽我。"

"记性这么好？天蝎座？"

"十二月二十七，摩羯。"

孟昭和就像个品鉴师分析玉器似的，目光笃定，说道："看来星座也不能全相信。"

江邢反问："你肯定是金牛座的吧？"

"五月十九，金牛尾巴。"

江邢语气肯定："看你这么爱钱，就知道你肯定是金牛。"

江邢妄图用睡眠来遗忘那段足以处死他的可怕回忆。

他一觉睡到下午，窗外暮色昏黄，霓虹落在窗台上，被窗帘隔在外面。

他睡醒的时候肚子有点饿，嘴里和胃里不太舒服，想喝粥，外卖一碗不送，两碗太多。

他穿了双拖鞋从房间出去。

第一眼望过去就看见一个坐在餐桌边对着平板电脑写作业的人，厚厚的一沓纯英文经济学知识,她全要背下来,把每一个知识点都记得滚瓜烂熟才可以。

江邢的脚步声惊动了她,孟昭和回头,抬手暂停了平板电脑里的讲解视频,说道:"睡醒了?"

"你晚饭吃了吗?"

听江邢这么一说,孟昭和将平板电脑的任务栏拉下来,看了眼时间,都六点半了。

其实不吃晚饭对她来说也没有什么,正好可以减肥。这个年纪爱美很正常,她不藏着掖着自己想要变漂亮这件事,这和饿了想吃饭是一个道理。

"没有。"孟昭和搞竞赛忘了时间了。

江邢拖开她对面的椅子坐下来,问道:"喝粥吗?"

最后,江邢随手挑了一份海鲜粥,孟昭和挑了半天也是挑的海鲜粥。

等外卖的时间,江邢习惯性点开斗地主。

孟昭和注意力本来就容易跑,现在听着传统民乐,她实在是背不进了。

孟昭和有点好奇地问:"你都没有功课要写的吗?"

江邢看了眼自己的豆子,还多得很,于是分心回答:"我都是在你看不到的地方用功努力。"

孟昭和翻了个白眼,说道:"你明明就是最后期限近在咫尺了,然后突然意识到还有个任务没做。"

被戳穿了,江邢也坦然地说:"我和你不一样,对我来说能及格顺利毕业就好了。"

是事实。

"老实说,人活在这个世界上,大多都是为了追求高质量的物质生活,但我出生就有这些了。再扯扯别的,比如精神世界,这个得看个人的内涵,难道非要熟读泰戈尔,手捧玫瑰和《圣经》就是好的精神位面?我这人就是脚踏实地,爱好朴素,喜欢打打牌玩玩游戏。"

孟昭和不语,但她承认,有些人这辈子就活在销金窟,打小两眼就看浮华,有的是退路,有的是选择。就像她自小就不喜欢看《美人鱼》和《灰姑娘》一样,她两眼看的是感情寡淡,理解不了童话故事。

江邢看她不说话,问:"受打击了?"

孟昭和摇头,说道:"没有啊,我能认清现实的。不过你既然这么有钱,要不房租再多给点?"

江邢反应过来这就是搬起石头砸自己的脚,马上点开游戏继续玩,说:"当我之前的吹嘘是放屁。"

2

这粥远比他们想象中要来得慢,江邢看见孟昭和在看资料,动手把手机音量关了。

江邢打了两副牌,听见对面传来的写字声音,随手翻了翻她的资料。

江邢没选这门课,所以压根儿看不懂,只觉得资料很厚,密密麻麻的全是孟昭和做的笔记。

绝对的认真。

"我最讨厌的就是留几十页的阅读范围叫我们看,然后写一篇小论文。"

"这不是阅读范围。"孟昭和顿了顿,"这是背诵范围。"

背……诵?

江邢如同摸到了烫手山芋,立马帮她把资料摆正,撒手。

孟昭和学着他刚才长篇大论完之后的发言,问道:"受打击了?"

江邢撇嘴,说:"有点。"

"不是精神位面追求脚踏实地吗?"

"那也留给我一点向上帝祈祷的权利。"

人和人之间的差距体现在各个方面。

周末孟昭和还在看书写作业,正巧江邢有个功课也要交了,便拿着电脑和她一起学习。

他半天憋不出一行字,转眼看孟昭和一张竞赛卷子都要写完了。

这次英语语言和文学又是说的莎士比亚,江邢看着《李尔王》犯困,说:"你说莎士比亚当时但凡多吃两碗饭,天天睡满十二个小时,我觉得他都不至于写这么多话剧和小说。"

孟昭和看着卷子,注意力在题目上,回道:"你但凡少打两副牌,早两天写,你都不至于像现在这么多抱怨。"

江邢无言以对。

他们两个都选了这门课,江邢问她要功课借鉴一下,孟昭和不准他照抄,便把自己的文档发了一份给他。

江邢翻着孟昭和的作业,看着密密麻麻的英文,无奈地说:"我打赌莎士比亚写这句话的时候绝对没有想这么多。"

江邢嘴上说不抄作业,最后还是引用借鉴了不少。

他不知道从哪里翻出来一副眼镜戴上,没有用发胶喷雾打理的头发成了自然的顺毛,额前碎发有些长了,添了几分少年气。

他写作业也不老实,一会儿拿起手机刷一刷学校论坛,一会儿一个个APP点进去,也不玩,就是点进去然后再退出来。

所以效率低下。

作业不好好做，也不能好好玩。

江邢花了一上午东拼西凑到了规定字数，发到了老师的邮箱里，还恬不知耻地对孟昭和说："我要是还和以前一样经济自由，我绝对聘请你帮我写作业。这样你也能赚钱，我也能开心。"

孟昭和看他关电脑了，问道："都写完了？"

"嗯。"江邢把电脑收起来，回忆了一下发现好像还漏了个剪报作业，再想想好像下个月他要打辩论赛，学校的加分课外活动。

不过论题都还没有出，暂时先不用着急准备。

江邢已经点开斗地主了，问道："辩论赛，你打吗？"

"不打。"孟昭和没报名，抬眸看过去，发现他有点失落，"你这表情……怎么，你觉得我要是打你就可以跟我一队，不用准备辩论稿了？"

江邢被戳中小心思了，欲盖弥彰地说："哪有，我觉得你特别能言善辩，少了你的辩论赛都不精彩。"

孟昭和轻笑了一声："江邢，说谎遭雷劈的。"

喀城靠海，这里的天也蓝，但很少有房子一转头就能看见远处的天空。拔地而起的高楼恨不得戳破天空，寸土寸金的地要得到最大的利用，就像蜗居在护城河东边的打工族住的老房子。

"实话，大实话，我觉得你特别优秀。"他瞅了一眼窗外，阳光明媚，"其实我不羡慕你的成绩，我只是羡慕你谈及学习时候落落大方的样子。"

没过两天，能在手机上刷到某某地区大降温的消息，或是某某地区已经迎来零度下雪天，但孟昭和才刚刚翻出来薄针织外套。在喀城，想见雪的难度堪比让现在的房价倒退二十年。

气温下跌二十度，也还有十几度。

几个火气大的男生，照旧穿短袖短裤在球场上打球。

最近竞赛队伍的气氛低迷，马上要连着测验一周，大家心知肚明，那一周所有的考试成绩就将决定代表学校去参加国赛的四个人是谁。

江邢发现孟昭和更忙了，每天晚上八九点回来，回来就是背书看书写作业，欠着他一个月的早饭也要延期了。

江邢七点起床，桌上没有早饭，孟昭和坐在餐桌旁边看书。

末了，江邢才知道她这周的作息。

十二点睡，六点起。

起床后看一个小时书，再去上学。

孟昭和看了眼时间，该出门了，于是背起书包，随手拿着资料出了门。她在小区门口买了两份团子，一边吃早饭还能一边看两眼资料。

孟昭和说："忙过这段时间就好了。"

江邢啃了口团子，回道："我感觉你都要活不过这段时间了。"

"没有那么夸张。"

这话的信服度不高，尤其是她现在还顶着个黑眼圈。

江邢到底不是个有梦想且为什么东西奋斗过的人，不能理解一个竞赛而已，为什么要把自己逼成这样。

江邢吃完午饭回教室，斗地主让手机发烫了，刚收了手机准备睡个午觉，一抬眸就看见孟昭和抱着几本书站在她的储物柜前找东西。

江邢轻手轻脚地走过去，从她身后往柜子里望过去，看见她正在把从书包里拿出的一块粉红色的方形东西塞进一个差不多大小的棉麻小袋子里。

要关储物柜的门，孟昭和下意识地后退了一步，鞋子好像擦到了别人的脚，后肩也撞到了人。

她立马往前躲了躲，回头去看身后的人。

"你干吗站我后边？"

江邢看清孟昭和手里的东西后，有些不好意思，摸了摸鼻子解释自己只是路过，又随口问了一句："你吃午饭了吗？"

今天他在食堂就只看见夏令。

孟昭和锁了储物柜，将小小的棉麻布包塞进校服裙的口袋里，回道："还没吃。"

她今天下午放学晚，所以只能中午去书局打印了点竞赛要用的资料。

结果今天是生理期第一天，疼得她去医务室要了粒止疼药。路上来来回回，到现在都没有来得及去吃饭。

江邢看孟昭和脸上没有血色，没继续跟她讲话浪费她去吃午饭的时间。

放学时，江邢看见孟昭和从教室里出来状态也不怎么样，穿了件针织外套，整理着她带回家的资料，然后赶去训练。

周漾和江邢一起下的课，约他今天晚上一起去网吧。

聊了两句游戏，周漾没听见江邢的回答，顺着他的视线望过去，只看见下课铃响后满是人的走廊。

"看什么呢？去不去网吧？"

没有今天晚上必须要交的作业，江邢把书丢进储物柜里，回道："去，干吗不去。"

孟昭和这样的活法,他可不想要。

她不嫌累,但他看着都觉得压抑。

还是天街的网吧,两台联排的电脑,两瓶雪碧,两份快餐。

可能是因为生理期,孟昭和在教室坐得浑身都觉得冷,将上课前灌满了热水的玻璃杯揣在手里才勉勉强强觉得好一些。

季听雨看了她一眼,从书包里拿了一片暖宝宝给她,然后指了指厕所的方向,说:"还没开始上课,你要不去贴上吧。"

孟昭和接过暖宝宝,把水杯放在桌上,跟她道谢:"谢谢。"

大约是原本要落成雪的小水珠,结果因为喀城常年平均在二十度的气温,只能变成绵绵细雨。

暖宝宝发热很快,孟昭和洗完手从厕所出来,已经觉得肚子上传来暖意了。

正在上楼的梁意致碰见了她,抬起手腕看了眼时间,说:"快点回教室,要考试了。"

"卷子还在你手里呢,不着急。"孟昭和没加快脚步。

梁意致一笑,好像是这个道理。

女孩子生理期和非生理期的状态差别很大,梁意致有个和孟昭和差不多大的妹妹,所以在察觉这种事情上比寻常男人更敏感一些。

考卷发下去,他多少有点格外注意孟昭和。监考时他踱步过去,发现她一手握着水杯,一手拿着笔,完全没有因为生理期影响考试状态。

孟昭和应该庆幸这次考的全部是前天发的资料里的内容,没有任何超纲题目。还好她习惯了资料一发下来就啃内容的习惯,只要背了那份资料就不会考得特别差。

还剩最后一刻钟的时候,孟昭和写完了,手中玻璃杯里的水也已经凉透了。天已经暗了下来,淅淅沥沥的细雨砸在玻璃窗上。

还好收完试卷雨也没有大起来。

梁老师站在讲台上清点了一下考卷数量,把一份新的资料传送到讨论组里。

有人点开后发现有十几页,哀号了一声。

梁意致拍了拍手,示意他们安静,说道:"也不是所有同学都需要看,这次考试没有考到八十分的同学接下来都可以不用来了。"

这是这周第一次考试,淘汰制度已经开始了,这意味着之后每一场考试都会有人被刷下来。

梁意致随手把几张还有空白的卷子拿出来,完全不留情面地说:"这几个同学可以提前放假了,剩下的等我今天晚上批完卷子后等待通知。"

座位上的人面面相觑,孟昭和知道自己能考多少分,内心没有任何波澜地开始整理书包。

老师一走,教室里就开始热闹了。

孟昭和看见前桌的一个女生抱着旁边的人哭:"我昨天赶 PPT,都没有时间看,谁知道这次考试是考这些内容嘛。这老师怎么这样,干吗不提前通知我们,功亏一篑。"

教室里埋怨老师的人不少,特别是那几个直接被梁意致抽出考卷的学生异常气愤地去讲台上把自己的考卷拿了下来,然后揉成团丢在地上。

外面雨不大,但是起风了。

孟昭和背上书包在教学楼前站了一会儿,有些郁闷地想:带伞不下雨,不带伞必下雨的铁律怎么都逃不过。

阴雨绵绵,搞得她肚子更疼了几分。

她摸了摸自己的头发,还好有点油了,淋湿头发就淋湿吧,反正也到了要洗头的时候。

把书包顶在脑袋上,孟昭和加快脚步走在未歇的小雨中。

这时,一束车灯从她身后照过来,车子停在她旁边,梁意致把车窗降下来,望着她,问道:"没带伞?"

"梁老师你在讲废话。"

有谁带伞了还淋雨?

梁意致反应过来,有些尴尬。

孟昭和举着书包站在原地,问道:"梁老师,你要借我伞吗?"

"我也没有伞。"梁意致车里原本是有把伞的,后来被搭车的人借走之后就没了。学校的停车场就在教学楼前,住的地方也有地下停车场,怎么都淋不到雨,所以他就一直没有再往车里多放一把伞了。

梁意致解了车锁,说:"为人师表,我送你回家。"

孟昭和不忸怩,肚子疼得要死,有车坐的这种好事谁能拒绝呢?

上了后座,孟昭和抱着有些潮湿的书包,说道:"我就住在学校旁边的德桦院。"

梁意致认得路,因为就数德桦院这个小区前面最堵车,每次他都有两个红灯的时间去打量那个小区。

现在已经过了晚高峰,车不多,感应式的雨刮器没有节奏感地刮着前挡风玻璃。

车子慢慢开出学校,驶入车流之中。

雨天,所以路上的行人不多,店铺生意惨淡。

德桦院陌生车辆开不进去,梁意致便把车停在小区门口。

孟昭和打开车门,朝驾驶座的人道谢:"谢谢梁老师。"

本来梁意致想叮嘱一句"回去喝点红糖水",但考虑到自己的性别以及师生关系,这么说总觉得有点别扭。

虽然孟昭和是个和自己妹妹差不多年纪的小孩,可到底不是自己亲妹妹。

他伸手拿起副驾驶座的外套递给她,说:"外套借你。"

孟昭和犹豫了一会儿,接过那件外套,笑着说:"谢谢梁老师。"

"少说谢谢,好好准备竞赛,拿个优秀选手给我争点光。"

一下车,风雨皆来。

孟昭和打了个哆嗦,裹上梁意致的外套朝着有屋檐的便利店狂奔而去。

梁意致扶着方向盘,看着那个裹着自己外套有点滑稽的身影冲进未歇的雨中。

平时孟昭和可以不吃晚饭,但是今天不能不吃。

便利店的自动感应门打开了之后又关上,阻隔了外面的凉意。

孟昭和把身上的外套拿下来,指着保温柜里的鸡腿说:"这个,然后再给我一个杯子装关东煮,谢谢。"

感应门再一次打开,放了一阵风进来,孟昭和立马打了一个哆嗦,想了想还是把外套裹上了。

江邢一进便利店就看见孟昭和穿了件抢眼的酒红色西装,不知道她是从哪里找到的这件外套,便问道:"这件衣服好丑啊,丑得我都不想和你打招呼。"

他今天本来不会这么早回来的,结果周漾的叔叔来了无数个夺命连环Call(电话),直接把周漾给整疯了,气得周漾怒气冲冲地回去守家产了。

于是,江邢也退机。

孟昭和刚付完钱,嘴里咬着一块鱼豆腐,低头看了看自己的外套,说:"我们竞赛老师好心借我的。"

江邢闻见孟昭和手里鸡腿的香味,也买了一个,问道:"你怎么没叫他好心送你回家呢?"

孟昭和喝了口关东煮的汤,回道:"送了啊,送我到了小区门口。"

江邢瞥她,语气怪怪的:"看来师生情谊很深厚啊。"

孟昭和显摆道:"毕竟没有老师会不喜欢一个成绩优秀的学生。"

江邢拿过那个鸡腿,说:"那让我也沾个光。"

"嗯?"孟昭和不解。

他伸手直接把那件外套从孟昭和身上扒了下来,然后往他头顶一披,两只手捏着外套的领子,举过头顶。

"过来。"江邢往店外走,"正巧我也没带伞。"

电视剧里披着外套一起在雨中奔跑的画面大多都是进行过美化的。

各种浪漫的音乐和慢镜头处理,将故事里男女主角的情愫用镜头艺术表现出来。

孟昭和想现实中她和江邢这样的才是大多数。

江邢看着自己鞋子上的脚印,有些生气地说:"孟昭和,你再踩一脚,你今天晚上就给我刷鞋。"

孟昭和发誓自己不是故意的,但他刚说完,她一脚又踩上去了。

"你好意思?我肩膀都在外面。

"你就不能走快点?

"你腿多长我腿多长?衣服还是借我的呢。"

他们冲进单元门里的时候,都浑身湿透了。

孟昭和提着那件湿透的酒红色外套,还有水滴下来。

江邢按了电梯,抬手理了理自己的头发,想到了孟昭和路上说的话,抬眸朝她腿上瞄了眼。

这道视线被孟昭和捕捉到了,她问道:"看什么?"

江邢一边继续捋头发,一边说:"就这么看,你腿是挺短的。"

孟昭和怒斥:"滚。"

电梯里通风窗口换着气,绑在出风口的红色飘带飘啊飘。

风正好吹在孟昭和头顶,湿透的衣服贴在身上,寒意翻了倍,她捂着口鼻打了个喷嚏。

江邢望过去,看见她头顶的出风口,把她往自己这边拉了拉,问道:"你不会是要感冒了吧?"

孟昭和吸了吸鼻子,说:"要是没在便利店遇见你,估计不会。"

江邢就是个乌鸦嘴,第二天早上孟昭和起床的时候有点低烧。原本吹点冷风不要紧,结果撞上生理期,抵抗力不比平时。

她换了件长袖校服,里面加了件背心,还把压箱底的校服外套都找出来了。

出门的时候没下雨,但孟昭和还是把阳台上的那把绿伞带上了。

江邢坐在玄关处穿鞋,扭头只能看见校服裙的裙摆,不好抬头,只好低着头说:"你要不请假算了。"

孟昭和从鞋柜里拿了双鞋出来，说道："不要，这周竞赛训练很重要。"

她发着低烧，脸颊倒是红扑扑的，看上去很有气色，就是没有什么精神。

出了电梯，没走两步，江邢就发现她没跟上。

"你这个速度是赶去学校吃中饭吗？"

她发着低烧，嗓子都哑哑的："昨天要不是你非要披着件外套冲回来，我至于这样吗？"

"等着。"江邢往前走，拿出手机扫了辆共享自行车，自行车明显和他不是一个画风的。

他坐在自行车上面，往回骑，刹停在孟昭和旁边，说："来，我载你。"

"你还会骑自行车呢？"孟昭和从书包里拿出一包纸，把后座擦了擦，然后抱着书包坐上去。

"我除了学习不积极，其他地方闪光点不要太多哦。"江邢叫她坐稳，开始说个不停，"不过我没有骑车载过人。"

孟昭和想下去了。

江邢踩着脚踏板，继续说："摔了不赔钱。"

孟昭和抓着他校服，风将他外套吹起，鼓风的校服擦过她的脸。她抬头只能看见他的背影，以他为中心，街景在余光里渐渐褪色。

还车点在学校后门，孟昭和看了眼时间，说道："我自己走路上学从来没迟到过，今天你骑个自行车带我……嗯，迟到了十分钟。"

江邢把书包从车篮里拿出来，催促道："快点快点，我早上是麦老师的课。"

麦老师出了名的严格，成绩可以差，但是最讨厌学生迟到，一个是智力问题，一个是态度问题，态度不端正是大错。

孟昭和再快也快不了，江邢已经跑到校门口了，她还落在很后面。

许峥和夏令今天在后门蹲迟到的人，半天没来一个，一来就来个熟人。

许峥看了眼江邢，碍于夏令在旁边，他实在是不能不记名字，他叫江邢把学生证拿出来，扭扭捏捏的，想蒙混过关。

夏令发现了，一脸正义地说："写啊，主席，做人要公正，要正派。"

许峥只好拿着水笔把江邢的名字写上去，江邢是不在意迟到这种事情，脑袋朝后张望着孟昭和，她磨磨叽叽地刚来。

许峥刚把江邢的名字写完，看见递过来的另一张学生证，还没来得及看清是谁，一只手已经伸过来把那张学生证拿走了。

夏令把学生证塞回孟昭和手里，问道："你怎么迟到了？"

孟昭和说："我早上起床有点不舒服。"

夏令摸了摸她的额头，是有一点烫，又问："吃药了吗？"

还没来得及说两句，许峙把登记的册子递到她们面前，开始以牙还牙："夏令同学，登记啊，字迹写得工整正派一些。"

夏令："……"

3

低烧唯一的不好就是浑身哪里都酸痛。孟昭和一整天上课都只能勉勉强强在状态。

昨天竞赛的成绩已经出来了，原本有十多个人，走了一半。

而剩下的一半里，以后还得淘汰一半。

今天不训练，梁意致叫他们回去背书，明天放学后照旧考试。

江邢还是头一次回家之后发现孟昭和在家。

客厅里灯开着，她裹着条毯子坐在客厅的沙发上，腿上摆着一沓资料，全身就只有一个脑袋露在外面。毯子上有小绵羊的卡通图案，她把头埋得很低，打了一个哈欠。

原本看几遍就能记住东西的脑子，现在记一点忘一点。

江邢把书包丢到沙发上，探身过去看了孟昭和一眼。

她此刻被低烧烧得眼尾有点发红，看见落在毯子上的影子，抬头看他一眼，然后又低头继续背书。

"你吃药了没有？"

闻言，孟昭和摇头，说："明天考试了，我怕吃药晚上太困背不了书。"

这种爱学习的理由，江邢长这么大真的是头一回听说。

江邢来气了，问道："这个破竞赛有这么重要吗？"

"嗯，对我来说很重要。"孟昭和申请大学的简历上需要这么一栏经历。

她耷拉着脑袋又看了几页纸，一瓶矿泉水从旁边砸了过来，再然后是一板退烧药。

"吃。我两个小时后叫你起床背书。你觉得你这个状态背了明天能记住多少？"

孟昭和把手从毯子里伸出来，浑身都没有力气，连个瓶盖都拧不开。手里的矿泉水瓶被人拿走了，再递过来的时候瓶盖没了。

吃完药，孟昭和裹着毯子倒头就睡。

江邢起身把客厅刺眼的大灯关掉，只留下一盏小灯悬在头顶。

孟昭和很久没有梦到妈妈了。

任馥贞是孟昭和妈妈的名字，小时候长在喀城，后来跟着她爸妈一起去美国生活了几年，千禧年前又回了喀城。

结婚前，任馥贞在喀城的一家饭店里唱歌，结婚后辞掉了工作，在家里带孟昭和与孟沭。

因为结婚前的工作，她被街坊邻居认为是不正经的人。

后来她跟一个以前在饭店唱歌时认识的英国男人跑了。

孟昭和那时候还小，经常会看见妈妈用英文和别人打电话，一打就是好久。在电视剧里看见与英国有关的东西，妈妈会告诉孟昭和英国很好，她认识的英国人也很好。

任馥贞将孟昭和抱起来放在腿上，亲昵地摸着她的脸颊，用满是泪水的眼睛看着她，却笑盈盈地说："在那里没有人会对我指指点点，他们不知道我的从前。"

小时候因为任馥贞的话——"英国很好，英国人很好"，成了孟昭和小时候潜意识里的一个片面的观点。后来这个观点随着她长大，随着眼界开阔，靠着互联网飞速发展多多少少变得全面起来。

所以她念"A-LEVEL（英国高中课程）"。

到了前几年孟昭和才懂邻里之间流言蜚语的可怕，懂被人指指点点的痛苦。

她后知后觉地发现她没有见过外公外婆，某一天突然想明白了，因为她妈妈也是被抛弃的那个。

任馥贞在那个英国男人身上找到了安全感，那是孤苦无依几十年的人最需要的。

最终，任馥贞还是抛弃孟昭和走了，她为了她的安全感，对孟昭和做了当年她爸妈对她做的事情。

江邢头一回当天就做作业，腿上摆了一个抱枕。他用着平板电脑，因为笔记本电脑打字有声音，便用电容笔笔尖在捯饬着PPT。

不知道是不是课题简单，他花了一个多小时就做完了。等他发到学习小组的讨论群里，无一例外都是震惊。

江邢懒得搭理他们，PPT他都写了，展示报告再要他做，群里那几个人没有这个面子。

他抬起手腕看了眼时间，还有半个小时。

他的视线飘啊飘，又飘到了孟昭和身上。她缩在羊毛毯里，脸上的红晕还没有退下去，退烧药也不是灵丹妙药，还没有那么快起作用。

放在茶几上的一沓资料上做了不少笔记。

顶上一个空白的地方，被她画了一个大拇指大小的卡通图案。不同颜色的笔代表着不同的记忆程度，认真到如果阅卷老师看了都不舍得给她低分。

这种学习态度江邢要是能有一半，就是读不出书，林云英都能烧高香说是他爹泉下有知，老天开眼。

江邢知道自己做不到，说不佩服是假的。

他把她的资料重新放回茶几上，视线落在她脸上，只剩下浅浅的呼吸声。

不知道怎么回事，心里的感觉有点像他刚把"有钱"买回来的时候，一只巴掌大的小狗，能睡在他上衣口袋里。

没过多久，孟昭和自己醒了。

两个小时还没到。

孟昭和看着只留了一盏小灯的客厅，第一反应就是找手机看时间。

江邢刚给自己倒了杯水，看见她猛地从沙发上跳起来。

"放心吧，两个小时还没到。"

孟昭和摸到了手机，看清了上面的时间后，靠着沙发椅背醒神。她又看到江邢端了杯水，没客气，朝他伸手。

茶杯还没有送到自己嘴边，江邢看她因为发烧有点干裂的嘴唇，想了想还是把杯子给她了。

睡过之后其实脑子更混沌，但是混沌也得背书。

孟昭和睡醒了就没有江邢什么事情了，他打量着她的脸色。

孟昭和还是头重脚轻，走去墙边开了大灯。

"你要不再睡会儿？"

孟昭和摇头，一摇头脖子就酸，有气无力地说："要是考不好，之后有的是时间睡大觉。"

后半夜，江邢起来上厕所，发现客厅还亮着灯。他看了眼时间已经一点多了，结果第二天孟昭和还是起得比打鸣的公鸡都早。

今天有早饭，很简单的培根吐司。

吃早饭的时候，孟昭和还盯着那份资料看。

江邢都头痛了，问她："你们有同情分吗？如果有，我帮你去求求情。"

吃了退烧药，孟昭和已经舒服不少了。

她咬了口烤过的面包，瞥江邢一眼，说："天真。"

吐司烤得很香，江邢多吃了一块。

他出门也不需要涂粉打扮，校服一换，脖子上挂个耳机就可以了，唯一需要纠结的可能是穿哪双鞋。他纠结了好一会儿，选了双孟昭和叫不出名字，但和他其他鞋只有配色不同的鞋子。

"对了，你今天感觉舒服些了吗？"

孟昭和想了想这句话背后可能存在的意思，回道："你不用骑自行车送我。"

江邢按了电梯的下行键，说："不是。"

孟昭和想不出别的意思了，只好回答："还好。"

江邢听见她说还好，开心地说："那你回来帮我把鞋刷了，全是你那天踩的鞋印。"

"你好意思？我因为你感冒的。"

"你是因为腿短。"

"错，是因为你厚脸皮抢了那件外套。"

说起外套，孟昭和把它忘在了干洗店，等放学还得去取衣服。

电梯一路上都没有停，一帆风顺，今天她要考试，感觉是个好兆头。

雨要停两天，给人两天晒干衣服的机会，然后再阴雨绵绵一段时间。这是喀城雨季的规律，但孟昭和还是每天都带伞。

雨伞用不着最好，但需要用的时候如果没有就会更惨。

江邢则是完全的天气预报信徒。

对"天气乱报"无条件地相信，但在孟昭和看来就是忘性大，每天都忘记出门拿伞，或者是他太懒了，懒得每天带把伞。

今天他们两个没迟到，带队查迟到的那个人他们两个都不熟悉。

江邢刚开储物柜的门，突然想到什么，扭头见孟昭和还没走远，问道："你今天考试是吧？"

孟昭和驻足，"嗯"了一声。

江邢将书包从肩头拿下来，说："没事，考试加油。"

昨天那份资料，孟昭和记不太住，上别的课的时候她也忍不住拿出来看两题，然后课也没上好，题也没有记住。

她坐在教室里等开考的时候，窗外开始下起小雨。

看了眼自己旁边的雨伞，孟昭和想起江邢早上出门时还特意翻出降雨概率给她看，告诉她今天降雨概率只有百分之十五。

小概率事件偏偏就是发生了。

开考了，考卷传过来，孟昭和拿起水笔开始看题，考卷越做，她的汗越多，因为大部分题目她一点印象都没有。

江邢没带伞，果然就应该听孟昭和的，天气预报也不能全信。

他记得她考试就会早下训练，原本想给她发条信息，说蹭个伞一起回家的。

但是他也摸不准他们的训练计划，没准今天就不早放学了，也怕给她发信息的时候她在考试。

想了想，江邢活动活动身体，正准备冲进雨中，视线里出现一把墨绿色的伞。

这叫什么？

这叫缘分。

孟昭和步子慢，江邢两三步就追上去了，低头弯腰钻进她伞下，把伞柄从她手中拿走，说："这么巧？我刚准备冒雨回去呢。你今天放学有点早啊！"

江邢说着，往前走。

几步之后，孟昭和就落在了他身后，低着头望着湿漉漉的路面。

江邢这才注意到她的不对劲。

他后退两步走到孟昭和旁边，将伞举到她头顶，弯腰偷看她的表情。她的眼睛有些无神，刚才从伞下出来，头发被雨淋得有点湿了，贴在她脸颊两侧。

她双眸一动，眼眶里的泪下一秒就落下来。

江邢见不得女生哭，牵起她的手，把伞柄塞回她手里，急切地说："我不撑了，还你，你别哭啊。"

这话仿佛打开了水龙头开关，孟昭和眼泪掉得更多了。

江邢又把伞拿回来，看她还哭只能试探着问："那我给你撑？"

他是真不知道该怎么办，他又不会读心术。

孟昭和不讲原因，他只能猜。

猜不对她就哭，哭了他就更不知道要怎么办了，一个恶性循环。

"有人打你了？"

见孟昭和还是没反应，江邢左思右想，又问："你考试考砸了？"

一说完，不仅下雨，还开始打雷了——哭声和着雨珠砸落在伞面上的声音，冲进他的耳膜。

孟昭和湿漉漉的脑袋往他身上一靠，伸臂一抱，撞到了他撑伞的胳膊，伞面一晃。

她哭得狼狈，江邢的衬衣很薄，被她贴着的那一块很烫。

成绩还没出，但是考的时候孟昭和就有预感了。

她知道是因为自己没有像以前掌握资料一样，把昨天那份资料啃熟啃烂，所以考试的时候才会觉得心慌。

好好复习才有考试的安全感。

江邢举着伞，人生头一遭遇见这种事，两只手臂悬空着都没敢往下放。

这个时间点学校里人还不少，住宿生撑着把伞到处溜达，有些为了打印东西，有些要去图书馆自习。雨幕里有伞挡着脸，谁也不认得谁，但能看见抱着的男女。

江邢撑伞的手都酸了，低头看着胸口的脑袋，说："在学校呢。要不我们先出校门,你再抱着我哭?"

他说完,孟昭和放开了他,没搭理他,转身一直往前走,看到人行道的红灯就像是马上要落在她考卷上的大零蛋。

没走几步,头顶的雨停了,孟昭和抬头,看到是自己那把伞。

江邢给她撑着伞,这回更不敢淋到她。她眼睛红,鼻头也哭红了,还好周围的人低头玩着手机,没人注意她这副哭相。

安慰这种话,江邢就没对什么人说过,好友那都是拿来落井下石的。他想了半天的好话,问道:"有一个好消息,听不听?"

孟昭和望着灰沉沉的天,语气不太好:"你要是指我马上可以休息放松,就别说了。"

"不是。"江邢把伞往她那边偏了偏,想到今天自己穿的这双鞋的价钱,又往孟昭和那边站了站,他也不想淋雨。

"你想啊,电视剧里的角色落魄难过悲伤的时候就会下雨。"

孟昭和看了眼阴沉的天,难怪今天降水概率这么低,居然还真的下雨了。

江邢继续说:"这种人一般都是主角。主角的剧本从来就不是一帆风顺的,这样的故事才精彩。逆风翻盘多酷,你想想你这么聪明,你都考不好,别人还能考好吗?"

旁边的人比自己高了一个头,孟昭和仰着脖子看他觉得有点累,还在继续哭,只是从歇斯底里的边缘回来了,说道:"但是别人都在奋笔疾书。"

江邢不是个称职的安慰者,没两下就放弃了,说:"那你哭吧,我也不知道要怎么安慰你。我和你没有什么共情,我成绩一般般,可能你考差的成绩对我来说都是超常发挥。"

江邢现在就是一副爱哭哭,不哭最好,再哭也不安慰了的态度,和他刚来租房时,孟昭和那副爱租租,不租滚蛋的态度差不多。

孟昭和给他举例:"那种感觉就像是你特别想要的一款游戏出了一个活动,游戏的原价很高很高,但是活动方说让你每天签到五次,一共签到一个月,一次都不能漏掉,到时候就可以免费赠送给你。结果你好不容易完成了,活动方告诉你游戏领完了。"

江邢想了想,说:"一般游戏在我这里不存在买不起。"

孟昭和从交卷开始酝酿到现在的崩溃情绪没了,连设想的回家抱着被子哭到睡着的悲情戏码都搬不上舞台了。

南港的雨稀稀疏疏,路面上的水不断流进下水道。

雨水从伞边流下,砸落在地面上,摔得四分五裂。

江邢拿着把伞站在旁边偷瞄着她,发现她情绪居然慢慢稳定了。

江邢就是搞不懂女人，他刚刚好说歹说，孟昭和依旧哭。

江邢已经做好了她大哭特哭的准备，但没有。她不知道怎么就安静下来了，眼泪也不掉了。

"我和你不一样。"孟昭和淡淡地继续说，"我大约是那个买不起的人。"

天灰蒙蒙的，显得目中的世界都成了灰调。

江邢安慰道："别哭了，我有钱，我给你买。"

4

江邢洗完澡，发现孟昭和回到家之后一直坐在沙发上。等他打了好几把游戏，出房门倒水喝，她还保持着那个姿势。

"因为我真的很想去剑桥。"

江邢拿着茶杯像个老干部似的站在旁边，听见学校名字，"嚯"了一声："好家伙，我梦里都没敢觊觎过这个学校。"

孟昭和坐在那里，人没动，眼珠在眼眶里转了转，视线落在他身上，指了指对面的沙发，说："来，坐在那里陪我聊聊天。"

江邢没动，问道："知道在喀城时间多宝贵吗？要不我就按照普通企业里的普通员工的时薪跟你收费？"

"你有普通员工的技能吗？"

"你这是在暗示我按照普里湾的营业额跟你算收费标准吗？"

"现在普里湾的钱也没给你啊。"孟昭和哼了一声，"你现在的时间值多少钱？几百还是几千欢乐豆？"

她讲的是他经常斗地主这件事。

江邢显摆道："我打的都是顶级场，一局六位数进出的高级别场，而且我斗地主可是在全国都有排名的。"

"那你能等会儿再去赚你那几万的欢乐豆吗？"

他不乐意。

孟昭和没开客厅的灯，抱着个抱枕望着阳台外的景色。这里的房子只有地段好，除非是在顶楼，否则在哪里望出去都看不见风景，只能看到钢筋水泥。

坐山拥水的都是资本家。

江邢回房间后忘记拿可乐，再出去沙发上总算没人了，只有一道光从没有关的书房门漏出来。

孟昭和坐在书房的地板上，面前摆了个纸箱子。

江邢除了刚来那天参观了一下她的书房，其余时间都没有进来看过。

书房装修不出什么花样，最大的心思大约是那面半嵌入墙体的书架。这面书架不一定能让她学会什么,但绝对能让她在收废品的大爷那里成为香饽饽。

"你在干吗?"

孟昭和回头朝门口望去,看见穿着居家服的江邢靠在门框边。她把纸箱里的奖状全部拿出来,都是从小到大的各种奖状,说道:"找点自信。"

江邢走到她身后,望见纸箱里各种大小的红本,嘴角抽了抽,问道:"看奖状找自信?"

孟昭和把纸箱重新盖上,放回原位,说:"其实也可以去敲你房门看看你,找找自信。"

江邢表情垮了,没好气地说:"走开,你讨厌死了。"

自己一直以来勤奋努力的目标突然没了,孟昭和坐在地上,仿佛所有的力气都被抽干了,懒得动,什么都不想去思考。

"江邢,你每次考得不好的时候你会怎么排解?"

"你对不好的定义是什么?"

孟昭和想了想,问道:"那肯定是考B考C啊。"

江邢表情一言难尽地说:"我会去庆祝。"

听罢,孟昭和的表情也一言难尽,有点同情,又有点想笑,问道:"你这么蠢的吗?"

江邢被气笑了,忍着动手打人的冲动,舔了舔后槽牙,说:"他人笑我蠢,我笑他人穷。"

孟昭和盘腿坐在地上,仰着头看他,扯了抹笑出来,问道:"你要不去喝点酒?我觉得你上苗苗班的时候最可爱。"

江邢想到了上回自己出的糗,脸彻底黑了转身几步就走了过去,"嘭"的关上了房门。

孟昭和放松脸上的肌肉,没了拿他开玩笑时候的笑意,仰着脖子,盯着房顶上刺眼的白灯看,直到眼睛发酸。

她爱把自己逼上绝境地活着,咬着牙不肯松懈。

因为孟昭和明白,如果原生家庭是一个垃圾桶,是一个盖着盖子的垃圾桶,还有个鳖孙往盖子上压了一块石头,认命就算了。如果不认,只要你不满意,哪怕撞得头破血流,也要铆足劲冲出去。

大多数事情和生活都不会如意,如意是留给江邢这种有钱人的,但低头听天由命,一息尚存地活在虚张声势中的生活她也不想要。

竞赛是她的跳板。

是她攒了好久,每日签到,最后没了的机会,所以她才觉得打击太大。

没考好这个打击对孟昭和来说真是无比巨大,第二天做早饭,她就把吐司烤过头了。

江邢起床去刷牙,闻见了焦味,不顾嘴里的牙膏沫还没有吐掉,叼着牙刷八百里奔袭,一个箭步冲过去,抢救房子于万一。

经过一夜,孟昭和还是没有缓解过来。

路过干洗店,干洗店没开门。梁意致借给她的那件外套没有办法取出来还给他了。

在早餐摊买了两份早饭,孟昭和咬了口萝卜肉丝馅的团子,人没有什么精神。

江邢在便利店里买了两瓶汽水,将瓶口搭在桌沿边,轻轻松松地开了瓶,然后抽了两根吸管,丢进汽水里。

"你这心理素质不行啊,我烧了宿舍都没有像你这么萎靡不振。"

孟昭和嚼着嘴里的糯米团子皮,含混不清道:"因为你有退路。"

她不小心咬到了团子下面的箬叶,胃口没了一大半。

"我妈跟人跑了,我爸再婚了。我爸就是对我再好,我上面还有一个哥哥,所以很多事情我得自己为自己争取。"她说完,看着江邢。

江邢看着她的眼睛感觉好像是他家"有钱"大宝贝被人丢在路边不要了似的。

江邢忽然觉得糯米团子皮有点糊嗓子,一时间不知道要讲什么。良久之后,他想了个办法:"你要是没考好被踢了,我叫我妈去给你求求情。"

想想挺好玩——她是江邢的房东,江邢和他妈妈是学校的房东。

"不要。"

"我这给你弄了条退路,你又不要,自虐啊?"

"这叫骨气。"

江邢嗤声:"骨气?收起你那点骨气晚上给我炖个排骨汤喝。"突然又想到了什么,"顺道给我把那双鞋刷了,全是你踩的脚印子。"

到校门口的时候,团子已经吃完了,孟昭和拿着那瓶汽水,还有点闷闷不乐:"有因必有果,要不是你,我说不定都不会感冒发烧。"

"看看你。"江邢鄙视她,"没底气所以开始乱甩锅,搞什么假设因果论了是吧?"

听着他东扯一句,西扯一句,从昨天开始围绕在孟昭和心头的乌云不知不觉散了一些。

孟昭和说:"我讲得很有理有据,我还要向你索赔。"

江邢继续鄙视她:"我赔你个头。"

两个人在走廊上分道扬镳了。

孟昭和把书包放进储物柜,看见柜子里之前的竞赛资料,心情就跟坐了过山车一样,一瞬间又跌到了谷底。

她把早上上课的相关课本拿出来,从贴在柜子里的课表里确定着上课教室。

视线越过一排排的柜子,晨曦穿过走廊上的窗户,灰尘在空气中跳舞。

江邶站在阳光后面,身姿有些模糊。

总有那么一些人活得轻松,又熠熠生辉,叫人羡慕。

夏令中午吃饭的时候得知孟昭和昨天考试没有考好,往她餐盘里夹了一块小鸡腿,安慰道:"别难过,就算失败了你在我心目中永远是最优秀的。"

"如果失败的我是你心目中最优秀的,那我庸俗。"孟昭和一口咬上小鸡腿,"我还是想做大家心目中的最优秀。"

夏令被路过的学生会成员叫走了,孟昭和颓废着,扒了两口饭。

一个餐盘先出现在孟昭和旁边,再是一个人坐了下来,修长的手指拿着一部手机,手机的界面是斗地主。

"不可能,你就是上了天,在我心目中最优秀的还是奥特曼。"

江邶在孟昭和旁边坐了下来,把筷子往旁边一放,饭菜当前,最重要的还是把这副牌给打完。

孟昭和看他往自己枪口上撞,"哼"了一声后,将鸡腿先给啃了,说道:"你以后斗地主,三七顺子必少张四。"

江邶破防:"你这人真恶毒。"

这把最终还是赢了,看了眼自己的排名和战绩之后,江邶依依不舍地从游戏里退出来,拿起筷子,夹了块虾仁,悠悠地开口:"你们竞赛成绩出了?"

孟昭和又回到要死不活的状态,说:"还没,但是快了。"

"对自己有点信心。"

不知道江邶为什么突然转变话锋开始安慰自己了,孟昭和吐出鸡骨头,斜睨着他,说:"那我也祝福你以后能抓到四。"

这祝福江邶听着怎么都觉得不像好话。

江邶权衡之后,说道:"那我抓到四的好运还是留给你吧。"

孟昭和发愁,说道:"我要是没有被淘汰,我请你吃饭。"

江邶笑了,说:"那为了这顿饭,我要不现在马上翻墙出去,给你去最近的庙里烧炷香?"

孟昭和知道他损自己,朝他一笑,问道:"这么有诚意那你要不把你的虾仁给我,你从现在开始吃素念经?"

孟昭和今天去教室格外早,低着头坐在座位上玩手指。

季听雨照旧背着一个带脚印的书包坐在教室最后排。

季琸在和别人讨论题目,似乎对上回的考试格外有信心:"也不算太难,好好看资料就可以了啊。如果这都做不到,的确挺适合被淘汰的。"

孟昭和没办法不对号入座。

拇指战争,打架的大拇指都要缠在一起了。她愈发觉得胸闷,平时不迟到的梁意致今天也晚到了十分钟。

孟昭和形象代言了一回热锅上的蚂蚁,看着梁意致手里的考卷呼吸都要停滞了。

但竞赛结果报出来,孟昭和刚刚及格。

这次又踢掉了三个人。

孟昭和沉浸在自己没有被淘汰的喜悦中,想到了和江邢中午的对话,趁着老师没有在讲课,她拿出手机给江邢发信息。

孟昭和:【靓仔,晚上请你吃好吃的。】

江邢:【没有被淘汰?】

孟昭和:【对啊。】

江邢:【那我要宰你一顿好的】。

孟昭和:【随便点,不过仅限小区门口的便利店。】

江邢:【抠!】

台上,梁意致扫了一下台下坐着的五个人,说:"大家都知道,最后只有四个人去比赛,所以还有一个人是替补。但我暂时不说谁是替补,大家竭尽所能,全力以赴。不过我还是要挑一个人暂代队长的位置。"

留下来的五个人里,季琸成绩排第一,无疑成了代队长的第一人选。

大家下意识都朝季琸望过去。

梁意致的目光捕捉到台下在偷偷玩手机的孟昭和,嘴角一扬,说:"那就孟昭和暂时当代队长,大家考试忙了一周了,今天不留你们训练了,早点回家吧。"

孟昭和以为自己幻听了,但一抬头看见所有人都看着自己,才发现梁意致选自己暂当队长这件事不是她听岔了。

梁意致对上孟昭和有点蒙的视线,笑着问:"队长有什么问题吗?"

孟昭和人一僵,摇头道:"没有。"

梁意致不是个下课拖拉的人,他从口袋里摸出一个东西抛给孟昭和,说道:"那队长以后第一个来最后一个走,锁门这件事就交给你了。"

孟昭和抬手接住,摊开掌心,发现是一把钥匙。

钥匙挂在一个星黛露的钥匙环上,看上去很女孩子气。

教室里的人陆陆续续起身离开。

季琸起身的幅度很大，椅子撞到了孟昭和的桌子，连带着她桌上的水杯都倒了。

按成绩的确不应该轮到孟昭和当队长，孟昭和没有和季琸置气，假装无事发生，继续整理书包。

季听雨坐在孟昭和后面，用手指戳了戳她的后背，等她回头后张了张嘴，口型是说：恭喜。

5

江邘最后一节上化学课，老师给他们放了一部电影。他回完孟昭和信息，电影还没有要结束的感觉。

他和周漾一起联机打手游，周漾控制的人物忽然停在了原地，直到他们被团灭之后，周漾才在公屏上打了一行能被问候全家的话——

【刚刚我们老师下来了。】

周漾连着挂机两次之后，江邘的游戏体验感差到了极点。

"最近多良的海边是不是又要到冲浪高峰期了。"前桌在旅游公众号里刷到了喀城多良区的推广，拿着手机转身和江邘聊天，"江邘，你是不是会冲浪？"

江邘拿过他的手机，看了眼公众号的名字，然后在自己手机里搜到了那篇文章。大约是在冲浪季开始之前提前预热，各种活动海报都在出。

江邘会冲浪，之前学校出境旅游的时候，有一次是在海边。江邘冲浪的照片还被拍下来在学校论坛火了好久。

"我会啊。"

"冲浪好玩吗？"前桌是个旱鸭子，似乎很来劲，"我们哪天抽空一起去多良冲浪呗。"

"冲浪还行。"江邘公正评价，"就是遇上几个不会看浪的傻子，会很烦。"

前桌好奇地问："啥是看浪？"

这话问的时机就很巧妙。

江邘顿了顿，也不知道要不要回答前桌这个问题。

回答了就像是在骂他傻，不回答吧，又显得自己揣着知识不肯说。

孟昭和下了训练赛的课，在学校门口看见站在树下的江邘。他戴着耳机，手机没有横在他掌心里，看来没有在斗地主。

江邘用指腹划过网页，上面是多良冲浪季的海报。

孟昭和的脚率先出现在他的视线里。

他摘掉耳机,把手机揣回口袋里,问道:"准备好请客了?"

这个时间点还有不少学生陆陆续续放学,孟昭和看见不少人朝他们看过来,便挥了挥手叫江邢跟上。

同样一条路,昨天和今天走过的心情就完全不一样。快餐店里一个个汉堡在疯狂出售,薯条永远是大热门。

德桦院门口的大堵车对两个走路的人来说没有任何影响。

江邢进了便利店,看着孟昭和递给自己的购物篮,问道:"随便拿?"

孟昭和点点头,说:"但如果你买多了,我就涨你房租。"

江邢没接篮子,小声说道:"典型的羊毛出在羊身上。"

"课业知识了解得不错嘛。"

"过奖。"江邢抱拳。

真要叫他选,江邢也不知道买什么。他从这边的货架走到那边的货架,孟昭和刚趴在橱柜前挑着她要的大鸡腿。

江邢走着走着,走到了最里面的日用品区,扫了眼货架上的牙膏牙刷,完全没有购物欲。

再往里走,他看见了被挪位置的电蚊香液,是上回孟昭和帮自己带的,但是下面的标签价格和电蚊香液对不上。

他那时候要的是便宜的那一款,但是拿到手的却是贵的那一个。

店员没有摆错,那就是孟昭和告诉了一个错的价格给他。

江邢的视线越过货架看向那个等鸡腿的人,她拿着手机看着热饮菜单纠结了许久之后,要了一杯热可可。

她点完回头,朝货架后的江邢看去,问道:"你挑完了没有?"

他慌忙错开目光,从货架后面走出来,随手在旁边拿了两包薯片,突然有一个荒诞离谱的想法出现在自己脑袋里。

她是个爱钱的人,江邢一直都这么觉得。

他低头看着怀里结完账的两袋薯片,难得步子比孟昭和慢。

自动感应门打开,孟昭和率先走出店门,两三步就把江邢甩在了身后。

孟昭和走了两步,发现江邢没有跟上来。

江邢站在路灯下,若有所思地望着那两袋薯片。

"你干吗?已经出了便利店大门了,你不能反悔了。"

江邢摇头,说:"不是,我在想你为什么会舍得给我花钱。"

她这么爱钱,但舍得请客,想想就是一件奇怪的事情,莫不是真的喜欢我吧?

孟昭和没理解深层次的意思,只开玩笑地说:"做我好朋友,我请客啊,不过超过十块钱就算了,掺了太多物质的感情不稳定。"

江邢那幻想她喜欢自己的想法破碎了，觉得不可思议，不可思议自己身价居然只有十块钱，问道："我就值十块钱啊？"

"十块钱在我这里也是特特特优待了。"

"夏令也是？"

"那她跟你们肯定不一样。"孟昭和从书包里掏出门禁卡，刷了楼下的单元门。

江邢没客气，趁着孟昭和拉开单元门，先走进去了，问道："除了性别，哪儿不一样了？"

"她以前帮我教训过想要欺负我的人。"

江邢是知道夏令的身手的，高一那年周漾打架打昏头了，学校给警告叫学生会去处理。谁去都没用，就夏令一去两三下把周漾给降服了。

许峙像个小跟班似的站在旁边喊"加油"，最后还恬不知耻地捡了一半劝迷路学生返途的功劳。

"那是不是你哪天身陷囹圄，我闪亮登场把你给救了，你也给我涨点小费？"

江邢说得轻描淡写，那存于孟昭和记忆里，无论什么时候回忆起来都悸动的初遇被他第一次提起，可他不记得了。

孟昭和调整着情绪，假装不在意地问："那你救大哥不是应该的吗？"

江邢钻牛角尖："那你作为大哥这么容易就身陷囹圄，还需要小弟救，丢人吗？要不你认我做大哥？正好给大哥便宜点房租。"

孟昭和不吃这一套："那你当大哥给小弟多少工资？"

电梯缓缓到了第一层，双边门朝着两边打开，江邢下意识伸手挡了一下门边，跟在孟昭和身后进了电梯，抬手按了关门键，又按下楼层键，说道："你自己说掺杂了太多物质的感情不稳定。为了我们坚实的兄弟情，以后别和我谈钱。"

"做你的大头梦。"孟昭和呸他，"下个月房租给我按时按量地交。"

孟昭和第二天上学的时候去干洗店取了梁意致上回借给自己的外套。

梁意致今天把上回两张考卷给讲了，又发了新的考卷叫他们回去做。

他不是个喜欢做板书的老师，因为年纪轻对多媒体的使用频率很高。

他宣布了下课，叫住了孟昭和。他和孟昭和加了微信好友，这样可以直接把文件传给她，还叫她第二天竞赛前早点过来把文件传进电脑里。

梁意致被孟昭和的头像和昵称逗笑了。

昵称是：赐我高分，赐我巨款。

他发了好友验证，说道："还以为你这个年纪的女孩子会更懂憬谈恋爱呢。"

"片面。"孟昭和同意了申请。

梁意致提到了自己的妹妹："我妹妹和你差不多大，她到现在还是个对童话故事格外憧憬的人。即便我们全家都曾经劝说过她，告诉她童话故事是假的，但不奏效。因为她去了迪士尼乐园，从此我就被她贴上了一个骗子的标签。"

孟昭和收起手机，帮梁意致把多媒体关掉，说："这和你妹妹告诉你奥特曼是不存在一样的，梁老师设身处地地想一想吧。"

这招有效。

梁意致想了想，郑重地点了点头："看来等她下次从英国回来，我得给她道个歉。"

孟昭和是个细心的人，连鼠标和键盘都会收拾整齐。

梁意致将自己的东西装进手提包里，看见平时早走的季听雨这次居然还没走，以为她有不会的问题，于是问道："有事吗？"

季听雨抓起书包摇了摇头，说："没有。"

梁意致露出和蔼的笑容，说道："那就快点回家吧。"

"梁老师，我住宿。"

"那也早点回宿舍休息吧。"梁意致催着剩下的两个女生快点回家，自己收拾好了就积极下班。

等孟昭和关完门窗，他人已经没影了，而孟昭和还没有来得及把衣服还给他。

她拿出手机，给才加上好友的梁意致发信息。

孟昭和：【梁老师，你在办公室吗？我把外套还给你。】

季琸最近看孟昭和很不顺眼，他不能理解为什么自己的成绩比孟昭和好，但是暂代队长的不是他，回到宿舍才发现自己漏拿了东西，就烦躁了。

他回到训练室，发现门窗全关了，不得已去教师办公室碰运气。

刚走到拐角，他看见走廊上有两个人影，是梁意致和孟昭和，孟昭和手里还拿着一个袋子。

"梁老师，给。"

梁意致看见印着干洗店标志的袋子，问道："还送去干洗了？"

"因为淋到雨了。"

孟昭和为他送自己回家这件事再一次跟他道谢。

她心里还有一个疑惑，她心里清楚那次考试自己考砸了，即便勉勉强强留在竞赛队里，也不应该当这个暂代队长。

"我选你当然是因为我喜欢你啊。"梁意致慢慢走出教学楼，他的车就停在前面，"我喜欢有拼劲而且认真的人。"

季琸当然也有拼劲,但梁意致觉得优秀选手的荣誉很重要,一个团队的优胜也很重要。

他选孟昭和是因为那天点名回答问题,她和季听雨配合得非常好。

一个队伍里的队友们如果相互讨厌,这竞赛难胜。

梁意致问道:"你想考剑桥?"

孟昭和点头。

"好好学习,竞赛加油,我应该可以给你写推荐信。"

闻言,孟昭和眼睛一亮:"真的?"

梁意致点头,解锁了车,问道:"要不要我送你?"

孟昭和拒绝:"不是我说,您开车送我回去堵在我家小区前那条马路上的时间,都够我走个来回的了。"

梁意致被她逗笑了:"那行,回去路上小心。"

季琸看着一人一车消失在眼前,握紧的拳头慢慢松开了。

江邢今天也晚回去,他下课要去阶梯教室参加辩论赛的抽题。四人一组,他和周漾、许峙、夏令一组。

所有的题目都在大屏幕上显示出来了,前面标好了数字,每个队伍派一个代表上去抽。

许峙坐在中间,朝着两边问:"我们队谁去?"

见大家相互看着,周漾举手说:"要不我去?"

江邢否定:"不要,你手臭,一把斗地主能有一局只有三张大于十的牌,你不行。"

许峙朝旁边的夏令望去。夏令是被临时抓来的,因为他们找不到第四个人了。

她来这队是很不乐意的,这队伍里除了她也就许峙一个比较靠谱的,另外两个一个天天斗地主,一个以前天天打架。

到时候打辩论赛怎么着?用欢乐豆砸人,还是直接动拳头?

许峙说:"看来只能我去了。"

然而不管是谁去,最后都没有差。

因为他们是最后一个被叫上去抽签的,就剩下最后一个了。

他们抽到了反方。

正方:网络使人更亲近。反方:网络使人更疏远。

轮到他们这组还有一个月,也不是很着急准备。

等他们抽完签,孟昭和要下训练赛了。

他们四个准备在学校门口吃晚饭,夏令给孟昭和打电话的时候,孟昭和刚和梁意致道别。

夏令拿着手机,看着马上要出锅的串串,催促道:"快,宝贝,速来——"

第四章 柠檬和甜橙

1

这是家打着川渝名号的串串馆，因为喀城人的口味，已经减了不少辣椒。但常年熏在辣椒油里的店铺，感觉连地面都是油乎乎的。

圆形的餐桌旁坐着四个人，在夏令和江邢中间留了一个空位置。

孟昭和进来时，一锅串串正好刚端上来。

江邢靠着冰柜，问她喝什么。

孟昭和看了眼冰柜里的玻璃瓶，说："雪碧。"

江邢手长，没起身，坐在椅子上开了柜门，伸手拿了瓶雪碧，往他面前的桌沿上一抵，轻轻一撬就开了盖子，然后从筷子笼里抽了根吸管给她。

男生就糙一些，对着瓶子就喝。

孟昭和知道他们今天抽辩论赛题，问道："抽什么了？"

夏令翻了个白眼，泄气地说："别提了，我们最后一个抽，就剩下一个'网络使人疏远'的辩题了。"

孟昭和想了想，觉得这个辩题还可以："我觉得挺好的。"

他们差点被这个辩题气死，想了半天只觉得网络便捷生活，比如视频通话全是使人亲近。

夏令没办法了，甚至还提议："你们记得抽正方的是谁吗？要不我和周漾晚上去……"她说到一半就不讲话了，只是缓缓抬起手，手指划过脖子，又做了个吐舌头的表情。

江邢问道："哪里好了？"

孟昭和想了想，开始给他们分析："网络分很多啊，像网络游戏，多少网瘾少年被送去戒网中心，这不就是一个疏远的例子吗？还有网络碎片化的信息，你片面地了解到了一个人，于是你会讨厌对方，甚至还会产生网络暴力等。这就是为什么很多人说分手都要见面说，在网络上提一句分手多伤人心。"

周漾一边翻书包找笔，一边说："快把报名表里江邢的名字踢了，改孟昭和的名字。"

江邪："……"

他们点的串串还是微辣,但五个土生土长的喀城人,吃个微辣都上头。

江邪全靠饮料解辣,两三口喝了一瓶可乐,一口咬到了菜叶子上的辣椒籽,又辣又麻的感觉从舌头直冲头顶。

他转身,看都没看,随手拿了个玻璃瓶,熟练地撬开,对着瓶口直接喝了起来,倒立的瓶子里泛起白色的泡沫。

孟昭和望过去,先是看见男生的喉结滚动,侧脸在馆子不亮的灯光下半明半暗。

再看到瓶子上的印花贴纸。

除了夏令,其他三个人见半瓶啤酒瞬间消失,眼皮抽搐。

许峙抬起手腕看了眼此刻的时间,计算着这大半瓶啤酒距离对江邪和他们造成威力还有多久。

周漾愣了三秒后,抓了几串,埋头飞速地吃完后,拎起书包,说道:"我先走了。"

许峙看着光速开溜的周漾,在心里骂了他三百遍后,没顾着吃,抽了两张湿巾擦了手,从钱包里拿出今天的饭钱丢在桌上,拎起他和夏令的书包,把夏令从椅子上拖起来,说道:"我们先走了。"

夏令不明所以,一串青菜还拿在手里,愣愣地问:"干吗?怎么就走了?"

孟昭和盯着那只剩下半瓶的啤酒,咽了咽口水,慢慢移动视线,偷偷打量着江邪,不知道他泛红的皮肤是因为吃辣,还是那半瓶啤酒。

她小心翼翼地扯了扯他的外套,问道:"你……上几年级了?"

"还没到那一步呢。"江邪捂着嘴巴打了个酒嗝,缓了缓又开口,"我能走回去。"

孟昭和听罢这才松了口气,说:"那就好。我一个人反正是抬不动你,你要是喝趴下了,我只能亲眼见证一位街头艺人的诞生。"

江邪手抵着额头,慢慢转头看向孟昭和,眼睛红红的,说道:"我走是能走回去,就是得要人帮忙。"

孟昭和刚恢复的表情下一秒就垮了,几秒的思想斗争后,她面无表情地拿起书包。刚起身,一只手抓住她的手臂,把她重新拽回椅子上。

"大哥饶命。"江邪的力气特别大,大约是喝了酒,手下没分寸,握疼了孟昭和。

江邪没松开抓着她的手,另一只手撑着额头,说:"你继续吃,等你吃好了我们再走。"

这种情况下，孟昭和哪里还有胃口，满脑子全是等会儿由她书写的悲惨世界。草草吃了两口，孟昭和拿着许峙留下来的钱叫老板过来结账。

老板指着收银台，意思是叫她过去结。

但孟昭和刚站起来，拉着自己的那只手就收紧五指，握得更紧。

孟昭和起身站在原地，没法动，说道："江邶，你松手，我要去结账。"

江邶现在根本就不能好好交流，否则都不至于在三瓶后觉得自己是苗苗班的。

老板站在收银台后，看着孟昭和和江邶之间僵持着，最后没办法，把收银单据打出来"上门收款"。

他打量着"手拉手"的两个人感叹："小年轻感情就是好，一刻都分不开。"

孟昭和拿着找零，没被辣椒辣红的脸颊，现在有点烫，支支吾吾地说："我们不是。"

老板会意，为自己刚才的话道歉，但又说："没在一起感情就好，在一起了感情更好。"

孟昭和："……"

其他桌有客人喊老板，老板没再逗孟昭和，转身又去忙了。

江邶自己站了起来，手没松开。

孟昭和被他拉着走出店，看着他这几步走得还可以。下一秒，一条胳膊从后面环上孟昭和肩头，江邶不客气地将一半的重量都压在孟昭和身上，说："扶着我点。"

酒气混着他身上总有的那股柠檬味道涌进孟昭和的鼻腔，孟昭和腿一软，差点被突如其来的动作给整跪在地上，问道："你刚从店里走出来时不是挺好的吗？"

"一瓶啤酒都没有喝完就醉了，你叫老板怎么看我？我也要面子。"

湖面被风吹皱，倒映在湖里的霓虹灯影幢幢。路人行色匆匆，擦肩而过。

江邶越走越歪，那一条盲道成了一个指标直线。

孟昭和肩头被他搭着，整个人往他胳膊用力压着的一边倒，说："我觉得我要永久性高低肩了。"

江邶抬了抬胳膊，两只手握上她的肩头，轻轻一扯，将她从自己左边扯到右边，换了一只胳膊搭过去，将鼻息洒在她耳边，说："我手动给你复原。"

红灯亮起，孟昭和站定在路口，短短几步路，比登山还累人。

车流在十字路口穿梭，江邶看着旁边与他无关的红灯开始闪烁，一明一暗的着实晃眼。

他眼睛发酸，脑袋就混了，索性闭上眼睛，低头往孟昭和肩膀上一靠，靠着这么个比自己矮的人也是件难事。虽然他喝多了,但还知道自己走到人行步道下面,借着路面和步道的高度差来缩短两个人的身高差。

旁边等红绿灯的人一直在偷瞄他们俩,然后捂着嘴和同行的人讲着什么。

孟昭和感谢夜色给予的伪装。

江邢嘴里还咕哝着:"我要死了,难受死了。"

他借着孟昭和的肩膀蹭了蹭脸颊,嘴里唉声叹气,还带着些许酒味:"我好不舒服。"

孟昭和被肩头的动静搞得心烦意乱,回道:"你一口气闷了半瓶的时候,不是挺爽快的吗?"

江邢难受地哼唧了两声:"爽快是喝爽了之后人快没了。"

德桦院的门卫坐在门卫室里,这个时间点值班的人不少,几个年纪差不多大的男人坐在一起。不知道是谁晚上喝了酒,熏得门卫室全是酒味。

树木长得和路灯差不多高,路灯被枝叶笼在了里面。前些天降水量大,现在下水道里还泛起阵阵气味。

孟昭和肩头发酸,说道:"江邢,你要是走不动了,你就睡在路边吧,我肩膀酸。"

江邢保持着靠在她身上的姿势,孟昭和觉得自己像个人形拐杖。

他身上的酒味被夜风吹散了,如同喝了软筋散。

"人话?"

闻言,孟昭和偏头,脸颊和江邢架在自己肩头的脑袋碰到了,额头相抵,她望着他有些迷离的眼睛,说:"不是人话是狗叫?你还依旧听得懂?"

他路都走不好,更别说现在脑子接收孟昭和损他的话了。

好不容易磕磕绊绊地把江邢搀进单元门,孟昭和伸手按下电梯的上行键。

他们来得不凑巧,电梯刚刚上去。

一楼最里面的供电房里还有噪音,江邢看见没有人,不顾形象地靠上了墙,如同一块随时要从墙体掉下来的烂泥。

孟昭和浑身都轻了,站在电梯口活动着都快要僵掉的肩膀,看着只喝了大半瓶啤酒就不行的江邢,问道:"难受?"

江邢半睁着双眸,蹙着眉说:"我面部表情是多不标准,能让你现在还问出这种问题。"

"活该。"说完,孟昭和的视线扫过了他,望见了他头顶贴在小灯旁边的飞蛾,还挺大一只。

大约是之前下雨,正好楼道里灯亮着就把飞蛾吸引过来了。

孟昭和想到江邢上回被一只小蜘蛛吓得花容失色,突然有点好奇,问道:"你怕蜘蛛,那你怕飞蛾吗?"

大约是听到自己害怕的东西,江邢点头,那本就因为喝了酒难受的表情,现下看起来更痛苦了。他只以为孟昭和是随便一问,说道:"怕,我还害怕蝴蝶。"

孟昭和"哦"了一声,抬手指了指他头顶,说:"你头上有只飞蛾。"

那个刚刚还如同一摊烂泥的人,现在正用孟昭和都称赞的敏捷身手仰着脖子从原位跑开。

本来是站远点就没事的事情。

正巧这盏声控的节能灯到了时间,自动灭了。

灯熄的瞬间,孟昭和感觉一只手在昏暗中环上了自己的腰,闹出来的动静弄亮了头顶的灯,飞蛾开始绕着灯飞。

江邢憋屈地躲在孟昭和身后,小声说:"我怕。"

"你的心理素质挺奇怪啊。"孟昭和被自己腰上的手臂连拖带拽地退后了好几步,"烧了宿舍还像个没事人,现在倒是哭天喊地了。"

"这是我童年的阴影。"

那截横在自己前腰的手臂十分有力,别说拖拽了,就像是"鲁智深倒拔垂杨柳",原地把孟昭和这小身板拎起来都没有问题。

因为飞蛾乱飞,江邢那截手臂环得更紧了。

孟昭和感觉后颈被一撮头发蹭得有些痒,他躲在她身后,两个人身上的气味混到了一起,是柠檬和甜橙味。

孟昭和低头看着自己身前的那截手臂,说:"喜闻乐见,愿闻其详啊。"

2

这么悲惨的事情,用上喜闻乐见这词就是丧良心。

江邢小时候很皮,皮的程度大约是要上全南港的屋顶揭瓦,免不了两三天就要被林云英打一次。

那时候丈夫还在,不需要林云英去管事情,人也不上班,平时没有什么别的兴趣爱好,就偏爱养些花花草草。

丈夫宠她,特意在家里的后院为林云英弄了一个大花园。

林云英买了好多种花种在里面,养得特别用心,而且在每个花盆里都放了一个记录天数的小标签,特意叮嘱江邢不要去动。

好家伙,林云英中午刚说完,结果睡了个午觉起来,标签全乱了。

挨了顿打之后,江邢对那些小标签没有兴趣了。有天他看见林云英修剪花,江邢哪能懂什么副梢消耗养分的道理,就学着林云英的样子去揪花和叶子。

林云英看着自己心爱的花惨遭"毒手",二十多岁的人硬是被气哭了。于是江邢的老爸揍了他一顿之后,又吓唬他:"你的手要是再去碰花,我就叫那些花咬你,让这些蝴蝶把你吃了。"

这话让那时候还是孩子的江邢深信不疑。

于是,后来他看见林云英修剪花枝,都哭着跑过去抱着林云英想把她拉走,不想自己妈妈被花咬了、被蝴蝶吃了。

江邢虽然长大后知道这些都是老爸骗自己的,但一直没有改过来。

江邢讲得自己都委屈了,忽然听见前面的人咯咯直笑,痛心疾首地说:"孟昭和,我觉得但凡是个人都不会对别人的心理阴影笑得这么开心。"

"行行行。"孟昭和抬手擦了擦笑出来的眼泪,"你把手松开,你抱得我有点喘不过气来了。"

她刚说完,腰上的力道没有了。

那只飞蛾终于找到了想要的位置安定了下来。

电梯也下来了,门慢慢开启。

江邢飞快地奔进电梯,大约是想要摆脱外面那只飞蛾。

可他前脚刚迈进去,下一秒,原地向后转又出去了。

孟昭和不明所以,往电梯里一望,果不其然看见一只硕大的蛾子停在电梯里的广告招商位上。

这电梯,就是打死江邢他都不会进去。

他崩溃了,就是考试前一晚认认真真地复习了半本书,结果第二天发现背的全没有考他都没有这么崩溃过。

"是哪个傻蛋去捅了飞蛾窝吗?"

孟昭和看江邢欲哭无泪的表情,指了指消防通道,说:"也不算高,十七楼。"

江邢望了眼消防通道的方向,两扇紧闭的门上有一扇玻璃窗户,玻璃后面是幽暗的楼梯间。

孟昭和看见他没动,也猜到了:"你不仅怕蜘蛛、飞蛾,还怕黑。"

江邢两只手捂着脸,闷闷的声音从掌心中传出来,还带着哭腔:"孟昭和。"

声音有点可怜,有点委屈,无尽的卖惨里带着讨好。

他这辈子就没有这么憋屈过。他是谁啊,普里湾以后都是他的。他这辈子不能说呼风唤雨,但要什么就有什么的人生他过到现在了。

他怕虫子,家里有的是人帮他把看不见的地方收拾干净了。他怕黑,他一回家,家里就灯火通明。

孟昭和拒绝:"我不。"

江邢动了动手指,从指缝中看向孟昭和,说:"我明天给你做早饭。"

消防通道里的脚步声很大,一盏盏灯在他们前面亮起,又一盏盏地在他们身后熄灭。

等爬到八楼,孟昭和已经喘得不行了。

她扶着楼梯扶手,每一次抬腿就像是抬一副杠铃,两条腿都跟灌了铅一样。

江邢在体力这方面倒是不差,酒劲大约是被飞蛾吓下去了,此刻爬楼梯倒比他回来的时候好了不少。

看见前面的人又停下来了,他问:"怎么了?走不动了?"

孟昭和讲话都觉得喉咙疼,趴在栏杆上直喘气。

"这才爬到八楼你就不行了?"

孟昭和回头瞥江邢,忍着喉咙间的血腥味,说:"你再多说一个我不爱听的字,我就去坐电梯了。"

江邢立马识相了,举起拳头给她加油打气:"要加油,孟昭和。你最棒,孟昭和。不言弃,孟昭和。"

"嗯。"孟昭和看着他,"还是苗苗班的你最讨人喜欢。"

"我没醉。"江邢把给她加油打气的手放下来了,手擦过她的身侧,想了想又抬起来,扣在孟昭和的后腰上,轻轻地用力推着她,"继续走,越休息越累。"

他的手掌隔着校服贴在她腰上,温度和力道一同传递到孟昭和的皮肤上。

剩下的台阶不知道是不是因为他在后面推,孟昭和走得比之前要轻松不少。但最后还是有两个累得半死的人从十七楼的消防通道走出来。

孟昭和开了家门,脱掉鞋之后拖着两条打战的腿慢慢朝着沙发走去。

江邢看样子比她好不少。

孟昭和叫住了他,叮嘱道:"我明天要吃三明治,吐司、鸡蛋、培根都在冰箱里,你记得定个闹钟,不要起晚了。"

孟昭和今天学习的力气都用在了爬楼上面,为了舒缓双腿,她泡了个热水澡,最后还能身心俱疲地看了两个小时的书,还做了一个PPT。

临睡前,孟昭和才发现好几个小时前收到的慰问短信。

来自周漾和许峙。

没问江邢好不好,而是问她好不好。

孟昭和给两个人的回复是一样的。

孟昭和:【痛不欲生。】

不过当晚她睡得很沉,一夜无梦,更快乐的是早上醒来后看了眼手机的时间,发现还可以再睡四十分钟。

只是，自己刚闭眼，房门被敲响了，孟昭和说了声"请进"。

江邢已经洗漱好了，言出必行，真起来给她做早饭了。

"我为什么打不着火？"

"天然气的阀门开了吗？"

"还有阀门的吗？"江邢说完就关上房门出去了。

孟昭和闭上眼睛，躺在被窝里，昨天爬楼梯的后遗症已经出现了，她翻个身都觉得身上酸痛。

她想要再用睡眠补点体力，但下一秒房门又被敲响了。

这次江邢没等孟昭和发话，就开了门，脑袋挤进门缝里，问道："哪个是阀门？"

孟昭和不得不起床，给他把阀门打开，拧着煤气灶开关把火彻底点了，然后迈着都没有小区老人矫健的步伐去卫生间洗漱。

她回来时，江邢端着个碗，正在挑鸡蛋壳，筷子来来回回都没有把那一点鸡蛋壳弄出来，一不小心还把它戳得碎得更彻底了。

"孟昭和，我不会打鸡蛋，鸡蛋壳……"

孟昭和把那碗鸡蛋壳和鸡蛋液混在一起的产物倒掉了，把碗洗干净之后，从冰箱里重新拿了一个鸡蛋出来，先往料理台上一敲，然后掰开蛋壳。

第二个更是熟练，直接单手就开了一个鸡蛋。

最后打开抽屉，抽了一双筷子，挑破两个鸡蛋，很快就打好了一份鸡蛋液。

她总觉得这应该到头了，就回房间换了校服，校服裙的拉链刚拉上，外面又在喊了。

"孟昭和，啊——油噼里啪啦溅开来了。"

孟昭和拿起桌上的校服领结，整理着上衣从房间出来。

她看着锅里已经成炭的培根，叹了口气，使唤江邢去干别的："把吐司放面包机里。"

孟昭和把午餐肉和培根全煎好之后，看见江邢从面包机里拿出四片黑乎乎的面包，有那么一瞬间差点没缓过气来。

"去客厅等着吧。"

闻言，江邢有那么一点挫败感，灰头土脸地从厨房出来，扯开餐桌旁边的椅子坐下。

坐在这里能一眼望见厨房里的一切。

孟昭和重新拿了两片吐司出来，放进面包机里，又抽了一把餐刀，将江邢之前烤的吐司拿到垃圾桶旁边，用刀将吐司表面一层刮掉。

她刮了好一会儿，大约是吐司很烫，她不停地换手拿着。

她费了一些时间把吐司全刮了一遍。

江邠看见她往烤焦的吐司上铺上一层鸡蛋，又放了西红柿、培根、午餐肉，最后挤上沙拉酱。

孟昭和端着两份早餐出来，将她自己烤的那份火候正好的吐司摆到了江邠面前。

没一会儿，孟昭和又拿了两杯牛奶出来，说："吃吧。"

孟昭和咬着那块烤焦的吐司，又硬又苦。

江邠忽然觉得自己身体里有一根线断了。他看着餐桌对面的人，优秀得不真实，却生动又明艳地坐在他面前。

孟昭和面不改色地吃着卖相不怎么样的吐司，硬是全部吃完了。

她把两个碟子和水杯端回去放在水池里，往碟子和杯子里放了一点水，方便晚上回来洗。

孟昭和吃完后回房间拿书包，临出门前她检查了一遍书包里带的东西是否齐全，这是她的习惯。

她忽然想到了什么，又疾步小跑去了厨房，拿了一个塑料袋子。

趁着江邠站在玄关口纠结今天穿哪双鞋的时候，孟昭和扯起鞋子的后跟，两三下就穿好了，没等江邠就出了门。

江邠坐在玄关，从门缝里就能看见等电梯的人。

电梯正好还没有下行，等江邠刚穿好鞋的时候，电梯到了。

电梯的两扇门慢慢打开，孟昭和率先进去了，似乎完全没有等他的意思。

江邠拎起书包，把门关上，心想：我哪里得罪她了，难道是因为今天早上那顿以我的名义但出自她手的早饭？

可电梯门没有关，孟昭和站在电梯里扫视了一圈四周，正准备叫他，却发现江邠已经站在了电梯口。

江邠学着她的模样，望了眼电梯里，问道："你看什么？"

"看昨天那只把你吓得花容失色的飞蛾还在不在。"

江邠看见孟昭和手里的塑料袋，一愣："你先走是因为要给我抓飞蛾？"

孟昭和把袋子团好，按了一楼的电梯按键，回道："不然呢，我可不想再陪你走一次消防通道。"

电梯慢慢向下运行。

江邠的心却是在往上飘。

孟昭和站在他斜前方，背脊清瘦，完全没有青春期发育带来的肥胖驼背的苦恼。

电梯突然停在中间楼层,她看着进电梯的人,朝着江邢那边挪了一些过去。

塑料袋被她闲来无事叠成一个小豆腐块。

江邢视线一沉,心里有个小人在拼命击鼓。

这心动所带来的喜欢突如其来。

3

电梯稳稳地停在了一楼,昨天在走廊的飞蛾也不知道去哪里了。今天天气多云,气温二十度,不算太冷也不算热。

不过没有太阳,早上还是有一点凉意,江邢穿起了校服外套。

孟昭和比他更怕冷一点,里面还穿了一件毛线背心。

树梢被微风轻轻吹过,吹掉了几片枯叶。

昨晚孟昭和还特意泡了个热水澡,泡澡的时候还按了按自己的腿,结果这具严重缺乏锻炼的身体明显吃不消。

每一步都是血淋淋的折磨。

肌肉酸痛真是当代十大酷刑之一。

江邢两三步就把孟昭和甩了老远,他老神在在地戴着个耳机,不知道一大清早在听什么歌。

他停在了小区门口,原本是想因为今天的早饭失误请她喝个饮料,但是一转身并没有看见孟昭和。

江邢折返回去,看她眉头紧锁,以为是早上那个烤坏的吐司导致的,问道:"胃不舒服?"

"腿酸。"孟昭和每抬一下腿都感觉眼泪就要掉下来了。

这还不好办。

江邢走远了,没一会儿骑着一辆共享单车回来了,说道:"来,哥哥载你。"

孟昭和有了上回的教训,实在是不想上车,但是自己走路都要命,在痛死和迟到之间,她还是选择了后者。

不就是迟到嘛,只要不影响她单科考试的成绩就可以。

江邢腿长,撑着自行车。等孟昭和坐稳了,手扯着他的校服了,他才蹬起了脚踏。

小区外面果不其然堵起了车,好在非机动车还没有到动弹不得的地步。

孟昭和扯着江邢的衣摆侧坐在后座上,正对着斑马线后的汽车,缓缓过了马路。

擦过她脸颊的校服带着柠檬的味道,在这个多云的早晨闻起来有些清冽。

夏令和许峥今天又是一起值日，大约是彼此在对方心目中都是会给熟人开后门的"不正直之人"，所以相互监督着。

这次江邢没把孟昭和载迟到，他们两个卡着打铃线进了校园。

夏令朝孟昭和挥了挥手，同她打招呼。这回许峥也看着孟昭和，只是那眼神里带着点同情。

江邢把共享单车还了，拎起车篮里的书包后，朝孟昭和伸手，似乎在问她要不要帮她拿书包。

许峥和江邢是多年的好朋友，他深知江邢实在不是个贴心的人，和女生的话也不多，但女生想和江邢聊天很容易，有一招百试百灵——

问他怎么斗地主，怎么打德州扑克，他能孜孜不倦地讲出朵花来。

许峥想到了昨天收到的孟昭和的短信，又看看今天步履蹒跚的孟昭和，又联想到江邢今天骑了辆自行车，藏蓝色的校服上有一只白皙的手半环着他。

不知道是不是心里有鬼，许峥总觉得江邢看孟昭和眼神都不一样了。

等两个人走进校门后，许峥拿出手机给周漾发了条信息。

许峥：【我们是十恶不赦的罪人。】

周漾：【？】

周漾：【我就早上出门捡到五块钱没交给警察叔叔，拿着钱去买了个早饭，不至于十恶不赦吧？】

许峥：【……】

江邢发觉自己好像真的对孟昭和有些好感了。

今天上午最后一节课时，他路过孟昭和的教室外，正好听见她在讲台上展示 PPT。

配上一个高分展示报告。

投影仪装在教室顶上，孟昭和讲解完下台，从投影仪的光中缓缓走来，光影斑驳。

她的 U 盘没拿走，外教叫了她的名字。

她回头，侧脸完全显现在幕布上，喀城美女标准的长相，骨相优越，英气里带着些别样风姿。那张侧脸完美得如同她刚刚站在讲台上的全英发言。

外教在夸孟昭和。

她和她的学习小组不出意外拿到了一个江邢望尘莫及的高分。

孟昭和的优秀不仅在生活方面，还在学习方面。

江邢鲜有觉得自卑的时候，毕竟没有这个必要，他自我安慰：世界上人太多了，每个人都是独一无二的，每个人应该在自己擅长的地方闪闪发光。

比如他，他这辈子就应该坐在普里湾的金山上，借着钱财镀金，让自己闪闪发光。

可他忽然发现，有些人内在的东西远比身外之物要更夺目。

即便是荧荧月夜的清辉微光，也可以撼天动地。

撼了他的天，动了他的地。

中午，夏令和孟昭和一起吃饭。

夏令不知道江邢喝醉就容易触发"第二人格"的事情，说道："昨天的串串还挺好吃的，可惜我都没来得及吃几口就被许峙拉走了。果然吃饭还是不能和男生一起去，下回我们两个一起。"

孟昭和想到了自己差点高低肩把江邢搀扶回去这件事，对夏令的话十分赞同。

中午吃完饭，夏令想拉着孟昭和逛一圈学校的，但孟昭和实在是不便，两条腿疼得她恨不得倒立用手走路。

梁意致突然在竞赛的讨论组里空降，在群里发了一本书，说这本书很不错。

梁意致没有说这本书和竞赛有没有关系，但群里的人都默认他发任何东西都是在考验他们。先不管和竞赛有没有关系，首先要把书搞到手再说。

孟昭和上网搜了一下，发现这本书要两三百块钱。

她摸了摸口袋，发现校园卡在口袋里之后，便跟夏令告别，去了图书馆，想找找看有没有这本书。

江邢正巧在图书馆赶放学前要交的功课，抬头放松眼睛的时候，看见一个眼熟的身影从门口进来，拿着手机和校园卡在一排排书架前穿梭。

很快她就走到了最里面经济学书籍的架子前。

孟昭和认真的学习态度让她不太擅长一目十行这项技能，只能费力地一排排找过去。

再高一层的架子，她不太好找。

她正准备问图书馆管理员要个上书理架用的小板凳时，江邢走了过来。他视线扫过一排排陌生的经济学用书，问道："找什么呢？"

孟昭和把梁意致发出来的图片给他看，说："找这本书。"

江邢这个身高找起最上排的书架不费吹灰之力，他看了一圈没有看见孟昭和要的书，问道："你们上课要用啊？"

孟昭和又认真地重头找了一遍，说："不是，我们竞赛老师突然发出来的，说是这本书很不错，我上网搜了搜，觉得太贵了，刚刚查到图书馆还有一本库存，就想来找找。"

江邢"哦"了一声,大约是觉得自己有点英雄救美了,找起来很认真。

孟昭和也随口问了问:"你呢?你居然没在斗地主?"

"赶作业。"

"那你要不还是先去赶作业吧,本来就靠着点平时分混及格,别耽误了。"

这话说得就像是当时她说他能不能等会儿再去赚那几万欢乐豆似的。

江邢最后在最上排的架子中间找到了孟昭和要的书。

书上面还有点灰尘了,江邢把书抖了抖,吹掉了些许灰才递给她,说道:"看看是不是这本。"

孟昭和接过去,打开手机里的图片比对了一下,说道:"就是这本。"

这忙孟昭和没叫江邢白帮,转身辅导他写功课了。

江邢的英语语言和文学不能说不好,简直就是惨不忍睹。

孟昭和坐在他旁边,看着偏向自己这边的电脑,里面的句子全是江邢为了凑字数写的。

也不知道他从哪里学到了"先打一大段废话,然后把废话的字体改成白色的"的凑字数招数。

孟昭和发现改他的论文等同于自己要重新写一篇,看了眼电脑右下角的时间,差不多够给他整理个大纲出来。

她忍不住好奇地问:"你当时为什么要选这门课?"

江邢坐在旁边像个乖学生,认真地看着孟昭和大段大段地删掉他论文里的糟粕,回道:"不是至少要选三门课吗?我原本准备高一考完就丢掉这门课的,结果我音乐课出了点问题,就只能丢了音乐,为了成绩我还得继续学这门课。"

孟昭和一愣:"你?音乐?"

很违和。

江邢和音乐凑一起的违和感就像他今天骑了辆共享单车载她上学一样。

"嗯。"江邢难得自豪了起来。

孟昭和打量着他,问道:"你去学指挥?"

江邢拍了拍胸口,说:"我吉他、钢琴都会。"

这话说得气势十足,就像是他之前说普里湾是他家开的一样。

孟昭和没讲话,但表情怎么看都是不信。

"等我下次回家了,我把吉他带来,给你展示一下魅力十足的我。"

"魅力十足的你先搞定你的功课吧。"孟昭和不和他贫嘴了,江邢这个作业她早就写完发到老师的邮箱里了。

江邢听罢立刻闭上嘴,垂下脑袋。

孟昭和当时做作业的时候有一个弃用的版本,现在看了江邢自己写的那些,她感觉自己弃用的都比他这版要好。

反正也是弃用的，干脆直接给他用了。

孟昭和打字不慢，脑子有墨水，帮他写起来也很轻松。

这做作业上的轻松是江邢没感受过的。

一个个意料之外的单词在文学的文本上出现，连成一句句紧扣中心思想的句子，很快一个大体的框架就写完了，只需要江邢自己再扯点废话就好了。

孟昭和把电脑推回到他面前。

江邢拉着文档的进度条，实在是不知道要把自己那些糟粕的句子穿插在哪里。

孟昭和托着腮在旁边监督，现下她都帮他完成了百分之七八十了，剩下最后一点最简单的他得自己完成。

过了一分钟，孟昭和都没见江邢敲下一个字，知道他是真写不出来了。

"我实在是好奇发生什么事情了，能让你丢了音乐都不丢这门课。"

江邢环顾四周，朝着孟昭和勾了勾手指，小声给她解释："我有一回好奇我们音乐老师假发的材质，就趁着老师不注意拿了把剪刀剪了一小撮。"

他说到一半停了，但孟昭和知道绝对没有那么简单。

"谁知道他秃不是秃头顶，是秃了后面，我就把他头顶原本就稀少的'原住民'剪掉了一小撮。"他继续说，"我怕被他发现之后他可能会刁难我，我干脆第二学年就把这门课给丢了。"

孟昭和撇嘴，说道："江邢，你太缺德了。"

江邢最后磨磨叽叽地把功课搞定了，也不乐意检查一下有没有打错的单词，直接往老师的邮箱里发过去了。

他把电脑合上，随手装进书包里，说："赏个脸，晚上请你吃饭。"

"你不是落魄得恨不得我房租收便宜点嘛。"

"到了我这个身价，破产都是件难事。"江邢背起书包，跟孟昭和一起往外走。

"喊。"孟昭和嗤声笑他。

"所以你给不给面子？"江邢又问道。

孟昭和伸手，说："要不我这点功劳折现？"

江邢朝她手掌心来了一巴掌，说："你就爱钱。"

"废话。"孟昭和朝着借书登记的地方走去，把手里的书和自己的学生证都递给工作人员，然后倚着前台看向江邢，"我这个身价的思想觉悟没有少爷你那个身价阶层的高尚情操，我这人市侩。"

"少爷"这词听上去恭维，偏孟昭和每次用这个词都有一股说不出的嘲讽。

孟昭和提醒江邢："今天周五，你上周就没有回去，这周还不回去体验

105

母爱?"

江邢还是头一回把周五给忘了,说:"那我周日回来请你吃。"

孟昭和挑起眉尾,回道:"不少住两天要我便宜房租了?"

江邢轻哼了一声:"你爱钱,君子不夺人所好,正好很巧,我有的是钱。"

孟昭和点点头,说:"是是是,有六位数的老婆本。"

江邢有点抓狂:"我那天喝多了把这件事都告诉你了?"

"嗯。"孟昭和瞧见他崩溃的样子,喜滋滋地点头,"用老婆本请别的异性吃饭,江邢你玩得挺刺激的嘛。"

4

梁意致放学后给他们上课,看见了孟昭和借到的那本书,就点了点头,什么也没有说。

孟昭和今天训练得很晚才下课。

梁意致今天没着急下班,等大部分人把书包都整理完准备走了,突然叫住了孟昭和,还让她把今天中午借到的书一起带过来。

孟昭和只好把书包重新放回座位上。

季琸看了眼孟昭和,似乎在犹豫自己要不要主动留下来。

季听雨悄悄走过去,喊了一声季琸:"哥,今天周五一起回家吗?"

季琸瞥了她一眼,没理她,背起书包这才从教室离开。

窗外天已经暗下来了,孟昭和站在讲台上,手里拿着一支笔,跟着梁意致一起翻书。

"我下周要出一趟国,我周末准备好你们下周需要的考卷,你到时候监督他们做。这本书上有很多道例题,还不错。我下周五晚上回国,所以那天就不会回学校了。这几道例题你周五训练的时候写在黑板上,叫他们抄下来。这几题比较难,我先给你讲了。"

孟昭和"哦"了一声,又跑回座位把自己的平板电脑拿了过来,问道:"那梁老师你今天干吗不一起讲了?"

"我上学的时候就最讨厌拖堂的老师,我坚决不做这样的人,今天周五还不都是归心似箭。"梁意致看孟昭和站在讲台旁听会累,想了想拿着书跟她一起坐到下面的课桌上。

孟昭和点开平板电脑里的做笔记软件,撇了撇嘴,嘀咕道:"留我一个就不是拖堂了啊?"

"你是队长,牺牲点课后时间。"梁意致说着卷起袖口,露出一截小臂,"怎么,你也归心似箭啊?周五有约会?"

"嗯。"孟昭和扯谎,"帅哥学弟。"

"你才多大,还学弟。"梁意致笑他们这些小年轻,"用小天才电话手表?"

"我要再年轻个两三岁,就把年龄范围扩大到用尿不湿的。"孟昭和把自己借来的书翻到和梁意致同一页。

听罢,梁意致笑着摇了摇头,约莫是因为孟昭和的话而笑,也或许是在笑两个人之间的代沟。

大约是自己妹妹也这么大,也是个嘴贫的,梁意致瞧着孟昭和就跟瞧见自己那个比自己小了十岁的亲妹妹一个感觉。

梁意致说:"看见你就想到了我妹妹。"

孟昭和眨眼,问道:"亲切吗?"

梁意致撇嘴,摇摇头,说:"头疼。"

孟昭和笑得脸都要垮了。

梁意致想起妹妹脸上带着笑,全然不似他说头疼时那副嫌弃的样子。他妹妹是家里最小的孩子,他爸妈年纪大了才生了一个女孩,全家都宠她。她有点任性,但不是骄纵,每天跟个小麻雀似的在你耳边叽叽喳喳,但碰到一点挫折就垂头丧气了。她最喜欢去伊顿公学看看帅哥,找几个精英帅哥跟她一起去泰晤士河畔喝喝茶。

今天留下孟昭和也不是为了开展他妹妹的研究座谈会,梁意致不和她贫嘴了。

书已经翻开了,梁意致很快就又进入了教学状态,只是认真的状态刚进入,就瞥见窗外的人影。

他定睛一看,是折返回来的季琸。

梁意致问道:"怎么了?"

季琸走进教室,说:"我有东西落下了。"

梁意致没再说什么,只是等他拿到东西后,提醒了一句:"回去路上小心。"

看见孟昭和的视线还在季琸身上没有收回来,梁意致用手里的书敲了敲她的脑袋,说道:"收。"

孟昭和这才集中注意力。

季琸和季听雨是龙凤胎。

因为季琸是个男孩,让他们两个的妈妈谢澜腰板都硬了。原因很简单,季风铃的妈妈就只生了一个女儿。

虽然季琸是个私生子,但好歹也是季家唯一的儿子,再不受待见也比季听雨要讨两个老人喜欢。

他也不怎么喜欢自己这个妹妹,全家都不喜欢她。

今天是周五,季风铃这周末生日,所以爸爸绝对不会来他们住的小家吃饭。季琸揣着那张高分考卷有点心情不好。

期待了好几天的夸奖,今天也要落空了。

快走到校门口,他突然发现自己的校园卡没有拿。

季琸本来就不想和季听雨一起回家,干脆折返回去,趁机想要甩掉她。

走到教学楼下时,他发现训练室里的灯还亮着,就蹑手蹑脚地上了楼,就看见梁意致在给孟昭和"另开炉灶"。

两个人坐得挺近,在说说笑笑。

桌上摆着两本书。

季琸这样一个对别人复习内容都好奇,还特别看不惯别人复习的人,撞见这样明显的补课场面,心理怎么都平衡不了。

又想到之前自己碰见孟昭和还梁意致衣服,隐隐约约听见梁意致说喜欢她,不禁黑了脸。

他从训练教室走出来,怒火在看见还在校门口等他的季听雨时更旺了。

回家的一路上,季听雨很有眼力见地跟季琸保持着距离。

一回家季琸就钻进房间里,用力地把房门合上了。

谢澜掐准了两个小孩回来的时间,正把热好的便当端出来,听见季琸的关门声,马上把手里热好的便当放到桌上,问正在门口脱鞋的女儿:"你哥哥怎么了?"

季听雨摇头。

她想到书包今天被季风铃踩过,怕弄脏沙发就随手放在了玄关的地上,抬头看着桌上的便当,只有一份。

是季琸的。

她有自知之明地自己去厨房把还没来得及热的便当放在微波炉里。

谢澜正在儿子房门口劝说着他出来吃晚饭,但没被搭理之后,叹了口气。

她转头看见女儿在吃饭,使唤道:"别吃了,你去看看你哥怎么了。"

季听雨没动,说道:"他看见我只会更生气,我不去。"

"你们两个不是在一个学校上学吗?你怎么会不知道他因为什么生气?是不是他考试没考好,还是竞赛出了什么问题?"

季听雨和季琸选的课都是一样的,知道他不是因为考试,想了想大概只有竞赛。

"应该是竞赛吧,我们竞赛队选了一个代理队长,哥没有被选上……"

季听雨说到一半,卧室的门猛地被打开了。

季琸一副被全世界亏欠的表情,大声说:"她又不是因为实力,梁老师完全就是偏心。我明明成绩比她好,我省赛还是优秀选手。"

谢澜听见儿子怒气冲冲的声音,把专门给他热好的便当拿过去,赶忙上前安抚:"是是是,你最棒了,妈妈知道你成绩最好。你先把晚饭给吃了,我们有成绩,不怕老师偏心……"

"你懂什么啊,要不是我今天又折返回教室一趟,我都不知道老师给她偷偷补习。"季琸把谢澜手里的便当打翻在地上,"凭什么呀,我成绩最好。"

"是是是,妈妈知道。"谢澜哄着儿子,"妈妈知道你最优秀,你是妈妈的骄傲。"

季听雨站在微波炉前翻了个白眼,聪明地拿着便当躲在冰箱后面隐藏自己。

耳边是季琸抓狂的声音,季听雨不看都知道妈妈现在卑微地讨好着自己的儿子。

谢澜把季琸看得最重要,因为那是她唯一能待在季家名正言顺的筹码,哪怕是一个被宠坏的儿子。

一个见不得别人比自己好的儿子。

一个看见亲妹妹被人欺负还无动于衷,甚至落井下石,自以为世界中心的哥哥。

也不知道他哪里来的自命不凡。

季听雨手里热腾腾的便当盒里没有多少荤菜,不比季琸那份有肉有鸡腿。

直到季琸开始口无遮拦地诋毁梁意致,季听雨才从冰箱后面出来,反驳道:"梁老师不是那样的人。"

季琸扯高了嗓门:"怎么就不是?我之前都听见梁老师说喜欢孟昭和,她说不定就没有那个实力来我们训练队,全靠梁老师给她开后门。"

"季琸,你有证据吗?全是你自己联想的,梁老师为人师表,对学生好是因为他是老师。他对我也很好,不像你,作为哥哥你在学校里还要欺负我。"

吵架这回事最初就是比嗓门大小,季琸扯开了嗓门,季听雨不甘示弱,也提高了音量。

站在旁边的谢澜被吵得耳朵都要疼了,她到底还是心疼儿子的,气冲冲地走进厨房,朝季听雨屁股上来了一巴掌,吼道:"好了,你替个外人说什么?"

季听雨调转枪口:"那他还是我哥哥呢,他在学校怎么对我的你知道吗?"

"死小孩,你怎么不想想是不是自己做错了什么,所以同学们都不喜欢你,还好意思怪你哥哥……"

不等谢澜说完,季听雨就把手里的便当盒塞回到她手里,说:"你就偏心。"

周五江邢要回家。

孟昭和觉得错过他请客已经是一件难过的事情了,没想到今天爸爸给她打了电话,叫她周六无论如何都要回家吃个饭。

第二天孟昭和故意起晚了,结果孟沭没眼力见地非要来接她。

孟昭和不接孟沭电话,他没有门禁卡,只能在楼下一直按门铃,最后孟昭和认命地起床去给他开了门。

电梯来得挺快的。

等把孟沭放进来,孟昭和才想起江邢摆在外面的那巨大的鞋柜。孟沭是个男的,一眼就知道这百分之八十是个男生的手笔。

孟沭觉得颇为有趣,说:"孟昭和,你胆子挺大啊,和男生同居了啊?"

孟昭和心虚,但表面装得好,不以为意道:"就不准女生有这种爱好?"

孟沭隔着透明的挡板看着里面的鞋,从款式和大小来看,百分之百是个男生的鞋。

他随手拿了双鞋,看了看鞋码,说:"看来这个妹妹脚挺大,都和我脚差不多大。"

"就不准女生脚大?"孟昭和死鸭子嘴硬。

孟沭看破,继续逗她:"你要不把这个妹妹介绍给我?我正好没有女朋友,这妹妹的嫁妆可不少,我们两个在一起了,鞋子可以大家共穿,以后买鞋的钱都省了。"

"不给。"

孟沭笑呵呵地问:"干吗不给?你们都是女生,你留着有什么用啊?"

孟昭和知道孟沭看破了,哼了一声,回房间换衣服:"你管我。"

孟昭和故意磨叽,所以等从德桦院出来的时候,已经过了十一点了。

连着车载蓝牙的手机打进来了一通电话,孟沭看了眼中控显示屏,随手接通电话。

奶奶的声音从车的音响里传出来,很亲切慈祥。

"乖孙,你怎么还没回来?"

孟沭回道:"我去接昭昭了。"

昭昭两个字一出,电话那头的气压都低了:"你去接她干吗?她倒是架子大,吃个饭还要人去接。昨天你爸爸就打电话跟她说了,知道今天过来吃饭还磨磨叽叽,现在都几点了,不知道早点起床坐公交车来?"

声音从音响里直接传出来,孟沭都来不及断开连接,他偷瞄了眼孟昭和的神情,平淡中又带着点习以为常。

孟沭没再多说:"奶奶,就这样吧,我先挂电话了,我在开车。"

话题又回到了他身上后,奶奶的语气又立马转好:"好嘞,你要小心,要注意安全,别开太快,慢慢来,我们大家等你回来了再开饭。"

电话挂断后，车载音乐继续开始放。

孟沭偷偷打量着孟昭和的表情，小心翼翼地试探："你还好吧？"

孟昭和淡淡地开口："我觉得你现在可以叫辆救护车在楼下，到时候我和奶奶终归会有一个被气晕送医院抢救的。"

"你们两个有这么势同水火吗？奶奶都多大的人了，没几年了。算了吧，你就听过拉倒，别放心上。"

孟昭和转过头瞪他，语速飞快："为老不尊的又不是我，我是个人，我心脏揣身体里呢，耳朵也没问题，做不到听过拉倒，也必须要放心上。等晚上了我还要打个手电筒躲在被窝里在我的日记本里再记她一笔。"

孟沭不敢再说了，就怕说什么都是火上浇油。

开到禄定区的时候已经过了十二点，车窗外的天空像水洗过一样的蓝，日头也正好，可惜这么好的天气要见个不想见的人。

不知道是不是心理作用，看见孟沭按了楼层键之后，孟昭和觉得胸闷气短。

孟昭和不情不愿地从电梯里出来，门铃刚按响，门就开了。

孟父站在门口，朝客厅喊了一声："妈，小沭和昭昭来了。"

孟昭和站在门口的地毯上换鞋，看见自己脚边的老人运动鞋，不动声色地踢开了一些。

孟沭的两个后妈来得都很是时候，二妈任馥贞来的时候他还小，很容易就接受了。现在这个后妈容汶来的时候他都大学毕业了，更是无所谓。

孟沭表面功夫做得好，有礼貌地把家人都喊了一遍。

在他衬托下的孟昭和就显得有点不懂事。

她就在门口叫了声爸爸，然后朝着后妈轻轻地叫了一声："容姨。"

孟昭和看着唯一没喊的奶奶，有点纠结。

喊了要被骂，不喊也被骂。她最后还是选择了后者，留点力气。

奶奶笑嘻嘻地"乖孙乖孙"叫着孟沭，全然把孟昭和当个透明人。

孟昭和也高兴，省得两个人相互看不顺眼。

容汶将围裙解开，招呼他们洗手准备吃饭。

孟昭和识相地挑了个侧面的位置，既没坐在奶奶对面，也没有坐在奶奶旁边。

慈父孝子的两个角色全被父子两个拿走了，一个剥虾一个敬酒，还有个入门没几年的儿媳妇给老人夹菜，所有人都像在伺候一个太上皇。

孟昭和夹着菜，当自己是个拼桌的隐形人，听他们聊孟沭的工作和恋爱情况。

四季豆的味道不算太好，孟昭和夹了一筷子之后没再动，奶奶面前的盘子她更不想夹，最后吃来吃去就面前两盘菜，一个拍黄瓜，一个蛋黄蒸肉饼。

拍黄瓜里加了几滴麻油，孟昭和吃了两口也不碰了。

孟昭和逢场作戏多了，就是筷子不怎么伸也要装作自己在嚼东西。

这是门技术活，她还没练好就被孟父一眼看穿了。他叫孟昭和把碗拿过去，夹了一筷子虾给她，随口问了她的近况："一个人在那里住得习不习惯？"

孟昭和低头吃虾，简单又敷衍地回了句："还好。"

"今年最后一年了，明年这个时候你就在国外念书了，到时候家里的菜也不一定能经常吃到，今天多吃点。"

孟昭和嘴里嚼着虾，这回干脆没回答，就点了点头。

冷不丁"太上皇"发话了："出国要用很多钱的吧，小沭你还是早点结婚，省得到时候钱都被别人花掉了。"

孟昭和不讲话，腹诽：活着也花很多钱，怎么不见有人早点去死好省钱呢？

孟父给自己老母亲夹菜，耐心地说："小沭和昭昭的钱我都存好了，结婚的归结婚的，出国的归出国的，两个孩子都有一份。"

"太上皇"发飙了："你还给她存什么钱？她算个什么呀，她那个不要脸的妈不是给她在学校旁边买了个房吗？那个捡破鞋的男人既然这么有钱，这个死小孩出国的钱就应该也让他们来出。"末了还"下圣旨"，"你不准给她这个钱。"

餐桌上除了孟父都没讲话，容汶是没那个话语权，孟沭是不知道说什么，孟昭和是懒得理奶奶。

孟父安抚着老母亲："昭昭是我的女儿，还是跟我姓，这个钱我得出。"

可一说完，看见气得捶胸的老人，孟父不得不顺着她的意思改口："好好好，我不给她钱，妈您别气了，来喝口茶。"

孟昭和一直不讲话，安安静静地坐在旁边把虾吃完了。

旁边的容汶伸手摸了摸她的胳膊，小声叫她别放心上。

又是别放心上。

孟昭和脑海里那已经模糊的记忆再一次清晰，记忆中的任馥贞就是歇斯底里地朝着自己的丈夫诉说不公，而面前这个孝顺的男人也是这样安抚敷衍着。

"你别放心上了，我爸走得早，我妈当时为了我没改嫁，吃尽了苦头。你就当是为了我，别和我妈计较了，让着点我妈，我出差回来给你带礼物。"

搞笑。

"太上皇"光打雷不下雨地哭闹着，若不是披着一副七老八十的人皮，简直就是个路过超市不肯走的赖皮小孩。

"那时候苦啊，我为了你一辈子都没有改嫁，我为你打算了一辈子，又不会害你。我哪次不是为你好，你当时非要娶那个不要脸的女人，我再阻挠你也还是娶她进门了。邻居背地里怎么戳我们家脊梁骨的你知道吗？我的脸都要丢光了，最后你看看，那个女的还不是跟别人跑了，妈哪次的打算是害了你的？"

听着全屋子最不要脸的人在那里张口闭口骂别人不要脸，简直就是件可笑的事情。

孟昭和看着奶奶一滴眼泪都没掉下来的拙劣演技，想到自己以前从幼儿园回来，任馥贞一手拎着菜一手牵着她，结果就听见奶奶在隔壁院子里满口谎话，还将莫须有的罪名扣在了任馥贞身上。

任馥贞什么也没说，叫孟昭和自己去看绘本，她在厨房低头处理着菜，肩头一颤一颤的，那是对丈夫诉说无果后的崩溃，是满心好意喂了狗的难过。

一个是别人眼里"忠贞"的女强人，一个人拉扯大了小孩；一个是不要脸出卖自己的酒店驻唱女人，老鸦挑了高枝，嫁了个孝顺的好男人。

邻居心里那杆秤因为那双有色眼睛就没有平过。

孟昭和作为一个女儿，无法站在道德的制高点去看待妈妈跟别人跑了这件事，她只是讨厌妈妈不告而别。

把最后一尾虾吃掉，孟昭和抽了两张纸坐在座位上慢慢地擦手，望着餐桌那边的闹剧忽然笑出了声，起身把擦过手的纸团丢在碗里，说："不好意思，出国这钱我必须要问爸爸要。除非你今天在这里哭过去了，这钱说不定就给您办葬礼。"

有违人理的话，让整桌人错愕不已。

孟父率先反应过来，手拍在桌上，大声说："孟昭和，你说什么呢？"

孟昭和面不改色地站在原地，看着他们对自己的态度，仿佛自己是个千夫所指的罪人。

她脸上的嘲讽讥笑更浓了："我说什么？倒是我想问问你，我妈跟别人跑了，你觉得错全在我妈身上吗？爸，你问问你自己，你能在人的流言蜚语里过多久？你能在委屈里过多久？你每次都和我妈说别放心上，你的孝顺对奶奶来说是幸运，但对我妈来说简直就是最大的不幸。"

孟昭和就知道今天这么好的天气不应该回来，浪费了这么好的天气。

身后餐桌一阵骚动，"太上皇"被儿子、孙子扶着，用枯瘦如柴的手指指着孟昭和，骂道："你妈不要脸，你也是个小不要脸的。"

"对，我妈不要脸。"孟昭和走到门口后驻足，转过身重新走到餐桌旁边，看着满嘴难听之词，一边作势要吵架打人，一边还装柔弱要人搀扶的老人，"我妈不要脸是因为她把脸皮给你了，所以你才这么厚颜无耻。"

孟昭和知道再不走估计要挨耳光，连鞋都没穿好就跑了。

外面的天还是很好，阳光还像她来的时候一样灿烂，想来她不是个主角，否则这时候应该来场瓢泼大雨。

她伸手拦了一辆的士。

司机是个胖胖的中年男人,用一口地道的喀城方言问道:"囡囡到哪里去啊?"

"德桦院。"孟昭和报上地址,目光往窗外看去,孟父拿着手机站在小区门口张望着。

孟昭和的手机一直在振。

全是孟沭和孟父发来谴责她的短信和打来的电话,全在指责她不对。

如果奶奶真是个和善友爱的老人,孟昭和自然不会这样说。就因为对方是长辈,所以就准她一口一个不要脸地骂吗?

的士里在放音乐,是千禧年出品的老歌。

《流浪记》。

"我的爸爸妈妈叫我去流浪,一边走一边掉眼泪,流浪到哪里流浪到台北……"

吉他的扫弦,配合着演唱者有故事的声音,孟昭和听得心情越来越低落。街景映在车窗玻璃上,飞快地向后方奔跑而去。

司机听得上头,跟着主唱又吼了一遍:"我的爸爸妈妈叫我去流浪……"

孟昭和眼睛里蓄着眼泪,鼻尖红红的,哽咽着说:"大叔,你能不能不要唱了?"

5

司机听出后排女娃娃的声音不对劲,从后视镜瞄了眼,果然是一副要哭的样子,赶忙把车载音乐也关了。

司机开的士二十年了,见过太多人,猜想这个年纪的漂亮女娃娃怎么看都像是失恋了,听见她手机振个不停以为是男朋友打来的。

"我和你讲,你这个年纪还是见的人太少。为他哭不值得,以后你进入社会还会遇见更多的人,形形色色的,比他差劲的还要多,当然也有比他好的。"

孟昭和把手机丢旁边,抬手,指腹一碰眼睛,眼泪瞬间就下来了,小声说:"我就是委屈,凭什么就她可以一口一个不要脸地骂我和我妈妈,我呛她一两句就不可以?所有人都帮着她,搞得我千夫所指似的。"

两个人没在一个频道上面。

"他还骂你妈妈呢?"

"对啊。"孟昭和终于碰见个和自己一个鼻孔里出气的。

她开始倒苦水,说小时候孟沭犯错不要紧,她一犯错就会挨打,这种情况在任馥贞跑了之后更严重了。

"她还老是打我,我今天实在是看不惯她那个样子,就骂回去了。"

"打人?这种人不行。"司机咋舌。

听见孟昭和的手机一直在响,他又问道:"是不是刚刚吵完架现在打电话给你?"

孟昭和"嗯"了一声。

"小妹妹别怕。"司机安慰道。

的士不能开进德桦院,司机大叔把她送到小区门口,孟昭和付了钱下车。

司机摇下车窗说:"囡囡啊,一切都会过去的。"

"谢谢。"孟昭和朝司机挥手,礼貌地说了一句,"路上小心。"

孟昭和刚走开,一个熟悉的声音从孟昭和身后传来。

"这么巧?"

江邢也刚到小区门口,一手拿着根棒球棍,一手牵着一根狗绳。

狗绳另一端就是他头像中的那只法斗。

狗脖子上挂着一条在阳光下闪闪发光的金项链。

孟昭和看着狗嘴巴里流出来的口水,下意识地退后了一步,还没来得及问他怎么没在家里好好享受周末,一个身影不知道什么时候出现在江邢身后。

司机大叔没有走,而是一掌拍在江邢身上,伸手把孟昭和拉到自己身后,警告着一脸蒙的江邢:"你要敢动手,我现在就报警。"

江邢脑子宕机了几秒后,错愕地看着面前的陌生人以及站在陌生人身后的孟昭和,没好气道:"我还没说报警呢。"

司机大叔虽然没有江邢高,但还是挡在孟昭和前面,说道:"你敢报警吗?你又骂人还打人,一个大小伙子居然对一个女娃娃动手。"

孟昭和把司机大叔拉开了,解释道:"大叔,有点误会。"

司机大叔安慰孟昭和:"别怕。"

孟昭和知道司机大叔理解错意思了,只好把话彻底说明白:"我在车上说的是我奶奶。"

司机大叔一愣:"不是男朋友啊?"

司机大叔看了孟昭和一眼,立马一脸抱歉地看向江邢,说道:"小伙子,对不起哦,误会误会。"

莫名其妙挨了一下,现在没头没尾地又用一句"对不起"说是误会就想要掀过去。他也不是肉团子随人揉搓,一声不吭挨打那是对林云英。

孟昭和有眼力见,看江邢脸色不对,立马把司机大叔支走了。她咽了咽口水,扯出一抹假笑问江邢:"你怎么今天突然来了?"

见他还看着驶入主干道的出租车,怕他记车牌然后投诉,孟昭和手伸到他面前打了一个响指:"收。"

江邢被这个响指扯回了视线,动了动刚才被打了一下的右肩,说道:"你收声还差不多。"

孟昭和缩了缩脖子,说:"解除误会我就立马收声。"

江邢倒不用她解释什么,刚才听她和司机的对话就清楚了一件事,她挨了打还挨了骂。

"你奶奶打你骂你了?"

孟昭和解释:"挨打是小时候的事情了,今天不过是吵了一架。"

他问什么原因。

孟昭和也不想颠倒是非,不卖惨,也不给自己树立娇柔的好孙女形象:"她骂我妈妈,我就骂回去了。母慈子孝,同理也可得,她不仁我为什么要义?"

短腿的法斗在他们前面走着,圆滚滚的身体被套在一件奢侈品大牌宠物线的成衣里面。

江邢牵着狗绳,问道:"那你吵赢了吗?"

这话挺像第一次见江邢喝醉后,他说他今天在苗苗班打架,孟昭和问他打赢了吗,他略有些小骄傲地说打赢了。

孟昭和学着他那时候的语气,也有些小骄傲地回答:"吵赢了。"

江邢似乎挺满意这个回答的:"那挺好,刚想说你要没吵赢,朝我哭两声卖个惨,我或许能帮帮你。"

他们踩过小区的彩砖人行步道,享受着今天的好天气,看到小区的人工湖旁边有不少出来野炊的家庭。

孟昭和因着一个头的身高差距抬头望着他,他身上披着从枝叶缝隙里投洒下来的阳光。

"我要哭了,你怎么帮我?"

江邢把低头嗅草的"有钱"拉走了,扭头对上孟昭和的眼睛,思索了一会儿,回道:"我从我妈那里借两个人,二十四小时盯着你奶奶。买菜就专门给她一个人涨价,跳广场舞就拔她音响线,抢她伴舞老头?"

他忽然又想到了什么,问道:"你这么爱钱,要不我给你搞点真金白银来数数?"

"不是自己的钱数到手抽筋都不快乐。"

江邢又问:"那要不涨我房租?"

孟昭和眼珠一转,一提到钱她就来精神了:"这么舍生取义?"

"你居然真乐意涨我房租?"江邢抬手用棒球棍抵着她腰,把她往旁边推了推,"丧良心。"

孟昭和伸手去抢他手里的棒球棍,问道:"你周末不在家享受亲情,你牵着条狗,拎着根棍子来我家干吗?"

他牵着的那条法斗没走两步就不动了,气喘吁吁地坐在地上吐着舌头。

"托你好姐妹的福,你的好姐妹跟你一样学习认真,说是今天下午要叫我们一起去准备辩论赛的稿子。这狗黏人,我出门它要跟着。"江邢走过去,单手把"有钱"从地上捞起来,递到孟昭和面前,给她介绍,"它的名字叫'有钱',一岁多了。"

他又解释:"棒球棍是今天要拿去带给周漾的。"

"你还会打棒球呢?"

江邢回答孟昭和的样子,也像极了她刚才说自己吵架吵赢了。

大约是自己的闪光点被人知道了,他有点得意扬扬地说:"我一般不怎么告诉别人我的闪光点。"

但孟昭和怎么看他都有想要显摆的意思,于是扯出一贯的假笑,嘴上奉承道:"是是是,你一直以来都努力低调,收敛体内的星光万顷,但总有女生嗅到一点点气味就闻风赶来。"

江邢瞥她一眼,问道:"你是在嘲讽我吧?"

两个人说说走走,没一会儿已经走到了单元楼下。

孟昭和从口袋里拿出门禁卡,刷了底下的防盗门,看他两手都有东西,主动拉着门让他先进去。

楼道里阴凉,仿佛和外面是两个世界。

"没有啊。"孟昭和按下电梯上行按键,"我也闻到气味了,准备骑着小摩托赶过去。"

电梯的门很亮,外面没有贴什么花里胡哨的广告,能当一面镜子。

电梯门映出并肩站在一起的两个人,那里面的孟昭和朝着旁边的人搞怪,做了一个拧摩托油门把手的动作,嘴里发出拟声词,"嗡嗡嗡——"

江邢听着她的声音,看着门上影子中她微仰着头看自己,突然觉得"如坐针毡",喉结一滚,红晕悄悄爬上耳朵。

他有些生硬地将视线从门上移开,问道:"你骑的是小摩托还是小蜜蜂?"

孟昭和忽地扬起嘴角,说:"我骑着扑棱蛾子去。"

这刻在江邢DNA里和恐惧画上等号的四个大字一出,江邢脸一黑,眼皮颤了颤。

江邢嫌弃道:"走开啦。"

江邢牵着狗绳站在门口,征求着孟昭和的同意:"我家狗能进来吗?"

"能啊。"孟昭和换上室内的拖鞋，"反正这周末轮到你打扫卫生。"

江邢想了想，回道："那算了，我还是把它关在门外吧。"

孟昭和看着那只胖滚滚的法斗，此刻耷拉着脑袋趴在门外，不敢进来的模样。她心软了："你舍得吗？"

江邢撇嘴："是有那么一点担心。"

亏他还算个人。

他又继续说："狗丢了没事，脖子上的金项链值钱。"

孟昭和听见"金链子"和"值钱"几个字后，眼睛都睁大了，问道："真的金项链？不是喷漆的装饰品啊？"

一条狗戴着那么粗的金项链，着实是一件令人不可思议的事情，但一想他们家这么有钱，戴条假的也不可思议。

不知道是不是去宠物训练机构上过课了，总之"有钱"很听话地躺在沙发上，不吵也不闹，睁着圆圆的眼睛和沙发旁边的孟昭和对视着。

"有钱"大约是才洗过澡，身上没有什么狗味。孟昭和抬手戳了戳它的肚子，它没有反应，又戳了戳它的脑门，它就动了动耳朵。

江邢回房间去拿笔记本和平板电脑，孟昭和蹲在沙发旁边和"有钱"大眼瞪小眼。她突然脑子一抽，伸着脖子朝江邢的房间门口望了一眼。发现没有人之后，孟昭和如同面对潘多拉魔盒一般，也像个面对糖果玩具走不动路的小孩，诱惑存在于生命中的每一个角落。

孟昭和用颤抖的手慢慢伸向"有钱"的脖子，指尖碰触到金项链。

她缓缓拿起一端，期望着不会惊动这条狗。原本挂在脖子里的项链此刻被孟昭和拎起一角，"有钱"乌黑的圆眼正望着她。

孟昭和缓缓俯身，启唇，用牙齿咬着坚硬的链子。

孟昭和心一颤，小声嘀咕了一句："还真是真金啊？"

好家伙，一条狗比她还金光闪闪。

把链子放下，孟昭和抬手准备擦擦嘴，但一眼望去，江邢拿着书包，表情复杂地站在沙发旁看着她和他家的那条狗。

大约是头一回两个人在嘲笑这件事上角色互换了。

江邢就像是抓住了孟昭和什么把柄，抬手用指腹按着自己的眉心，努力将莫名产生的那股感觉压下去，那感觉和之前上楼的时候听她发出拟声词一样。

他忍着笑意问："咬起来什么感觉？"

孟昭和咬了两下牙，像个刚做完牙套在尝试牙口的人，愣了愣，给他答案："刚知道原来金钱是这种味道。"

江邢还在笑："没准是狗毛的味道。"

第五章 带你去冲浪

1

"有钱"是只黑色的法斗,它四肢趴在沙发上,孟昭和碰它爪子它也不躲。

不知道是这狗原本就是个好脾气的,还是去宠物训练中心有了效果,最多被孟昭和打扰睡觉了,它才迈着小短腿走去沙发另一端找江邢。

孟昭和看着它磕磕绊绊地爬上江邢的腿,在他腿上找了个舒服的姿势开始睡觉。

狗界小香猪,名副其实。

"你晚上跟它睡?"

江邢听见孟昭和说话,视线从手机上移开,瞄了眼腿上的狗,说:"我妈过一会儿就来接它。"

孟昭和抓到了另一个重点:"阿姨要过来啊?"

江邢"嗯"了一声,抬头打量她,略有所思地问:"你害怕了?"

孟昭和撇嘴,说:"我又没有虐待你,我们之间是和平、平等的户主与租客的关系。"

"你老是在言语上攻击刺激我。"他卖惨,"我心理受挫,这是精神方面的虐待。"

"阿姨难道还管我素质问题?"孟昭和"哼"了一声,"我隆重地向你自我介绍,我是亚里士多德的妹妹,我叫'我就是缺德'。"

亚里士多德。

我就是缺德。

江邢抬手摸着"有钱"的背毛,动作懒洋洋的,望着孟昭和的那双眼睛里全是笑意。

孟昭和很喜欢他的眼睛,也喜欢看他笑起来的样子。

但孟昭和没敢多看,故意错开目光,问:"你们约了几点?"

"就在学校里,两点集合,还早。"

江邢问她要不要一起去,孟昭和拒绝的话都在嘴边了,最后说出口的却是同意的话。

天气还是很好,江邢牵着他家那条狗,一下楼就给他老妈打去了电话。
林云英在附近银行办事情,过来得很快。
孟昭和莫名地生出一丝胆怯,故意去小区门口的便利店买东西。
她透过便利店的玻璃朝外面望去,觉得江邢的妈妈和传统女强人差不多。
因为小区门口不太好停车,林云英没下车,就摇下了车窗,让江邢把狗从外面递过去。
江邢忽然转头朝便利店望去,随后母子两个没聊几句,车就开走了。
孟昭和随手拿了一盒桃子味的薄荷糖,付款后向外走。
便利店的自动感应门发出全国统一的提示音时,江邢背着斜挎包来到了店外,问道:"又没虐待我,那你跑什么?"
孟昭和将糖盒递到他手边,往他手掌心倒了两粒,回道:"我是怕阿姨发现金链子上的牙印。"
他抬手把两粒糖丢进嘴里,表情不太信。

他们搞辩论赛要讨论,多多少少有点打扰孟昭和,她干脆跑去书架之间去看书了。
图书馆里的油墨和灰尘味道很重。
孟昭和找到了这回功课要求阅读的书,这个世界上应该没有比塞缪尔·理查逊更爱写女仆的作家了。
她把阅读范围来来回回看了好几遍,努力把每句话都啃熟。
诚实、忠贞是塞缪尔文字里永恒不变宣扬的美德。
孟昭和一边看,一边用手机简单地做个功课需要的大纲。
孟昭和回看第三遍的时候,身后靠过来一个人。
江邢看见了她手机上简洁明了的大纲,又瞧见她这副认真的样子,便静静地随手从书架上拿了一本书下来,指腹按着书页侧边,一张张纸飞快地从他指下划过,是有些糟蹋作者心意的举动。
周六图书馆里没有什么人,孟昭和还是刻意压低了声音问:"你们不讨论了?"
江邢说:"许峙和夏令出现在一个空间里,不出五分钟就要吵架。"
关于他们两个的恩怨情仇,孟昭和还是了解的,反问:"所以你就逃跑了?"
"鄙人有幸壮起胆子围观了一分钟,然后有自知之明地出来了。"江邢把手里那本书又塞回原来的位置，抬手托起孟昭和手里的书，看了眼封面。

他至少还认出这本书是这回功课要求阅读的范围，说："我很喜欢这位大文豪的。"

孟昭和挑眉，有点意外："是吗？"

"他那句'一个人越懒，明天要做的事越多'，我躺在床上斗地主赚欢乐豆的时候还是会想起。然后激励我努力地从床的束缚中挣扎起来上个厕所。"

就没了。

孟昭和点了点头，可表情看上去不像是欣慰。

她拍了拍江邢的肩膀，将手里的书展示给他看："这是塞缪尔·理查逊，你说的是塞缪尔·约翰逊。他们一个开创了感伤主义的先河，一个编写了《英语大辞典》。"

江邢顿了几秒，眨了眨眼睛，似乎还在思考孟昭和刚刚说的两个人名有什么区别。

显摆，却没显摆成。江邢摸了摸鼻子，缓解尴尬，转移了话题："你看完了？"

孟昭和把书递给他，说："看完了。"

江邢拿过去，随便翻了两下，问道："讲的什么？"

孟昭和没细想，说："塞缪尔的书，你觉得呢？讲的是……"她一顿，突然打量起旁边一目十行的人，"你不会想不费一兵一卒就窃取别人的劳动成果吧。觉得自己可以不看阅读材料，凭我简述几句去写吧？"

江邢不认："知识就是用来传播的，人类文明所依仗的就是伟大无私的先人用符号文字将知识记录下来，用书本文字或是用口述的方法薪火相传。"

这话听起来像那么一回事，但孟昭和还是抓住了他话里的纰漏："是啊，先人用符号文字记录，塞缪尔不是用书本传递给你了嘛，开动你的小脑袋接收先人的恩赐啊。"

接着，她又损了一句："不过你记得接收对，别搞错人了。"

江邢把书合上，没放回书架上，他写功课得用这本书，鲜有这么努力还把书借回去。

他手肘搭在书架上，人比孟昭和高出太多，像个小山一样挡在孟昭和面前，书架之间窄窄的空间因他忽然显得更狭小了。

沾着墨香气息的灰尘在空气中跳舞，有只蛾子死在了窗户轨道里，已经变得干瘪，缩小了一圈。

图书馆背阴，不管一年什么时候都比外面温度低。手里这本书的封面已经被孟昭和的手焐热了。

江邢问:"你就不能无私一回,用嘴巴传播一下知识?"

孟昭和站在他面前,看他需要抬起头。

江邢就这样看着她抬起头,那张脸在阳光下瞬间清晰。她还是那副皮笑肉不笑的表情,说:"我的嘴巴暂时不提供这项服务。"

江邢愤愤地问:"我能冒昧地问一下你嘴巴现在有什么功能?"

孟昭和表情依旧,回道:"接吻。"

四周的环境一下就安静下来了,角落里看书的人也没有翻动书页,装书的小推车被管理员停在了某一面架子前,也没有再动。

直到一滴水从年久失修的水龙头里因为地心引力而落在洗手池中摔得粉身碎骨,地球重新开始自转。江邢的肺里重新涌入空气,视线落在她脸上,聚焦的中心慢慢从她那双极具特色的眼睛移到她唇上,上面涂着口红,看不出原本的颜色。

男生大多都不太分得出口红的复杂色号,江邢只觉得那口红颜色不错。

孟昭和刚刚随意说出口的"接吻"两个字像个魔咒一般在他耳边回响。

江邢张了张嘴,还是什么都没说出来。

孟昭和看着他的眼睛,补了一句:"还有损你。"

"喊。"江邢的表情从刚才的一愣,瞬间恢复正常,哼了一声,"我再冒昧地问一下多少钱能关闭这项功能?"

孟昭和故作严肃地说:"你这是剥夺人言语自由了。黑店,只有开启没有关闭。"

孟昭和说完,从书架之间的缝隙看见夏令从自习室里出来了,伸着脖子似乎在找人。

她提醒江邢可以回自习室继续准备他的辩论赛了。

江邢拿着塞缪尔的书,还站在原地,打趣道:"只有开启?"

他笑了一声,又继续问:"那给多少钱能开启接吻功能啊?"

最后这两个问题没有得到回答。

夏令和许峙吵完了,出来找江邢,要抓他回去继续讨论辩论赛。

孟昭和并不知道他们辩论赛准备得如何了,她这个人大多时候还是和竞赛资料为伍。

周日江邢在赚他的欢乐豆,但也不是那么闲得慌。

昨天似乎是效率不高,周日他们还要约出来一起写辩论稿。虽然还有半个多月,但是写稿子和紧急训练还是有必要的。

夏令抱着袋薯片,说:"光靠我和许峙也没用啊,你们两个也要努力。"

江邢把手机放在一摞资料后面，手指还戳着屏幕。

周漾也兴味索然，就许峥一个人在认真地翻书。

孟昭和洗了四个杯子，从购物袋里拿出果汁倒进杯中，还加了几块冰，分了两趟端给了他们。

江邢从她手里接过果汁。

孟昭和手上滴着水，她没在意，叉腰站在旁边问道："所以你们为什么要来我家里复习？"

夏令看着拖后腿的周漾和江邢，撸起袖子，气愤地说："因为在图书馆那种公共场合里，我不好直接扇他们。"

夏令身上多多少少有点教导主任夏芙的影子，尤其是那一板一眼凶起人来的样子。

夏令把他们的手机塞进自己的书包里，朝三个男生做了个举铁的动作，威胁道："认真点，我的拳头可不是沙包。"

江邢不太情愿地打开笔记本，开始查资料，淡淡地说："您那的确不是沙包，而是千斤顶。"

现如今的社会，身边没手机就是最没有安全感的一件事。孟昭和坐在他旁边刚刷了几题，就看见江邢习惯性地伸手去拿手机。

他在桌上摸了个空，看见搁在旁边的手机，拿起来才意识到那是孟昭和的，只好把手机又放下。

大约是手闲不下来，一支普通的水笔被他从无名指转到大拇指处，指关节在手背这种没什么脂肪的皮下显出来。

他那本辩论赛要用的笔记本上光秃秃的，就写了一个论题。

论题还是他刚刚问了周漾才写上去的。

这队要能赢，真是难上加难。

孟昭和用了五秒钟去同情这队的其他人，五秒之后一张纸传了过来。

是江邢找她下井字棋。

队伍里唯二"脑子担当"正在讨论辩论词，夏令准备将那一段话抄写下来，刚拿起笔就看见江邢在和孟昭和下井字棋，然后被孟昭和光速淘汰。

他似乎还不服气，准备再战一局。

孟昭和看他不服气还要来，损他："你准备辩论赛那天在旁边大声给你队友喊加油吗？"

他们来她家里，辩论稿写得也不怎么样，还连累得孟昭和竞赛资料也没怎么看进去。

晚上，夏令还惦记着上回被许峙拖走没能吃两口的串串。其他人也没有什么异议，德桦院离学校近，一行人浩浩荡荡地走向那家串串店。

串串店里门庭若市，不过他们赶巧，刚走了一桌就空出位置给他们了。

除了夏令以外的其他人，都特别有默契地把江邘安排去了远离冰柜的位置。每一瓶递到他手里的饮料都经过再三确认。

三个男生在聊球赛，孟昭和夏令还在纠结喝什么饮料。

最后，夏令拿了瓶牛奶，孟昭和纠结了一会儿之后拿了一瓶七喜。

按道理每一桌都应该准备好一个开瓶器，但是孟昭和找了一圈都没有看见。

孟昭和坐在过道那里，起身去找老板要。

老板忙得没工夫给她找开瓶器，在店里吆喝了一声："有没有不用开瓶器，借一下。"

没有人搭理。

夏令喝着酸奶，举了举手里的牛奶，问道："要不和我一起喝牛奶？"

孟昭和拿着手里的汽水，有点不想喝牛奶。但汽水瓶盖让她没辙，正准备放回去，一只手伸了过来，把她手里的汽水拿走了。

江邘用筷子轻松地撬开那瓶汽水，动作老练。他拿了根吸管放里面后，重新递到孟昭和面前。

瓶盖被他随手摆在桌上，他还在和周漾他们说某位球星最后的绝杀扣球。

他说完，低头看了眼瓶盖，忽然一笑，把瓶盖拿起来，将里面的四个小字给孟昭和看——"再来一瓶"。

串串店里辣椒味冲天，孟昭和吸了一口烟熏火燎呛人口鼻的空气。她喜欢看江邘和别人说话，却又能注意到她。

2

他们三个男生猜拳，输的那个要去隔壁再买点烧烤过来。

最后周漾输了，他只好起身应了赌约，还挺绅士地问夏令和孟昭和要吃些什么。

两个女生不太挑食，说随意点就行。

江邘坐在旁边，趁着上菜的空隙还能斗一盘地主，问道："你怎么不问问我想吃什么？"

周漾不以为意地说："我可不爱可耻的资本家。"

隔壁店的烧烤支架挨着马路，店家简单地装了一台吸油烟机，效果感觉不怎么样。十二月的喀城说不上暖和，但烧烤店的店员穿了件单衣还热得满头大汗。

坐在串串店里还能看见周漾站在隔壁烧烤店的烧烤架前端着一个餐盘，换个背景能自欺欺人,像自助餐,但换个损友滤镜就像个站在烧烤架前要饭乞讨的。

江邢努嘴,说:"你说说周漾这样的脾气,当时怎么还会有女生送他手帕?要我就砸个榴梿过去。"

这话是对许峙说的。

周漾前两年很浑,当时家里出了变故,他被叔叔伯伯欺负得连容身之所都差点没了。从小照顾他的奶奶突然离世后,周漾就开始自暴自弃。结果有一天他打完架,坐在巷子的地上,额头在流血,后背被踹了几脚,疼得他动弹不得,突然有个女生不知道从哪里跑出来,把手帕塞到周漾手里。

许峙望着等烧烤的周漾,很难不赞同江邢:"我甚至怀疑过他去学了刺绣。"

因为那块塞到周漾手里的手帕上绣了那个女生的名字。

夏令和孟昭和的话题不知不觉结束了,已经被周漾一顿烧烤收买的两人此刻正望着旁边那个"狗嘴里吐不出象牙"的二人组。

听他们说周漾以前打架打得头破血流,孟昭和觉得可怕,又看他们两个笑嘻嘻打趣的样子,眉头微蹙,说道:"我怀疑你们三个的友谊。"

江邢瞥她一眼,说:"我为周漾打过架的好吗?"

夏令看着许峙,问道:"你有什么贡献?"

许峙想了想,回道:"贡献了点电话费吧。"

许峙这人不会打架,倒也不是文弱书生气息,大约是他母亲的缘故,相较于江邢和周漾,他身上的"土匪"气息弱很多。

要是周漾他们打架快输了,他就打电话假装在报警。

一时间,另外三个人很默契地齐声道:"喊。"

孟昭和读幼儿园和小学时,因为房子的原因,不是在现在这个学区念的。初中她是通过考试录入来了南港这边的学区,当时的私立学校都是从幼儿园一路念到高中,不少人已经有了固定的社交圈。

所以她后来好不容易才交到了夏令这么一个特别要好的朋友。

接着她就一直在忙学习,也没有什么社交的时间。竞赛队里都是竞争关系,不朝着对方翻白眼就不错了,更别说做朋友了。

像这样几个人坐在一起吃吃喝喝,孟昭和没有怎么经历过。

江邢在多重看管下,滴酒未沾。

所以骗他请客费了周漾和许峙不少口舌,最后"大小姐"被"穷"这个词越激越冲动,拿着手机拍桌起身,说:"我请客。"

说完,桌上响起稀稀拉拉的掌声。

夜风吹不掉身上的串串味道,孟昭和低头闻了闻,勉勉强强能从衣服里闻到一点甜橙沐浴露和洗衣液的味道。

明天周一,夏令和许峙住宿,周漾家也很近,他不住宿,不过方向和江邢、孟昭和他们不一样,他便先走了。

许峙刚走两步,突然想到什么,回头把江邢他们叫住了:"对了,明天我和夏令在校门站岗,你们别迟到了。"

孟昭和瞥了江邢一眼,说:"听见没,明天你别骑自行车了。"

江邢不以为意地说:"都是关系户了,迟到还不能通融一下?"

夏令摇头,严肃地说:"反包庇,保持自身公正正派。"

江邢拿出手机,说道:"那别说了,今天晚饭 AA 吧,你吐出来还给我。"

大家在店门口分道扬镳,夜风里带着些寒意,连隔壁烧烤店的店员都加了件外套。

孟昭和跟夏令挥了挥手,追上江邢的步子一起离开,夜灯将两个人的身影拉长。

今天月亮很漂亮,可惜明天周一,美感钝化。

江邢突然开口:"对了,帮我记着,我等会儿要去报亭买份报纸。"

他有节课的作业要做剪报。

孟昭和记下了。

没走两步,她突然意识到什么,说:"我们这样走回去的路上没有报亭。"

于是他们只好改道,朝着周漾、许峙他们离开的方向走过去,一行人不过间隔了十几米,还能看见前面人的后脑勺。

最后,一群人还是在报亭又碰见了。

老板阿伯开开心心地卖出两份报纸,布置剪报作业的麦老师喜提两句"麦老师真是狠""麦老师的作业烦死个人"。

周漾口袋里有零钱,把两份报纸的钱一起付了。他将报纸卷起来夹在胳膊下,刚准备和他们说再见,漆黑的巷子里突然丢出来一个酒瓶。

丢酒瓶的人技术不怎么样,酒瓶砸在了夏令的脚边,没伤到她,就是把她吓了一哆嗦。

众人朝着巷子望去,从里面慢慢走出来四个喀城街头痞子。

孟昭和听见江邢暗暗地骂了句脏话,猜想他们大约是认识。

的确是认识,里面有一个人是周漾的堂哥。

见面就砸酒瓶,想来关系不一般。

周漾看着那张让人讨厌的脸,主动往前走,站在两拨人中间,目光冷冷地扫过堂哥那群人。

"你好啊，小堂弟。"周睿达笑呵呵的，故意做了个拍手上灰的动作。

他这是明摆着告诉周漾，刚刚那个瓶子是他砸的。

周漾望着周睿达，脸上没什么表情，下颌紧绷着，只是声音里的盛怒掩饰不住："你好啊。"

后面两个字一出，周睿达绷不住那副让人作呕的笑脸了，伸手一把抓住周漾的领子。

孟昭和还是头一回见这样剑拔弩张的画面，八卦的报亭阿伯也瞪大了眼睛。

突然，一份报纸塞到了孟昭和手里，她看向报纸的主人，下意识伸手拉住了要上前的江邢，问道："你要去打架吗？"

对方那几个人看上去比他们年长好几岁，夸张的头发和文身怎么看都像是会用阴招的鳖孙。

江邢顺着她的手臂望过去，对上孟昭和的眼睛，发现她眼里的关切没有经过任何刻意掩饰的处理，真真切切。

江邢还是第一次看见她脸上流露出这种表情。

怕那群混混记住孟昭和，万一以后找她麻烦就不好了，江邢伸手把她外衣的帽子戴起来，说："你先回去吧。"

孟昭和一听，摇头。

明明是要去打架的人却比她还轻松，依旧笑得出，还朝着报亭的阿伯打了个招呼。江邢讲的是喀城的方言，意思是问阿伯能不能让孟昭和进去坐一会儿。

阿伯热心，连忙开了报亭的门，说："进来，进来。"

孟昭和没动，看着那群和周漾对峙的人，怎么看都是让家长、喀城人民警察头疼的角色。

吃烧烤的时候听他们说起周漾以前打架被送手帕，孟昭和只把周漾打架受伤这件事听进去了。

看见江邢脸上的笑，孟昭和紧张得不行，问道："你怎么还笑得出？"

"能赢当然可以笑，你去里面坐会儿。"

末了，江邢又补了句："听话。"

这两个字的魔力很大，孟昭和慢慢松开手。

江邢不是头一回干这种事情了，不过倒是头一回打架前被人这么关心。

孟昭和慢慢松开拉着他的手，转身拉着夏令要一起进去。

夏令也没动，看了眼孟昭和的手，又转头看了眼许峙，把孟昭和的手拿下来，搭在许峙胳膊上。

许峙有点蒙，问道："我进去？"

夏令把包丢给他，翻了个白眼，说道："废话，你有我能打？"

夏令转了转脖子,简单做了个热身运动,反扣手掌,说:"等会儿坐在报亭里大点声给我加油。"

许峥想到夏令从小学起上的兴趣班,把她包拿好,说:"晚上吃得有点辣,嗓子疼,喊不出来了。"

夏令嗤声。

报亭阿伯看见走进来的许峥,又看了看外面的夏令,于是再看许峥的目光就再也好不起来了。

报亭不大,三面玻璃架子上都摆满了各类杂志,时尚杂志上奢侈品的推封拍得都格外好看,一盏小灯泡挂在亭子中间。

就一个座位,许峥让给了孟昭和。

孟昭和不敢看,抱着江邢的报纸背对着报亭窗口。

报亭阿伯看得起劲,有免费的热闹,不看白不看。

他嘴里叼着根牙签,看着外面小姑娘的表现一惊:"哎哟,这个小姑娘真能打啊。"

夏令这身手是跆拳道和散打兴趣班里练出来的,三岁的时候她就开始学跆拳道,这一切都归功于许峥。

他们两个是青梅竹马,两家人因为相同的公司业务从祖辈开始就闹到不可开交,现在的他们也不可避免地针尖对麦芒。不过在很小的时候,许峥和夏令还没有现在这么针锋相对,因为那时候还小,什么也不懂。

有一次,才上托班的许峥对着夏令的脸颊亲了一口,正好被夏令的爸爸看见了,于是第二天夏爸爸就把夏令送去练跆拳道,誓要女儿这辈子不再被"流氓占便宜"。

许峥的余光落在孟昭和的侧脸上,看得出来她很紧张,只是这个紧张的状态不全是因为最好的朋友。

"战事"结束,江邢他们一行人以胜利者的姿态退场,江邢只是掌骨有点泛红,夏令毫发无损,就是发型有点乱。

倒地的男生一时间没有爬起来,躺在地上指着周漾说:"你给我等着,我回去告诉我爸……"

周漾不屑道:"别说告诉你爸了,就是你爸来了我也照打。"

周睿达伸手想抓住周漾,偷袭一波,可惜他身手实在是太差,被周漾反钳了手腕。

周睿达疼得厉害,不得不先假意求饶:"周漾你松手,我们不会再去找你要钱了。你松手,我疼……"

周漾才不信,不过还是松了手,蹲在周睿达面前,将卷起来的报纸抵着他的脸，冷冷地说："你最好长点脑子，记着点教训。遗嘱上写得清清楚楚，那已经是我的财产了，所以你和你爸一分都别想拿走。"

江邢从孟昭和手里拿过他要的报纸，一行人这才真正分道扬镳。

孟昭和临走前瞥了眼躺在地上一边龇牙咧嘴、一边飙脏话嘲讽周漾的男生，实在不敢想象万一周漾他们输了会怎么样。

孟昭和一步三回头，看见地上那几个男生终于颤颤巍巍地站了起来，怕他们追上来，小跑着追上江邢，叫他走快点。

"害怕？"

"废话。"

江邢笑了，问道："你是怕打架，还是怕我输？"

正确答案徘徊在舌尖下，孟昭和抬手捂住被风吹起的头发，说："怕报亭被砸了，到时候我买报纸做作业就要去另一个街区了。"

江邢"喊"了一声，嘀咕道："我不信。"

不远处喀城的地标建筑上的 LED 屏幕不知道是谁一掷千金包下来在给明星做宣传。

江邢身上那件外套不是棉质的，是个运动品牌。

夜风吹起孟昭和的头发，发梢打在他的袖子上，发出细微的声响。

江邢嘀咕完，转过身倒着走，看着孟昭和的脸，摇了摇头，还是不相信她说的话："我感觉你那时候是在关心我。"

没有人发现因为电流不稳定，地标建筑的屏幕上应援滚动的字符有半秒的卡顿。没有人知道因为江邢这句话，孟昭和也漏了一拍呼吸节奏。

"那我再关心你一下。"孟昭和的脚步频率很快就调整过来了，转头望着他，"你后面有个石墩，等着摔跤吧。"

下一秒，江邢的后脚跟果然被绊了一下，他一个趔趄，但是没有摔跤。

他心有余悸，还是转过身乖乖走路。他刚刚似是打趣的话好像就这么被夜风吹散了，两个人都没有再深究。

3

孟昭和的竞赛资料还摊放在桌上，她回去没着急看书，而是先把身上那股浓浓的串串味洗掉。

她带着一股甜橙味从浴室里出来，江邢比她洗得快，脖子上围了条毛巾，发梢滴着水。

孟昭和走到桌子旁边，见江邢要用的报纸和她的竞赛资料摊放在一起，视线落在他拿着剪刀的手上，他掌心泛红，因为皮肤白看上去显得更加严重。

孟昭和叫他去拿医药箱涂些碘酒。

江邢人没动,还在捯饬他的剪报作业。倒不是他有多爱学习,就是懒得挪屁股。等孟昭和把医药箱拿过来的时候,他立马乖乖放下剪刀把手伸过去了。

像是交际舞的开场,孟昭和先做出"邀请"的动作,江邢也不客气,把手伸了过去。

他不像网络虚拟出的那种不怕疼的大男生形象,碘酒和喷雾一碰到伤口,条件反射地把孟昭和托着他的手给握住了。他手掌很大,轻轻松松就把孟昭和的手全握在掌心里,嘴里不知道念了几个疼字。

从江邢这个角度望过去,孟昭和皮肤很白,几绺没有扎起来的头发因为刚才洗过澡,湿湿地粘在脖子里,和她脖子里的细链子缠在了一起。

喷完药,孟昭和托着他的手认认真真地看着伤口,见伤口红肿破皮了,说道:"你明天要是觉得手疼得去医院。"

江邢被她那道落在自己手上的视线看得有些不知所措,小时候他调皮摔破膝盖也不曾被林云英这样照顾过。

那时候林云英不过也才二十出头,心智也不像个大人,见江邢摔跤了,觉得男孩子得糙养,回回都要江邢自己爬起来。

明明是手上的伤,但江邢突然觉得呼吸有点困难,最后讪讪地收回手。

没喷药的时候,他拿着把剪刀还能做作业,喷完药了就像是刚做完美甲的女生,刚还拿得顺手的剪刀现在突然就不顺手了。

孟昭和把医药箱收拾好,戏谑地望着还朝自己手背吹风的江邢,说道:"少爷真不是一般人,打架的时候勇往直前天不怕地不怕,现在破了点皮还要吹吹。"

江邢算是发现了,孟昭和一张嘴喊他少爷,多半就是嘲讽。

也是。

又不是封建时代,这年头谁平白无故叫对方"少爷"呢?

江邢拿起剪刀朝着她剪了两下空气,但没有对孟昭和产生任何威胁。

想到上回帮夏令演讲还欠着的一个月早饭,江邢顺势而为,使唤起她:"少爷明天早饭想吃饭团,你早点起来准备准备。"

孟昭和把医药箱归位,"哦"了声:"我最近学了道新菜,要不明天晚饭也我做吧。"

江邢狐疑:"嗯?"

但他又一想,总觉得孟昭和马上要跟一句"给钱,谢谢"。

但没有。

她继续放饵:"我还没做过,尝试性的,不收钱。"

还有这种送上门的好事?

江邢笑，回答的声音轻快："好呀。"

孟昭和学他那声"好呀"，声音一样的甜腻又轻快："蚕蛹汤。"

话音一落，江邢全身上下的毛孔全部张开，只觉得浑身一凉，汗毛都竖了起来。然后他又胃里一酸，今天的晚饭突然都让他觉得不消化了，更别说明天的早饭了。

孟昭和继续看着竞赛资料，只是搁在桌上的手机一振。孟昭和这两天因为周六回家一趟的插曲，手机差点被孟沭和孟父轰炸。

今天好不容易歇了，突然响起的一道短信提示音还是让孟昭和心头一颤。

她拿起手机点开，发现不是孟沭他们小小地松了口气。竞赛讨论组里显示有未读的信息。

梁意致：【有两件事宣布一下。】

梁意致：【一是我周六的时候去了英国，要忙一周左右。等到下周一我就回来了，这期间就由孟昭和带着大家做考卷。】

梁意致：【二是以后孟昭和就是我们竞赛队正式的队长了，这一周希望大家好好听话，配合队长的工作，大家好好学习。】

正式的队长？

之前还只是暂时的代理队长，怎么就突然变成了正式队长了？

梁意致还在群里圈了孟昭和的账号，问她收到了没有。

孟昭和心跳加速，手搭在键盘上，有点紧张和激动。

孟昭和：【收到。】

发完信息，孟昭和还有一种不真实感。

江邢坐在她对面，明显感觉到孟昭和突然之间的情绪变化，手里剪报纸的剪刀停了，问道："你乐什么？"

"大喜事。"孟昭和把手机放下，重新坐端正，"是大喜事，所以明天我给你做早饭。"

一阵恶寒再次袭来，江邢低头继续剪报纸，拒绝道："不用了，你太客气了。"

孟昭和知道他拒绝是因为什么，便让他放宽心："放心吧，不给你做蚕蛹汤。"

那三个字一出，江邢头皮又发麻了。

早上江邢起床，看见了餐桌上刚出炉的三明治，还有一杯果汁。

孟昭和一点也不顾及消化系统，一边看书一边吃着早饭。

蚕蛹汤不过是她开玩笑，这两天梁老师不在，所以孟昭和他们除了每天固定做一套考卷，也没有别的事情。

考卷收上去之后,由孟昭和整理好,扫描传给梁意致。

梁意致顺便关心了一下其他人怎么样。

孟昭和回忆了一下季琸那恨不得吃了她的表情,打了个寒战。

她想了想,还是回道:【大家精神状态很饱满。】

孟昭和最近比之前都早回来,她不是个爱吃晚饭的人,简单的面包或是沙拉,又或许是便利店里的速食产品,解决的办法很多。

江邢懒懒散散地躺在沙发上斗地主,把稍微动了一些的功课放在了一旁,显然不到最后期限,他是不可能写完的。

孟昭和走过去,瞄了眼电脑显示屏,把书包放在一旁,说道:"少爷这成绩考大学是去为学校搞慈善的吧?"

江邢一听"少爷"这词作为开头就知道这绝对不是句好话。

江邢干脆不恼了,还比了个"耶"的手势,说道:"我就是人帅心善。"

不努力这事不能怪江邢,小时候他也勤奋努力过,喜欢吉他就把自己关在房间里,弹到手指都破了皮,喜欢冲浪就学会游泳后去报名冲浪兴趣班。只要是他感兴趣的事情,他都会做得很好。但很明显,学术方面没有他感兴趣的东西。长大懂事之后,他突然意识到,他家好有钱。

这么有钱了,为什么还要努力呢?

斗完一局地主,江邢觉得躺着玩手会酸,干脆从沙发上起身,一手捏着有些发烫的手机,一手拿着笔记本电脑从沙发旁离开,走到餐桌另一边,用脚钩开椅子。

他是羡慕孟昭和学习成绩好,但也不是非要自己变得和她一样学习好。

就像是别人都羡慕他家有钱,但也不是每个羡慕的人都能变得和他家一样有钱。

所以,他继续有钱,孟昭和继续保持着学习上"落落大方"就行。

江邢托着腮,坐在孟昭和对面的位置上,看着她写下一个一个他看不明白的句子,语气平平中又带着点低落:"学习好是一种什么样的感觉?"

孟昭和停笔,想了想,回道:"就像是有钱一样,钱多到能摆平很多事情。"

她说完收到了江邢给的一个大拇指。

"你很会举例,这么一说我就明白了。"

这时候,孟昭和的手机响了。

她把扫描好的东西传给了梁意致,梁意致刚刚回了一个"收到"给她。

江邢随口一问:"你们竞赛老师不在?"

"嗯,他去英国了。"孟昭和顺着话题,干脆提了一嘴梁意致,"我们老师是剑桥毕业的，很厉害。"

听她这么夸别人，江邢有点不爽。

江邢不太清楚是因为听到孟昭和夸的也是个男性，还是因为她故意提到了学习。

就如同他不太清楚他对孟昭和的喜欢到了什么程度。

总之那天看见她提前去电梯给自己抓飞蛾的悸动还在。其余的他说不清楚，只是觉得学校好像变小了，自己视线里总有她。

视线里的孟昭和很多时候不是在走廊上翻储物柜，就是课间走在校园里，或者是拿一本书站在图书馆的书架之间，站在阳光里垂首默读。

一场微弱到人类可能无法感知的空气流动就能让灰尘上下疯狂振动，她随随便便的一些小细节在某天之后也能给江邢这样的感觉。

他突然发现，还好有钱，至少他不用以遥望之姿去看待孟昭和，也才会在孟昭和提起梁意致的这一刻只是单纯的不爽，而不是自卑。

但他还是小声嘀咕了一句："他有成绩，我有钱。"

虽然小声，但孟昭和还是听见了，她笑了笑，有点像是哄小孩："是的呀，有钱的也很厉害。"

这话没加"少爷"，江邢一时间甚至听不出这话是好是坏，眨巴眨巴眼睛，有点不好意思地说："没有啦，没有很厉害。你学习这么好，你也很厉害。"

互相吹了一波。

不知道是不是受了孟昭和努力的刺激，江邢也开始做功课了。像他这种半划水的人都把一篇小论文写完了，孟昭和还在认认真真地背竞赛资料。

因为已经是队长了，她需要等梁意致把考卷看完发给她之后，再照样在原件上批阅出来。

江邢原本都打算回房间睡觉了，看孟昭和原本就弄竞赛要弄得很晚，现在还要分出一点时间给其他人弄考卷，拿起水杯将最后一点水喝掉，然后从孟昭和手里把他们的考卷和红笔都拿过来，说："你看你的资料，我来帮你改吧。"

孟昭和的确有些来不及了，没和他客气："明天早饭给你多加个鸡蛋和培根。"

考卷就五张，江邢很快就帮她弄完了。正准备还给她的时候，他抬头看见她俯着身，脸颊贴在手臂上，用笔帽戳着脸颊，手掌摸着后颈，像是被一道难题难住了。

因为要写作业，客厅的灯开得很亮。为了安全，厨房的窗户永远只开着一条不大的缝隙，夜风吹进十七楼，贴在冰箱上的小字条被吹起，因为有冰箱贴，它失去了一次飞翔的机会。

一缕夜风拐了十八道弯,吹动了她未被扎起的碎发。

她俯着身,睡衣领口开了一半。

江邢没好意思继续往下看,把考卷和红笔一起还给她,收拾好书包,准备回房间。

但孟昭和这副认真的样子,似乎距离"散场"还遥遥无期。

江邢问道:"用功是好,但你也不需要这么用功吧?"

"没几个月就要国赛了,我要考好学校所以要用功。"

孟昭和又给他说起了梁意致说过要给她写推荐信这件事,顺道把剑桥和梁意致都又夸了一遍。

江邢想到之前孟昭和说梁意致念的是剑桥,说他很厉害,又想到她说她也想考剑桥,现在还听她絮絮叨叨地说着梁意致和剑桥的好,蹙眉问道:"你这么用功是因为你想去剑桥?"

孟昭和点头,心想:这不是废话吗?

"你那个老师也是剑桥的?"

孟昭和还是点头,她刚刚才和他说过,这还是句废话。

江邢心里突然出现个答案,这个答案因为孟昭和每一次回答已经让他深信不疑了,他下意识地问:"你喜欢他?"

"你有病啊?"孟昭和差点还要点头,他不讲废话之后这讲的是什么鬼话?

江邢又问:"你不喜欢他?"

孟昭和挺想确认一遍江邢的脑子是不是坏掉了,反问道:"你哪里看出来我喜欢他?"

江邢分析得有理有据:"你们女生不是就喜欢那种小细节吗?下雨天他送你,还借给你外套。"

孟昭和真佩服他的逻辑,她想抓着他领子问问,那他高一的时候还在巷子里"英雄救美"过一次,那他怎么不脑补一下自己。

那还是正确答案呢。

哦,对了。

他不记得了,他压根儿就不知道自己曾经在巷子里帮过一个女生。

他就只知道怎么斗地主,怎么赚欢乐豆。

听见她矢口否认,瞧她那绝对没戏的样子,江邢心里还一乐。

只是刚乐完,孟昭和瞪了他一眼,手里拿着竞赛资料和平板电脑气冲冲地走了。

第二天,江邢的早饭里不仅没有多一块培根和鸡蛋,反而还少了。

两个人今天上学的距离拉开老远，谁也不搭理谁。

只是到了学校之后，孟昭和很快就注意到别人看自己的目光有点奇怪。路过玻璃窗的时候，她下意识地从玻璃中检查了自己的仪容仪表，也没有什么问题。

可周遭投过来打量和戏谑的视线，让她很不舒服。

4

江邢午饭前的最后一节课还是偷了周漾一个早餐包，今天上午他们的课是一样的。周漾死守了最后一个，怎么说都不肯让江邢得手第二次。

"不是你的黑心房东有给你做早饭吗？你还抢我的小餐包干吗？"

江邢还在嚼嘴里的小餐包，腮帮子鼓鼓的，配上他那副低落的样子，居然还有点可爱。

他含混不清地说："我和她闹了点不愉快，她做早饭偷工减料了。"

周漾："真是个好人，我要和你闹不愉快了，我就往你早饭里加点料。"

男女同学闹不愉快在周漾身边已经太常见。

夏令和许峙已经上演了无数遍。

"许峙是喜欢夏令所以隔三岔五吵个架刷点存在感。"周漾把最后一个小餐包送进嘴里后才放弃之前那副防守状态，嘴里有东西，有点口齿不清，"你和你房东能有什么纠葛？你们两个还能闹不愉快？"

江邢瞥了他一眼，说道："我好像对她有好感。"

周漾恨，恨自己吃东西不喜欢细嚼慢咽，他差点被小餐包里的火腿给呛死，咳嗽了半天才缓过来。

"你莫名其妙，突然给我来一句你喜欢她，丘比特什么时候给你放的箭？"

江邢还是情绪低落，小声说："我自己反应过来的时候也觉得突如其来。"

好像是因为孟昭和那天贴心地先走帮他去检查电梯里有没有飞蛾，又好像是好多次看她认真念书的样子。

总之江邢也说不上来。

周漾白了他一眼，说："丘比特那一箭射在你脑子上了吧？"

小餐包的味道还留在嘴里，出了名严厉的麦老师站在讲台上翻教材，十分钟的课间可以做好多事，也可能什么都做不了。

江邢趴在桌上有点困，今天气温有点回暖了，虽然在喀城基本没有冬天这个概念。

窗外树影悠扬，这课上得江邢昏昏沉沉，眼皮快合上的时候，他隐隐听见孟昭和的名字。

江邢抬头望去，前桌是个不太熟悉的男生，他拿着手机和同桌在看学校论坛。

"我打赌这个帖子的女主角肯定是孟昭和。"

江邢伸手戳了戳前桌的后背，问道："看什么呢？"

前桌也不知道什么内情，就单纯看个热闹，把手机拿给江邢看，说："就我们学校经济学竞赛队，有个人发帖说他们那里有个女生靠师生恋上位。"

江邢拿自己的手机一刷论坛，果不其然就看见首页上已经挂上"爆"字的帖子。

上回"炸宿舍"爆帖的主人公江邢此刻看着内涵着孟昭和的帖子蹙起了眉头。

帖子不算特别长，甚至还列出了具体的时间线，下面大部分都是匿名跟帖的人。留言的人越是恶心，越是要隐藏账号信息。

上课的预备铃已经响起，麦老师清了清嗓子准备开始讲课，教学的情绪正在酝酿，但还没开嗓，一道椅子拖动的声音在教室里突兀地响起。

一个清瘦高大的身影从最后一排的"最佳娱乐位"起来，谁也没搭理，径直走出了教室。

孟昭和觉得不管自己走到哪里，所有人都在讨论那个帖子。

她没做声，把教材塞进储物柜里。

因为她的不做声，四周交头接耳的人越来越多。

"帖子说的就是她吧？"

"那个老师我见过，我高一那门课他还教过我，真没有想到他是这样的人。"

"两个人还真是敢。"

……

这帖子太容易猜到是谁发的了。

孟昭和找到季琸的时候，他正在和别人一起吃饭，他得意扬扬地听着四周的人对他的"杰作"的谈论。

但没得意一会儿，孟昭和走到他面前，拿起他餐盘旁边的蛋汤，朝他迎面泼了过去。

孟昭和把装汤的铁碗砸他身上，在众目睽睽之下什么也没说就走了。

江邢怎么都找不到孟昭和，给她发信息也没有回。

一整天，孟昭和似乎都从学校里消失了，但有人看见孟昭和中午的时候出现在食堂并泼了季琸一脸的蛋花汤。

晚上放学回家，江邢一开门就看见了脱在玄关口的鞋子。

以前一直有人写作业的餐桌旁边没有人了，客厅里黑黢黢的，连孟昭和房门底下的缝隙里都没有光亮。

要不是门口那双鞋，江邢甚至都要去报失踪了。

他敲了敲房门，里面没有人应。

孟昭和裹着被子躺在床上，今天回家之前她被夏芙叫去办公室谈话了，说师生恋是比早恋还情节严重的一件事。

夏芙一时间联系不上远在英国处理事情的梁意致，加之这件事在论坛上发酵得太严重，她不能高高举起轻轻放下，只好让孟昭和先停课在家。

孟昭和回家后躺在床上看着房间外晴空万里的天，眼睛里却下起了雨。

所有人都看不见她为了竞赛的付出，只凭借着帖子上的只言片语就给她贴上标签。

孟昭和一直觉得自己还挺坚强独立，她以为自己能够做到不畏人言。

到头来只证明了一件事，她的确是任馥贞的女儿，碰见这种事情一样会难过会哭。

她哭着哭着就睡着了，醒来的时候外面天已经黑了。

孟昭和听见开关门的声音，一阵脚步声之后，有人停在了她房间外面，敲门声响起。

紧接着一个男声传来："孟昭和，你在里面吗？"

孟昭和没回答。

她没锁门，所以安静了没几秒，门被拉开一条缝，江邢站在门外，从门缝里探进来一个脑袋，问道："你还好吗？"

其实刚回来哭过一场已经好得差不多了，可他一问，孟昭和心里又泛酸。就像是小时候闹脾气，你明明身体不舒服，但是没有人注意到你，认为你其实身体没有那么难受，于是你心情低落开始生气。但有个人不觉得你在无病呻吟，问你还好吗。

那关心仿佛是一根扎破装满水的气球的针，委屈就像是瞬间崩开的水。

江邢开了门，没有开灯，留下一丝黑暗给她遮羞。房间里很安静，所以她窸窸窣窣的哭声很清晰地钻入了江邢的耳朵。

她将被子扯过肩膀，把脸埋在被子里开始闷声哭。

"我每天都认认真真地为竞赛做准备，我恨不得把自己拆成两个去背题看书，我努力获得的成绩最后就成为他们开口谈个师生恋换来的吗？他们知道什么啊就在那里胡说八道？我什么都没有干，为什么要我停课在家里？"

说完又坐起来把枕头丢地上泄愤。

她到底还只是个小姑娘，傲气地泼了季琸一脸的蛋花汤后，依旧委屈地躲在房间里哭。

孟昭和的房间里很黑，但那一双眼睛很亮，借着漏进窗户的月光，她的眼泪在江邢心头砸了一个坑。

滴水穿石。

她越哭越狼狈,最后叫江邢把门关起来,她就想一个人待着。

她不再是平时那副谈及学业落落大方,有点傲气伶牙俐齿的模样。

第二天,孟昭和没和往常一样早起。江邢拧开她房间的门把手,看见她还在睡觉。

她睡在粉色的床单里,整个人蜷缩成一团。

一个很没有安全感的睡姿。

江邢轻轻关上门,出门前看了眼沙发上孟昭和的书包,双眸一沉。

上学的路上,江邢继续刷着学校的论坛,帖子还在首页挂着,热度还没下去。

季琸开着匿名账号还在继续泼脏水。

一大早江邢就肝火正旺,好巧不巧今天还在走廊上撞见季琸了,正愁找不到他呢。

许峥眼疾手快,和周漾把人拉住,问道:"你干吗?"

"准备打他一顿。"江邢说实话。

许峥作为江邢的好友,又是学生会主席,不可能放任他现在去打人。

周漾自从听江邢说喜欢孟昭和之后能理解,果断地把手松开了。

没一会儿,许峥也松手了,说:"算了,你去打吧。你不揍的话夏令就要去揍他,你打他说不定还能留他一条命,换夏令下手,她没个轻重。处分还是你背吧,她一个女生受处分不好。"

季琸还站在窗边的储物柜旁讲他脑补的关于梁意致和孟昭和的事情:"真的,我那天回教室拿东西就看见孟昭和把衣服还给梁意致,梁意致还说选她当队长是因为喜欢她。"

旁边不明真相"吃瓜"的同学被季琸带跑偏了,嫌弃地咋舌:"那还真是讨厌,我原本还觉得她长得挺好看,在话剧社庆功宴时还夸她漂亮来着,没想到她是这种人。你们竞赛队就应该按成绩来啊,老师这样是有点不公平。"

季琸下一句话还没说出来,一只手从窗户伸过来,用他难以抵抗的力量,揪着他的领子把他拉到窗口。

窗户大开,季琸后腰抵着窗棂,上半身在三楼外。

他刚刚还得意扬扬的嘴脸一瞬间没了血色。

四周传来惊呼。

季琸死死地抓着江邢的手臂,生怕他一松手自己就摔下去了,大叫道:"江邢,你干吗?我哪里招你惹你了?"

"你知道得挺多嘛,说她和老师谈恋爱,你怎么知道得这么清楚?"江邢故意把季琸的上半身往下压了压,吓唬道,"那你知不知道这个姿势摔下去,你脑袋能摔几瓣?"

这个姿势带来的不安感吓得季琸差点尿失禁。

周漾他们怕江邢真搞出点事情,赶忙上前去拉他。

季琸反问:"那你就知道他们没在一起?"

"我和她住一块,天天看见她在那里搞竞赛,你说我知不知道?"

大约是看见周漾和许峙来拉江邢了,季琸不怕死,又要乱咬人:"哦?原来她是跟了你啊!那我去发个帖帮她澄清一下?"

见他居然还有胆子继续说帖子,江邢笑着伸手捏住他的下巴,五指用力,手背的青筋突起,狠狠地说:"那你胆子还真大,她跟了我,你还敢再发帖。"

林云英刚开完会和吴柏丽从会议室走出去,她的二秘拿着本子就快步走了过来,对着林云英开始汇报十分钟前一通从江邢学校打来的电话。

林云英的二秘是个年纪不大的女生,但做事细心又认真,声音也轻柔:"电话是学校教导主任夏主任打来的,说江邢在学校里闯祸了,和一个男生打完架之后把那个男生塞进垃圾桶里了。"

话音一落,周遭的人都瞬间感觉到林云英的女强人气场一秒就消失了。

她扶着额,头痛不已,问道:"为什么打架?学校说给什么处分了吗?他打的是哪家的小孩?"

二秘翻开记录着自己和江邢学校教导主任通话内容的本子开始回答老板的问题:"学校方面没有说打架原因,让江邢停课在家,打的是一个叫季琸的男生,江邢的电话没打通。"

林云英将脚上的高跟鞋脱下来,坐在办公桌后面伤神:"逆子电话打通了之后转给我。"

二秘回答"收到"了之后就离开了。

孟昭和洗过澡之后,坐在餐桌旁边吃着不怎么好吃的烤吐司。

一眼望过去,能看见自己随手扔在沙发上的书包,她手机的屏幕上还显示着一个和竞赛有关的日程表。

一大口牛奶下肚,她开始发呆。

突然,门口传来门把手解锁的声音,孟昭和有些意外地和门口的人四目相对。

从江邢这个角度看过去,她眼睛红红的,大约是昨天哭太多了。不过还好,她至少肯从房间里出来了。

江邢故意没和孟昭和打招呼，也没说自己为什么这个时间点回来了。

孟昭和不解的视线从他开始脱鞋子到走进客厅一直落在他身上。

终于，孟昭和没忍住，先开口了："你怎么回来了？"

江邢不藏着掖着，毕竟是"耍帅"的一件事，自然得告诉她，否则就浪费了："我把季琸揍了一顿，然后把他'送回家'，现在我也停课了。"

打完季琸之后，江邢把他塞垃圾桶里了。

什么东西就应该待在什么地方。

不过江邢很快就反应过来这可能会给孟昭和造成一定的负担和罪恶感，于是走到他专属的餐桌旁边的位置，就像是每次放学回来和孟昭和面对面地写作业一样，说："不过是个小事，我主要是看你在家心里羡慕，现在好了，我也可以和你一样待在家里了。"

孟昭和心头一颤，说不感动是不可能的。

江邢看见她咬着下唇努力收敛情绪的样子，立马把话题移开了："你中午就吃这个啊？"

她现在没有了落落大方对一切都了如指掌的样子，反倒像个普通女生一样，有点脆弱，这副样子更容易激起别人的保护欲。

下午在家，孟昭和还是寡言。

江邢觉得自己犯贱，她不开口损自己怎么都不对劲。

之前他随手关注的公众号今天突然推送了消息，多良的冲浪季已经接近尾声了。

江邢看着文章里的碧海蓝天，抬头望了眼旁边沙发上的孟昭和，说："孟昭和。"

被喊到名字的女生回过头望着他。

"明天我带你去冲浪吧。去换个心情。"

5

夏令知道，要给孟昭和"平反"就要去找竞赛队伍里的人出来说话。

最后目标人物锁定在了季听雨身上。

夏令找到季听雨那会儿，她正在被季风铃欺负。夏令知道他们家的恩怨情仇，毕竟学校八卦聚集地的论坛在刚开学那会儿就曝过帖子。

季风铃是从初中部直升上来的，她在初中部就特别受欢迎。

结果高一刚开学没多久，大家看见平时人前端庄善良的季风铃在找季听雨麻烦，一样的姓氏让大家都误以为她们是平常的亲戚关系。

有一次季听雨被欺负得很惨，学校通知了双方的家长，好巧不巧，那天打电话的班主任没说季听雨被谁欺负，也没说季风铃欺负的又是谁。

双方来的都是妈妈，一场大戏在学管主任和教导主任的办公室里上演。

于是季风铃和季听雨同父异母的姐妹关系被大家知道了。

但大家清一色地偏向欺负人的季风铃，毕竟另一个是破坏别人婚姻的情人的女儿。

夏令进女厕的时候看见了被人围在角落里的季听雨，抱着手臂站在厕所门口，出声打断里面的闹剧的时候，季风铃手抬着，一巴掌还没落下去。

前几天是季风铃的生日，爸爸难得留在家里，结果因为季琸在家里闹脾气，谢澜不要脸地给季父打电话叫他过去，好不容易一家人团圆的机会就这么没了。

季风铃这周一回学校就找了季听雨麻烦，结果被季听雨躲了好几天，今天季风铃找人堵了她，这才把人"请"到了厕所里。

全校没多少人是不怕夏令的，一是她有个叫夏芙的教导主任亲戚，二是别的女生从小学舞蹈学乐器，但是夏令学跆拳道学散打。

还有个原因，是因为许峙。

季风铃还记得初中的时候，一个和她很要好的女生因为对着夏令说了句脏话，第二天许峙带着周漾和江邢便找她谈话，那个女生从开始的脏话变成了天天对夏令说"么么哒"。

但季风铃不想就这么放过季听雨，看着来者不善的夏令，她似乎完全忘了自己刚刚还是个趾高气扬的施暴者，问道："你有什么事情吗？"

"我找她聊两句。"夏令抬手指着她身后的季听雨。

季风铃最后还是放了行，个人恩怨只得暂时搁置。全校都知道季风铃是怎么欺负季听雨的，但等季听雨低着头朝夏令走过去的时候，季风铃还是忍不住出声警告她不要在外面随便乱说。

夏令走在前面，穿过东面的消防通道，带着低头跟着她的季听雨去了教学楼后面。

夏令驻足准备开门见山，一回头就看见季听雨浑身狼狈。

"你哥哥发的帖子你应该看到了吧，帖子的真假我觉得你作为竞赛队的成员应该也清楚。现在孟昭和因为这件事被停课，我希望你可以站出来帮忙解释一下。"

季听雨低头听着夏令的话，被季风铃踩过的手紧紧地抓着校服裙摆。她自然知道季琸那个帖子里有多少是真有多少是假，可她要是出面解释就等于站在了季琸的对立面，也等于站在了视季琸为命的母亲的对立面。

她只想当个旁观者。

夏令见季听雨那副不愿意出面的样子，又继续劝了她一会儿。

季听雨思前想后,最后还是拒绝了夏令。

拒绝的话一说完,季听雨就跑开了。

夏令扯着嗓子喊了一声:"你知道真相为什么冷眼旁观不站出来?"

季听雨跑开的脚步一顿,但只是一顿,随后转身上了楼。

"傻不傻?"

一个男声从夏令身后响起。

夏令一回头,果不其然是一张她不太乐意看见的脸,于是冷冷地问:"你的酒肉朋友也停课在家呢,你不想想办法?"

许峙的目光落在季听雨离开的方向,慢慢走到夏令旁边,说道:"他家本事通天,轮不到我操心。不过你要是真想帮孟昭和,你刚刚的做法蠢到爆。"

夏令"哼"了一声,五指握拳,问道:"我也挺想动用武力,直接逼季听雨就范,要不我新学的擒拿术先在你身上试验一遍?"

许峙咋舌,将她举到自己面前的拳头按下去,说:"你想想她被季风铃欺负、孤立,有人站出来帮她吗?你怎么好意思要求她现在站出来为孟昭和说话?"

夏令的确没有想到这一层,被许峙这么一说,她马上意识到对季听雨用说服这办法是没有用的。

她想了想,问道:"要不我让江邢把季风铃叫出来,然后让季听雨揍她一顿解气?"

许峙翻了个白眼,抬手给了她一个栗暴:"找季风铃只需要一个周漾就够了。"

"啊?"夏令不解,"她不是喜欢江邢吗?"

那现在这种情况能找江邢吗?

许峙无奈地叹了口气,就江邢打了季琸这么大一件事,多少人都瞧出了江邢对孟昭和非同寻常的苗头,怎么就面前这个人恋爱细胞这么不发达?江邢现在喜欢孟昭和,还能乐意出卖色相?

不过为了自己喜欢的姑娘没准他还真乐意。

就是恋爱细胞这么不发达所以瞧不出自己喜欢她。

许峙又叹了口气,问道:"你不是谈过恋爱吗?"

夏令真不知道许峙怎么有脸说这句话的,冷哼一声:"是啊,我谈过恋爱,托您的福,就一天寿命。"

一天,许峙都嫌长。

夏令高二情窦初开,刚和别人表白,结果第二天就被许峙给举报早恋了。

不过夏令很快就开始思索让周漾把季风铃约出来这件事,但还是在纠结,问道:"季风铃什么时候从喜欢江邢变成喜欢周漾了?"

许峙没好气道:"长得帅的她都喜欢。"

夏令"哦"了一声,语气平平:"那可惜了,否则你就有用武之地了。"

许峙:"……"

他不帅?

从南港去多良可以坐地铁,途经麓溪、唯亭,还有伊岗。

一共需要一个多小时。

线路不全是地下,进入伊岗之后会有一段路能看见海。不是早高峰也不是休息日,地铁上人不多,有很多空位置。

江邢到现在才问:"你会冲浪吗?"

孟昭和想了想,回道:"会一点。以前和夏令在水上乐园时体验过小朋友玩的冲浪。"

"室内冲浪?"江邢笑了,"那样的冲浪和接下来的冲浪完全不一样。"

孟昭和知道他会,高一夏令营的时候去的就是海边,当时为了学生安全,学校禁止了不少海上项目。

但江邢可不管那些,照样去冲了浪。不少带相机的同学都拍到了那组图,图挂在学校论坛上火了好久。

想来江邢就是这样的处变不惊,不管帖子是什么内容。

他的出身和家庭,还有他的行为,总让他的大名出现在学校论坛里,但不管是夸他好的还是说他不好的,似乎都不能给他造成什么影响。

当时烧宿舍那么大的事情,他依旧每天上下学,就是得了全校通报的处分,他也像个没事人一样。

到了伊岗的大学城,上来的人不少,原本还空空荡荡的车厢里拥挤了不少。

这一片的信号不怎么好,江邢的斗地主没办法进行下去,他干脆收起手机,坐姿懒散,伸手把孟昭和拉近了一点,两人腿挨着腿,胳膊碰到了胳膊。

孟昭和突然小声地问道:"和室内不一样,那我不会怎么办?"

配合她的小声,江邢凑过去贴着她耳边,说:"没关系,有我在,保证你一开始什么样,等冲完浪还是什么样地把你送回家。"

讲话带出来的热气洒在孟昭和的耳边,烫得她心猿意马。

伊岗的商业街站下去不少人,最后前往多良的还是没几个。

江邢和孟昭和带了一套换洗的衣服,他是个冲浪的老手了,知道多良那么多租借冲浪板的店哪家价钱最划算,哪种板最适合他和孟昭和。

孟昭和在女更衣室换了冲浪用的衣服,等她出来,江邢已经挑完了板,穿着和她差不多款式的男式冲浪服站在柜台前和老板聊天。

他手边还有一件救生衣，看见孟昭和从更衣室出来，抬手和老板打招呼说再见，然后拿起那件救生衣朝孟昭和走过去，两三下就套在了她身上。

"你不穿吗？"

"我不需要。"江邢低头帮她穿好救生衣，安慰她，"冲浪其实不恐怖，你一开始不用想着怎么冲好浪。"

孟昭和低头看见一双好看的手正在自己身前帮自己系救生衣的带子，好奇地问："那我要考虑什么？"

"考虑落水的时候怎么摔得不难看不狼狈。"

孟昭和："……"

冲浪当然没有那么简单，在沙滩上的教练习惯性地走过来推销，说自己收费不贵，而且随时在旁边负责教又负责救援。

不仅介绍自己，还热情地讲解冲浪小知识，妄图打动这对消费者。

江邢抬手扣着孟昭和的后颈，把她从热情地自我推销的教练面前拎走，说："不用了。"

教练打量他们一眼，最后走开了。

江邢手里拎着孟昭和的板，脚踩在细软的沙子上。

孟昭和迈着小碎步追上他，看着失落而归的教练，问江邢："你教我？"

江邢虽然能教她，但他到底不是这方面专业的教练。既然是带她来寻开心的，就得玩些新手也能玩起来的。

孟昭和被他带去一艘白色的船旁边，船上已经有两个人在等他们。

一个是教练，一个是船长。

教练是个皮肤黝黑的女教练，因为不涂防晒常年冲浪，导致她皮肤看上去不太好，但整个人都洋溢着热情和阳光。

她简单地给孟昭和讲解着尾波冲浪的技巧。

江邢放心地将孟昭和从船上丢下去，手搭着船边的扶手，望着海里的她，说道："好好玩。"

救生衣的浮力将孟昭和托出海面，喀城的十二月还不冷，就是掉进海里也不觉得刺骨，孟昭和趴在冲浪板上看着船舱里一脸笑意的江邢。

他拿着冲浪板下了船，站在沙滩上朝她挥了挥手。

孟昭和没基础，游泳也只会狗刨，只能玩牵绳滑行。果然和江邢说的差不多，她只需要思考怎么从板上摔下来的时候姿势好看一点。

她蹲在冲浪板上，借着船尾造出的浪进行冲浪滑行，她拽着绳子慢慢起身。

前几次没坚持几秒就因为太瘦，四肢也不协调，分分钟掉下去"喝海鲜汤"。

下板了七八次之后，孟昭和这种没有什么天赋的人还是成功地在冲浪板上站了起来，成就感来得特别快。船尾带出的白色浪花在冲浪板下分开，海水擦过她脚边，虽然已经是十二月的温度，但一点都不冷。

　　被船螺旋桨带起的细小水花溅到孟昭和的脸上，隔着那些水珠，孟昭和下意识地朝旁边望去。

　　江邢此刻泡在海水里，两只手臂搭在冲浪板上，在为她成功完成牵绳滑行而鼓掌。

　　一旦上手之后，牵绳滑行是件很简单的事情，不过体力还是消耗得很快，她上船接过教练递过来的功能饮料，肩头披着一块白色的浴巾休息。

　　坐在船舱里往海里望去，今天冲浪的人不多。

　　江邢也许久没玩了，抓了两次白浪后，很快就找到了之前冲浪的感觉，挥臂划水，熟练地抓住绿浪，沿着浪壁斜走。

　　孟昭和下意识地感慨了一声。

　　旁边的女教练听见孟昭和无意间发出的称赞，笑道："是很厉害，你光是看着觉得还行，但换自己上就不行，他已经是不少普通冲浪爱好者的'天花板'了。"

　　可孟昭和看着都觉得很厉害。

　　那套冲浪服把江邢的身体完美地勾勒出来，手长脚长，肩宽腰窄，风姿秀逸。

　　海水打湿了他的头发，湿发粘在他的脸颊旁，他还是他，还是那个在巷子里为她的窘迫解围的人。

　　孟昭和看着他征服海浪的样子，乍觉心动。

　　她以前不纠结，因为她有自己的一套暗恋原则，塞尔努达早就给所有晦涩纠结的暗恋总结过了：

　　关于单恋、没有回应的欲望矛盾的地方在于——我们总是或多或少地想要相信这样的欲望终能以其他出乎意料的形态和方式实现。

　　但孟昭和用她那套"看书"的暗恋理论，自以为能在众多纠结难言的暗恋中独善其身。但望着不远处正在冲浪的人，孟昭和心里不知道何时埋下了占有的种子，它扎根在血脉之中，最后长成旺盛的占有欲。

第六章 隐藏的闪光点

1

江邢甩着头发，拿着冲浪板从海里走上岸，湿漉漉的脚板底粘上了细沙，看到裹着白色浴巾站在不远处等他的孟昭和。

她手里还拿着另一条干净的浴巾。

江邢走过去，捏着浴巾的一角擦了擦耳朵里的水，问道："好玩吗？"

孟昭和点了点头，说："挺好玩的。"

他又问："那你开心点了没？"

孟昭和又点了点头。

江邢笑着说："那就好，我四千块没白花。"

两个小时，四千块钱？

孟昭和肉疼，问道："这么贵？"

江邢用浴巾擦了擦头发，大方地说："好玩不就好了。"

来多良少不了吃海鲜，孟昭和用筷子把虾尾上的蒜蓉拨下来，江邢拿着两瓶汽水回来的时候正好看见这一幕。

孟昭和看见他把汽水放在桌上后又朝着收银台折返回去，回来的时候他手上拿了一根吸管，对着她手里的玻璃瓶口丢下去。

这方面他不拘小节，直接对着瓶口喝，所以就只拿了一根吸管。

店里人不多，所以菜上得很快。江邢看见生蚝里的蒜蓉蹙眉，叫住了端菜过来的服务员："刚刚我不是说了我们的都不加蒜蓉吗？"

服务员挠了挠头，说："不好意思，我再去厨房提一下，估计是掌勺的给忘了，不过这些加了蒜蓉才好吃。"

孟昭和问道："你不喜欢吃蒜蓉？"

刚说完，她看见江邢不太在意地吃了个生蚝。

"你不是不爱吃吗？"

"我不喜欢吃蒜蓉,但是我可以接受那个味道。"

江邢在心里记下来,准备起身,说道:"那我再去说一声,你还有没有什么忌口的?"

孟昭和连忙摇头挥手,说:"不用了。"

也不知道怎么回事,她今天格外好说话,没有平时那副伶牙俐齿的样子。看着孟昭和低着头,默不作声地开始吃虾,江邢觉得她不应该是这样的,她应该随时随地都像只骄傲的小狐狸,尾巴翘得老高,因为好成绩得意扬扬,损他的时候张口就来,不怕得罪他。

风姿摇曳。

但现在视线里的人眼尾泛红,吃东西的速度仿佛按下了零点五倍速,没有以前为了竞赛争分夺秒的紧张感。

下午冲浪继续,但孟昭和选了和江邢一样的冲浪方式。

就她这种连半吊子都算不上的水平,连白浪花都抓不住,轻而易举就摔进海里了。

她趴在冲浪板上呛出眼泪,海浪带动着冲浪板,此刻她感觉自己就像是海面上的一艘小船,漂泊摇晃。

江邢游到孟昭和旁边,捏了捏她的后颈,问道:"不行了?"

孟昭和人有点往下沉,手用力扒拉了两下,重新趴在冲浪板上,想到他被冲浪教练夸赞的冲浪技术,好奇地问:"你当时冲浪练了多久?"

江邢说起这个挺得意的,就像是孟昭和每次在他面前说成绩一样:"两个月。"

晒掉了一层皮练出来的技术。

孟昭和心想他两个月就练成这样,的确是很厉害,一不小心就说出了口。

江邢自然百般乐意听她说自己厉害,耳尖不自觉红了一些,说:"怎么样,能理解我平时多低调隐藏自己的闪光点了吧?"

孟昭和没直接说他厚脸皮,也没有直接拆台:"是是是,是单细胞海藻都被闪到那个程度的闪光点。"

这话听着就像损人了。

不过江邢也不生气,正准备问孟昭和要不要再试试的时候,海风已经起来了。她一个人乘着浪就在不远处,但明显是个刚刚学抓绿浪的新手,压不下去板,马上就要摔下去了。

孟昭和从冲浪板上掉下去了,板随着海浪漂了过来,冷不丁地出现在他们后面。

江邢注意到的时候，一道浪从头顶拍下来，孟昭和瞬间消失在他面前。

海水立刻从四面八方涌过来，救生衣的浮力托举着孟昭和往上，但不知道从哪里漂过来的冲浪板和他们的板子相触后结束了随海浪漂泊的一生。

那块冲浪板很凑巧地停在了孟昭和头顶上方，她上也上不去，本能地挣扎着想要游到旁边，但挣扎的动作之下救生衣的浮力都帮不了她，反而人还往下沉。

心在一瞬间跌到了谷底。

地心引力将她往下拖拽，口中呼出的空气变成一个个小气泡往上漂，她在海水里的每一秒都变得非常漫长，仿佛漫长到给她时间去后悔和不甘，可又让她在这看似漫长的时间里无措地迎接不可逆转的结果。

这百万平方千米的海域里，有座头鲸和虎鲸在打架，鮟鱇又在被邻居嫌弃难看，还有一个叫"孟昭和"的人在挣扎。

视线也模糊了，什么都看不见。海水的凉意在那一刻布满了孟昭和全身，它从口鼻进入，挤压着她肺部的空气。

——她不想死。

这个念头从孟昭和的脑袋里蹦出来，她不想这么倒霉地死去。

帖子的事情还没有解决呢，她还没有得到道歉和清白，她努力了好久的竞赛也没有参加，甚至她还没有到二十岁。

她还有想去的大学，还有好长的以后。

下一秒，一股力量拖拽着她不断向上。

眼睛里的蓝一点点地变淡，变明亮。

最后是天空的浅蓝，上面还飘着几朵云。

空气重新灌入肺部，恢复的还有听觉。

孟昭和听见海浪声和粗粗的喘气声，以及自己不断的咳嗽声。

她一直在咳嗽，气管和喉咙好像被人抹了辣椒水，手紧紧地拽着将自己从水下拉起的那双手臂，大海的凉意布满全身。

江邢没想到孟昭和真就沉下去了，在海面上深吸了一口气，就下潜去捞人。他动作很快，不知道短短的几秒里孟昭和会想那么多，抓到她之后就往上游。

可浮上来之后，她拽着自己不放。

那一刻他成了孟昭和唯一的救命稻草。

她怕得要死，手攀着江邢的胳膊死都不肯松开，劫后余生的庆幸随着慢慢平复的咳嗽占据了大脑。

她实在是太怕再沉下去。

海风还在吹，害孟昭和没有办法探头的冲浪板此刻正和他们的那块撞在一起，发出撞击的声音。

孟昭和松了一只手,抹了把脸上混着眼泪的海水,说:"我以为我的寿命要终结在今天。"

不知道是不是刚刚下水捞孟昭和憋着的那口气还没有缓过来,江邢的气息还有点不稳:"我不是都说了嘛,我肯定完好无损地把你送回去。"

孟昭和吸了吸鼻子,前一刻心如死灰的无助感还在。

她哽咽了两声,还没来得及开口,只感觉到一只手隔着救生衣拍了拍她的后背。

耳边还是江邢的声音:"我肯定说到做到。"

那块差点让孟昭和"葬身大海"的冲浪板的主人正用着不熟练的自由泳姿势从远处游过来,最后换成了不怎么好看但行进有效的狗刨加蛙泳的结合泳姿。

那人费了不小的力气游了过来,满脸歉意,看见正在安抚孟昭和的江邢自然而然地误会了两个人的关系。

他不好意思和孟昭和打招呼,小心翼翼地看着对方"男朋友"的神情,说:"真的很抱歉,你女朋友没事吧?我冲浪技术太烂了,实在是不好意思啊。"

"你是技术太烂吗?我看你瞄准的技术挺好啊。"江邢呛他。

那人被怼了也没有生气,只是尴尬地抓了抓头发,说道:"要不我请你们吃晚饭吧,我爸在这边开了一家食宿酒店。对了,你们订酒店了吗?没有订的话我包了你们的吃住。"

虽然江邢和孟昭和本没有在这里留一个晚上的打算,不过不吃白不吃。

孟昭和上岸之后还有点咳嗽,江邢蹲下帮她拆了腿上的固定器。

她低头看着固定器,现在想来,自己刚刚葬身大海的可能性很小。

江邢抖了抖浴巾盖在她头上,单手拿起冲浪板,听见她的咳嗽声,关心地问:"是呛到了还是感冒了?"

孟昭和清了清嗓子,说:"之前呛到的。"

那个男生自我介绍,说他叫靳尧,一路上不知道和孟昭和说了多少个抱歉。他还很有诚意地在江邢他们租借冲浪板的店门口等着。

店门口有简单冲洗的淋浴水龙头,最多冲冲沙子。

孟昭和换衣服的动作比江邢要慢一点,她把浴巾和换下来的冲浪服按照分类丢进不同的筐里。

她顶着湿漉漉的头发出去时,江邢穿着他来时那件灰色的卫衣,站在店门口和靳尧聊天。

两个人在交流冲浪技巧,孟昭和走近,冷不丁听见靳尧问了一句:"你女朋友真的没事吧,我看不少女生明明有事,但嘴上还说没事的。"

"她不是那种人,她要生气会直接骂人。"江邢笑道,"能损死你。"

靳尧这才放心,但又问了句:"那你呢?你不会是那种记仇小心眼,别人欺负你女朋友你能整死对方的人吧?"

靳尧真怕江邢记仇,怕他晚上把酒店的天花板都给拆了。

江邢想了想自己对季琸干的事,然后笑着摆摆手,说道:"我人很好的。你知道吗,一般家里有一个狠人就差不多了。"

靳尧先看见从店里走出来的孟昭和,还是一脸写着抱歉的笑容,见她出来了没好意思继续和江邢说话,低着头在前面带路。

孟昭和站在两个男生后面听了好一会儿,发觉江邢自始至终没解释他们两个只是普通合租室友和普通同学的关系。

穿过沙滩,走上一段柏油路,目的地是后街一栋外表看上去很普通的酒店,规模不大,大概价钱也便宜。

路边的店铺见怪不怪了,毕竟都是在喀城,只是区不一样。多良有的,一般南港也会有。

靳尧指着自己家的酒店,说:"就是那家,不过我先带你们去吃晚饭。"

孟昭和不动声色地扯了扯江邢的袖子。

正在回应靳尧的江邢简单地说了个"嗯"之后,被手边传来的动静吸引走了注意力。

他侧着脸看她,问道:"怎么了?"

"是不是太占人便宜了?"

江邢的表情有点奇怪,先是一笑,随后装傻地问:"占谁的便宜?"

孟昭和抬手指了指靳尧的背影,意思是说他们骗吃骗喝还骗住这件事。

江邢故作失望地"哦"了一声,尾音被他拉得有点长:"我还以为你是说我们假装男女朋友这件事上,你占我便宜呢。"

孟昭和抬眸看他,这个动作完美地展示了孟昭和眼睛下三白的特色,看上去像只正要发飙的小猫。

"你高估我了,也低估你自己了。"

在他臭不要脸这件事上。

多良入夜了。

靳尧带他们去后街的一家店吃晚饭。

一家音乐餐厅。

最近是冲浪季的尾声,工作日这里的游客也不多,时不时还能听见不远处的浪潮声。

靳尧问起他们的年纪。

江邢报大了两岁，靳尧也没有起疑。

"你们不上课的吗？"

"这两天没课。"江邢干脆将打趣进行到底，"所以跟女朋友出来约会散散心啊。"

孟昭和不讲话，只是故意摆了一瓶牛奶在江邢面前，然后当着他的面挑衅地饮了一口啤酒。

靳尧赞同游玩散心："遇见什么不开心的事情了？"

孟昭和实在不是个能和人很快熟络起来的人，就低头吃着饭，听江邢和靳尧在那里胡诌。

一口虾肉刚送入口中，一只手掌贴上她的脑袋。

江邢抬手像是摸他家"有钱"一样，给孟昭和顺毛："小姑娘不开心的事情，不告诉你。"

一句话提醒了靳尧别问太多隐私的问题，靳尧也意识到了这是人家女朋友的事情，他一个外人实在是不方便知道太多。

餐厅里的驻场歌手自弹自唱，唱得好，吉他弹得也好。

靳尧和江邢很快就从别的话题聊到了冲浪上面。

江邢注意到孟昭和一直盯着台上的驻场歌手看，随口问道："表演好看吗？"

孟昭和机械地咀嚼着嘴里的虾肉，点了点头，也很随意地夸了一句："好看，会乐器的人都很帅。"

江邢看着台上那个人，长得没他好看，吉他弹得也就这样，就只有唱歌比他好听一点。

三方面一对比，他也没输，尤其还是颜值这个重要方面赢了别人那么多。

江邢哼了一声："我弹得比他好。"

2

靳尧见识过江邢冲浪，就因为见识了江邢在冲浪上的厉害，所以不太相信他冲浪玩得好，吉他也能玩，于是给他搭台子："我家里正好有把吉他，回去你给我露一手。"

二十分钟后，靳尧在自己家酒店的大厅里被江邢用一把落灰的吉他给打败了。

"你真会弹？"

江邢弹得不错，但嘴上还是谦虚："好久没弹了，生疏了不少。"

孟昭和因为累回房间休息了。

江邢把吉他从腿上拿下去，正准备还给靳尧，但拿着吉他的手又缩回去了，说："借我一下。"

靳尧的父母在听说了儿子犯下的错误之后，非常热情地招待了孟昭和跟江邢。

因为见两个人穿着情侣装，给他们安排了一个大床房。

江邢拿着靳尧那把落灰的吉他回房间的时候，孟昭和没在睡觉也没在洗澡，而是盘着腿坐在阳台的秋千椅上。

旁边的茶几上摆了瓶剩下一半的果酒。

阳台给了孟昭和一个单独的空间，而这个单独的空间很容易就让孟昭和陷入沉思中。

帖子给她带来的负面情绪在这时候突然席卷而来，就像是平日里藏在每个人身边的孤独引子一样。

孟昭和好久没有看手机了，她突然想到任馥贞在街坊邻居的闲言碎语里过了几年，如此想来，妈妈居然还比她勇敢坚强。

眼睛眺望远方，白色的浪花席卷而来，前仆后继不觉辛苦地扑上岸。椰子树树叶在月光下变成好看的剪影，一轮圆月挂在半空中。

是身后开门的声音打断了孟昭和的思考，她一回头，发现江邢不知道从哪里弄来把吉他。

他伸脚把推拉门关上，往旁边的沙发上一坐，抬手随便扫了扫弦。

他穿了件灰色的连帽卫衣，领口稍微有点大，露出里面内搭的白色短袖，脖子上有一条银色的粗链子，链子下面荡着一个吊牌。

江邢扬了扬下巴，问孟昭和："你想听什么？今天普里湾未来的老板多良音乐节首秀，对你免费独家表演。"

孟昭和在秋千椅上换了个坐姿，用手臂抱着腿，将下巴搭在膝盖上，问道："有什么倒霉蛋之歌吗？"

"听那个干吗？"江邢知道她还在想帖子的事情，想了想指法，指腹勾起琴弦，配合着变化的指法，样子看上去很专业，一个个音符在阳台上响起。

江邢唱歌也就还行，胜在音色不错。

"You're the coffee that I need in the morning.You're my sunshine in that rain when it's pouring...（你是我早上需要的咖啡。是大雨中我需要的阳光……）"

这是一首孟昭和听过的英文歌，江邢只学会了歌神歌王们演唱情歌的表情，有点滑稽，但干净的琴声和他的声音配合海风潮声，拽着孟昭和沉溺在这片阳台上。

她为坐在月光下抱着吉他的男生停下目光，多巴胺在分泌，她开始关注血脉之下那颗名为"占有欲"的种子的发芽情况。

江邢唱到一半,突然一顿,安静的那几秒在这一刻显得格外明显。

很快琴声接上了,他背对着月亮,看着她,继续唱道:"Won't you give yourself to me,Give it all...(你何不将自己全部交付与我……)"

孟昭和的大脑发出警告信号,占有欲指数直线飙高。

他弹完了,手搭在吉他琴身上,盯着她看,认真地问:"怎么样?"

那一瞬间,孟昭和不知道他在问什么怎么样。

不知道是问她,他唱得怎么样,还是弹得怎么样。

或许,问的是歌词里那句"Won't you give yourself to me"。

孟昭和生硬地将视线移开,落在江邢身后的月亮上,视线里只剩下一个模糊的人形。

孟昭和抬手,将被海风吹乱的头发别到耳后,笑着骂了他一句。

"给你唱歌你还骂人。"

孟昭和将微红的脸埋进膝盖里,口是心非地说:"你唱得难听。"

江邢不信,问:"难听?难听就难听呗,反正我抱着吉他的样子就帅到你了。"

"屁嘞。"孟昭和又骂他。

江邢凑到孟昭和面前,打量着她露在手臂外的半张脸,追问道:"没帅到?那你眼睛都没眨过一下,那如狼似虎的眼神,我都以为你要按捺不住了。"

孟昭和努力恢复镇定,说道:"我对你按捺不住的唯一可能性,我是个吃人脸皮的妖怪。"

江邢听明白了,朝她咧嘴一笑:"那你可能要失望而归了,我不要脸。"

说完,他把吉他靠在阳台的栏杆,随手一放,手指不小心碰到琴弦,吉他发出几个不怎么好听的琴音。

孟昭和把腿从秋千椅子上放下去,伸手要吉他。

江邢把吉他递过去给她,问道:"你会?"

孟昭和坐端正了,拿出手机在网页上搜索了吉他指谱,将亮屏的手机放在大腿上,样子倒是装得挺像样的,说:"我也有闪光点。"

十秒后,江邢扑哧一声笑了出来,打断了孟昭和艰难弹奏的世界名曲《小星星》。

她甚至还问了句:"你听出来了吗?"

江邢看见了她手机屏幕里显示的琴谱,琴谱最上面写着歌名。

他笑着说:"我看出来了。"

孟昭和脸一垮。

他笑意更浓了，就像是上次撞见她咬"有钱"的金项链一样："孟昭和，你倒也不用这么为难我。"

孟昭和脸更黑了。

江邢坐在沙发上，旁边还能再空点位置出来，朝她招手："来，我教你。"

这种话别人鲜有机会对孟昭和说，毕竟她学霸的帽子戴得比江邢斗地主的全国排名还稳定。

孟昭和抱着吉他坐到江邢让出来的空位置上，一只胳膊从她身后伸过来，虚虚地环着她，手指被他握着，一根根放在该放的位置，然后依次拨动琴弦。

灰色的卫衣和她的外套挨到了一起，后背以及耳边传来阵阵热气。

江邢挺有耐心的，干燥的手掌虚虚地盖在孟昭和的手背上，体温在皮肤表面相互传递。

她弹出来的《小星星》就像是后期处理过的变调曲，但江邢勉勉强强听出"满天都是小星星"的调子。

咸咸的海风从海面吹来，搅动海面，翻起白浪，最后吹起孟昭和的发梢，停在了江邢的脸颊上。

孟昭和胜在记性好，别人要记好久的指法，她几遍下来手指就有记忆了。她没叫江邢再帮忙，自己连贯地弹了小半段，怕他挑刺，她甚至还轻哼了歌曲的调子出来。

从江邢那个角度望过去，能看见孟昭和低垂的眼睛，睫毛很长，优越的骨相给了她一张好看的侧脸。没有任何唇膏修饰的唇微微张着，最经典流行的儿歌从她唇齿之间溢出。

最后一个能记住的音符飘出之后，孟昭和冷不丁地把脸转过去，对着江邢，得意扬扬地问："怎么样？"

对视来得让江邢有点措手不及，他呼吸一顿，月光越过他肩头落在孟昭和眼睛里，很亮，就像是她哼的小星星一样。

"你有个音弹错了。"

"啊？"孟昭和重新点开手机去看谱子，"哪个？"

孟昭和按照琴谱上的指法，重新摆好手势，问道："这样吗？"

江邢的手从她身后伸过去，圈着她的手，调整着按在琴弦上的位置。他看着半抱着的人，想了想，说道："嗯，这样。"

孟昭和发现和之前没差，说："我之前就是这样的，哪里错了？"

江邢没回答这个问题，只是问道："你还要不要学点别的曲子？"

学吉他的兴趣来得快走得也快，孟昭和玩了一会儿就没有兴趣了。两个人坐在一张沙发上，孟昭和把吉他往旁边一递，放到江邢腿上。

她说:"不学了,手疼。"

吉他的琴弦有些磨手,孟昭和的指腹没有茧子,所以没弹一会儿就红了。

等注意力从吉他上消失,孟昭和才发现他们两个坐得不是一般的近。江邢之前纠正孟昭和指法的手没有缩回去,就这么放在她身后,撑着她旁边的扶手,为了看清楚她是怎么弹的,他的脸颊总是不经意地靠近她的肩颈。

此刻,身后的手收回去了,改为握上她的手腕。

细细的一截被他握在掌心里,指腹抚过孟昭和的指尖,把她的手拉过去细细地打量起来:"嗯,还真红了,不过还好没有破皮,别弹了。"

不知道是不是因为他的视线,孟昭和觉得疼痛的指腹泛起热度。

孟昭和下意识地收回自己的手,拿起茶几上的果酒,装作无事发生,重新坐回秋千椅上。

沙发上突然空出了位置,江邢恢复了一贯的懒散,随手把吉他放在孟昭和刚坐的地方。

阳台上突然安静了下来,楼下的街道很热闹,灯火通明,好像只有他们这一方天地寂静得突兀。

没坐一会儿,孟昭和穿着室内拖鞋要回房间洗澡。

酒店的沐浴露和洗发露是劣质的木质香,不是柠檬也不是甜橙。

孟昭和抱着衣服去卫生间,她对香料研究不多,所以不知道那是什么味道。

热水从花洒涌出,热气慢慢往上升。

江邢坐在外面的床边,听见了卫生间里传出来的水声,没时间心猿意马,因为林云英的二秘正在对他手机进行电话短信轰炸。

他拉开阳台的推拉门,去外面接电话。

电话很快就转给了林云英。

江邢倒有眼力见,一开口就和林云英认错。

林云英很快就反应过来:"打架打架,你一直打架。之前是因为周漾被他哥哥欺负,你和周漾一起把人打了。昨天呢?你昨天是为周漾讨回什么公道?"

江邢低头小声说:"不是周漾。"

他顿了顿,又继续说:"是我喜欢的女生。"

说完,电话那头沉默了三秒。

江邢看了眼正在跳动的通话时长,试探性地"喂"了一声:"亲妈,林女士,喂喂喂。"

"你要死啊,你谈恋爱。"林云英拿着手机吼着,"你平时花钱大手大脚我都不管你,我对你的最低要求是什么?不干伤天害理的事情。"

江邢就不能理解了,问道:"怎么我谈个恋爱就是伤天害理了?"

"你这是在害人你知不知道?人家小姑娘现在多大?你现在对人家下手,你怎么好意思去祸害别人呢?"

林云英反应特别大,江邢能理解。这种时候,作为亲儿子,江邢都能猜到林云英下面的话了。

必然他老爹要被拉出来了。

不出意外,电话那头的林云英开始翻旧账:"你真是你爹的亲儿子,我当时刚二十岁他就好意思惦记,你现在越来越像你爹了。"

"我正准备追呢,放心吧,我可比我爸好多了。"江邢看了眼自己的手,回忆之前的触觉,思索了一会儿,"我很绅士,刚发展到牵小手。还有别小姑娘小姑娘地叫,搞得她像个小孩子一样,你要不叫人家小孟或者昭昭?"

林云英在"小孟"和"昭昭"这两个称谓之间思考了一会儿,但思考着思考着就发现自己被儿子带跑偏了。她打电话是为了江邢打架这件事,不是和他讨论别的事情。

"我打电话不是管你谈恋爱的,你跟我说说有什么事情你不能好好和人家交流?非要打一顿然后把人塞在垃圾桶里?"林云英最近正准备联系江邢的学校,看学校能不能帮忙牵线被打学生的家长,好让她替这个不成器的儿子去给人家赔礼道歉。

"妈,你可别去道歉,要道歉也不是我们去道歉。"江邢把孟昭和被季琸抹黑这件事说了。

林云英伤神,叹了口气:"我告诉过你,为人处世是最好自己别犯错,你动手打人有理都变没理了。你都多大了,你怎么还不明白武力不是解决问题最好的办法?"

江邢"哦"了一声,领教了。他抓着阳台上的扶手,嘀咕了一声:"武力不是解决问题的办法,但也是个办法。"

林云英没听清,问道:"你说什么?"

江邢嘀咕归嘀咕,知道这种话现在说出来就是气死自己老妈,马上改口:"那现在怎么办?"

林云英已经叫吴柏丽去买赔礼道歉的礼物了,一想到又要给这个浑蛋儿子去卖老脸,她叹了口气:"我去道歉,你就给我好好反省动手打人,还把同学塞垃圾桶这件事。"

临挂电话时,林云英又叮嘱他:"还有,你好好念书,现在是关键时候,还有半年就要毕业了。你跟那个……你说她叫昭昭?你现在不准跟她好。"

江邢不乐意地说:"妈,你放心,我这点成绩已经没有退步空间了,她影响不了我。"

林云英没好气道："我是怕你影响别人。"

江邪越听越觉得不对味："亲妈，我是买狗的时候捆绑销售的吗？"

林云英"哼"了一声："不，你是买狗路上捡的。"

还不如捆绑销售呢。

电话挂断的时候，江邪的手机快没电了。

手机有点微微发烫，他拉开推拉门刚回房间，卫生间的水声也小了下去。

江邪从书包里拿出充电器，这房间的插座设置得格外不合理，最显眼的居然是门口暗柜上烧水壶的插座。

结果，他刚拿着充电器朝门口走过去，几张小纸片正巧从门缝里飞进来。

小卡片有一面印着钱的图案，江邪没注意看，还以为是靳尧良心不安，怕他们不收，就偷偷塞钱。

可等江邪弯腰一看，却发现不是钱，是卡片。

他伸手刚拿起来，正好卫生间的门也开了。

孟昭和是出来找吹风机的，只是没想到一开门就看见站在卫生间外面的江邪，视线落在他手里的卡片，以及他的手机上。

酒店里塞进来的卡片是什么，她还是知道的，就算不知道，现在看也能明白。

孟昭和看了看卡片和江邪的手机，又看了看他，问道："呃……需要我回避一下吗？"

江邪气得差点跳脚。

3

因为那张小卡片，江邪觉得孟昭和看自己的目光变了。他发誓自己只是走去门口给手机充电，然后正巧看见小卡片飞进来。

结果因为背面很鸡贼地印的是钱的图案，他才捡起来看的。

孟昭和听江邪吐槽房间插座的不人性化设计，没说什么，顶着湿漉漉的头发走到床头。明明江邪之前看了许久都没有发现的插座，此刻赫然出现在床头柜上面。

她面无表情地指了指插座，什么也没有说。

得了，江邪现在觉得就是用全多良的海水都洗不干净自己的嫌疑了。

解释不清楚，太容易越描越黑了。

江邪把"罪魁祸首"摔在床头柜上，发誓要打电话举报他们，把抵制"黄赌毒"的宣传语贯彻落实。

孟昭和用毛巾擦了一下耳朵，一个家里开赌场的公子哥，这话听他说出来没什么信服力："黄赌毒开始内讧？"

江邢刚想反驳,突然想到了自己刚去找房子的时候那个泼了他一脸水的女人,撕心裂肺地控诉是他们家毁掉了她和她孩子的未来。

他以前觉得这是个人的问题。赌徒要是可以自我约束,自然不会成为赌徒,一个人的自制力出现问题为什么要赖上他们家呢?

但长大一些他就能懂得其中的利害,可喀城的博彩行业经久不衰,那是喀城闻名遐迩的一个重要因素。

想到那天在普里湾碰见过孟昭和,江邢怕她以后也会因为家人赌博泼他一脸水,想给自己家树立一些好形象。

他说林云英每年都会帮助很多失学儿童,他家会捐很多钱,去建学校和马路,还捐给乳腺癌研究基金会和联合国儿童基金会。

有人说,他家就是开赌场的,缺德。

所以家里的人都死得早。

他爷爷,他爸爸无一例外。

房间里响起吹风机的声音把江邢的思绪牵扯过去了。那是有些嘈杂的声音,一时间房间里只有这个声音。稍长的头发被吹风机的出风口吹起弧度,像夏天的裙摆,也像晾衣绳上的床单。

孟昭和的头发很快就被吹得七八分干了。她刚拔下插头,被吹风机声音盖住的其他声音立马占领高地。

音乐从音响里传出来,音质受损挺严重的,要不是江邢之前在公众号里刷到过相关活动,实在是猜不出那是什么内容。

"篝火表演,有夜市。"

这些活动会持续整个冲浪季,最近已经是冲浪季的尾巴了,又是工作日,夜市也不会有多热闹。

但江邢想了想,说:"不过正好不用人挤人。"

当代文字多爱赋予海风味道,譬如咸味。

水果刨冰和冰沙不是这两个喀城本地人的首选,准确来说,多良大部分的东西他们都不怎么爱吃。

现在客流量不多,夜市的大多数摊位都是些老人临时来顶岗,忙了大半个冲浪季的家庭主心骨四周一吆喝,组了几桌临时的牌局。

头顶亮着用一看就安全隐患极大的电线随便接上的小灯泡,一个个摔牌的样子充分暴露了牌品,几个连输的人嘴里骂骂咧咧的。

孟昭和看着夜市众生相,不着痕迹地扯了扯嘴角。她是个猫胃,也没有什么吃夜宵的习惯。一路走过来,没有任何想吃的。

反倒是江邢走了一路吃了一路。

他倒不是个多嘴馋的，说好听点是个耳根子软的，同情心泛滥，说难听点就是傻。

他但凡看见摊位里是个嘴巴扁扁没几颗牙的老人，看见他们用枯瘦如柴的手朝他打招呼，说上一句带着浓重喀城方言的问候，问问他要不要买东西，江邢就能联想许多。

譬如，联想到一个老人家摆摊的血汗钱被自家小辈拿走，勤俭节约了一辈子，最后赚的钱自己都花不到多少，进而再想到一个小破房子里一个老人端着剩饭坐在门口，孤苦伶仃。

于是，但凡是个老人吆喝，江邢就会去买。

等烧烤摊将江邢点的鱿鱼做好的时候，他手上还拿着从上一个摊位买的东西，最后实在是没有手拿了。

孟昭和抽了两张纸巾塞进口袋里，两只手接过了那些鱿鱼串。

江邢在狼吞虎咽地解决手里的水果捞，口齿有些不清地叫孟昭和敞开了吃。

最后孟昭和不准他再买东西了。

从夜市一条街走出来，江邢撑得胃都有点痛了，扶着墙歇了一会儿，挥了挥手，说："我走不动了。"

孟昭和从口袋里拿出两张有点皱的纸巾递给他，说道："擦擦嘴。"

江邢听话地照做，他虽然撑得走不动了，但不妨碍他开口说话："我小时候每次看见街边推着三轮车卖东西的老爷爷老奶奶心里就觉得特别难受。我以前还以为所有的爷爷奶奶都应该和我爷爷奶奶差不多，退休了就打打牌旅旅游。到后来我才知道，不少人熬到了退休之后还会再去找工作。"

说着，很凑巧有一个老人背着一个箩筐从坡下走过来，路过他们两个。

江邢看见了下意识伸手，箩筐看上去就很重，里面装着满满的东西，他立马用喀城方言问老人需不需要帮忙。

老人挥手说："不用，我就住这里。"

然后绕过他们两个，说了"谢谢"之后径直走进旁边那栋一看就是新造的小洋房，造得挺气派。

江邢陷入沉默，良久后收回视线，说道："看来，有些人就是单纯的有钱且勤劳。"

孟昭和被他逗笑了，难得没有损他，反倒安慰了两句："没事的，人和人都是不同的。有些有钱人虽然懒，但善良。"

好吧，听着也不太像是赞美。

从坡上一直走下去，就到了沙滩，此刻篝火表演已经早就结束了，往常客流量多的时候，沙滩上早就围得水泄不通，自然不像现在还能找到几张空着的长椅。

沙滩上只留下篝火表演的余温，未燃烧殆尽的木材被洒上海水，几缕白烟慢慢爬上视线中海天一色的深蓝幕布。

孟昭和出门时七八分干的头发，现如今已经全干了。

一个像是报亭的小卖部里，是一个五十多岁的女人在看店，他们俩原意是只买两瓶饮料，但孟昭只是多看了两眼挂在杆子上的跳跳糖，一只手就出现在她的视线里。

江邢拿了一长条跳跳糖，叫老板一起算账。

小钱，老板很快就口算好了，问他们还需不需要别的。

江邢把那一长条跳跳糖像是献哈达一样，挂在了孟昭和脖子上，问她："还有要买的吗？"

孟昭和摇摇头。

两个人最后坐在白日冲浪的沙滩旁，江邢正妄图用汽水压下夜宵，但效果甚微。

海风里已经有丝丝寒意了，沙滩上没几个人，沿着海岸线一直望过去，能看见一座灰色的灯塔孤单地矗立在那里。

孟昭和一口气开了两包，跳跳糖在嘴里"哪吒闹海"。

几个男人正在处理篝火活动结束后的"惨状"，隐隐从他们口中听出，这是冲浪季的最后一次表演。

再要看得等下一次旺季。

梁意致的信息发过来的时候，孟昭和正准备喝口饮料给跳跳糖加点料。

梁意致在短信里说他了解到了帖子的事情，已经在尽快处理手头事情赶回喀城了。

那股如鲠在喉的难受感终于消失了。

江邢看出了孟昭和情绪的变化，既关心又好奇是谁给她发信息，问道："怎么了？"

"梁老师说他要回来了，他回来了，估计竞赛队伍里就有人愿意出来讲话了。"

"许峙说他和夏令之前找季听雨，季听雨不肯站出来。"

"他们都不会肯。"孟昭和其实不怎么意外。

"你人缘这么差？"

"不是。"孟昭和否认，虽然也没有多好，"我们队伍有五个人，但去比赛的只有四个人。虽然以后会是队友，但现在是对手。"

江邢觉得不至于,也不应该。

这大约是他从小什么东西都不缺,他的世界不存在什么竞争,他万事都有优先选择的权力。

也受热血动漫和电影的渲染,做人道理千千万万,他就记住人得仗义,所以江邢很难想象出来竞赛队伍里的钩心斗角。

孟昭和不在乎队友之间相处得怎么样,只要自己竞赛的成绩好就可以了。

地上的影子,是背后路灯的杰作。

两个人坐在椅子上,影子没有交叠的部分。

易拉罐里的汽水见底了,沙滩上潮水退去,四下突然安静,孟昭和嘴里跳跳糖的声音突然明显。

江邢被声音吸引,下意识扭头看她,看见她被海风吹起的头发,每一缕都像个跳舞的小精灵,她一脸素颜,浸着多良的月光,丝毫不比平时逊色。

不知怎么,江邢开始说教,即便这个话题他们之前在消防安全讲座的会议中心外面就讨论过了。

"孟昭和,你才多大?不要活得那么无趣。"

生活中应该有很多东西,不该闭眼前是竞赛,睁开眼还是竞赛。你可以破口大声咒骂生活,可以不做道德标兵。

江邢回来就累得半死,往床上一倒,长长叹了口气,忽然发现虽然房间装修一般,但床垫还不错。

他情绪转变很快,抬手拍了拍床,说:"这床还挺舒服。"

孟昭和早就在床的中间摆好了平分床用的枕头。

江邢却随意地往床上一倒,看都没看床上的枕头,直接横着躺上去了,手长脚长的人,四肢像是摊大饼一样伸着。

"中间的枕头是'三八线',你要是超过了,床舒不舒服和你就没有什么关系,你睡浴缸去,今天晚上你注定和床有缘无分。"

江邢不动,问道:"你就是这么对待你的救命恩人的?"

孟昭和伸手想把人拽起来,他自然不是孟昭和随随便便就能从床上拽动的人。

江邢的手被孟昭和握在掌心里,任凭孟昭和用力,他人还在床上纹丝不动,甚至挑衅地拿出手机,颇有一种能在这样的"拉锯战"中单手斗地主的气势。

孟昭和说:"冲浪板上有固定器,而且还有沙滩救生员。"

意思是自己死不掉。

江邢语气里全是装出来的痛心疾首:"哎哟哎哟,照照镜子,你居然现在能脸不红心不跳地说出这种话。死不掉的话,那是谁抱着我不肯松手,趴在我肩膀上哭哭啼啼的？"

他说来劲了，继续补充："有些人平时看上去像只小孔雀，像个小猫咪，但是到头来都是树袋熊，爱抱着人不松手。"

孟昭和的脸因为他说的话，在以肉眼可见的速度变红。

江邢若有所思，说道："这么说来，我的清白都没了，被你这么抱来抱去的，你现在还牵我的手，你还说是我占靳尧的便宜。"

孟昭和深吸了一口气，论怼人、嘲讽她怎么可能输给江邢。

她强压着面红耳赤，脸上皮笑肉不笑："有些人是小孔雀、小猫咪或是树袋熊哪里奇怪了？有些人表面是朝气蓬勃的高中男生，背地里依旧还是苗苗班的小屁孩。"

"苗苗班"三个字刚说完，江邢噌一下从床上蹦起来，咬牙切齿道："你不准再提苗苗班了。"

孟昭和趁他下来，把床单扯平，还将中间分隔用的枕头重新摆好。

他们没再拌嘴，两个人躺在一张床上，一条被子下，一个枕头的两侧。

两个人背对背，都在用白日里冲浪的疲倦拽自己进睡梦中，但两个在床上单独滚了十几年的人，都有些不习惯旁边有人。

江邢玩了好久的游戏，直到手机烫得不行。他随手把手机搁在床头柜上，翻了个身，看见一个后脑勺。

孟昭和清瘦，被子下只隐隐有一点起伏。

房间留了门口的灯，江邢仰躺着，手臂屈起搭在枕头上，脑袋枕在掌心。

察觉到她刻意调整睡姿的小动作，江邢小声问她睡了没有。

孟昭和还没睡，回道："快了。"

江邢估计有点认床，所以难入睡。他望着白晃晃的天花板愣是没有什么睡意，仿佛没听见孟昭和说快了，自顾自继续和她说话。

"你别太在意别人怎么说，你没看论坛吗？好多人都觉得季琸在瞎说，还是有人相信你。"

孟昭和背对着江邢，慢慢睁开眼睛，看着阳台外漆黑的夜空，说道："那不是你匿名刷出来的留言？"

江邢嗤声："你对自己这么没信心？"

"一人传虚，万人传实。"孟昭和翻了个身，跟他一样仰躺着，"我身上爬满了从他嘴里编造出来的跳蚤、果蝇，但他忘了，他捏造谎言的时候也不得不把自己变成一个堆满垃圾的果蝇培养皿。"

小时候任馥贞被街坊邻居戳脊梁骨，她硬是坚持了好几年，孟昭和心想难道自己还不能坚持这么几天吗？

江邢侧过头去看她。

如同她说话语气平平，此刻她的神情也淡漠，看不出任何情绪起伏。第一天的歇斯底里之后，她又变成了原本的孟昭和。

因为和衣而眠，孟昭和的被子只盖到胸口，两条胳膊露在外面。

"这话说得挺好，谁说的？"

江邢虚心请教，上回塞缪尔·理查逊和塞缪尔·约翰逊没分清，丢了人，他还记着呢。

"我说的。"说完，孟昭和抬手做了个握笔的姿势，"要签名吗？"

她语气里终于染上些笑意了。

江邢还真把手掌伸过去了。

干燥的掌心，一根手指划过掌纹，带起痒意。

江邢回忆了一下，没认出她写的是什么，问道："什么鬼画符？"

孟昭和卖关子，裹着被子重新背对他，说："不要讲话了，我要睡觉了。"

江邢是个不能被吊胃口的人，不得答案能好奇一个晚上抓心挠肝地睡不着。叫了两声她的名字，孟昭和没有理睬，他只好伸手过去，隔着被子拍了拍她，说："快点告诉我。"

孟昭和继续卖了半天的关子，突然没头没尾地来了一句："好啊。"

江邢丈二和尚摸不着头脑，问道："什么好啊？"

孟昭和用脸蹭了蹭枕头，做出一副马上要入睡的状态，说："我写的就是好啊。"

江邢回忆了一下手上残留的触感，好像的确是"好啊"两个字。但她怎么突然写"好啊"呢？他再想问孟昭和。

孟昭和做了一个噤声的手势，说："嘘——从现在开始我们不要讲话了，快点睡觉。"

江邢想不通，感觉最大的可能性是孟昭和随便挑了两个字写的。等快要睡着了，他突然想到她刚刚说话时像个苗苗班哄孩子睡觉的小老师。

——你何不将自己全部交付与我？
——好啊。

4

第二天，两个人在清晨雾霭里坐地铁离开多良，回到南港的时候，正好赶上早餐店里的热闹。

路上碰见几个穿着南港外国语学院校服的学生，孟昭和看着他们朝着学校的方向走去，最后不动声色地收回视线。

江邢昨天晚上没睡好，大约是太久没冲浪了，早上起来后背有点痛，他还问孟昭和："昨天晚上你是不是趁我睡着了揍了我一顿？"

他一回来就去睡觉了。

孟昭和闲了两天之后，把竞赛的东西重新拿了出来，捡起这两天落下来的复习，努力赶上自己月计划表的进度。

遇上一道有点难的题目，孟昭和下意识地拿出手机去网上找解析，却看见为了不打扰学习开着静音的手机里堆满了消息。

有夏令的，还有梁意致的。

梁意致已经提前回来了，到学校的时候是第一节大课和第二节大课的课间，换教室上课的学生有不少。

不少人都看见了梁意致，原本那个帖子已经有热度下降的趋势，但好巧不巧，先是孟昭和在食堂泼了季琢一脸的蛋花汤，再是江邢把季琢给打了。

又赶上普里湾老板今天一大早来学校和季琢的妈妈见面了。

现下梁意致回学校给八卦又添了一把火。

刚送走林云英的夏芙办公室却还是很热闹，梁意致刚走到门口，还没来得及敲门，只听见里面传出来一个柔柔弱弱却无比坚定的女声和夏芙严厉的声音。

"季听雨妈妈，你先住手，听孩子把话说完。"

"夏主任，我保证我说的每句话都是真的，就是去了校长和警察面前我也这么说。梁老师和孟昭和真的什么事情都没有，一切都是季琢瞎编的。他因为梁老师没有选他当队长，上个礼拜回家就发了一通脾气。这是我们竞赛以前每次测验的分数，梁老师每次都会公布。这是我整理出来的全部排名，孟昭和竞赛测验成绩一直都很好。甚至我们暑假打省赛的时候，季琢因为先发言，偷了孟昭和的观点思路才拿了优秀选手。"

办公室里的谢澜最近的心情可谓是坐过山车。

先是儿子被打，她心疼生气。

再是普里湾老板主动约她来学校，亲自给她道歉，谢澜立马觉得自己有牌面了。那普里湾在喀城谁还能不知道呢，看着林云英又送东西又替江邢道歉的，谢澜尾巴都要捅破天了。

结果没得意一会儿，送走了贵人事多的林云英，谢澜正想留在夏芙的办公室里闲聊几句问问季琢在学校里的表现，看看能不能给孩子争取些什么机会，也摸摸底，看看那个女人的女儿是什么货色，能不能和自己儿子比。

可还没问几句，季听雨来了。

季听雨张口就说季琢在学校论坛故意抹黑老师和同学，行为恶劣，到现在还不思悔过，一直在污蔑别人。

谢澜自然是不允许别人这么说自己的宝贝儿子，就是亲闺女也不行。

见谢澜抬手就要打季听雨，夏芙立马把谢澜挡了下来："季听雨妈妈，你先住手，听孩子把话说完。"

谢澜看着夏芙听季听雨把话说完后愈加难看的脸色，紧张不已，出口帮儿子解释。

只是那些话听上去怎么都没有季听雨的话有说服力。

梁意致敲门进去打断了谢澜的话。

他风尘仆仆，手里提着公文包，朝着办公室里的夏芙打了个招呼，很有礼貌地叫了一声"夏主任好"，然后公事公办地对谢澜做了自我介绍。

"我是被您儿子发帖子所打扰到的那位老师，在来这里的路上我咨询过了律师，根据您儿子发在论坛的帖子的点击量和留言量，已经达到了对我和那位女同学诽谤造谣的认定标准线了。我自此通知您，我将对您儿子季琸同学提起法律诉讼，以此捍卫我的自身利益。"

说完，梁意致朝着季听雨点头，表示谢意。

季听雨低着头站在原地，那尾小指上的伤已经好了。可怕的伤口挂在手上好几天，只有梁意致在那天考试发现了。她平时上课发言流利，现在面对梁意致的道谢，却支支吾吾了半天，也说不出一个字。

江邢补觉补到了下午。

从房间出来他还在打哈欠，许峙给他发信息说今天在学校里看见林云英了。

看完消息后，江邢也没有着急回复，先从聊天软件里退出，然后在主屏幕上随手点进去几个软件，也不是玩，就是随便点着。

最后还忘记回复许峙了。

季琸发的那个帖子还挂在论坛首页上，但不再是因为那件事本身的热度，而是学校因为梁意致之前被家长、学生误会，现在发出声明澄清。

孟昭和回学校的时候，夏令买了两瓶纯牛奶送过来，就跟出狱的人要吃豆腐一样，寓意清清白白。

虽然孟昭和是受害者，但夏令还帮她把吸管都插好了，递到孟昭和嘴边，说道："喝，喝给他们看看，让他们知道你清清白白。"

孟昭和正在找下节课要用的笔记和课本，就着夏令的手急急忙忙喝了几大口。

孟昭和不仅要弄竞赛，还要把前几天落下来的功课给交了。好在几个老师都挺通情达理的，哪怕已经过了最后期限，还是让孟昭和补完了之后发到他们邮箱，不影响她的平时分。

在别人看来是休息了几天，不用上课，但补作业的辛酸只有孟昭和自己知道。江邢也不能感同身受，因为他不想补，而且摆出一副不准备补的样子。

彼时，江邢刚下课，打着哈欠从教室里出来，活动着睡麻的手臂，和周漾推托着小组作业的分工安排。

夏令的视线跟着他们一起移动着，最后看见他们两个被季风铃拦下来了。

季风铃最近春风得意，原因太简单。

季琸造谣这件事闹得不小，现在遭反噬，走到哪里都被人指指点点，俨然变成了第二个"季听雨"。那两兄妹过得有多惨，她就有多高兴。

孟昭和将平板电脑和书抱在怀里，看着走廊上那个背影将季风铃挡住了。离得有点远，走廊上人也多，孟昭和听不到他们在说什么。

"你那两天在家里足不出户玩颓废啊？"夏令没想到孟昭和会一点功课也不做。

那两天……

孟昭和和江邢去多良冲浪了。

夏令没在意，随随便便地被孟昭和那心虚的"嗯"给骗过去了。她喝了两口牛奶，拍了拍孟昭和的肩膀。

"你忙起来也挺好，把江邢那位大爷的学习积极性给带动起来。跟他打比赛，感觉要输死。"

大约是因为夏令提到了江邢，孟昭和将视线再投过去的时候，和跟他们讲话的季风铃撞上了。

季风铃从手腕上的袋子里拿出一个东西，递给了江邢。

和季风铃对视了三秒后，孟昭和低头又检查了一遍下节课需要的东西，随后将储物柜关上，听见密码锁落锁的声音，还是下意识地拉了拉柜门，确保柜子真的锁上了。

孟昭和下节课是生物课，要去隔壁教学楼上课，夏令则就在这楼教学楼。

看见孟昭和准备走，夏令对她做了个打电话的手势，说："中午吃饭一起。"

"好。"孟昭和朝她挥手说再见。

两栋教学楼之间有一块特别大的草坪，有块区域是琴房。

一个背着大提琴的男生，踩着不合他步子距离的石砖小径往后排的琴房走。闷闷的琴声从白色的琴房里传出来，可惜同时响起的音乐太多，没有一首是孟昭和听得出来的。

当然也是因为她对音乐研究不多。

麻雀落在不远处的石砖小径上，一蹦一跳，很快就展开翅膀飞走了，孟昭和这才察觉到身后有人走过来。

她回头,发现是季风铃。

季风铃从手腕上挂着的纸袋里拿出一个棉麻质地的布包,说道:"保护环境,节约资源,减少白色垃圾,你有兴趣参加吗?发个朋友圈免费拿。"

孟昭和回绝:"没有。"

季风铃也不强求,把布包重新塞回纸袋子,说:"好吧。"

预备铃打响,惊起了枝头的麻雀,叽叽喳喳地从她们头顶飞过。孟昭和准备离开,只是刚走两步季风铃也跟了上来。

"我也在这栋楼上课。"

听季风铃这么说,孟昭和故意放慢了脚步让她先走。

季风铃知道孟昭和知道自己还有别的事,于是也不藏着掖着了,问得开门见山:"你和江邢在交往吗?"

"没有。"

季风铃眼睛一亮,又问:"那你们就单纯的合租关系?那你们现在还招合租室友吗?"

孟昭和的回答依旧简短:"不招。"

季风铃不依不饶地问:"那你可以给我房东的电话吗?"

孟昭和断了她后路,说:"房东是我。"

预备铃已经打过有一段时间了,孟昭和不想迟到,速战速决地将季风铃还没有讲出口的想法直接搬上台面:"我可以代送书信、小礼物,但违法的事不干。"

季风铃在听到房东是孟昭和时垮掉的表情,瞬间又染上欣喜:"真的?"

"收费的。"孟昭和伸手,"给钱,谢谢。"

中午吃完饭,孟昭和去图书馆查资料。

江邢也在图书馆,只是他在脸上盖了本书在自习区睡觉,笔记本打开放在他面前,屏幕上显示的是做了一半的PPT。

内容一点也不发愤图强,是几个特大号字体——

【打上课铃之前请叫醒我。】

孟昭和先去找书,等找到功课要求阅读的书之后,她碰巧看见有个女生手里拿着一张粉红色的爱心形状的便利贴,蹑手蹑脚地走到江邢旁边,然后把便利贴贴在了他电脑上,像个田螺姑娘,不留姓名就离开了。

孟昭和拿着借阅的书走到江邢对面的椅子,抬手拎起他盖在脸上的书。熟睡的侧脸显露出来,不知道他睡得熟不熟,但孟昭和刚把书拿开他就醒了。

江邢打着哈欠，坐起身，看清是孟昭和后，他把椅子上的书包拿开，叫孟昭和坐。

"你昨天晚上去捞垃圾了？"孟昭和从口袋里找了颗提神的薄荷糖，放在他面前。

他按着眉心在醒神，刚醒，嗓子还有点沙哑："昨天晚上被你小姐妹逼着准备辩论赛。"

"快比赛了吧？"

"月底。"江邢算了算日子也没多少天了，伸手拿糖剥开糖纸，把薄荷糖挤入嘴巴，"弄得我人都发昏了。"

孟昭和看他光是应付个辩论赛就这样了，那算平时分的功课怎么办。

"你准备得怎么样？"

江邢把稿子拿给她看，孟昭和越看眉头皱得越紧，说："江邢，你真是……别人弄个东西是恒河里捕鲶鱼，你搞个东西真是去南极看麻雀。"

江邢知道恒河里鲶鱼泛滥，但想不通后半句，问道："南极有麻雀吗？"

"没有。"孟昭和把辩论稿还给他，"你脑子里也没什么墨水，都一样。"

江邢："……"

得了，损他都损出朵花来了。

薄荷糖提神，江邢抿了抿舌尖的糖，说："这糖不错。"

"季风铃叫我送给你的。"

"咳咳——"江邢被口水呛到了，"你脑子发昏了？"

孟昭和这次干脆把口袋里的袋装薄荷糖全拿出来，问道："收费的。你要不要给痴心女生回个信？"

回信？

江邢把薄荷糖吐回包装纸里，没好气道："有病。"

"我好心穿上丘比特的衣服，干起月老的工作，你居然骂我。"孟昭和见他不要，又把糖塞回自己口袋里，"爱吃不吃。"

江邢听罢，眉梢一扬，问道："冒昧地问一下你看的是哪版的丘比特？怎么我印象里丘比特都不穿衣服的？"

5

孟昭和呼吸一顿，迎上江邢的视线，耳根发红，但面上波澜不惊："你小心被抓。"

"我这样还算犯法？大卫和小卫直到现在还光着屁股呢，也不见得现在的道德卫士去把米开朗基罗挖出来，在思想纯洁度的法庭上对他判刑啊。"江邢偷换概念,"那是污糟吗?那是艺术!"

"艺术创造者的作品那才叫艺术,同样是看不懂,一个是学前班儿童的艺术,一个就叫作抽象派。"孟昭和从另一个口袋拿了一包糖砸他。

江邢抬手,轻松就接到了。

他手一摊开,是包"机智豆"。

"季风铃买的种类不少啊。"

孟昭和说:"我买的。"

江邢捏着包装的一角,对着缺口轻松一撕就开了,倒了两颗在手掌心,往嘴里一抛,先尝了薄荷糖再吃巧克力,甜度翻倍。

孟昭和抬手,说道:"给钱,谢谢。"

江邢有点意外,但又觉得在情理之中。

"不是,人家季风铃都免费送我糖了,怎么吃了你的糖就要收钱了?"江邢捂紧口袋。

孟昭和要钱的手还举着,说道:"那是因为她喜欢你。"

"哦?"江邢突然笑了笑,看着孟昭和的视线变成了打量,"你不喜欢我?"

他语气有点不正经,又似下套的猎人。

孟昭和心里翻江倒海,表面照旧靠在椅背上,装出淡然的样子随手翻阅着手里的书,视线落在一个个平日里无比熟悉,但此刻在打圈的英文单词上。

"喜欢啊。"孟昭和淡定地将这三个字说出口,刻意扫了一行字之后才抬头看向此刻混沌的江邢。

表白来得突然,江邢一时间都不知道要做出什么反应。

于是,他在面临孟昭和突如其来的表白后在座位上短暂地呆愣了几秒钟。那几秒钟里,附近自习的学生刚结束一段对话,耳机里的饶舌歌手念出了十六个英文单词,电脑损耗了可以忽略不计的电量。

孟昭和看着江邢,说道:"我最最最喜欢你付钱给我的样子了。"

安静的图书馆里响起了江邢的一句粗口,图书馆管理员从前台的电脑后探出脑袋,用眼神以示警告。

江邢小声问道:"这值多少钱?这点钱你还要?"

孟昭和反呛:"这点钱你还不给?"

江邢把剩下几颗一股脑全倒嘴里了,故意用后槽牙咬碎巧克力发出声音给孟昭和听,愤懑不已:"给,我晚上回去给你。"

有了这个准信,孟昭和不和他贫嘴了,说道:"你吃了就快点补你的功课吧。"

"我不想补。"一说到停课回来的功课数量,江邢脑子更痛了。他从书包里拿出一个小盒子，撕开圆形的贴片，然后把胳膊朝孟昭和伸过去，叫她帮忙。

大约是脑子真的发昏了，他忘记先撸袖子。

孟昭和将他的袖子褪到手肘处，帮他把贴片贴在手臂内侧。

他用这些来提神。

"不补，那你考试怎么办？不靠这些平时分？"

孟昭和这话戳在了江邢痛处。

他瞬间蔫了，往桌上一倒，脑袋不偏不倚枕在了孟昭和胳膊上，嘴巴里哀怨之词特别多："我都要厌学了。"

孟昭和伸手去拿贴在江邢的笔记本电脑上的小便签，上面的字迹一看就不是江邢的。虽然不怎么好看，但也称得上娟秀，粉红色的印花便签上又是小爱心又是小花。

孟昭和起身准备走，把那张便签重新贴到他电脑屏幕的边缘，又补了句，语气冷冷的："好好补，不然都对不起女生的爱心便签。"

江邢一开始都没有看见那张便签，更不知道是谁贴上去的。

孟昭和拿着借阅的书就要去办借书登记。

江邢伸手一把将她拉住了，问道："还在上午自习呢，你干吗去？"

孟昭和挣扎了一下，说："看书然后写功课呗。"

周漾从外面进来的时候正巧见在拉拉扯扯的两个人，因为江邢之前说过喜欢孟昭和，周漾的视线下意识就落在了孟昭和身上。

他走过去，扯开江邢对面的椅子，说："我来得是时候吗？"

江邢没撒手，对孟昭和说："在这里看啊。"

周漾拎着江邢要求买的咖啡，递到他桌上，视线在两个人身上打转，目光很快被江邢半路截和。

周漾立马很有眼力见地收回目光，笑得不怀好意，对孟昭和抬了抬下巴，说："就是啊，在这里看书呗，某些人想要人陪，缺温暖。"

后半句话说得阴阳怪气。

孟昭和没坐下，说道："你陪。"

说完就走了。

周漾目送孟昭和离开了，憋着笑说："不过人家可能真有事，你要不摸摸我的胸膛，看看能不能给你温暖？我自己摸着感觉挺暖的。"

江邢没好气道："你话怎么这么多？图书馆要保持安静知不知道？"

周漾看见江邢一脸烦躁，笑得张狂。

看到江邢一脸烦躁下还藏着一些倦意，周漾随手从他书包里拿了本书出来装模作样，问道："你昨天去越南挖地雷了？"

一个说他去挖地雷,一个说他去捞垃圾。

他不就是昨天弄了好久的辩论稿之后,临睡前又多打了几盘斗地主嘛。

江邢不太喜欢咖啡,但下午有麦老师的课,本就是及格悬崖边上的一门课,他急需咖啡应急,否则要在那节课上睡过去了,江邢基本可以被英语语言和文学这门课判处"死刑"了。

"麦老师要的报告你弄了吗?"

江邢像是喝中药一样喝了半杯冰美式,回道:"没有,还早。"

周漾笑了:"一个半小时之后上课,你还在这里说早呢?"

江邢重新点开文档,看着每个按键都格外熟悉的键盘,明明每个按键都熟悉,但就是不知道应该按哪个。

"你昨天晚上真的去挖地雷了吧?你和孟昭和都住在一个屋檐下了,你不跟她请教一下?"

江邢强打起精神,说道:"她也好忙的。"

周漾抽了抽嘴角,鄙视他:"我不忙,我有空,我有空给你随时随地送咖啡跑腿。"

季琸退出了竞赛队。

竞赛队里的气氛前两天不是很好,大家心里还是有点别扭。

不是因为帖子里污蔑的话,而是大家都没有站出来帮老师和孟昭和说话。现在大家对孟昭和依旧避而远之,倒不是怕孟昭和,而是那天江邢教训季琸的时候,附近的人都听见了,听见孟昭和跟江邢住在一起。

那位普里湾的未来老板自然没人敢惹,江邢能为孟昭和把季琸教训了,哪天说不定也能教训到他们头上。

不过好在孟昭和不是睚眦必报的人,只要不惹她,还是好说话的。

下了课,孟昭和从储物柜里拿出竞赛的东西,路过走廊的饮料自动售卖机的时候停下了脚步,买了一盒蜜桃茶。

她要去开教室门,所以是第一个到的。

现在人少了,大家换了圆桌,孟昭和随便挑了一个位置。

季听雨是第二个到的,孟昭和听见脚步声下意识抬头,看见是她后,把手伸进书包里,摸到那盒蜜桃茶,拿出来递到她面前。

"上回谢谢你帮我和梁老师说话。"

季听雨刚把书包里的平板电脑拿出来,看见递过来的粉色盒装饮料,她的指甲陷进平板电脑的保护套里,有些羞愧地低下头,说:"其实……其实我……"

其他人的到来打断了季听雨的解释,孟昭和也不知道她要说什么,但朝她笑了笑，又说了遍"谢谢"。

三个小时的竞赛课结束的时候，天已经黑了。孟昭和照旧是最后一个走的，她不仅要开门，还要锁门。

她下楼的时候和从图书馆里出来的江邢一行人碰见了。

他们最近放学了都要留在学校里准备辩论赛。

夏令很"民主"地问他们是否愿意。

一帮人看着夏令的拳头，将什么"贫贱不能移，威武不能屈"抛之脑后，非常"情愿"地点头，表示他们要为辩论赛全力以赴。

他们准备去学校外面开小灶，这次不是去之前的串串店了。

周漾想了半天没想出名字，拍了拍江邢，问道："少爷，哪家新店开你们家街上了？"

这一群人，叫他"少爷"多半不是奉承，不管怎么听都是贬义词。

江邢瞥周漾一眼，说："一口一个少爷，你要不背你少爷去街尾算了。"

他们三个男生腿长，走着走着就走到了前面，夏令挽着孟昭和的胳膊走在他们三个身后，看着前面三个人模狗样的，结果一个个都是绊脚石。

月底的辩论赛迫在眉睫，夏令恨不得现在挑一个劈了，换成孟昭和这种靠谱的队友。

"你说现在喂他们吃什么能提高我们队伍的战斗力？"

孟昭和想了想，回道："喂对手吃砒霜可能更直接有效。"

那是家烤肉店，开在天街上。

许峙他们走前面在打趣江邢："天街都是你家的，你等会儿吃东西要花钱吗？"

"学校还造我家地皮上呢，我哪个学期没交学费？"江邢突然又想到别的，"第一次吃串串许峙请的，第二次我请的，这次轮到周漾了，赖账是孙子。"

周漾瞥了身后在讲悄悄话的两个女生一眼，不服地说："你们两个都是拖家带口的，我亏。"

江邢反驳："孟昭和胃口小，吃不了多少。"

许峙看着周漾，两手一摊，问道："你敢去收夏令的钱吗？你敢你去呗，你去我敬你是个英雄。"

夏令还在吐槽刚刚在图书馆的时候自己被气得血压飙高，等走到烤肉店门口她还没有吐槽完，看着他们三个进去了，夏令拉着孟昭和也准备进去。

她一下子没拉动，回头看见孟昭和站在原地，看着隔壁店外的人。

那个人手里拿着一个礼物袋，小心翼翼地拿出里面的包装盒，脸上挂着笑，随后又把包装盒放回袋子里。

一个礼物包装得这么好，很显然是送给一个对送礼人来说非常重要的人。

夏令发现了那个人是季听雨，晃了晃孟昭和胳膊，问道："你看什么呢？"

孟昭和还没有来得及收回视线就和季听雨的目光撞上了。

季听雨显然被孟昭和她们给吓到了，下意识将手里的礼物放到身后。

她仍不敢和别人对视，还是学校里那副唯唯诺诺的样子，准备快步走开。

夏令知道季听雨出面澄清这件事，便关心地问了一句："你不是住宿的吗？"

南港外国语学院住宿的学生晚上可以出校门，但也没有那么方便，得去宿管阿姨那里打报告。

夏令和许峙都是学生会成员，经常因为学校活动要外出，一来二去门卫就对他们放松了。

季听雨仿佛总是一副惊弓之鸟的样子，连忙从口袋里拿出宿管阿姨批过的条子，说："我有条子。"

夏令解释自己不是那个意思，但也不知道要怎么告诉这个之前全校都不和她讲话的女生，自己只是随口打句招呼。

江邢看见她们没跟上来，一回头看见孟昭和跟夏令似乎在和别人说话。

周漾对店铺活动很鄙视。

"不按消费打折，按人数。"周漾看着活动海报，"六个人打对折，你们两个谁再变一个出来？"

孟昭和听见了周漾的话，一步迈上了店门口的台阶，问道："要不要一起？"

季听雨还是头一次被人邀请，有点局促不安地坐在位子上，她和这些人不熟悉，唯一熟悉的孟昭和此刻坐在江邢和夏令中间。

他们在研究端上来的韩国米酒。

许峙问道："你说江邢能喝吗？"

周漾说："有酒精成分，我觉得悬。"

夏令问："米酒算酒吗？"

孟昭和回道："别给他喝，要喝也行，现在给我叫辆救护车。"

第七章 你过来，我领带散了

1

江邢要喝那个米酒，手朝桌子中间开了盖的酒瓶伸过去，突然就感觉到旁边传来的杀气。

孟昭和看着他，筷子已经放下了，手里拿着书包一副随时准备走人的样子。

江邢手悬在空中，最后朝着一直低着头的季听雨打了个招呼："帮忙递一下果汁。"

当果汁灌满他的杯子后，江邢用余光偷瞄了一眼旁边，孟昭和已经将筷子拿起来，手也从书包上松开了。

周漾就坐在他们对面，看了眼两个人的小动作，不怀好意地添了把火："江邢，真不喝啊？米酒算酒吗？尝一尝呗，味道很不错的。"

江邢牙齿磕在玻璃杯上，知道坐自己对面的周漾是故意的，嘴角抽了抽，自欺欺人道："我爱喝果汁。"

许峙接过周漾的接力棒："也是，小孩子是该喝果汁。"

苗苗班，所以是小孩子。

江邢将玻璃杯重重地搁在桌上，大声说："谁再说等会儿吃完去隔壁小巷子决斗。爷孙局，谁输谁是孙子。"

还急眼了？

再说就决斗，三个从小一起长大的狐朋狗友，多少年的默契了。

许峙和周漾立马给对面喝着免费南瓜粥的孟昭和使眼色。

这三个以前都没有什么交集的人此刻仅凭几个眼神就有了无比的默契，许峙和周漾看着孟昭和，对着江邢偏了偏头，示意她继续说。

让她去逗江邢，看江邢是否"双标"。

不锈钢碗里的南瓜粥奶香味很足，孟昭和平时晚饭都不怎么爱吃的一个人，现在这个时间点吃不了几块烤肉，还不如光吃几口生菜来得有胃口。

南瓜粥沾了一些在孟昭和唇上，收到对面两个人眼神信号的时候，她正在擦唇上的南瓜粥。

江邢一眼看过去,就看见孟昭和正看着他,指腹抹过红色的唇上,江邢脑子里瞬间浮出四个字——"摇曳生姿",引得江邢有点口干。

孟昭和唇上还有淡淡的口红,有点晕染开了,声音从轻启的双唇之间发出,只是她音量不大。

面前的烤盘上,一条水没有沥干的鱿鱼被摆在了烤网上。

白汽在一瞬间像一块幕布一样将桌上的人分隔开,水落在木炭上发出的声音盖住了孟昭和说话的声音。

江邢明知道不会是什么好话,但还是下意识地将耳朵贴过去。

孟昭和的声音在他耳边响起,带着些呼出的热气,落在他的耳边:"江邢,你有没有想过这是一种病?"

这话被她问出来,其实很像在问他"你这么笨,是不是一种毛病"似的。

江邢有点不服,说:"就……不太能喝,应该不是病。"

孟昭和学着他的样子听他说完后,对着他凑过来的耳畔发出了无情的嘲笑。

江邢没听完,就稍稍直起身子,手因为重心问题撑在她椅子边。

孟昭和没想到他突然转过了脸,一时间,四目相对,她脸上的笑意还没有消下去。

那副笑容直直地拓印进江邢的眼睛里,因为季琸的事情愁容满面了几天的人,终于还是变回来了。

落落大方,这才是孟昭和。

孟昭和能在江邢那双盯着自己看的眼睛里看见自己。

她在他棕色的瞳仁里,距离很近。

江邢动了动嘴,轻声说:"我们都睡过一张床了,你不仅不帮我,反而还帮他们两个来损我?

江邢视线不移,就望着她,问:"孟昭和,你这是什么理?嗯?"尾音上翘,带着疑惑。

这是件致命的事情,当一个人享受暧昧的过程,享受他随意的撩拨,当对他口中的歪理不是辩解而是悸动时,爱意生根发芽,像春天里千万朵花骤然盛放。

桌子另一边看好戏的两个人什么都没有听见,只看见两个人在交头接耳,但很快视线被升起的水汽挡住了。

周漾结完账就直接走了,季听雨和夏令、许峥一起走回学校。

孟昭和临走前,去了趟洗手间。

江邢拿着她的书包站在店门口吹夜风,前脚刚和许峥、夏令离开的季听雨

175

突然折返了回来。

她有东西落在店里了。

等她拿完东西再出来,孟昭和还没来。

江邢今天吃饭都没有怎么关注到季听雨,她全程都没有怎么说话,规规矩矩地吃着她面前的菜和肉,没能加入他们的话题里。

她从不直视别人,谨小慎微。

江邢有点挡着她的路了,挪了挪步子给她让位置。

季听雨低着头,用不知道对方能不能听见的声音说了声"谢谢",快步离开的时候,听见身后有人开口。

"那个……我上次打了你哥,他现在还好吧?"

大约是第一次和季听雨讲话,江邢觉得叫她名字别扭,叫"喂"又没有礼貌。

季听雨因为江邢的声音停住了脚步,紧张和窘迫随时出现在她身上,窘迫是因为她实在不知道要怎么和学校里的同学说话,紧张则是因为江邢提起了季琤。

季听雨想到了前几天来自谢澜的那顿打,下意识地摸了摸还有点疼的手臂,说:"他还好吧,不过也是我哥咎由自取。"

江邢听见她这么说倒是挺欣慰:"谢谢啊,谢谢你替孟昭和说话。"

"没关系。"季听雨抱紧了怀里的礼物,有些难言的话堵在她的心里。

虽然江邢吃饭的时候没怎么关注她,但动动脑子想一想也知道她和一群陌生人一起吃饭应该很拘束,吃不了多少。

"刚才没怎么吃的话,回去路上买点吃的。"江邢随意地提醒了一句,仅仅出于她为孟昭和说话的感谢。

说完,他的余光里看见甩着手上水珠的孟昭和下楼了。

一看见孟昭和,他一瞬间立马换了副不一样的语气,打趣道:"你再不下来我都准备在门口打地铺了。"

孟昭和没感觉自己有多磨叽,扯出标准的皮笑肉不笑的假笑,反击道:"你要想体验落魄,我等会儿回去帮你把床搭在厕所里。"

"你丧良心。"

孟昭和伸手,要拿书包,说:"住厕所也照样收房租。"

"我给你背着吧,正好负重消食。"江邢说完还不忘自夸一句,"我人帅心善。"

"我是不会给钱的。"

江邢瞧着她的视线有点嫌弃,但不掺杂任何恶意的嫌弃,而是夹了几分亲昵:"周扒皮见了你都自愧不如。孟昭和你是百臂巨人守门员吧?守财守这么紧。"

孟昭和任江邢说,反正依旧理直气壮。

跟他贫了两句嘴，孟昭和这才看见还没走的季听雨，有点不解地看着她，问道："你还没走吗？"

季听雨抬了抬手，说："我有东西忘拿了。"

孟昭和"哦"了一声，对这件事没有太多的关心，一个要去学校，一个去德桦院，不怎么顺路。

季听雨也不是个能和他们并肩一起走路的性格，等路程过半，已经看不见季听雨人影了。

江邢背着挂着绒毛小挂件的包，突然驻足，看着路面上的影子。

一个清瘦高大的大男生此刻背着个女生气十足的包，没忍住侧了侧身，让书包上的绒毛玩具也在影子上显出一个轮廓。

绒毛玩具是个穿着小裙子的紫色兔子，江邢饶有兴致地捏着它两只脚，自己走着，手上捏着兔子的两条腿也做出走路的姿势。

孟昭和看见了，仰天蹙着眉，一副沉思的模样。

"你想什么呢？"江邢问道。

孟昭和表情复杂地说："我在想你……"

江邢一愣，人僵住了，保持着走路的姿势。

孟昭和叹了口气，说："医学究竟先进到什么地步了？上帝是否真的公平公正？"

江邢从愣住变成发蒙："你不是说想我吗？"

"医学是否先进到可以拯救你的幼稚，上帝是公正公平，给了你这样一个内在，又给了一个顶尖的外在。"

江邢听出来了，问道："损我呢是吧？"

孟昭和不怕他，大大方方地点了头，想到他在烤肉店里说的话，问道："干吗？要拉我去小巷子里决斗啊？"

江邢突然不正经，将胳膊肘搭上孟昭和肩膀，说："一男一女去小巷子，小巷子里伸手不见五指，就决斗？多浪费啊？"

大约是因为话里的不正经，又或许是路灯被长势很好的绿植挡住了些许灯光，导致他们四周的光线不足，孟昭和那双总是澄明的眼睛和之前有点不一样，有点混浊。

不知道从哪天开始，他将孟昭和的"看书暗恋原则"打破，如同季风一般刮过扎根在她血脉之下的占有欲，催熟着那些占有欲，让它们的每一片叶子每一根树枝都向着他疯长。

从巷子里的初遇，到多良的冲浪，再到现在。

未来去向不明，但那是未来。

177

现在已经足够撼动她了。

孟昭和在江邢的目光下依旧是他最喜欢的那副落落大方的小孔雀模样，不畏又有点自信的傲慢，像个从小喝着喀城水长大的本地姑娘。

"哦？"她勾起嘴角，"要去小巷子给我钱开启亲亲功能？"

反杀来得太突然，一时间江邢那点不正经模样被孟昭和的反问杀得片甲不留。

2

德桦院集周围所有小区的优点于一身，尤其是绿化这一块，那年中标的园艺公司负责过政府投资改建的胜地公园。

刚开盘时排着长队买房的人比在超市买打折肉类的人还多，但现在的德桦院灯火寥寥，显得此刻站在树影下的两个人身影也寂寥了几分。

夜风将小区人工湖里的月亮吹皱，卷起地上的落叶，擦过他们脚边。

江邢幻听了，他好像听见了自己的心跳。

起夜风的晚上多少有点冷，可他现在感觉额头在冒汗。

他头一回发现前小半辈子就吃喝玩乐是件多愚蠢的事情，没有任何看过的书籍或是经历能告诉他，他现在要怎么回复孟昭和的话。

从小到大他以绝对的优势站在别人肩上，被打败的感觉太强烈。

他现在却没有失败后的不甘，欣喜和快乐在此刻出乎意料地现身，大肆在他身体里招摇过市。

想问问哪条巷子好，又觉得自己简直不当人，可手还是摸到了自己口袋上。

孟昭和看着他微微凑过来的脸颊，眉眼精致，五官和皮肤扛得住近距离的对视。她注意到他摸口袋的小动作，下意识屏住了呼吸。

但很快，孟昭和又看见他摸了摸裤子口袋。

五秒之后，她听见江邢的低骂。

"我手机呢？"

手机呢？

重新跑去烤肉店找了一圈之后，只得到一个结果，他手机丢了。

孟昭和在厨房给自己冲了杯拿铁，加了不少牛奶。餐桌上搁着她的平板电脑和笔记本，几份竞赛卷子也被拿了出来。

咖啡的醇香从厨房飘出来的时候，江邢还瘫在沙发上郁郁寡欢。

林云英带着吴柏丽出差去了，得过几天回来。

江邢说自己没手机，林云英正好治治他"低头族"的毛病："你又不是大老板，谁给你打电话汇报工作？手机丢了就丢了，只要人没丢就还能去上学。"

林云英最后扔下一句"你要等不及你就自己去买，我不报销，要我给你买你就等我回来。"说完就把电话挂了。

信息时代发展太快，江邢盘算着难道明天早点出门去取点现金？

"孟昭和，你有旧手机吗？"

孟昭和喝了口拿铁，拿出一张卷子准备写，看着从沙发后面探出来的脑袋，回道："没有，不过我有另一个东西，可以打电话，可以二维码付款。"

说着，她起身去卧室，没一会儿手里拿着样东西出来了，献宝似的把手里的东西展示出来。

一块黑色的手表放在她手掌心里。

"小天才儿童电话手表。"孟昭和拆开表带，将手表戴在江邢手腕上，"嗯，还挺适合。"

小天才儿童电话手表？

江邢看着自己手腕上的手表，突然开始回忆自己长这么大什么时候如此落魄过，小天才儿童电话手表，真是苗苗班了。

可至少比起拿一个平板电脑到处扫描方便。

他妥协了，屈服了。

手表里用的是绑定了孟昭和手机的副卡，付款码也是连着孟昭和的银行卡，所以孟昭和让他买什么东西都记着价钱，到时候还得还给她。

江邢随口讽刺了一句："那电话费要不要再给你？"

孟昭和挥了挥手，说："不用了。"

一个连"机智豆"都要他给钱的人，居然也有不要钱的时候？

江邢觉得事情不简单，问道："那你是要把手表卖给我？叫我给钱？"

孟昭和还是摇头，说："我以前用过的，已经闲置很久，卖二手也不值钱，你拿去用吧。"

这么好找他要钱的机会她居然都没有任何动作？

江邢有那么点如芒在背的感觉，果不其然，下一秒就听见孟昭和说："不过无功不受禄，我平白无故地借你东西，你肯定有心理负担，但是卖给你吧，它太旧了，就租吧，让我想想每天多少钱租给你比较好。"

江邢："……"

她想了好一会儿，然后报了个价："给钱，谢谢。"

南港经济或许会崩溃，路面或许会塌陷，世界名企或许会倒闭，星辰河海或许会消失，但那句"给钱，谢谢"永远不会缺席。

放学后的辩论赛训练,周漾和许峙在嘲笑江邢的小天才儿童电话手表。

江邢白了两个人一眼。

中场休息,他去楼下的自动贩卖机买水喝。

周漾懒洋洋地坐在椅子上,人往后靠着,椅子前腿翘起,问道:"你一个人去吗?你的小天才儿童电话手表能付钱吗?要不要叔叔带你去啊?"

江邢"呵"了一声,舌尖顶了顶腮帮,朝着他比了个国际"友好"手势。

这栋教学楼的教室大多都是社团活动教室,最上面是学生会的活动教室,面积最大,设备也是最好的。

下面一层是学校传统名誉社团,比如孟昭和所在的经济竞赛队,旁边还有奥数竞赛队、计算机竞赛队,这些都是每年在大大小小比赛中为南港外国语学院拿过奖项的社团队伍。

再下面一层就是学生组织创建的社团,比如环保社、舞蹈社和动漫社等。

江邢买了瓶柠檬茶,刚拧开瓶盖,旁边舞蹈社刚结束社团活动,一个个穿着练操服的女生从里面走出来。

江邢还没来得及喝一口饮料,感觉自己有点占了过道挡着别人走路,重新拧上瓶盖就要走。

隐隐听见有人叫自己的名字,江邢习惯了被别人谈论来谈论去,没放心上。

他拿着柠檬茶,走上第一个楼梯拐角的时候,一个嗓门挺大的女生叫住了他。

看见江邢停住脚步之后,她怂恿旁边的另一个女生:"好好,你去啊。"

于是,一个瘦瘦矮矮的女生被她们从人群里面推了出来。

女生每一步都迈得很慢,仿佛鼓足了勇气。刚走一半她就折返回去,结果被那群女生喝止了。

那个先前叫住江邢的人恨铁不成钢地拉着想跑的女生走到了江邢面前,说道:"她叫齐好,我叫什么不重要。我有一个问题想问你,请问可以和你交个朋友吗?"

"齐好"这名字有点耳熟,但江邢不记得在哪里听过了,他瞥了眼低着头的齐好,好看是挺好看的,就是差了点感觉,没孟昭和有味道。

孟昭和好看得和别人不一样,本来就是拔尖的样子,又因为她的成绩和在校经历一下子又给她增添了不少光环。

江邢回道:"我没有。"

那个女生松了口气,得意地朝齐好说:"我就说他和孟昭和没什么,他们怎么看都没在一起。我人都帮你叫住了,也帮你问了,你总不能所有的话都要我替你说吧?"

齐好像是收到了好友的打气,但声音还是有点发颤:"可以交换联系方式吗？"

江邢手里拎着柠檬茶，将递到自己面前的手机推了回去，说："不可以。"他晃了晃手腕上的表，又说："我没有手机，只有小天才儿童电话手表。"

听着像个借口，这就是个没人信的事实。

江邢拒绝完就走了，但刚准备走，又想起她们说的话，表情越发不好了，问道："我再冒昧地问一下，你都不认识我们，怎么就断定我和孟昭和没在一起呢？"

"就……你们成绩差那么多，有共同话题吗？"

江邢气笑了，气是因为别人说他笨，笑是因为别人还挺会讲话的，没直接说他笨。

他有点不服气地问："那万一孟昭和喜欢比她笨的呢？"

"我不喜欢。"

一个女声从他们头顶传来。

孟昭和也是下楼买水的，竞赛队刚结束上半场的训练，结果一下楼就看见有人在和江邢表白，好戏看到一半，就听见自己的名字了。

孟昭和两三步从楼梯上蹦下来，看着有点挡路的几个人，没叫她们让开，反而自己贴着墙走下去了。

没一会儿人都散了。

江邢折返回来的时候，孟昭和站在自动贩卖机前，没动作。

是他走近的脚步声让孟昭和回过神的，她随手按下江邢手中同款柠檬茶的按钮。出饮料的声音不小，江邢倚着自动贩卖机看她蹲下在出货口拿柠檬茶。

"刚刚你怎么走了啊？"

"怎么，别人和你表白你害怕，需要我在旁边给你勇气？"孟昭和抓住瓶盖一用力，没拧开，反倒是瓶盖上的纹路把手都弄红了。

江邢把自己那瓶柠檬茶随手放在自动贩卖机的顶上，把孟昭和那瓶从她手里拿走了，说："人家说我笨，你居然就那么漠然地走过去了？"

孟昭和不太理解地说："那她的观点我挺赞同的。"

瓶盖本来已经拧开了，江邢一气，将拧开的瓶盖重新拧回去，把饮料还到她手里，从贩卖机顶上拿下自己的饮料转身就走了。

可气冲冲地没走两步，江邢又折回来，又把孟昭和手里的饮料拿走了，抬手给她放在贩卖机顶上。

幼稚。

一个穿卡通熊图案袜子的幼稚鬼。

江邢回去准备辩论赛的时候还是气鼓鼓的，扯开椅子落座的声音特别大，惊得其他人很难不关注他。

周漾从手机上移开目光,先看见江邢随手放在桌上的柠檬茶,再看见他难看的脸色,问道:"你怎么气鼓鼓的?小天才儿童电话手表不好用了?"

"我下楼买水碰见孟昭和了,她说我笨。"江邢捶了捶胸口,其实光说他不聪明他也没有这么生气,偏孟昭和一脸平静,还用一种"你居然没有自知之明"的目光错愕而又同情地看着他。

周漾落井下石道:"这世道你还不让人说句实话啊?"

江邢撸袖子,朝着对面的许峙打招呼:"打电话给老师,说我们辩论队要换个人,我今天和周漾必须下去一个和祖宗喝茶。"

孟昭和结束竞赛队的训练后,整理书包发现自己还有样东西落在教室外面的储物柜里了。锁完训练室的门之后,她穿过琴房那片大草坪,从侧面的消防通道门去了教学楼。

教学楼里有不少住宿生在上晚自习,孟昭和很快就在储物柜里找到了自己的东西。她下楼前去上了厕所,厕所里有人,洗手台上搁着一个化妆包。

孟昭和推开一个没人的隔间。

再出来,洗手池前站着个女生,是季风铃正在检查自己的仪容仪表。

有了上次帮她给江邢送糖的经历,她看见孟昭和居然还客气地朝对方笑了笑,问道:"你们训练刚结束?"

孟昭和搓着手上的洗手液,"嗯"了声:"对了,你最近还要给江邢送东西吗?"

问得很直接。

季风铃反倒有点不好意思,她是想送的,马上要圣诞节了,但是她还没有做好圣诞节功课。

孟昭和趁着她还在想送什么的片刻工夫,插了一句:"你如果最近不送的话,我正好去帮齐好送,她今天刚表白。"

3

孟昭和从厕所出来之后脚步轻盈,看什么都顺眼,包括学校那盏总坏的路灯。

夏令他们今天也才回去,毕竟明天下午就要打辩论赛了。她难得没有动用武力,而是苦口婆心地劝说着两个不靠谱的人,今天回去一定要好好再看看辩论稿,明天一定要穿整套的校服来。

她说这话的时候,孟昭和刚拿了东西从教学楼出来。

周漾好歹还敷衍地应和了两声,可江邢就像老师最头疼的那种学生,一只耳朵进一只耳朵出。

夏令看见江邢魂不守舍,想把他注意力拉回来,袖子都撸起来了,但想到万一下手没轻重明天来不了了更惨。

强压着那股暴躁,夏令准备再说一遍,结果正好看见孟昭和。

她干脆把监督江邢的任务交给孟昭和了:"你今天有空的话,一定要监督他好好看两遍稿子,明天要穿整套的校服,整套的。"

整套,衬衫、外套、裤子和领带。

江邢其实比夏令更早看见孟昭和,脸朝旁边侧着,看着余光里的人被夏令拉住了。

江邢又想到了今天被孟昭和说笨的事情。

他其实不怎么在意这些事,可今天他就是比以前更生气。

现在看见孟昭和他算是想明白了,他生气不是因为孟昭和说自己笨,而是孟昭和说她不喜欢笨的人。

不喜欢笨的?喜欢聪明的?

聪明的有他家有钱吗?有他长得帅吗?有他会冲浪吗?有他会弹吉他吗?

江邢越想越不服气,低声嘀咕:"聪明有什么用。"

周漾站他旁边,所以听见了,说:"那你连个屁都没有。"

经周漾这么一刺激,江邢更生气了,完全无视夏令的叮嘱,自顾自走了。

孟昭和和夏令挥手说"再见"后,才不紧不慢地追上去。

她离江邢几米远,到了十字路口等红绿灯,两个人之间的距离缩短了,但他那刻意偏着脸的样子,太明显了。

路人行色匆匆,他也跟要去赶集似的走得飞快。

孟昭和是个金牛座,冷战中的一把好手,江邢不讲话,她也当作没看见他。

江邢腿长,过了红绿灯就又把孟昭和甩在了身后。

便利店保温柜里的油炸食物已经到了半折的售卖时间,临期商品摆在门口显眼的位置。

孟昭和去了趟便利店,买了两瓶饮料。购物袋里的玻璃瓶相互碰撞,发出清脆的声音。

等她走到单元门口,江邢还没进去,蹲在地上将书包里的东西全都倒在地上。他已经找了好几分钟的门禁卡了,最后把书包里的东西倒出来都没有找到。

他不得不心死,大概率是他忘记带了。

他回头望去,原本一直跟在自己身后的孟昭和也不见了。江邢越想越觉得委屈,随便把东西一股脑地塞进书包里。

脚步声慢慢靠近了。

江邢看见孟昭和的鞋子停在了他旁边，视线顺着腿向上，江邢看见了一个装着两瓶饮料的购物袋。

孟昭和将门禁卡贴在单元门上，门锁就解开了。

原本还想着要不要没骨气地一起跟进去，偏孟昭和现在把他刚刚那套"不看人"的样子学到了极致，单元门很快就重新落锁了。

原本觉得委屈的江邢，又开始有点难过，明明都看见他翻箱倒柜了，知道他没带钥匙，居然都不给他留门。

单元门是镂空的，能看见里面。

电梯的上行键已经被按下了，此刻正从二十一楼下来。江邢看着那头也不回的背影，憋屈至极。

孟昭和回头，就看见单元门外那张哀戚戚的脸。

视线交会的一刹那，原本都准备服软的江邢立马扭过头，一副打死都不进去，骨气不能丢的样子。

他也觉得奇怪，自己本来是个觉得"骨气算什么，留着炖排骨汤吗"的人，大约是资本烙印，效益才是追求目标。

可现在这套理论似乎不管用了，就因为他喜欢孟昭和。

江邢认清现实后叹了一口气，这口气立马就被夜风吹散了。他准备偶遇一个同单元的大哥上楼，可想到自己就算进去了也没有卡刷电梯楼层，便开始懊恼自己刚刚为什么非要赌气，乖乖地跟进去怎么了？

丢人也比现在夜风吹得冻人的好。

"小白菜呀地里黄，他个可怜人儿泪汪汪……"他哼唧了两声，哼唧完了，单元门从里面打开了。

孟昭和抵着自动开关的单元门，没讲话，但这已经是她给的台阶了。

江邢动作还是磨磨叽叽的，又想进去，又觉得自己应该生气。

"进不进来？里面有灯，你等着飞蛾飞进来吗？"

这招管用。

"飞蛾"两个字一出，江邢什么忸怩都抛之脑后了。

电梯正巧到一楼时，他突然反应过来："都十二月底了，哪里来的飞蛾？"

孟昭和不着痕迹地扬了扬嘴角，说："万一十二月底出现只飞蛾吓到小朋友就不好了。"

小朋友配小天才儿童电话手表。

孟昭和这个人坏就坏在她买了两瓶饮料，还都拿出来放在了桌上，但就是不说哪一瓶是给他的。

江邶既不问，也不喝，拿着水笔将稿子里所有的"口"字小格子涂黑。

孟昭和今天剩下的作业不多，江邶磨磨叽叽刚把稿子拿出来看了半个小时都没有，孟昭和就已经写完论文的最后一段了。

剩下一点都是阅读背诵的东西。

孟昭和快要生理期了，可能是因为这个月冲浪过，她已经提前开始腰腿酸痛，准备拿着阅读和背诵的东西回房间躺着完成。

江邶的注意力原本就不集中，他还没看多少字，对面的孟昭和已经在整理书包了。他目送她走到房间门口，问道："你干吗？"

孟昭和回道："我作业都写完了，准备回房间躺着。"

她回房间躺着了？那他呢？

"你这个人怎么这么没有信用？夏令不是叫你盯着我看两遍辩论稿吗？你都答应了，怎么能不完成？"江邶指着她之前的座位，"回来。"

孟昭和是不知道他今天从被她说笨到现在的心理变化过程，慢悠悠地走回去，笑道："那这么说我是不是还要给你把校服准备好？"

江邶这次倒没有使唤人："我自己准备好了。"

孟昭和重新把资料放在桌上，身体的倦意来得特别快，她这两天得注意保暖了。暖宝宝和止痛药都要放在书包里，想到这里，孟昭和起身去找东西。

江邶本就得不认真，对面孟昭和一有什么风吹草动他的视线就追了上去。看明白了她只是拿了点东西放进书包里，不是不陪他。

江邶低头又重新开始看稿子。

孟昭和回来了，结果没坐几秒钟，她又起身去倒热水喝。江邶的视线也跟过去了，这次他已经完全转过身，看着厨房了。

孟昭和还是学校里那身打扮，南港外国语学院要求学生冬天也是要穿校服裙的，她下面穿了条肉色的加绒丝袜，有些弱化了她腿的美感。

厨房的灯很亮，她拿着马克杯从里面出来，杯底的一滴水滴在了她的资料上，洇开一丝墨迹。她看的是今年刚在英国比完的全英经济竞赛的题目，去看比赛然后弄到题目，是之前梁意致回英国忙的一堆事情中的其中一件。

一个个英文字母如同蚂蚁一样爬满了一张 A4 纸，江邶看得都头晕，更别说背诵了，但孟昭和开始小声念出来，增加记忆。

孟昭和背完了一段话，下意识地想去看看江邶是个什么学习状态，结果看见他趴在桌上，坐姿懒懒散散，嘴里也不念，就光看看，一副随时都可能睡过去的样子。

"最好还是念出来，这样能增加记忆。"

"我以前考试前复习，也念过一次，我把一本书从头念到了尾。"

"然后呢？"

江邢撇嘴，说道："然后嗓子哑了，第二天扁桃体发炎了。"

孟昭和成功地笑出了声音，那没良心的幸灾乐祸样子让原本都忘却这段记忆悲伤之处的江邢重新深陷当时嗓子讲不出话的哀苦，讲不出话就算了，考试依旧考砸了。

考砸的他被林云英训了一顿，结果还被亲妈说："讲不出话最好，我的耳朵终于可以清静两天了。"

孟昭和还在笑，她坐在客厅的灯下，整个人明亮，双眸灵动。

江邢脑子一抽，问道："孟昭和，你明天来看我们打辩论赛吗？"

孟昭和笑完之后，用两个字把江邢好不容易恢复的状态给扑灭了："不去。"

她说不去，就这两个字，让江邢早上睡醒了还在生气。

干吗不去？

孟昭和有正当理由："我竞赛也要努力。"

孟昭和说这话的时候帮江邢把校服的领带找了出来，见上面的领带结还在，说道："居然还在上面，我昨天晚上还特意看了视频学了好一会儿。"

孟昭和帮他将领带收好放在书包里，叮嘱他："你戴的时候注意一下，不要把领带结给弄散了。"

孟昭和也不知道江邢听进了多少。

周五中午在食堂吃饭，夏令下课有点晚，端着餐盘去找孟昭和的时候，她快吃好了。

孟昭和将多拿的纸巾放在夏令的餐盘边上，问道："今天辩论赛几点开始？"

"下午三点。"夏令扒了口饭，怕自己口齿不清，用没拿筷子的那只手比了个"三"，囫囵吞下嘴里的饭菜，"你来看吗？"

孟昭和没给夏令准信。

不过下午唯一一节课结束后，孟昭和把书包放进储物柜里，朝着打辩论赛的会议中心走去。

江邢好久没有穿得这么正式整齐过了，不过还要半个小时才轮到他们，江邢解了两颗扣子，省点力气等会儿上了场再端着。

他手指戳着手表，没有孟昭和的信息，夏令也没人找。

看来孟昭和是真不来了，说着他将稿子翻到最后一页。

"我身上爬满了从他嘴里编造出来的跳蚤、果蝇，但他忘了，他捏造谎言的时候也不得不把自己变成一个堆满垃圾的果蝇培养皿。"

那天孟昭和在酒店里和他说的话，他没发觉自己记性这么好过，居然记了下来。

网络使人更疏远,当人们通过帖子去了解孟昭和的时候,没有人愿意靠近。人们接收了网络信息的时候难逃片面化。

那些片面化,让她躲在房间里大哭过一场。

他还特意为她写了个小结。

她居然不来?

江邢随口问了夏令一句,夏令也说不知道孟昭和来不来。

周漾用稿子挡着手机在刷网页,听见江邢问孟昭和来不来,江邢那个心思他能看不透?

他凑到江邢耳边小声说:"这么想孟昭和来,你就给她发信息叫她来啊。"最后还不忘逗趣,"是不是小天才儿童电话手表不好打字,不好打电话?我手机借你。"

江邢大声说:"滚蛋。"

让他去叫孟昭和来那也要有理由。

理由啊理由……

怎么想都想不出理由。

每次活动都会有学生会宣传部的人过来拍照,到时候还要发文章在公众号、学校论坛和学校主页上完善学校活动板块的内容。

宣传部的人拿着相机过来的时候,江邢领带没系,扣子还有两个没扣。

江邢装模作样地配合一下,拿起领带,刚准备系上去,突然想到了什么,动手直接把领带给拆了。

周漾看见他拆领带了,也看见了走过来拍照的宣传部人员,问道:"你公然唱反调啊?"

江邢没搭理周漾,用手表给孟昭和打了电话。

"你过来,我领带散了,不会系。"

周漾就在旁边,看他自导自演,拆他台,对着手表喊:"你不用来了,我会……"

江邢抬手给周漾一拳,说:"你会系领带,你怎么不会好好活着?"

那拳头不重,周漾还在笑:"好了好了,我活着我去活着,你的领带就孟昭和能系……"

孟昭和走到会议中心外面的时候,江邢的电话打来了。

他的声音不太清楚,没问她在哪里在干吗,"喂"说完之后,他一张嘴就是叫她现在去会议中心,说是领带散了。

当然她也听见周漾拆台的声音了,以及周漾那句"你的领带就孟昭和能系……"

4

江邢将领带缠在手上,托着腮,侧坐着看着走廊的方向。

电话都挂断好一会儿了,怎么人还没来?

难道是小天才电话手表的通话质量太差?她没听清自己在说什么?

周漾已经整理好衣服了,看见江邢还坐在那边张望,笑话他:"要不要我给你系?这马上就要拍照了。"

江邢搭理他了,但是答非所问:"你说孟昭和是不是没有听清啊?"

"要我说她就是懒得搭理你。"周漾伸手去拿他手上的领带,"快点系,上一场都结束了,裁判和观众也是有印象分的,我作为一个过来人,劝你别在夏令拳头下左右横跳。"

说完还威胁他,再不系就喊夏令了。

夏令和许峙是学生会的,今天不仅要打辩论赛,还要负责会场的安排。

江邢不情不愿,手也没松开。

周漾拿领带的时候因为他不松手,直接把他手也拎起来了。

周漾正要治治他矫情的时候,孟昭和慢慢悠悠地从走廊那头走过来。

周漾干脆地松手了,说:"盼星星盼月亮,居然还真被你把人给盼过来了。"

孟昭和径直走到他们跟前,虽然没看见夏令但也猜到了她应该在前面忙。看见散在江邢手里的领带,想到早上还千叮咛万嘱咐戴的时候小心一点,别弄散了,结果还是被他当耳旁风。

孟昭和从江邢手里将领带抽出来后,江邢还是坐在走廊的休息椅上,腿伸着,孟昭和不好给他系。

明明先前还给她打电话,叫她过来帮忙系领带,结果现在当事人跟个目无旁人的大爷一样,一副不肯配合的样子。

他靠着椅子,孟昭和前倾了一会儿,有点后背酸痛。

扯着领带将人的后背从椅背上拉起来,孟昭和花了挺大的力气,江邢突然被一拉,整个人差点前倾头撞上孟昭和。

孟昭和向来不是个惯着他臭毛病的人,冷冷地说:"起来。"

千呼万唤的人,结果盼来了却对他这么凶。

不过江邢还是听话地站起来了。

他扣子还没系好,领带还挂在他脖子上,孟昭和抬手先帮他把衣领处的扣子系起来。

孟昭和手上的味道和她身上的味道很像，淡淡的橙子味。

淡淡的橙香，没有添加香精的工业化痕迹。

昨天临睡前孟昭和找视频研究过了，但是现在实操起来还是比想象中的困难，系过来系过去总觉得有点奇怪。

江邢没不耐烦，就吊儿郎当地站在她面前，就是孟昭和系成红领巾他显然都不在意。

从会议中心里面传来了主持人的声音："第二场辩论赛将于十分钟之后开始，辩题为网络是否使人更亲近……

"正方选手……

"反方选手周漾、夏令、许峙、江邢……"

紧张感在听见主持人报出自己名字时不断增加，江邢偷偷做着深呼吸，突然想不起来是在哪部电视剧里看到的场景，女主角紧张的时候看向不远处的男主角就会收到鼓励和安抚的目光，以此来平复心情。

江邢学以致用，但越看孟昭和，他发现自己心跳越快。

谁也没注意到负责拍摄现场图的摄影师正在按快门。

领带结打了出来，看上去有模有样的。孟昭和踮着脚帮他整理衣领，调整领带的松紧，指腹不小心划过他的脖子。

孟昭和指腹擦过的一刹那，江邢人一颤，昨天心里残留的那股气就像是人间蒸发了一样。

"你等会儿留下来看吗？"

孟昭和退后一步，看着成品，挺满意的。

听见江邢的问题，她觉得自己已经到这里了，没什么好藏着掖着口是心非的，便点了点头，说："嗯，会看。"

听到她肯定的回复，江邢突然有点后悔，因为自己更紧张了。

"上次我防火安全演讲你也说看，结果看到一半人就不见了。"

"我这次看完。"

里面开始喊选手准备入场，周漾在旁边看了半天他们系领带，拿着辩论稿挡着半张脸笑得毫不收敛。

周漾走过来拉人，说："不放心的话你找人看住大门，叫人别放她出去。"

"你滚蛋。"江邢被他勾肩搭背拉着走了。

观众席上没几个空位置了，而且位置都很偏，不是要"翻山越岭"挤进去，就是偏到不能再偏。

最后孟昭和就随便找了个不碍事的地方站着。

辩论赛的节奏很快，一个阶段接着一个阶段，分秒必争。

之前的消防安全讲座孟昭和只在中控室看了江邢的背影，按道理来说，这应该是她第一次看到江邢这么正派。

第三环节，对方辩手知道江邢平时不学无术，选中了他起来进行一对一提问回答。结果他思路非常清晰，逻辑也没有被正方带跑。听着对方辩手的发言，江邢还时不时低头写下几个关键词作为下一轮的攻击点。

舞台上的灯光有点亮，第三环节结束后，江邢坐下，头发在灯光下泛着淡淡金色。他低头看资料的样子，专注又认真。

这副样子少见，所以他今天打辩论赛的这组照片又成了论坛爆帖。

最后一个环节是总结陈词，江邢就是要做总结的四辩。

相较于他第三阶段的提问回答，第四阶段的总结陈词其实没有那么亮眼，不过他发言的内容没有一味的咬文嚼字。他吐字清晰，麦克风不遗余力地将他的声音在会议大厅里传播开来。

或许是他外表加持，又或许是看在他家背景上，那段陈词分数挺可观的。

内行觉得分高了，辩论的门外汉也不在意内容。

但孟昭和听进那段总结陈词里的话。

"有人信誓旦旦却满嘴谎话，骗了他自己，骗了别人，也推远了自己和人群。人们通过网络肆意地改编碎片化的标签，最后变成一个百分之九十九都是虚构的故事。这个故事从一百个人嘴里讲出来，变成了欲加之罪。人们高举正义的大旗，去口诛笔伐一个无辜的人，于是你们远离了那个无辜的人，那个无辜的人也被踢出了人群。"

孟昭和又想到了那个在多良的夜晚，那个征服海浪的人此刻站在台上，用一段并不算最好的陈词总结征服了她。

孟昭和走出会议中心的时候，口袋里的手机一振。

是江邢的短信。

江邢：【怎么样，我的表现是不是特别好？】

今天太阳很好，照在孟昭和身上暖暖的。

风中的悬铃木被吹落了泛黄的叶子，孟昭和刚准备回的时候，听见有人跟她打招呼。

散场的时候，季风铃才发现孟昭和也在。等出了会议中心看见孟昭和没走，她便自来熟地和孟昭和打招呼："你是来看夏令的吗？"

借口既然都有人准备好了，孟昭和也就顺着杆子下去了。可是只有她自己知道，她脑子里一点夏令打辩论赛的样子都没有，眼里和记忆里全都是江邢。

江邢他们不出意外地赢了，为了庆祝，今天晚上要去天街吃东西。四个比赛的人，最后等一个和辩论赛最无关的孟昭和。

孟昭和一下竞赛就过来了，但还是让他们等了半个多小时。

天街上的店铺都换上了限时的圣诞节"皮肤"，孟昭和挂了电话说马上就到的时候，已经推开店门了。

夏令第一个看见她，和她招手之后，拍了拍自己和江邢之间的空位置，说道："就等你了。"

江邢拿着水壶给自己添满了茶，顺手往孟昭和的杯子里倒上一杯热水，说："这辩论赛终于结束了。"

周漾点点头，说："是啊，我都废寝忘食大半个月了。"

不过轻松的只有他们两个，许峙和夏令还要忙明天晚上的圣诞节晚会。

南港外国语学院外籍学生不少，西方节日庆典和东方节日一样受到重视，甚至更加热闹。

圣诞节为最，毕竟浪漫。

周漾夹了一筷子凉菜，问道："今年还是定在大礼堂？食物还是老样子？"

得到肯定回答之后，满桌人似乎都没有兴趣了。第一年孟昭和去了，第二年她就干脆和夏令去隔壁教堂玩了，教会里的活动都比学校好。

夏令透露："不过听说今年的厨房供餐单位不错……"说到这里，夏令突然冷哼一声，瞥了眼许峙，阴阳怪气了起来，"我们副主席瞿嘉瞿大美女自掏腰包拉了她家餐饮公司来免费赞助厨房供应，到时候我们的主席可一定要赏光去啊。"

许峙被她的话激得一不留神呛到了，偏过头去咳嗽了两声。

其他三个人很有默契地交流了目光，关闭听觉，腹诽：开始了开始了，他们两个要开始吵了。

但意外的是，许峙没和夏令抬杠，反而还给她夹了一筷子鱼肉，说："吃你的饭。"

夏令也出人意料地见好就收了，拿着筷子扒了两口饭。

见他们两个没有起立拿起屁股下的椅子互抡，其他三个人也开始讲话了。

周漾啃着鸡翅，说道："瞿嘉家供应，那是不是说明这次食物还不错了？大家去不去？"

孟昭和对学校这种活动一直兴致缺缺，还不如在家里看书。

许峙想了想，回道："我应该去。"

夏令不着痕迹地白了他一眼，扯了扯嘴角，说："我也去。"

到底是冤家，互相拆台抬杠已经成为他们下意识的反应了。

许峙瞥她一眼，问道："你不是和瞿嘉不对盘吗？你乐意去？"

"我和你也不对盘,你要不现在钻桌子下面吃?"夏令呛他,"干吗不让我去?是怕我撞见瞿嘉和你表白?放心吧,我可不会那么没品,不像有些人自己单身的时候就嫉妒别人谈恋爱,还偷拍打小报告。"

许峙长长地呼出一口气,挑了挑眉尾,说:"我现在是一个学生,我知道我的首要任务是好好念书。我也不像有些人视力有缺陷,找了个垃圾当男朋友,被分手的时候还哭哭啼啼。不过是应该哭,哭自己愚蠢,什么情人节、圣诞节得拼命送对方礼物,一片好心被当驴肝肺可不得哭个三天三夜?"

夏令听罢就站起来了,手已经拿起了椅子,说道:"新账旧账一起算,你个鳖孙之前请我吃饭还给我投毒。"

许峙也不乐意了,他可不想平白无故被泼脏水,说:"胡说,我一片好心。黑心老板用地沟油,我也在医院里躺了两天。"

夏令拿起椅子的时候,椅子腿擦着孟昭和身体而过。

孟昭和自己都没反应过来,一只手已经提前护在她脑袋旁边,怕她被椅子腿打到。

江邶心有余悸地把孟昭和往自己这边拉了拉,和她耳语:"要不我们俩换个地方吃?"

这种情况,好像只有这种选择了。

江邶见她同意了,给周漾使了个先撤的眼神。

三个人拿起书包偷偷出了店门,街道上微微的凉意席卷而来的时候,三个人有一种劫后余生的轻松感。

不过,孟昭和还是有点不放心,朝店里张望了一眼,问道:"你说我们就这么走了合适吗?"

江邶思索了一会儿,说:"要不我们给许峙叫辆救护车?"

救护车?

孟昭和有点语塞。

周漾格外认真地询问:"那我给夏令叫辆警车?"

三个人在天街的路口分开了,周漾和他们不是一个方向的。

喀城什么都挺好的,就是不下雪。冬天最冷也有十度,这里不售卖羽绒服,孟昭和在校服外面穿了一件羊绒的大衣,双手揣兜走在江邶旁边。

刚才吃饭的店铺已经被他们甩在身后很远的位置。

圣诞歌回荡在整条天街上。

江邶突然开口打破了两个人之间的沉默:"你没回我。"

一句没头没尾的话,孟昭和好一会儿才反应过来他是说今天辩论赛结束之后,他给她发了信息,她准备回复的时候被季风铃打断了,后来她也就一直没有回复。

因为不知道要怎么回复。

怅然的感觉她不知道要怎么转变成话语,因为课程阅读过的百本名著都不能帮助她。

她还没开口回答这个问题,江邢又说:"明天晚上你们应该不训练吧?所以……要不要跟我一起去圣诞节晚会玩玩?"

十二月的夜晚温度低了下来,却拉不低江邢耳尖的温度,他为自己找着借口:"我是怕你没有男生邀请,但你又想去。"

他们停在了十字路口,路口那边开着一家餐厅。鹅黄色的灯光从窗口溢出,照着窗外的他们。

孟昭和在江邢旁边驻足,他在看红绿灯,她在看他。

在行驶车辆的引擎声中,孟昭和没有任何预兆地开口:"江邢……"

江邢听见了,转头对上孟昭和的眼睛:"嗯?"

"今晚,风依然掠过星星。"

也是没头没尾的一句话。

绿灯亮了,孟昭和先他一步走上斑马线。

江邢疑惑地询问:"什么意思啊?"

"去啊。"孟昭和被他轻易追上了,"明天去吧,一起去晚会玩玩。"

今晚,风依然掠过星星。

今天,我依然为你心动。

"今晚,风依然掠过星星。"——尹东柱

5

江邢顶着乱糟糟的头发从房间出来时,孟昭和在给两份松饼淋上枫糖浆。听见声音她从厨房探出脑袋,看见他进了卫生间去洗漱后,端着两杯玉米汁和两份松饼从厨房出来。

孟昭和习惯性地准备找一场竞赛视频当作开胃菜。

她抬手要将头发束起来,在手腕上摸了半天也没有找到发绳,小跑回房间在床上找到了一根半夜迷迷糊糊扯掉的黑色发圈。

等孟昭和再从厨房出来,江邢也洗完漱了。

领带松开了,就那么被他随手放在桌上,他手里拿着刀叉,最近没有手机,他每次吃饭都觉得差了点胃口。

老时间点出门,上学路上不会太赶,这个时间点是把等电梯的时间和等红灯都算进去的。

电梯上行的时候一路畅通,孟昭和看着不断跳动的楼层数字时,突然一条领带塞进了她手里。

"帮我系一下。"

南港外国语学院对学生的着装基本没有什么要求,除非是正式场合或是学生会那种作为学生代表的学生才会每天全套配齐。

孟昭和这样的好学生也不是天天都戴领结,更别说江邢这样有时候都不穿校服的学生了。

"你昨天打辩论打昏头了?"孟昭和看着自己手里的领带,"戴上瘾了?"

对领带这东西江邢无感,好多人都说南港外国语学院的校服好看,他对那套校服也没什么审美,就这校服难道能比他衣柜里那些名牌衣服好看?

可昨晚他做梦了,梦里全是孟昭和给他系领带,领带绕上她纤细的手指,她垂着双眸,神情专注。

梦里的每一个动作都如同慢镜头一般,她打好了一个领带结后慢慢抬头看他,视线从他心口移到喉结,眼睛里那股专注有些混浊了,雾蒙蒙的。

等领带打好了,江邢一瞬间从梦中惊醒,外面已经有动静了,他知道那是孟昭和做早饭的声音。

趁她回房间找皮筋,江邢把昨天摘下来的领带给拆了。

眼看着电梯都下去了,江邢把领带塞到孟昭和手里,说:"帮我系一下。"

孟昭和拿起了领带,动手系了起来,昨天已经系过了,今天明显熟练了不少。

只是……为什么不是像昨天那样直接绕在他脖子上?为什么不像昨天一样帮他系扣子?为什么今天是直接凭空打好了?

孟昭和把领带的圈调整好,这样江邢就可以直接戴进去了,只需要他根据自己脖子粗细调整松紧程度。

没见梦里的专注,没见梦里她那双看着他时雾蒙蒙的眼睛。

孟昭和看他不戴,拿着领带跟石化了一样,问道:"你不是想戴吗?我都帮你打好结了,戴啊。"

早上到学校,周漾又倚着储物柜在吃早饭,看见江邢那样子有点颓,便分了一个小餐包给他,说:"感觉没点故事都达不到你这个状态。"

江邢将小餐包一口吃了,闷闷地说:"孟昭和居然就这么把领带系好了给我。"

周漾反问:"不然呢?"

江邢把领带拆了,绕在周漾脖子上。他不是个会打领带的人,但装模作样地打着结,睁大了眼睛,用他自以为含情脉脉的目光看着周漾,说道:"她应该这样给我打。"

他成功地把周漾逗笑了:"你那是有点为难孟昭和了,她挺难做出这种智商欠费的表情。"

智商欠费?

江邢唾弃道:"含情脉脉知道吗?深情款款知道吗?"

周漾把脖子上的领带解下来时还在笑。

他越笑,江邢脸色越难看,将领带丢回他的储物柜里。

损友两个字里到底还是有个"友"字。

周漾给江邢出主意:"今天多好的日子,你送礼物啊。"

江邢拍了拍自己的脑袋,他怎么就没有想到,正准备找手机订礼物,突然发现自己没有手机。

刚准备问周漾借,周漾就泼他冷水:"我打赌附近的水果店都没有苹果了,大概率只有公墓的供桌上有。"

江邢一想也是,说道:"那我买花。"

周漾又是一桶水泼下:"我也敢打赌附近的花店除了扫墓的菊花,能表白的花也都没有了。"

"那我能买什么?"

"孟昭和喜欢什么你就买什么送她呗。这还不简单吗?"

是啊。

江邢想了想,但是孟昭和喜欢什么呢?

周漾看他沉默思索的样子给他提了个醒:"女生喜欢什么一般会挂在嘴边,你回忆一下。"

挂在嘴边?

经周漾那么一提醒,江邢想到了。

她喜欢钱。

等江邢把这个答案告诉周漾时,周漾那表情像是被早上吃的小餐包给噎住了,说:"好朴实的爱好。你要不带她去普里湾的综柜里去看看真金白银?"

虽然说是圣诞节晚会,但是定在平安夜晚上,明天是周六,给学校那几个西方面孔放假。

昨晚学校圣诞树的装饰才完成,夏令对那装饰成品不屑一顾,孟昭和能猜出那是谁装饰的,明智地没有发表意见。

问起昨晚在餐厅的后续,夏令说没打架,三言两语就带过去了。

她们两个站在储物柜旁聊天,孟昭和问道:"那你今天晚上去大礼堂吗?"

夏令在储物柜里找着东西,东西没有找到,只好拿出从家里带来的相机,回道:"去啊,不然怎么拍照去举报他们。"

拍许峙和瞿嘉。

孟昭和笑着说:"那万一他们两个没什么呢?"

夏令摆弄着相机,对着孟昭和按下快门,说道:"臭味相投,只可惜一个是榴梿一个是臭豆腐。"

今天孟昭和他们竞赛队也不训练,下了最后一节课,天已经隐隐暗下来了。

孟昭和还没来得及回答夏令,一只手从后面伸过来,拍她的肩膀。

"我去放一下书。"江邢刚下课,今天他最后一节课是麦老师的课,演讲轮到了他。

孟昭和看见他脖子上没有领带,问道:"领带怎么没戴?"

他又不爱戴领带,就是想享受一下孟昭和帮自己系的过程而已,结果现在她都能凭空打一个领带结了,他还有什么好戴领带的。

江邢随口胡诌:"戴着戴着结又散了。"

孟昭和"哦"了一声:"那你拿过来,我重新帮你系。"

江邢应下了,准备去放书,看见站在孟昭和旁边的夏令,问道:"我刚下课时看见许峙已经去大礼堂了,你怎么还在这里?"

夏令拿起相机,关上储物柜,跟孟昭和说了句"等会儿见",就跑了。

孟昭和站在自己开着门的储物柜前,她柜子里大部分都是书,不过也像其他女生一样在里面贴了面镜子。她一边用余光打量着去放书的人,一边偷偷照起门上的镜子,理了理头发,检查了一下口红有没有缺。

江邢把书随手塞进储物柜里,把今天蜗居在储物柜角落里的领带拿出来。头脑风暴正在无人知晓之处上演,江邢将储物柜门关上,提前把领带挂在脖子上。

孟昭和看见已经挂在他身上的领带也没有说什么,走廊上没什么人了,要去晚会的已经去了,不去的也早早回家了。

江邢又嗅到了那股甜橙的味道。

视线里的人睫毛轻颤,投在眼底多了一片阴翳。孟昭和把头发别在耳朵后面,江邢这才看见她耳边的小痣。她动作不紧不慢,专注得如同在解一道得心应手的经济竞赛题。

这一秒篮球场上有后卫挡拆掩护并帮助队友进球得分,但孟昭和现在却没有可以掩护或帮助她的队友,她只有一副装出来的从容。

手侧因为系领带的动作擦过他的校服布料,他脚稍稍分开站着,缩短了两个人之间的身高差。

距离太近，明明是一个洗衣机里洗出来的衣服，可江邢身上独特的气息朝孟昭和席卷而来，就像是多良那一道拍她入海的海浪。

大礼堂里人不少。

夏令赌着那口气什么东西都没吃，江邢和孟昭和过去的时候，她拿着相机的样子堪比娱乐记者。

有人跳交谊舞，有人在聊天，有人开始吃东西……

江邢和孟昭和显然是后者，人手一个白色盘子。江邢走在孟昭和前面，看着供应的东西，卖相还不错，他拿了一个纸杯小蛋糕放在自己的盘子里，又给孟昭和拿了一个。

孟昭和随手又拿了几样后，去找夏令，将自己的盘子递过去，问道："要不要一起吃？"

夏令看看有点心动，但还是扭过头，说："不吃。"

很硬气。

看她不吃，孟昭和拿起小蛋糕，还没送进口中，一只手已经伸过来挡在她嘴巴前。

江邢表情不太好，说道："别吃了，真难吃。"

他盘子里有咬了半口的蛋糕，要不是觉得会恶心人，江邢想直接把嘴里的吐盘子里。

那表情很有说服力，他把孟昭和手里的盘子拿走了，回来的时候盘子没了，下巴上还有点水，他刚去漱口了。

"有这么难吃吗？"

"瞿嘉是大善人啊，厨师做得这么难吃还不开除。"江邢实在不想回味，"走吧，我带你出去吃。"

江邢倒也绅士地问了夏令，夏令权衡之下还是决定睚眦必报，没跟去。

江邢和孟昭和出来，看到还有源源不断的人从宿舍楼那边走过来。

夜风渐起，吹动着旁边的悬铃木的树枝。

江邢说带她去吃好吃的，孟昭和跟在他旁边，问道："你有钱吗？"

他有钱吗？江邢这辈子就没有听其他人这么问过自己。

他还能没钱？他老婆本都快七位数了，他会没有钱？

江邢准备掏手机给她展示自己银行卡的余额，结果两只手摸上口袋，都是空的。

他又给忘了，他手机丢了。银行卡在家里，他现在只有一个附属于孟昭和账户的小天才儿童电话手表。

江邢按亮了手表,说:"给我两分钟。"

他走到旁边去给林云英打电话。

林云英在从外地回来的路上,还有两三个小时的车程。林云英以为儿子开口要钱,但没有,他只是问"有钱"在哪里。

吴柏丽提醒老板今天二秘带"有钱"去做美容了。

林云英回道:"它应该在宠物店吧。"

江邢又给老妈的二秘打了个电话过去,很巧对方带着"有钱"在天街的宠物店里做美容。

江邢吩咐道:"十分钟之后把'有钱'送过来给我。"

十分钟后,孟昭和在吹过天街的一阵夜风里打了个哆嗦。

江邢看见了,把她拉到自己身后避风。

不多时,他老妈的二秘抱着"有钱"从马路对面跑了过来。

这是孟昭和第二次看见那条脖子上挂着金项链的法斗,今天再见它依旧一身富贵,大金链子配定制的衣服。

江邢从二秘手里把"有钱"抱了过来,说道:"行了,'有钱'交给我,你先走吧。"

二秘虽然不放心,但是照做了,只是离开后例行跟林云英报备了。

孟昭和看了眼他怀里的狗,又看了看江邢,问道:"来天街吃饭,你没钱,你的脸都不能刷?你家狗就行?"

江邢没回答,只是将"有钱"塞到孟昭和怀里,然后动手将那条大金链拿了下来,转身穿过马路,在孟昭和震惊的目光下走进了对面的金店。

他出来的时候,项链没了,手里多了一沓钱。

他晃了晃手里的钞票,说:"走,带你去吃饭,我们挑贵的吃。"

此刻,孟昭和仿佛听见了怀里那条狗委屈至极的呜咽。他还带着狗去旁边的饰品店买了条十块钱一串的塑料项链,然后往"有钱"脖子上一戴。

江邢揉着狗头,说道:"看,这条项链多好看,红的绿的蓝的紫的粉的,你看看颜色是不是比你那条多了?"

孟昭和的心情有些复杂。

第八章 今夜风掠过星星

1

　　托"有钱"的福,他们今天晚饭的预算很充足,但也因为带着"有钱",不能在餐厅里面吃。

　　最后两人一狗坐在护城河边上的长椅上,吸着鼻子吃完了一顿晚饭。

　　回德桦院的路上,"有钱"走了一半就吐着舌头一屁股坐在江邢那双稀罕的联名鞋上,不肯动了。

　　"你屁股真是金贵啊。"江邢抬脚,狗被带着在地上打了个滚。它倒也不是认生的狗,见江邢脚上不能坐,就晃着圆滚滚的肚子走到孟昭和脚边,给自己换了个"坐垫"。

　　孟昭和看见自己脚边的狗正吐着舌头大口喘气,仰着狗头可怜巴巴的样子和几次醉酒的苗苗班的江邢很像。

　　跟狗对视了几秒后,孟昭和心一软,伸手把狗抱了起来。

　　江邢刚准备和她说说惯着狗的臭毛病,"有钱"就已经到了孟昭和怀里,还把狗头靠在孟昭和手臂上,一副上九天揽月,下五洋捉鳖似的劳累样。

　　江邢从孟昭和肩头把她书包拿起来,看着她怀里大气直喘的狗,说道:"小时候追一只猫两条街都跑过,现在就走了半条街,你装柔弱给谁看啊。"

　　狗自然不搭理他,否则金项链被抢走的时候就冲上去咬他了。

　　"有钱"虽说不重但也是条胖狗。

　　它前爪抱着孟昭和的胳膊,探着狗头四处张望,小动作落在孟昭和眼里,有些好笑。

　　见她在看狗,江邢问道:"你很喜欢狗?"

　　"挺喜欢的。"

　　"那你一个人住怎么没养只宠物?"江邢的意思是独居生活无聊,可以养一只打发时间。

　　孟昭和将视线从"有钱"的脑袋上移开,落在前面的马路上,说道:"我

199

小时候养过一只乌龟。"

那是小学的时候春游去海洋馆，孟昭和买了一只乌龟回家，那只乌龟一直养到了孟昭和小学毕业。

"后来乌龟不见了吗？"

"不是。"孟昭和脸上闪过一瞬的狠戾，但很快又恢复如常，"后来被我奶奶煮来吃了。"

孟昭和到现在还记得锅盖揭开时，从厨房飘出来的味道，后来她一个多月都没有吃过一点荤腥。

她并不是一个睚眦必报的人，不过就那一次，她买了好几个柠檬，做成了柠檬汁，将奶奶每天晚上用来泡假牙的水换成了柠檬汁。一大早她就起床，看着奶奶戴上假牙时一脸痛苦的表情，她吃着父亲买回来的早饭，笑得比任何时候都开心。

这故事听上去着实不知道叫人如何安慰，尤其是孟昭和自己说起这件事时，也是一副平淡如常的表情。

但江邢支支吾吾的样子还是引得孟昭和扭头看向他。

江邢想到了之前放假她和她奶奶吵架，这样势同水火的关系，江邢感觉她元旦和之后过年应该都不乐意回家了。

"你一个人过元旦吗？"

孟昭和其实最近有收到孟沭的短信，问她元旦怎么过。

但无一例外全都被孟昭和无视了。

"嗯。"孟昭和感觉到怀里的狗挣扎了一下，等它在她怀里换了一个舒服的姿势，她重新把狗抱好。

德桦院已经近在咫尺了，小区门口的便利店提前放起了那首任谁都能哼两句的圣诞歌。

几片云飘在天空上，挡住了今天的月亮，它们将招来一场小雨。

可惜落在十二月底的南港，成不了雪。

孟昭和抱着狗走在江邢旁边，"有钱"仰着头舔了舔她的脸，她下意识地扭过头，有点不适。

江邢看见了，伸手拎着狗脖子上的项圈，把狗从孟昭和怀里拎下来，牵着狗绳，显然一副不会惯着它的大家长做派。

牵引绳在他手里，孟昭和的书包他也继续背着。

话题继续回归到她一个人过元旦上。

江邢没尝过家里清冷的滋味，问道："你不会又要一个人在家里弄竞赛吧？"

他说可怜，可孟昭和说那是恩赐。

一个人过元旦和过年其实没有什么不好，她不是个爱热闹的人。

话题有些让人没那么愉快，孟昭和不着痕迹地把话题转移："现在别关心我了，你好好关心一下你自己，你打算怎么和你妈交代狗项链被你卖掉这件事？"

江邢被她的话题成功引走了关注点，一副无所谓的样子，说道："我可是我妈的亲儿子。"

那副无所谓的样子也就林云英自己知道有多少是亲儿子高估的母爱。

"有钱"走在前面，走了没一会儿，又停了下来。它也聪明，直接朝孟昭和脚边凑过去。

江邢眼疾手快地把刚准备蹲下的孟昭和拦住了，说道："它可以自己走，别管它。"

但孟昭和还是伸手去抱它了。

"有钱"还是那副喘得快续不上气的样子，江邢是不信的，抬手粗暴地揉着它的脑袋，问孟昭和："你真惯它，很喜欢它吗？"

"它很可爱啊。"孟昭和把"有钱"抱好，歪头和"有钱"的脑袋碰在一起，一人一狗都看着江邢，"你不喜欢吗？"

那一瞬间，江邢不知道她问句里的主语是谁。

"喜欢啊。"江邢视线飘了，目光不知道聚焦在哪里，好像在狗身上，又好像在孟昭和身上，"你呢？你喜欢吗？"

你喜欢我吗？

今晚有风，短暂地吹开云层，将星星显露出来。

江邢不知道今晚的风是否会掠过星星，但一定能掠过他四肢百骸。

可他还没有等到孟昭和回答，一道光从身后打过来。

对方对着他们闪了闪车灯，哪怕江邢和孟昭和现在并没有挡着车要走的道。

但很快，江邢就在刺目的车灯下看清了那辆车。

一辆银色腰线的宾利——林云英的坐骑。

车慢慢开到他们旁边，江邢第一时间挡在了孟昭和前面，蹙着眉看见吴柏丽在车停稳后从副驾驶座下来，准备去给林云英开门。

江邢离得近，顺手就给妈妈开了车门，问道："你怎么来了？"

林云英下车，说道："听你这语气是最近不缺钱用，都不欢迎我了。"

没办法，资本家亲妈用辈分和经济逼江邢低头，他也不例外地屈服，但面上还是有点闷闷不乐："那欢迎也得看时间啊，今天都这么晚了你还来？以前有空的大白天不来看我去看狗，我热脸贴冷屁股的次数还少吗？"

林云英刚刚进小区就看见了儿子，这个从小呼风唤雨的儿子现在居然帮人背着书包。

他和一个小女生站在路灯下说话,身材颀长穿件校服都好看。当妈的看自己家孩子都有滤镜,撇去学习成绩和老是闯祸,自己儿子体能运动不差,颜值高、家世好。

林云英到底有阅历,一下子就猜到了这是儿子的房东,也是自己儿子之前帮着打架的女生。

坐车里时吴柏丽提醒自己的老板:"您见过的,高一新生代表,您还代表奖学基金设立者和她握过手。"

两年前的事情了,林云英当时没有用心去记孟昭和的样子,现在自然也想不起来,只不过从吴柏丽的话中听出另一个重点:"奖学基金,那她学习很好?"

"好像是学校经济竞赛队的,不过学习好不好,得看跟谁比。"吴柏丽跟了林云英很长时间,在一些事情上说笑没事,"和江邢比那肯定好太多了。"

"那要比江邢差,还不完蛋了。"

林云英一下车,看见儿子直接挡在自己和那个女生中间了,她抻着脖子想看小姑娘长什么样,但是儿子跟着挪了挪脚,什么都没看见。

听见儿子问自己这么晚来干嘛,林云英反问:"你们这么晚不也在外面吗?"她其实是来给他们送草莓的,很甜很好吃,不是市面上流通售卖的。

孟昭和听见车后备箱开关的声音,偷偷从江邢身后探出脑袋,目光一下子就和林云英撞上了。

林云英很亲切地跟孟昭和挥了挥手,说:"小美女,你好啊。"

江邢发现了林云英的言行举止之后,朝侧面望过去,果不其然看见一个脑袋。

孟昭和挪着小碎步从江邢身后站出来,她怀里还抱着"有钱",乖巧地站在旁边,然后把"有钱"递给了林云英,说道:"阿姨好。"

林云英笑颜如花地接过狗,连连回应:"你好你好。"

吴柏丽把送给他们的东西全拿了下来,不仅有草莓,还有别的吃的,全是林云英出差时买回来的。

孟昭和主动给他们母子留独处空间,过去帮吴柏丽的忙,两个人丢下他们母子朝着住宅楼走去。

林云英看着孟昭和走远的背影,满意地说:"长得好看,听说很聪明。"

夸的也不是江邢,他反倒嘚瑟了起来:"我看上的,能不好看吗?"

林云英对他这种往自己脸上贴金的行为露出亲妈的嫌弃:"所以你们怎么这么晚还在外面?"

没干坏事所以没有什么好撒谎的,江邢坦白道:"我们一起在外面吃了晚饭。"

林云英是个老狐狸,一下子就抓到了话里的重点:"你不是手机丢了没有钱吗?你叫人家小姑娘请客的?"

江邢说:"怎么可能。"

"那你哪来的钱?"

江邢不好意思地挠了挠头,说:"妈妈,我和你说件事。"

林云英一听这个语气就觉得百分之百没有好事,警觉地看着儿子,问道:"你想说什么?"

"就是……我把'有钱'的金项链给卖了。"江邢讨好卖乖。

他刚说完,四周一下归于寂静,林云英站在夜色之中抱着狗,面无表情地看着他。

那眼神看得江邢汗毛倒立,试探性地叫了两声:"妈,亲妈……"

林云英抬手就朝着江邢胳膊上来了一巴掌,没好气道:"叫什么亲妈?我不是你妈,叫我原告。"

元旦江邢不仅得回家,而且还得乖乖待在林云英眼皮子底下,为他卖掉有钱金项链这件事好好思过。

孟昭和一号早上起床,看见了手机锁屏上躺着江邢凌晨跨年时发来的短信,说祝她新年快乐。

孟昭和没有熬夜等零点,昨天按照惯例早早就睡下了。

她手指划掉一条条无关紧要的信息,最后就给江邢和夏令回了句"新年快乐"。

给他们回完消息之后,孟昭和去厨房做早饭,简单到不行的三明治配果蔬汁。洗衣机里漂洗着浴巾和睡衣,机器运作的声音是孟昭和这个公寓里唯一的响动。

她坐在餐桌边翻看着梁意致最近发下来的资料,等只剩下半杯果蔬汁的时候,手机一振。

这个时间点还早,孟昭和以为是垃圾短信或是APP推送什么消息。

但点开是江邢发的微信。

江邢:【你起这么早?】

孟昭和看了眼手机上的时间,给他回复:【你起得也不晚。】

江邢:【我这几天需要天天早起,好好做出一副悔过自新的样子。】

孟昭和:【需不需要我一起赔罪?】

给江邢发完这条信息,孟昭和把手机放下,拿着餐盘和杯子进了厨房,顺手洗干净后放在架子上沥干水分。

洗衣机也在嘀嘀作响,提醒她衣服都洗完了。

今天太阳还可以,孟昭和将洗衣机里的衣物拿出来,阳台上还挂着江邢之前洗的衣服，早就干了，但是他没有收起来。

等她把衣服该晾起来的都晾起来，该收下来的都收下来之后，准备休息一会儿就开始弄竞赛。

拿起桌上的手机，江邢的消息在五分钟之前已经送达在她列表里。

江邢：【为了一条金项链，我们还不至于殉情。我虽然现在遍体鳞伤，但还是能够坚持住。】

孟昭和不知道是不是最近忽视了中文教学，让他能把"殉情"这两字在这种时候用出来。

但那两个字却仿佛有一种特殊的魔力，拽着孟昭和在塞尔努达那句暗恋名言的悲剧深渊里下沉。

【关于单恋、没有回应的欲望矛盾的地方在于——我们总是或多或少地想要相信这样的欲望终能以其他出乎意料的形态和方式实现。】

孟昭和抠着手指，不知道要怎么回复他，她开始有些沉溺在这种说不清道不明的氛围里。

那条信息已经变成了十分钟前的消息了。

熄灭屏幕的手机躺在孟昭和手里，她思索半天还是不知道要回复什么，但手机很快又一亮。

还是江邢，他发来一条视频。

是"有钱"趴在他被子上呼呼大睡的视频，视频里有"有钱"打呼噜的声音，有被子发出的窸窸窣窣声音，也有他的轻笑。

今天林云英在家，家里的厨师在这顿饭上下了点功夫的。

一道道菜看着精致，吃起来也不错，江邢评价很高。他突然想到今天孟昭和一个人在家，将桌上的手机拿出来，拍了张餐桌照给她。

江邢：【你今天中午吃什么了？】

孟昭和：【还没，准备看看外卖。你发的图片上那个蓝色盘子装的什么菜？】

江邢吃过饭没逗狗，十年难得一见地去了厨房，找了今天的厨师，问他孟昭和问的那是什么菜。

把厨师的答案回复给孟昭和之后，江邢前脚刚迈出去，后脚又返回了厨房，问道："这菜难做吗？"

厨师用他自己的水平衡量自然是不难，但就江邢这样的，太难说了。厨师怕把江邢给得罪了，就只能找了个折中的措辞："有点复杂。"

江邢伸手问家政阿姨要来了一条围裙，撸起袖子，说道："复杂没事，你教一下。"

厨师:"……"

江邢在厨房学做菜这件事很快就传进林云英耳朵里了,林云英手里还拿着打理花草的园艺剪刀,听见打扫卫生的阿姨说在厨房看见江邢,林云英都不相信。

她将剪刀放下,把手套也摘了,转身朝着厨房走去。

推开厨房门,里面没有难闻的油烟味,也没有恐怖的黑烟。

江邢站在油烟机下面,只留给林云英一个清瘦高挑的背影,他身上系着围裙,有点滑稽,却不难看。

林云英从来没有想过这一幕会出现在她眼前,而且居然到现在厨房还没有被江邢烧掉。

可走过去,锅里有半锅不知名的东西。

林云英一时间没反应过来,问道:"你在做什么?"

江邢半吊子地显摆颠勺,回道:"这是我做给孟昭和的爱心便当。"

林云英表情全垮了:"你不是喜欢人家吗?"

"对啊,我喜欢她呀。"

"她不喜欢你?"林云英指着锅,更不懂了,"得不到,你也不至于这么害人家吧?还爱心便当?你是把中午的剩菜都倒一起加热了吗?"

"全是新鲜的好吗?"见林云英说的话太打击人了,江邢又补了句,"全是厨师手把手一步一步教我的。"

林云英立马看向疯狂摇头的厨师,他两只手拼命挥着,似乎想保住晚节。

林云英指了指里面的虾仁,说:"嗯,真新鲜,泥筋和虾壳还在上面呢。你看看这个青菜,都没洗干净,再看看这个,还是生的,再看看那个都焦了。"

2

做得是有些惨不忍睹,江邢手笨,就是厨师在旁边手把手教,也没教会他。林云英叫他放弃,倒不是心疼儿子手受伤,而是心疼那些被浪费的食材。

锅里的食材已经被江邢煮得一点回收再利用的价值都没有了。

林云英劝道:"听妈的话,真别继续坚持了,人要学会放弃。"

林云英苦口婆心地劝说,也是为了自己,江邢出锅的第一份爱心便当非要孝敬她。林云英看着盘子里的东西,就算是一个在商场上戴着面具,习惯了阿谀奉承虚与委蛇的商人,一时间都表情管理失控。

林云英蹙着眉嫌弃的表情真真切切地落在了江邢眼里。

儿子亲手做的第一份爱心便当,不吃实在是不像个妈,但吃吧,她又怕几年前丧父的儿子,今天也要亲手送走唯一的妈。

"你的心意和努力,妈都看在眼里,感动在心,足够了。"说着,林云英抱起"有钱"就往厨房外走。

大约是怕儿子等会儿把爱心便当喂了狗。

江邢目送着林云英的背影，拿出一把勺子递给旁边的厨师，说："你尝尝？"

厨师讪讪地问未来东家："不吃你会开除我吗？"

"我是个专制的暴君吗？"江邢说自己很明事理。

厨师一听他这么说，都没有多思考一秒，立马就拒绝了："我不想尝。"

江邢被打击到了："为什么不吃啊？对我的厨艺没有信心？"

厨师挺会讲话的："我对我自己的生命力没有信心。"

江邢："……"

后来元旦那两天，江邢一直在研究下厨，但好像他吃啥啥不剩，干啥啥不成。最后两只手多了几道切伤和几个烫伤的红印子。

孟昭和的假期很无聊，说出来几乎没有人会相信，她在家里看了三天的竞赛材料。

找了一张集中了众多典型例题的考卷，翻来覆去地练习，等她彻底把那张考卷掌握时，她听见了玄关处的动静。

江邢刚开了门，脖子上挂着耳机，弯腰在玄关处换鞋。

他把换下来的鞋子放进靠墙的鞋柜，进屋后，将耳机从脖子上拿下去，抬头看见了堆在桌上的竞赛资料，随手把耳机和手机放在桌上，伸手拿起孟昭和放在旁边的纸张。

"别告诉我你看了三天的竞赛材料。"

孟昭和将刚写完的考卷放到旁边，活动了一下有些酸痛的脖子，回道："你也别告诉我你三天什么都没干，一份作业都没写。"

真相被她随口说中，江邢回自己房间拿书包，打开电脑，说："学习要有学习氛围，所以要早点回来，沐浴一下你家的氛围。现在再努力也不迟。"

他调整着电脑开合的角度，孟昭和看见那只掰着屏幕的手上挂彩了，小指上有一处烫伤，食指上还贴着创可贴。

"你手怎么了？"

江邢一开始还没反应过来，听见孟昭和说的话，他下意识地看向自己手上的伤，立马就缩到了屏幕后面。

比说有人元旦看了三天的书还要更让人不相信的是他手挂彩的原因——

他给人做爱心便当。

说出来许峙和周漾都不信，但这就是事实。

江邢本想直说的，但想到自己的厨艺和没有做出来的爱心便当，没干成的丢人事情还是不说了。

江邢支支吾吾不肯讲,连个人隐私都拿出来当挡箭牌了,孟昭和也就不问了。

元旦假期过得飞快,喀城象征性地降了两度,但喀城当地居民都觉得没差,反正喀城冬天也没有雪。

没雪就没雪,但是该下的雨还是没少。

地面上湿漉漉的,不知道哪个缺德的人下了课之后顺走了别人放在水桶里的雨伞。江邢就是那个倒霉蛋,今天他没穿带帽子的球衫,心里把那个偷伞的鳖孙来来回回反反复复地骂了多遍。

周漾站在储物柜前找书,看见江邢脱掉有些湿的外套,问道:"还骂着呢?"

"下雨天偷伞,父母不在天上保佑,他能有胆子做出这种别人骂一户口本的事情?"江邢把湿掉的外套塞进储物柜里,等会儿还有一节课,但中间还有二十分钟的大课间。

周漾和他是同一节数学课,说道:"走,去买瓶热饮喝喝吧,你别感冒了。"

热饮自动售卖机前排着不短的队伍,奶茶、热牛奶、咖啡都有出售,就是味道不怎么样。

江邢买了杯热可可,用被冻红的手捧住杯身,说道:"现在想想还是气,居然偷我伞。"

周漾买了杯咖啡,单手拿着纸杯,劝道:"好了,别骂了。"

"你今天怎么突然这么息事宁人,一直在劝我?"江邢斜睨,猜道,"该不会偷我伞的是你吧?"

"新的一年教导你不要戾气太重。"周漾夹着教材和平板电脑跟江邢一起去找教室,走廊上人不少,来来往往的,周漾下意识侧身让着路过的人。

但有个胖胖的男生,他没把握好,不小心撞到了旁边的江邢。

只听旁边传来"呦——"的一声。

撞到了是事实,但周漾并没踩到江邢的脚,江邢手里的可可也没洒。

周漾问道:"你呦什么?讹我啊?"

江邢抬手碰了碰自己的脸颊,说:"不知道什么时候开始,我牙龈肿了,好像是长智齿了。"

某天早上孟昭和做早饭,他第一口咬下去,差点去掉半条命,牙龈不知道什么时候肿了,吃点偏硬的东西就疼得不得了。

孟昭和说他牙龈肿了,长智齿的时候牙龈肿是件常有的事情。她帮江邢找了颗消炎药,可惜没有立竿见影的效果。

晚上放学,江邢不怕死地去吃了顿烧烤,第二天起床,他发现自己扁桃体也发炎了。

孟昭和端着杯白开水又拿了两粒药,实在是没有手开他卧室的门,便用脚尖踢了踢门。

很快,卧室的门被他从里面打开,已经是快要去上学的时间了,但是他还没有起床换衣服。

他的嗓子哑得连说句话都很费劲:"如果时间能重来,我一定不去吃那顿烧烤。"

孟昭和自从江邢搬过来就没有进过这个房间,房间里虽然有点乱,但是至少不脏。她把药和水杯搁在床头柜上,问道:"学校里你请假了吗?"

"请了。"江邢起身去拿药和水杯,"我嗓子好疼。"

孟昭和得去上学了,拉着门把手,朝着床上的人丢下句没良心的话:"活该。"

孟昭和今天课不少,竞赛照旧训练到老时间,梁意致在关电脑,教室里的其他人已经走光了,只剩下孟昭和跟他。

孟昭和把空调关掉,窗户锁好,拿起书包等梁意致离开后关灯关门。

梁意致动作有点慢,拿起自己的公文包和搭在旁边的围巾后,说道:"好了,这下我真的磨叽好了。"

孟昭和关灯,隐隐看见梁意致走到走廊上将围巾戴了起来。围巾的款式有点眼熟,孟昭和很快就想起来,唯一一次和季听雨一起吃烤肉那天季听雨拎的礼物袋,就是这个牌子。

但孟昭和没多想,将灯和门关好后,撑着伞走进了未歇的小雨中。

回到家,客厅里没亮灯。

孟昭和把雨伞放到阳台,书包随手放在餐椅上,走到江邢房间门口,象征性地敲了敲门房,拧动门把手。

走廊上的灯光泄进昏暗的卧室里,在他床上画出光影色的"一"。

江邢听见了开门声,在床上翻了个身。

孟昭和摸上墙上的电灯开关。

刺眼的灯光亮起的瞬间,江邢往被子里钻了钻,眼睛有些受不了突然亮起的灯。

"你好点了吗?"

听见孟昭和的询问,江邢眯着眼睛从被子里探出头来,说道:"我扁桃体发炎引起发烧了。"

他号丧,似乎嗓子不疼了:"我好惨。"

孟昭和看见了床头柜上的体温枪,拿起来对着他额头测量了一下,见烧得还挺厉害,说道:"去医院吧。"

孟昭和出门去拿手机打车,让江邢把睡衣换了,平时磨磨叽叽的人,这回速度倒是挺快。他浑身烧得滚烫,穿了件加绒的球衫就准备出门。

孟昭和去他衣柜里给他找了件棉服裹在外面,说道:"你要想物理降温,就干脆光膀子站在阳台好了。"

江邢不讲话,低头把棉服的拉链拉上,乖乖地站在旁边,问道:"围巾要不要系?"

发烧真烧傻了?

冷了就系,不觉得冷就不系了,这自己感觉的事情怎么还问她?

孟昭和还是帮江邢把围巾戴上了,他被裹得就只有上半张脸露在外面,从十七楼下去到小区门口这点路,他在孟昭和耳边念叨了十几遍"我发烧了,我好不舒服"。

孟昭和在看手机看司机还有多久到,听着耳边的碎碎念,有些头疼,不耐烦地说:"你现在就当我死了行吗?你有点烦。"

"我是个病人。"江邢伸手拉着孟昭和上衣的帽子,就像是小孩去牵大人手一样,要一份安全感。

孟昭和把他塞进网约车的后备箱,司机一脚油门还没踩完,他又念叨了两句:"我好不舒服。"

孟昭和揉了揉耳根,说:"我知道你不舒服,你现在嗓子也不舒服,所以你别讲话了。"

她现在算是开眼界了,他喝了酒烦人,感冒也烦人。

开网约车的是个女司机,透过后视镜看着后排的年轻人,随口搭了句话:"身体怎么了?"

车里开着暖气,孟昭和把自己外套的拉链拉开,余光看见旁边的高个子还乖乖当着"粽子馅"窝在棉服里,便伸手给他把围巾解下来,又帮他把棉服拉链拉开。

听见司机问,孟昭和顺手把江邢的围巾叠好放在自己腿上,回道:"他就是感冒发烧。"

司机家里有丈夫,跟孟昭和说笑:"男人就是这样,我家那口子一感冒就像是得了绝症,我当年剖腹产生孩子都没有他那么萎靡不振。"

喀城第二人民医院急诊科的人还不少。

江邢坐在旁边的休息椅上,从头到脚都像是半截入土的人。他旁边那个人是在工厂作业从梯子上摔下来的,另一边的人是因为车祸腿骨折的,都没有像他那么颓。

要是见效快,就要挂水。

输液室的电视机里在放黄金剧场,江邢申请要最小号的输液针,护士小姐姐在窗口里面笑,最后还是给他扎了根黑色的。他又申请要一个药盒子固定手,护士小姐姐这回倒是同意了。

坐在他面对输液的小朋友看见江邢,咧着嘴也举起自己的手,向他展示自己也和药盒粘在一起的手。

江邢还没有一个输液的小朋友心态乐观,脑袋靠在椅子上,头重得脖子都有一种支撑不住的错觉。

虽说他心态不好,但他还能开玩笑:"你说发烧时头重的感觉是不是就是脑子里全是糨糊的那种感觉。"

挂水逃不过想要上厕所的铁律,江邢有点坐立不安。

孟昭和拿着手机在看竞赛资料,感觉到旁边出现了条"泥鳅",问道:"你干吗?"

江邢凑过去,贴在她耳边,小声说:"我想上厕所。"

想上厕所就去呗,孟昭和抬手指了指走廊尽头,说:"厕所在那里。"

说完,见江邢还没动,孟昭和斜睨他,问道:"你想叫我陪你去?"

"可以吗?"他居然还真想了。

在他热切恳求的目光下,孟昭和皮笑肉不笑地说:"我可以陪你进女厕所。"

但最后还是架不住他哀怨的目光,孟昭和只肯陪他到厕所门口。

江邢也退了一步,说:"好。"

刚拿着盐水瓶从椅子上起来,江邢感觉到自己口袋里的手机在振,他把盐水瓶递给孟昭和,自己接电话:"喂,妈。"

林云英打他电话没别的事情,就是随便关心一下,但听见了电话那头儿子和别人说话的声音。

江邢怕挂水,所以一开始想要小号的针头,想要纸盒固定手,现在看着高度不够的孟昭和举着吊瓶,他都要预见自己血液倒流满满一瓶的场景。

"举高点,高一点行不行,我好怕。"

孟昭和已经把手完全举高了,说:"我就这点高度,我坐在你肩膀上行不行?"

林云英狐疑地问:"怎么了?"

江邢只好自己放低手,回答电话那头亲妈的关心:"我发烧了,现在在医院挂水。"

厕所很快就走到了,江邢把手机给孟昭和,拿过她手里的吊瓶,朝着手机那头打招呼："先不说了，我上个厕所。"

他径直走进了厕所里。

孟昭和看着他的手机，手机界面亮着，通话还在继续，听筒里传来林云英的关心。

"你这孩子说说清楚……严不严重？在哪个医院？要不要妈妈去看看你……喂喂喂……"

孟昭和拿着手机，将听筒慢慢贴到自己耳边，小心翼翼地出声："喂，阿姨。"

林云英听出来是孟昭和："是小孟啊，你陪江邢一起去医院的？"

孟昭和解释了江邢长智齿，然后牙龈发炎还去吃了烧烤，烧烤不干净导致他扁桃体也跟着发炎了，又因为扁桃体发炎，引起感冒发烧。

林云英听着感觉不可思议，但又觉得如果那个人是自己儿子又合情合理。

打电话来本也没有什么事，林云英客套了几句之后，突然问孟昭和："对了，这两天他消停了吗？没有给你做什么奇奇怪怪的吃的了吧？"

"什么意思？"

"这个傻小孩不知道元旦那天抽了什么风，非要给你做爱心便当，结果厨艺锻炼了三天还是不堪入口。还好他死心了，不然把你吃坏了，我真是对不住你家长。"

电话很快就挂断了。

孟昭和这才知道江邢手上挂彩的原因。受困于内心洪水的情感理智已经被彻底摧毁了，孟昭和拿着微微有些发烫的手机，站在医院的走廊上，一个人独自清扫着身体里的战后残局。

江邢从厕所出来的时候，孟昭和一个人站在那边，她听见了江邢的脚步声，走过去接过他手里的吊瓶，尽可能地高高举着。

他洗过手，甩着手上的水珠，问道："我妈有没有说什么？"

孟昭和把他的手机放回他的口袋里，回道："她没说什么。"

她撒谎，但在今夜风掠过星星的那一刻，她已经拥有了尹东柱的诗句。

林中幽静的湖水，峻岭的高山。

他藏起来的细节，她拾起来的鲜活悸动。

江邢信了孟昭和，"哦"了一声。他探头望了眼走廊的人流情况，确定没人过来后，说道："我想要请你帮个忙，你千万不要以为我是变态。"

"厕所门口，我觉得难度很高。"

江邢拉起上衣下摆,说:"帮我系一下裤腰的系带。"

孟昭和听罢,挑起眉尾,问道:"我们的关系已经跳过脱掉对方衣服那一步,直接快进到给对方穿衣服了吗?"

"你变态。"江邢耳尖泛红,"你比我还变态。"

"我是变态,所以我不能上手,上手了就真是变态了。"

江邢只好采取怀柔战术:"帮个忙,我手固定在药盒上不能动,单手我系不上。"

"那就别系了。"

江邢耳尖更红了,小声问道:"那我裤子掉了怎么办?"

"你不能想到你是来挂水的吗?你还穿这种裤子?"孟昭和说完,伸手帮他把系带打成一个蝴蝶结。

"我没穿系皮带的裤子就说明已经考虑到了。"江邢撇嘴,就是没考虑周全。

两个人从厕所走回来,孟昭和手里举着吊瓶,说:"别怕,光屁股回家不过是再着一次凉,都挂上点滴了,轻重都是一个病,能一块治。"

"我感觉没有杀父之仇的人讲不出这种话。"江邢把吊瓶从孟昭和手上拿走了,气鼓鼓地快步走回了输液室。

孟昭和空着手跟在他身后,一抬头就能看见他拿着吊瓶的手上的伤疤。

江邢挂完水回家时间已经不早了,孟昭和今天写不了多少作业,只能把最着急要的那个课题报告赶出来。

江邢一天都没怎么吃东西,现在刚点了外卖,拿着体温枪坐在孟昭和对面,时不时地给他自己来一枪,测一测体温。

"你说我这个温度怎么还没降下去啊?"

孟昭和翻着笔记,语气有点敷衍:"特效药也没有那么快的,明天早上起床再测量一次,医生不是说了嘛,可能需要挂三天的水。"

江邢又对着自己额头来了"一枪",几次的偏差都在零点零一。

孟昭和一个报告才写了第一段,见江邢已经量了快十次体温了,没好气地说道:"你就是举着体温枪的手不累,你也给体温枪一点休息时间吧。"

江邢不解地问:"你说怎么还没有效果啊?"

得了,孟昭和什么都不想说,转头继续写作业,看见江邢还在量,忍不住损了句:"要不我给你去买一根水银体温计吧。"

江邢就是平时没发烧都不一定能反应过来孟昭和是不是在损他,更别说现在发烧脑袋昏昏沉沉了。他狐疑地问:"怎么了?是这个体温枪不准吗?"

"给你多买几根,一根放嘴里,腋下再各放一根,你就一直看着体温计上的温度情况，省得拿体温枪时不时地来一枪。"

江邢听懂了："你损我呢，我听出来了。"

晚上江邢的烧还是没退下去，他喝了点粥之后，吃了药就回房间继续睡觉，迷迷糊糊的时候感觉有人开了他房间门。孟昭和把一个保温杯放在他床头，又拿了一个加湿器进来。

半夜，江邢口渴，嗓子干得能冒烟。

因为是保温杯，所以里面的水还是温热的，不似他自己倒在马克杯里的水已经凉透了。

他后半夜睡得依旧不好，早上醒来的时候，孟昭和已经去上学了。他洗漱完，正纠结着要吃点什么外卖的时候，他才发现贴在他卧室门上的便利贴。

焖烧杯里有粥。

粥炖得很烂，他发烧尝不出什么味道，所以里面多加了一点点盐。

喝完粥，林云英关心的电话也打来了："你今天感觉怎么样？"

江邢拿着体温枪测了一下体温，说："还是有点发烧。"

"那你今天再好好休息一下，要不要我叫柏丽给你送点粥过去？"

江邢抿了抿嘴，回味着海鲜粥的味道，说："不用了，孟昭和给我煮了粥了。"

"你好意思？"林云英在电话那头儿子看不见的地方翻了个白眼，"她竞赛这么忙还要照顾你，你自己起床煮个粥还不行啊？"

说完，林云英想到，这是自己儿子，立马又改口："别了，你别自己煮粥了。别从感冒发烧又吃成肠胃炎了。明天我叫柏丽给你送点水果过去，你不要麻烦别人了知道吗？"

江邢知道林云英又在鄙视他厨艺了。

回了房间，他躺在床上，写了一会儿作业就觉得头疼，便把笔记本随手放在地上。这几天大数据一直在给江邢推荐做菜的视频。

他突然看见一条标题写着"新手必学"，视频的封面上几个大字赫然入目。

上手简单，一学就会。

那他必须学一学。

南港外国语学院所有学生请假的情况最后都会汇总到学生会的秘书处，夏令这两天收到了江邢的病假单，全是孟昭和送过去的。

夏令看见江邢的病假单，上面的字她眼熟，知道是孟昭和写的，问道："江邢还病着呢？"

"嗯。"孟昭和把刚结束的课程材料放进柜子里。

夏令把病假条随手塞进储物柜里，问道："今天晚上要不要去天街吃东西？"

"不去了。"孟昭和把电脑放进书包里，"家里有个一天要量上百次体温的怕死胆小病号。"

昨天还躺在床上要死不活的江邢今天坐在了客厅里，孟昭和一开门，迎接她的就是一室灯火和扑鼻而来的不明味道。

家里没有罩菜的食物罩，江邢就从他书包里随便翻出来一本书挡住孟昭和的视线。

他像只等待主人回家的宠物，从孟昭和进屋就一直盯着她看，可惜没有尾巴摇起来。

"快过来。"江邢像个献宝的小孩。

孟昭和换上室内拖鞋，一进屋就闻见那股油烟味道，让她心里就有数了。她走过去，下意识地看向江邢的手，果不其然贴上了新的创可贴。

等孟昭和在对面坐下之后，江邢把书拿走，将盘子推到孟昭和面前。

一份色香味皆无的炒饭。

江邢把勺子递给她，说道："感谢你在我发烧时的照顾。"

那炒饭，是感谢还是谋杀，没人知道。

孟昭和挖了一勺，送入口中。

没有什么味道，她一口吃下去，只知道食材熟了。

孟昭和没再吃第二口，抬头对上江邢的视线，问道："你不吃吗？"

江邢有些不好意思地挠头，倒不是只做成功一份，而是他提前一小时吃了，没有肠胃不舒服，今天这份炒饭才出现在孟昭和面前的。

"我提前吃了，没拉肚子，所以你放心吃。"

林中幽静的湖水在暴涨、峻岭高山的板块不断碰撞挤压，导致海拔上升。

江邢说完，胃一抽，下意识就拿走了孟昭和手里的勺子，说道："别吃，我好像有点不舒服了。"

孟昭和挖了第二勺，这次尝出了味道，味道布满味蕾，说："挺好吃的。"

江邢眼睛亮了："真的吗？"

"真的。"

3

江邢又咳嗽了几天，感冒才算真正好了。

某天早上起床，孟昭和坐在餐桌边吃早饭，一直没有听见他的咳嗽声，估摸着他感冒好得差不多了。

江邢也高兴，终于可以不用担心自己要把肺都咳出来了："感冒终于好了。"

"是啊。"孟昭和伸手划着平板电脑。

他倒是突然客气了一下："这不得谢谢你，谢谢你陪我去医院，辛苦你了。"

孟昭和将平板电脑里的电子资料滑到自己要的进度，回道："我不辛苦，辛苦的是体温枪，一天给你测个七八十次。"

江邢："……"

学校放假的通知已经出来了，一月下旬。

江邢在图书馆补作业，这回就是一边落泪也要一边咬牙坚持。

他不知道怎么突然懂事了似的，也不说厌学这种幼稚话了。

江邢吃着孟昭和丢过来的"机智豆"，解释道："都要期末了，我总要赚点保及格的平时分吧。"

男子汉大丈夫，也要为学分折腰。

孟昭和捏着手里的书页，伸着脖子瞄了眼他的电脑屏幕，觉得文学裁缝说的就是江邢。

这边剪一点，那里补一点。

一篇论文全是东拼西凑的产物。

孟昭和给他指出文章里不通顺的句子："这个前言不搭后语了，我觉得你有点写跑偏了。"

江邢不以为意地说："我知道啊，这句话是我当时写莎翁的，当然不能用来形容亨利·菲尔丁。"

他居然还知道用错地方了。

江邢又说："这都是为了凑字数。"

孟昭和想笑，问道："及格都这么要你命了？"

"你这种脑子里全是墨水的好学生是不会懂的。"江邢手指停在了键盘上，看着白底黑字的文档，实在想不出别的词汇注水进文章里了。

顿了顿，他将电脑推到孟昭和面前，说："我帮我看看。"

孟昭和把手里的书反扣在桌上，握上鼠标，一点点滚动着滚轮，说："首先……"

江邢竖起耳朵准备听讲,学学她高分作业的小技巧。他倾身凑过去,两个人胳膊挨着。

孟昭和为了让他看得更清楚,将挨着他的那条胳膊放到桌子下,缩短两个人之间的距离。

她的余光将旁边那个认真的人尽收眼底,嘴角扬起,说道:"首先,我们需要确定一件事。"她好似故意在卖关子。

"什么?"

闻言,孟昭和的笑意更深了:"需要确定文章写得对不对,要分析的作家有没有搞错名字。"

得了,江邢知道她又在说自己上回显摆,结果把塞缪尔·查理逊和塞缪尔·约翰逊搞混了的事情。

江邢瞥她,发现她的发尾落在他的手臂上,说道:"你损我呢,是吧?"

孟昭和继续给他看起了论文,嘴上说着没有,但并没什么说服力。

江邢的小论文要修改起来可是个大工程,孟昭和发现他根本就没有理解透书就随随便便开题落笔。

好好写作业已经够折磨江邢了,更别说叫他看书了。

他随口胡诌道:"我不爱看书是因为我对纸质品过敏。"

信他就是傻子。

孟昭和将他论文里那一大段不适合的段落全都删掉了,听见他编出来的借口,呛他:"那你打扑克不过敏?对钱不过敏?"

"所以我在手机上斗地主啊,不是还有电子支付嘛。"

借口编得可比论文编得有理有据多了。

"你得过 B 吗?"孟昭和原本想问他拿过 A 吗,后来觉得实在是不可能,就改口问他得没得过 B。

"你看不起谁呢?"江邢不服气,用电脑登录了学校的官网,在账户密码栏输入自己的信息,登录进学生中心,把自己的成绩调了出来,指着高一的音乐课,"看见没有,B!"

还真是实打实的一个 B。

江邢见孟昭和不说话了,显摆了起来:"怎么可能有人没拿过 B?"

孟昭和撇嘴,将江邢的账号退出来,登录了自己的学生账号,说道:"我没有拿过。"

界面卡了一下,鼠标光圈多转动了两圈。

紫色校徽为底部水层的界面正艰难地加载着孟昭和的总成绩,自上往下,确实没有打 B 的成绩,甚至 A 都没有几个,全是 A* 和 A+。

嘴里甜甜的"机智豆"彻底被唾液分解掉之后，剩下些可可的苦味。

江邢不讲话了，起身，丢下一句"我去上厕所"，然后就走了。

孟昭和发笑，隐隐猜到了这句话的真假。她将江邢的笔记本摆成她习惯的使用状态，飞快地从大脑中构思一个全新的小论文结构，寻找一个新的故事切入点。

键盘被孟昭和敲得很响，但没写一会儿就有点卡住了。她起身去书架上找原著，准备再飞快地看一遍重要故事的时间点。

手指落在书脊上，随着她的视线慢慢扫过那一排书。

孟昭和记得自己上回借书的大概位置，一般图书管理员不会大幅度改变书的位置。

她专注地找着书，没注意到靠着书架坐在地上的人，她的脚先踢到了对方，对不起三个字已经下意识地就要脱口而出，但孟昭和很快就看清了那个人的脸。

是季琸。

是他的话，孟昭和就一点都不想道歉了，毕竟帖子那件事孟昭和从头至尾也没有收到他一句对不起。

孟昭和正准备假装没有看见季琸就这么路过，没想到他主动开了口："你站住，我有话要和你说。"

原生家庭的原因导致了他脾气性格上的缺陷，大约是从小没有被妈妈夸过，没有被爸爸保护长大，所以现在的他想要站在优秀人群的顶端，将小时候缺少的夸奖和认同在这个年纪补回来。

听见季琸的声音，孟昭和驻足在原地。她没有前生或是下辈子可以对照，没有人可以拟订一套人生规则，说那才是正确的活法。所以孟昭和说不出一套标准答案的人生信条。

既然不能，孟昭和也就只能对季琸说："滚开点，看见你就烦。"

那本她要找的亨利·菲尔丁的书还在原来的位置，孟昭和拿了书就回到原先的位置，江邢甩着手上的水也刚走回来。

季琸想要追上去，但看见坐在孟昭和旁边的人只能讪讪地转身离开。

孟昭和把找到的书翻开，看了几页之后，将书丢给江邢，说道："想要写好论文，你首先需要把这本书看一遍，每个人对文字的理解是不一样的，甚至同一个人看第二遍都会有不一样的感觉。"

江邢翻书的手极其随意，说道："拿高分好难。"

"所以知道我有多厉害了吧？"孟昭和帮他改了几段内容，将电脑推到江邢面前，"这次期末考简·奥斯汀，你可以现在开始看书了。"

从图书馆出来的时候，江邢去借了简·奥斯汀的书，还借了好几本，但能看几本他自己不知道。孟昭和知道，一本都悬。

他也是不怕费力气，每天把书塞在书包里背过来背过去。

等最后两天了，麦老师才透露是简·奥斯汀的哪本书，那本书正好在江邢的借阅目录里。

晚上孟昭和也在看书写论文，江邢跟着她一起有模有样地看了好久的书，然后再开题。

孟昭和写论文准备工作有很多，她把写论文的妙招传授给了江邢。其实也说不上是什么独门妙招，都是些麦老师上课讲的，只是在讲技巧的时候江邢没在听。

江邢听孟昭和的话把书认认真真地看了一遍，再挑了重点细细啃着字里行间的意思。

他认认真真地写了要求的四千字论文，通篇没有注水。

成绩出得比江邢想象中的快，他考完最后一天的数学，麦老师就公布了英语语言和文学的成绩。江邢以前不敢看是怕不及格，现在还心慌是他认真努力做了这件事，他很少付出这么多，所以必然关心结果。

今天竞赛队也没有训练，孟昭和回得比江邢还早。没训练但不代表她就没有复习的任务，江邢要第一时间跟她分享考试成绩，将电脑搬到孟昭和旁边。

"简·奥斯汀的书很好读了，这次也不难，麦老师挺手下留情了。"

江邢显然不能苟同，输入了自己的学生账号和密码颤颤巍巍地按下回车键，等待着学生中心的加载页面。

等待的时候江邢随口问孟昭和的成绩，她翻着竞赛考卷，将 A* 的成绩用十分寻常的语气说了出来。

学生中心的页面加载出来后，江邢又没勇气点成绩。

孟昭和看他忸怩，直接自己上手了。

江邢眼睛立马闭起来，说："先让我……"

"B。"孟昭和直截了当地报了出来。

他能不看，但人类到现在还没有实现自主关闭听觉的功能。

那声"B"钻进了江邢耳朵里，他眼皮抬起，盯着显示屏找着最近的成绩，那唯一一个"B"显得格外不合群。

但他就是喜欢这种不合群。

"孟昭和，我得 B 了。"江邢将两只手的食指都指向了屏幕上的 B。

考 A* 的人面无表情地看着他那副高兴得飞起的样子。

快乐是一件可以传染的事情，他蹦蹦跳跳带着孟昭和都似笑非笑了，眼睛弯弯的。

仿佛得了天大的恩赐，江邶拿起电脑跳起了交谊舞，说道："虽然只是一个普通的 B，但我就是恬不知耻地好开心。"

他开心，就是没开心两天又被他数学成绩泼了盆冷水。

但他没有难过多久，就放寒假了。

留给孟昭和的时间满打满算也只有一个月，三月初他们就要去首府比赛了。

江邶将数学卷子丢在旁边，人坐在床边，随便整理了两件衣服丢进行李箱里，林云英的司机还有一刻钟就到楼下来接他了。

他想到孟昭和元旦就是一个人过的，这个年大概率又要坐在这竞赛资料堆里。

江邶说："看你这样，我估计年也过得不热闹，你和夏令不是关系挺好的嘛，约她出来看看电影。当然，你也可以叫我出来一起玩。"

孟昭和改着考卷上的错题，眼皮都没有抬一下，问道："你怎么一天到晚就知道玩？数学考得很好？"

江邶被数学考卷戳中了脊梁骨："我在关心你。"

孟昭和从笔袋里换了一支颜色的马克笔，样子投入又认真，说："我也在关心你的数学。"

就冲着那句"你怎么一天到晚就知道玩"，江邶硬气地从回家开始就一直没有找孟昭和。

孟昭和也清静，只是没有清静两天，孟沭开始给她打电话发短信。

不是叫她回去过年的电话，而是奶奶住院了。

除夕前一天，奶奶在家里摔了一跤，结果昏迷了三天还没有醒过来。

医生说老人的身子骨不硬，这跤一摔身体难再好。

孟昭和拿着手机听见孟沭在电话那头的哭腔，实在是没有办法共情，问道："所以呢？你叫我过去给奶奶一点刺激，把她气醒？"

"不是，按照医生的诊断，爸很有可能要采取消极的治疗了。"孟沭哽咽，"昭昭，我们很有可能没有奶奶了。"

"我一直都觉得我没有奶奶。"孟昭和将手机打开免提随手丢在桌上，"孝顺是你们的做派，我不行。因为她从小就对我不好，我从没在她身上享受什么长辈疼爱，所以你现在也不要拉我去上演什么孝儿戏码，戏台你给老爸留着就够了。"

"你太心狠，一个老人她都要死了，你也不肯来看最后一面吗？"

"是的。"孟昭和笑，"你放心，不仅不见最后一面，我连最后一程都不会去送的。"

为了避免电话再打扰到自己，孟昭和干脆把手机开了飞行模式。

等再关掉飞行模式已经是迎财神那天了。

年初一的时候,江邢给她发了一条"新年快乐"的短信,只是已经过去四天了。

孟昭和原本不想回复的,想了想还是打字,回了同样的一句"新年快乐"。

江邢从回家开始就没有和孟昭和联系,今年家里年味不重,妈妈说带他去奶奶家过年。

二月的喀城说冷也不冷,就是之前几场雨让他奶奶的膝盖不怎么好了。

年初五迎财神,奶奶在家里烧香,林云英起了个大早去了年年都去烧香的寺庙。

江邢早上起床啃着油条,裤子口袋里的手机突然一振,是几天没回他消息的孟昭和发来的微信。

他看着和他一模一样的回复,"哼"了一声把手机丢远了。

都过了四天了才回他。

江邢故意晾着孟昭和,打算跟她一样也四天后再回一句。

第二天,江邢看见学校论坛公布了三月份代表学校参加经济竞赛的学生名单。

奶奶又在楼下喊他吃早饭,江邢把被子上的"有钱"单手抱起,下了楼。

奶奶已经吃好了,手里拿着串佛珠颤颤巍巍地走去了里间。

里间是专门被奶奶开辟出来烧香用的。

江邢吃了半笼汤包,又吃了一碗小馄饨,准备再回房间"躺尸"的时候,听见了从里屋传出来的敲木鱼声。

江邢压着脚步声走过去,看见他奶奶因为无法跪在蒲团上,便坐在旁边的椅子上,一手敲着木鱼,一手转动着佛珠,嘴里念念有词。

供桌上的菩萨低眸,聆听尘世间的请愿。

江邢拿出手机录了一段视频,又点开孟昭和的头像,将这段视频发给她。

江邢:【看,快看。】

江邢:【念经视频。】

江邢:【我今天早上刷到了学校论坛里你们要去比赛的新闻。】

江邢:【希望菩萨可以保佑你。】

发完之后,江邢把手机收起来,侧身走进里间。光一个视频也不够,既然想要帮孟昭和求一下,干脆就进来烧个香,做足了。

只是江邢刚走到奶奶旁边准备问一问烧香的忌讳,他忽然看见奶奶面前摆着的经文封面上写着三个大字——【往生咒。】

江邢赶忙拿出手机,但视频已经撤回不了了。

江邢:【不对,你别看。】

江邢：【这是超度的。】

下一秒，手机一振，是孟昭和发来的。

孟昭和：【刚看完。】

孟昭和：【我们有什么仇什么怨？】

孟昭和：【输了你负责。】

孟昭和中间休息的时间感觉到开着静音的手机振动了好几下，以为是夏令，但是没想到是江邢，她点开他发过来的视频。

视频里的人大约是他奶奶。

刚看完，她就看见了他最新发来的消息。

打完"你负责"几个字，孟昭和起身准备给自己做杯拿铁提神。

手机又一振。

江邢：【行啊。】

孟昭和：【算了，你没钱。】

江邢：【我有！】

很快又是一条。

江邢：【我有老婆本！】

4

二月的天又开始阴雨绵绵，客厅里的中央空调徐徐吹出热风，孟昭和穿了件珊瑚绒的睡衣，保温杯里的水很快就见了底。

医院里传来消息，孟沭说奶奶醒过来了，想见孟昭和。

想见她的原因孟昭和自己猜测了一个版本，可能是鸿门宴。

孟沭劝解着无动于衷的孟昭和："奶奶经历这一遭，人真的变了不少。她说想见见你，你有空过来……"

孟昭和依旧不肯去："那我可能没经历那么生死一遭，我现在还没变。"

挂了电话后，孟昭和习惯性地将手机开启飞行模式，安安静静地在家里看了一天的资料。

她喜欢活在自己节奏里的感觉。

客厅里越来越暗，孟昭和一抬头就看见了砸落在窗户上的小雨珠。她放下手里的资料，来不及在桌子下去找拖鞋，小跑着去把房间通风的窗户都关上。

窗外，小区里还挂着春节的红灯笼。

春节还是春节。

孤独的原罪藏在无人之处，潜伏于四周，伺机而动。只需要一点点引子它们就会被吸引而来，它们会嗅见微弱的难过、稀释过的低落。它们无比了解你的心情，然后对你发出致命一击。

孟昭和收回看红灯笼的视线，将窗户关上，拉开窗帘，透过半掩着的房间门，孟昭和隐隐听见电子锁的声音。

她脑子里第一时间想不出任何一个会在这个时候出现在她家里的人。

孟昭和赤着脚警觉地走到房门口，还没来得及从门缝里观察外面，就听见了外面的人喊自己的名字。

是一个熟悉的声音。

"孟昭和？"

孟昭和拉开房间门走出去，和玄关处的人面对面。

江邢身上有点湿，林云英顺路送他过来的，但没把他送到楼下，将他丢在小区门口就走了。他给孟昭和发短信，叫她送把伞，自己在小区门口的便利店等她。

结果发出去的信息全都石沉大海，打电话手机也关机了。

他淋着雨走了回来，身上寒意有些重，说道："天气预报显示气温十度往上，结果还是冷。"

他没空着手来，但手里拎着的也不是过年走亲戚的礼盒，而是一盒水饺。

今天他奶奶家吃饺子。南方的饺子皮大多都是从店里买来的，但奶奶家里有个厨子是北方人，擀面皮是拿手绝活。

自己擀出来的饺子皮，味道和买的不一样。

"我妈她们包太多了，就顺路给你送一点。"江邢把手里拎着的饺子递给孟昭和，"你去煮还是我去煮？"

孟昭和接过，说道："我去吧。"

普普通通一句话，但江邢不知怎么就听出一股对他的不信任。

"我厨艺不怎么行，那是在需要技术的方面，就煮个饺子你都看不起我？"江邢把刚来她家合租之后给她煮过的那碗泡面拿出来说事。

孟昭和拎着饺子走进厨房，从柜子里拿出锅，先用水冲洗了一遍，再接了水。听着跟自己一起走进厨房力求证明自己的江邢在身后喋喋不休，孟昭和将锅放在燃气灶上后，撒手了。

不是信任，而是让事实说话。

他打不开燃气阀门，空拧了十几下燃气灶的开关。

江邢给自己找借口，说是因为旁边有人在，影响他发挥。

被他催去洗澡之前，孟昭和最后看见的是他准备冷水就直接把饺子下锅。

孟昭和回房间拿了换洗的衣服去浴室简单冲个澡，刚打上沐浴露，她就听见外面有人在敲门，她关掉花洒，才听清楚。

"孟昭和，要煮多久啊？"

听她说了大概时间后,江邢也没看几点几分下锅的。

孟昭和让他只用根据饺子的状态去判断。

然后,又听见他问。

"孟昭和,怎么看饺子好没好?"

孟昭和告诉他,饺子浮起来了之后加碗冷水再煮沸后就可以盛出来了。

结果等她冲完身上的泡沫,衣服还没穿,江邢又站在浴室门外了。

"孟昭和,你要不出来看看到底好没好?"

发梢有些湿,孟昭和干脆把头发披散下来,里面穿了一套睡觉时穿的睡衣,又在睡衣外面套了一件保暖的珊瑚绒家居服。

江邢虽然笨,但至少还知道惦记着锅上还煮着饺子,听见里面孟昭和说马上出来,他小跑回去,把燃气关到最小。

他一揭开锅盖,一瞬间厨房里全是白雾。

他忘记开油烟机了。

孟昭和站在厨房外,看着白雾里的人,他先是被锅盖烫到了手,捏着耳垂降温防烫,接着转身去把厨房的窗户打开,散尽里面的白汽。

他的身影在白雾里慢慢清晰。

春节期间,孟昭和唯一过得热闹的一天。

因为江邢。

那锅饺子,不出孟昭和意外,全都破皮了。

饺子馅是饺子馅,饺子皮是饺子皮。

江邢拿着锅铲端着盘子站在旁边,在看清楚锅里的东西后,偷偷瞄着孟昭和。

在和孟昭和的视线撞上后,他有点不好意思地开口,但挽回尊严的措辞还没有想好,支支吾吾的:"其实吧,虽然它们分开了,但是它们终究会在你胃里相遇,然后一起结伴去下水道的化……"

孟昭和知道"化"这个字后面跟着的两个不宜出现在饭点的字是什么,立马打断了他的话。从江邢手里拿过锅铲和盘子,孟昭和盛了一碗,又拿汤勺舀了一勺饺子汤,防止吃到最后几个的时候饺子皮都干掉了。

江邢自告奋勇去端盘子,于是孟昭和就看见他又被盘子里洒出来的饺子汤烫红了指腹。

孟昭和跟在他身后,拿了两副碗筷,又拎着一瓶醋。

江邢倒也不挑剔,这盘丝毫没有卖相的饺子,他两口一个,腮帮撑得鼓鼓的,含混不清地说:"这两天我给你发信息你都不回,打电话也不接,这知道的是清楚你在忙竞赛,不知道的还以为你失踪了呢。"

"看竞赛的时候总有人给我发信息,打扰到我了。"对比他的吃相孟昭和要文明多了,嘴里有东西就不开口,等把东西咽下去了,才回答江邢的问题。

她细嚼慢咽,说完听见餐桌那头传来失落的一声"哦"。

江邢咬着饺子皮,嘴角耷拉着:"我知道了。"

孟昭和一瞬间就明白了过来,解释道:"我不是在说你给我发信息打扰到我了,是我哥和我爸。"

江邢以为她骗自己,但抬头看见孟昭和肯定的目光后,他的心情如同坐了趟过山车,问道:"他们又干吗?又叫你回去过年?"

"不是。"

饺子皮蘸多了醋,一口送入嘴里有点酸,孟昭和又赶紧往嘴里塞了块肉,但被烫到了舌尖,忍不住"咝"了一声。

江邢马上问道:"怎么了?"

孟昭和摇头,说:"是我奶奶住院了,在鬼门关里走了一趟后,她不知道怎么回事,突然想见我了。"

江邢又问:"你要去吗?"

"我哥和我爸劝我去,劝我不要和一个半只脚进了棺材,而且才从鬼门关回来的人计较。他们说我奶奶经历过这么一遭变了,叫我去医院里看看奶奶,尽一尽孝心。"

"那你是不是被劝动了?"

孟昭和不在意自己在江邢面前树立的形象是否完美,她不睚眦必报,但也记仇,她不缺德,但也不是个模范好人。

"我当时听完只觉得他们好不要脸。"

孟昭和说完,看向对面的人,妄图从江邢细微的表情里找到一点他真实的想法。

江邢听完孟昭和的话,不觉得离经叛道,笑了笑说:"不要压抑自己,破口大骂是对的,没有人必须成为思想道德素质高尚者。"

孟昭和觉得江邢很笨,后来的他一直以为孟昭和真是表面上爱财的样子所以喜欢他。但事实不是,她喜欢在她对他展露自己阴暗的小情绪时,他不是蹙眉,而是用坦荡之姿、真挚的眼睛告诉她,他那时候附和她不是假的。

最后一块肉馅被塞入了江邢的嘴巴。

孟昭和的筷子早就搁下了,问道:"你怎么今天过来啦?"

"饺子包多了,顺路给你送一下。正好没几天开学了,收收心准备写作业,总不能真在最后一天等个奇迹吧。"江邢起身,主动把碗筷收走,"我去洗吧,这个我真可以。"

孟昭和也没有抢着做善后的工作,刚洗完澡的时候她穿好衣服就出来了,还没来得及穿袜子,回房间从衣柜的抽屉里找出一双棉袜,坐在床边穿好。

出门前看见床头柜上有些乱，孟昭和原本都打算直接走出去了，又没有忍住折返回来，把几根不用的数据线理好放进抽屉里。

抽屉里那块之前借给江邢的手表躺在最上面，孟昭和将表盘上的灰用手擦去，顺手开了机。

只是还给孟昭和的时候，江邢忘记把自己的ID退出去了。

短信和通话记录正在和云盘数据同步。

孟昭和本来不想窥探隐私的，结果好巧不巧，一条信息弹了出来。

是林云英发的。

【你们吃饺子了吗？我都叫你把阿姨包的带过去，你非要拿你自己包的，有没有被人家嫌弃饺子难看？】

江邢在洗碗，所以没有回复。

林云英的第二条短信很快又来了。

【你们那里的够不够吃？都叫你下午别掺和，你要不浪费那点饺子皮，明天都还能再吃一顿。】

所以，饺子不是阿姨包的，没有太多，也不是他顺路突发奇想送来的。

走廊上传来脚步声，江邢推开孟昭和半掩着的房门，说道："碗洗好了。"

5
二月底赶在雨季的尾巴，学校已经开放宿舍，不少住宿的学生陆陆续续返回了学校。

江邢卡在最后半个小时把作业发到了老师的邮箱，桌上的书和电脑也不想整理收拾，人往后靠在椅背上，懒得很。

孟昭和也要提前一天回学校，她去交参加竞赛的材料，和省赛准备的资料差不多。

江邢原本不打算一起去的，毕竟他去就领个新书，新书就算今天不去领，开学那天再去书局拿也可以。

但孟昭和说她今天中午去了学校就不回来了，留在图书馆自习，江邢便跟着一起去了，虽然他对自习这种事向来是强按牛头喝水的不乐意。

学校趁着寒假的时候翻新了一遍学校的绿化，那些经历了半学期风风雨雨的防火横幅也终于拿了下来。前些天下雨留下的积水还陷在砖瓦地缝之间，几株生命力顽强的杂草扎根其中。

他们三个狐朋狗友的群里，周漾说今天不来学校，叫许峙领新书的时候帮忙拿一下。

许峙：【今天学生会要开会，我自己都不一定有空拿。】

江邢懒骨头一样倚在自己的储物柜前，按着手机开始打字。】
江邢：【把你们的课表发给我吧，我在学校里。】
周漾：【……】
许峙：【……】
江邢看着十二个点，蹙眉。
江邢：【感觉看不起我的意思，那你们滚蛋吧，我不服务你们了。】
周漾：【那不是普通的六个点，是我对你转变的意外之情的表达。】
许峙：【别意外了，今天孟昭和回学校交竞赛资料。】

　　孟昭和把资料交给梁意致之后，梁意致随口询问了她寒假复习的情况，对她，梁意致总是很放心。
　　孟昭和交完资料，季听雨正好从外面进来，孟昭和替她拉住了门，听见她轻轻说了一声"谢谢"之后，孟昭和没有说别的，觉得只是举手之劳。
　　今天没课，孟昭和要去图书馆借两本书，楼上学生会刚开完会，隔着一层楼吵闹声不小。一个男生从拐角走过来，手里拿着串钥匙，胳膊下还夹着一个厚厚的相册。
　　他是来还兴趣教室的钥匙的，他不认识孟昭和。路过孟昭和时，他下意识停住了视线，只觉得那张脸很眼熟。
　　他不知道孟昭和的名字，只好"喂"了两声叫住她。
　　翻开厚厚的相册，他抽出一张照片递给孟昭和。
　　是上学期期末时，他去拍辩论赛活动照片，不小心把孟昭和帮江邢系领带的画面拍了下来。后期他整理相机储存卡的时候，发现了那组没办法放在学校首页上的照片。
　　画面上的两个人着实上镜，作为一个摄影爱好者，这组照片无疑是舍不得删除的。
　　他把照片冲洗出来，想着有空送给照片上的人。
　　这不就在走廊上碰见了孟昭和。
　　孟昭和拿着照片，看着相片上熟悉又陌生的第三视角。镜头抓住了江邢的目光，她是那道目光中唯一的主角。
　　拍照的男生将相册合上，说道："太巧了，我还在想要是找不到你我就先转交给夏令，让夏令给你。"
　　说完，他又细细打量着孟昭和手里的照片，说："说实话，江邢上次帮你教训季琸，我就觉得你们挺般配的。"
　　是啊，江邢还帮自己教训过季琸。

他带她去冲浪,给她做过爱心便当,过年给她带饺子吃……

梁意致办公室的门再一次被打开,孟昭和手里的照片还没有来得及收起来,季听雨无意间看见了照片。

她一眼就认出是江邢和孟昭和。

要在学校里忙的事情上午就可以弄完,但孟昭和下午还要去图书馆,所以午饭就在食堂随便吃了点应付。

今天图书馆里的人居然还不少,四四方方的小桌子边坐了不少人。

江邢霸占着一个还不错的位置,坐在孟昭和左边,将手机埋在书里,开始斗地主。

他随口问孟昭和竞赛的事情:"你们比赛是什么时候?"

"三月四号的飞机,六号比赛,七号的飞机再回来。"孟昭和用胳膊压住书的一角,伸手从放在桌上的书包里拿笔袋。

她拿笔袋时将那张照片带了出来。照片落在地上,孟昭和弯腰去捡。直起腰的时候,她没有把握好自己之前弯腰俯身的距离,背脊先撞到了桌子,但正对桌角的后脑勺却没有明显的疼痛。

孟昭和后背撞了一下,再起身的时候就注意了不少,她看见了握住桌角的手。

手机里轮到了江邢出牌,他单手戳着自己要出的牌,余光看见孟昭和从桌子下出来之后,握着桌角的手也缩回去了。

"四号啊?"江邢算了算时间,"那不是只有一周了?"

孟昭和问道:"我去三天,这三天你要不要回家住?"

江邢听罢,心里一乐:"不放心我一个人住啊?"

"当然不放心。"书包在靠近江邢的那一边,孟昭和干脆把照片夹进竞赛的资料里,然后拉开笔袋,当作无事发生一样开始记笔记,"不放心我的房子。"

江邢的笑容垮了,他又问四号几点的飞机。

"凌晨四点的。"

从这里赶去机场还要四十多分钟,还要过安检。

江邢有些难以接受,仿佛两点要起床的是他:"是岂不你两点多就要起床了?为什么要订这么早的机票?"

孟昭和按下水笔之后开始写题目,淡淡地说:"学校订的机票。"

这个时间段便宜。

"我们学校真抠。我记得我妈不是搞了什么奖学基金吗?她每年捐那么多钱,学校居然在这方面这么节约?"江邢越想越不对劲,"不会是我们学校贪污了吧?"

他细细一盘算，最后关掉斗地主，起身去外面给林云英打电话。

一通电话没有打多久，孟昭和隔着自习区的透明门朝外望，见江邢一手揣着兜，身段颀长，站姿有点懒散，套在一身休闲装里也不突兀。

回来的时候他不能说是春风得意，但也是高兴的。

江邢把手机随手往桌上一丢，说道："我已经给我妈打过电话了，我让她给学校说换个时间点的机票。凌晨两点叫学生起来赶飞机，亏学校想得出来，全南港最兢兢业业的公鸡都没起来呢。"

办事效率很快，半个小时之后，梁意致就在竞赛群里说换时间了，换成了上午十点的飞机，而且学校还给全体竞赛队的人都升了舱。

最大功臣此刻坐在孟昭和旁边斗地主，一直在给对面的阿姨倒卡布奇诺，嘴里骂骂咧咧地说系统给他发的臭牌，前不着村后不着店的单牌一张又一张。

二月底是最后的冲刺阶段，江邢仿佛又看见了上学期刚开始，孟昭和在淘汰考试期间，每天睁眼闭眼都是竞赛，睡得比他晚，起得比他还早。

那都是她为了她梦想的学校所做出的努力。

孟昭和暂停了其他课，这一周为竞赛全力以赴。

江邢连早饭都不需要她做了，每天跟孟昭和一起在上学的路上买一份早饭，晚上打游戏写作业也都回到他自己的房间，不去打扰她。

但孟沫和孟父显然没有江邢那点觉悟。

三号的晚上，孟昭和去首府比赛的前一天，电话又打了过来。

说医院下了病危通知书了，他们要孟昭和去见奶奶一面。

孟昭和当时在整理行李，要带的衣服不多，两套校服和一套睡衣，还有一些小女生的化妆品和护肤品。

她没有小号的行李箱，现在用的这个还是江邢的。

江邢把空行李箱拿去孟昭和房间的时候，争吵的声音从孟昭和未关上的房间门里传出来。

"为什么老是叫我去看她？我说了多少遍了我不想见她，你守在医院是因为从小奶奶喜欢你，从小她对我呢？她对我非贬即骂，有时候还动手打我。我不知道她经历了生死这一遭给了她多厚的脸皮，居然还能说出要见我这种话。你也不用再劝我了，我不会去见她，我永远不会后悔没见她最后一面。"

孟昭和将电话挂断，想要把手机开启飞行模式，但又怕错过和竞赛有关的电话，只能把孟沫的电话号码拉进黑名单。

但即便电话挂了，被电话弄糟糕的心情还在。

许久没有消息的 IG 弹出了最新的动态，是任馥贞。

她在 IG 上贴出了全家福，全家福上只有她一张东方面孔，四十多岁的她挺着一个孕肚，靠在她丈夫身边笑得格外开心。

孟昭和把手机丢回床上，没注意门口站着的人，脏话骂出口的一瞬间，孟昭和跟门口的人视线撞上了。

行李箱磕在门上的声音不小，江邢一时间对她这副样子有些束手无策。

他张口结舌，想要解释自己不是故意偷听，也不在意她现在这副样子。但孟昭和却突然泄力地往床上一坐，喃喃道："我妈十几岁的时候也被她爸妈抛弃了，她在夜总会里唱歌，后来认识我爸。我爸当时死了第一个老婆，二婚娶了我妈，我奶奶看不上我妈，因为她以前在娱乐场所里工作，总是对我妈各种冷嘲热讽。每次我妈跟我爸诉苦，我爸就会站在我奶奶那边，让我妈一忍再忍。后来我妈头也不回地跟一个能给她安全感的英国男人走了。现在我奶奶住院了想见我，我妈有了新的生活。"

孟昭和说着说着就想笑，可笑声的尾音里带着些许哭腔："为什么两个把我变成现在这样的罪魁祸首都说变就变，好像之前的生活她都随手就抛弃了，转头就能忘记？"

遇见江邢那年的喀城雨季里，他好似航海中的灯塔，在海面迷雾团团中突然将灯光洒在孟昭和的船头。

他活得太轻松了，不得不承认，他在学业方面并不算优秀，他考试拿个"B"都难，但他活得比任何人都聪明，那是一种从心，一种对自己负责，但很难做到的生活方式。

释放自我个性的难度不言而喻，但生活无法对他去锋藏芒，他不被约束在社会大众的既定方式之中，他会破口大骂，会诅咒命运，会喜怒形于色，会想什么就做什么。

他这个人，俗气但清朗。

孟昭和表达情绪向来直接，骂了两句他们烦死了，然后坐在床尾不再讲话。

江邢把手里的行李箱拎进她房间，放在地上，将密码换成最简单的"零零零"，尝试了两遍用这个新密码都能打开。

孟昭和要带的衣服都叠好了放在床尾，江邢想帮她放进去，但怕里面掉出点私密东西，又没动手。

"孟昭和。"江邢开口，不是安慰她的话，"好好去比赛，赢了回来。"

孟昭和的语气有些颓："对手都是万里挑一的。"

"你也是啊，你也是万里挑一的一个。"江邢把她放在旁边的书整齐地摆放进行李箱，"你还能和自卑挂上钩啊？"

说着，江邢蹲在行李箱旁边，手撑在那摞放进行李箱的书上。

她永远应该是谈及学业落落大方的样子，那才是江邢记忆里的孟昭和。

对手是万里挑一的，她对于那些对手来说也是从万人中挑选出来代表喀城去参加比赛的。

对他，也是万人中唯一的那一个。

第九章 你在跟我表白吗

1.

孟昭和乘坐的飞机从喀城机场飞往首府机场的时候，江邢在上课。

麦老师的课，总是让人提不起精神来。

麦老师在讲时代背景下塞缪尔的文字，江邢听了一半进去，另一半的知识点被想孟昭和的那班飞机是否起飞给挤出了脑袋。

台上的麦老师又说到情感与环境的对照，江邢一个字都没有听进去，心里在想不知道这一趟飞行旅途会不会平安，不知道她比赛会不会顺利。

孟昭和不晕车也不晕机，她拿出一套没有放在行李箱里的竞赛资料慢慢翻看着，那天在图书馆不小心掉出来的照片就夹在里面。

孟昭和没看两眼资料，注意力就跑到了那张照片上，扣在资料上的水笔被孟昭和取下来，悬在资料的留白处。

她想了想，写道：你不在场，也足够照亮这团包裹我的迷雾。

雾字最后一笔有些重了，纸张有些破。

空姐推着小餐车过来，孟昭和被响动吸引注意力的时候，一偏头就撞上了旁边季听雨的视线，她慌忙地把落在照片上的视线移走。

首府的温度前两天才从零度升上来，街道上还堆着年尾的积雪，这让一群常年居住在喀城的人有些无法适应。大家裹紧了身上的外套，哆哆嗦嗦地等着大巴车来接。

酒店也是赛事举办方提供的，每两人一间。

孟昭和跟季听雨挤一间。

等她到了酒店，从外套口袋里摸出手机才发现夏令发的信息。

夏令：【到首府了吗？感觉怎么样？江邢要我问问你首府冷不冷。】

江邢没敢给孟昭和发信息，怕打扰她。今天和许峙一起吃饭的时候，他比许峙还积极地等着夏令，今天夏令下课晚了，江邢还给她打了份饭。

他无非是想夏令和孟昭和关系这么好，多少能听说一些孟昭和的事情。

许峙看着那份饭菜，斜睨着江邢，问道："你想干吗？"

夏令吃人的嘴软，帮江邢问了。

但中午那时候，孟昭和还在飞机上，到酒店已经是下午四点了。

孟昭和简单地给夏令回了一句"已经到酒店了"，点开没几个人的通信列表，那个黑色法斗的头像很显眼。

孟昭和：【首府有点冷，这里的冬天有雪。】

梁意致在竞赛群里通知了酒店的就餐时间，有人问可不可以逛一逛街，毕竟是出一趟远门，最后这个提议得到了全部人的赞同。

怕他们吃坏肚子，梁意致带他们去了一家价格不菲专门做首府当地菜的饭店。

从餐厅的装潢和服务员的服务上就可以看出价格不菲，有人开玩笑问："这个学校应该不会报销吧？"

梁意致喝着服务员端上来的金骏眉，回道："老师请客。"

孟昭和给江邢发了消息之后他一直没回，梁意致刚说完，孟昭和口袋里的手机突然一振。孟昭和用面部解锁手机，一个法斗的头像出现在了孟昭和列表的第一个。

大约是江邢突然来的信息，孟昭和想到了上次他也说请她吃饭，然后把"有钱"的金链子给卖掉了。

江邢：【比赛加油。】

首府的本地菜其实不怎么符合这群喀城人的口味，但餐厅厨师的手艺特别好，不合口味也不会让人觉得难吃。

梁意致趁着上菜的工夫，简单地说了一下明天的安排，后天才是比赛，明天需要尽快调整好状态，上午要去比赛会场参观一下，下午则是回到酒店开始进行最后的训练。

三月的首府入夜特别快，等他们吃饱从饭店里出来，四周已经暗下来了。夜空里飘了几片雪，路灯下的雪花像是橙色的棉花。

梁意致是带队老师，有保护他们安全的责任，况且还没有比完赛，现在还不是玩的时候，一群人沿着街道慢慢走回酒店。

孟昭和脚步不快，落在最后面。

街道上暖黄的灯光从橱窗玻璃漏出，酒店旁边有几家纪念品店。孟昭和瞥见了挂在橱窗里的各式各样融入了首府元素的纪念品。

回到房间后，季听雨准备洗澡，孟昭和拿了一条围巾出来系上，季听雨见她不脱衣服反而系围巾，猜到了她要出门。

孟昭和又换上了一件更厚的外套,说道:"我去买点东西,你应该不出门吧?如果出门的话你就把房卡给前台。"

季听雨拿着睡衣摇头,说:"我不出去。"

孟昭和折返到纪念品店,店还没有关门。很凑巧,她和拎着购物篮站在货架前的梁意致撞见了。

梁意致想问她怎么出门了,但考虑到自己也在外面,着实不能理直气壮地摆出老师说教的姿态。

"我想给朋友带点纪念品回去。"孟昭和从旁边也拿了一个购物篮挂在臂弯里。

梁意致没多说什么,转过身开始对他自己的折磨——挑礼物。

孟昭和买了些书签和明信片,这些东西都是双份的,她和夏令一人一份。再往里走,一个架子上挂着首府的拟人公仔,挂在最显眼位置的城市纪念杯,孟昭和也都拿了两份。

等孟昭和准备结账了,梁意致的篮子里还是空空如也。他能解决高难度的问题,但是现在面对琳琅满目的货物,他却选择不出来。

他向孟昭和请教。

孟昭和说:"首先我得知道你是送给谁,这样我才好给意见。"

也不是什么见不得人的关系,梁意致直说了:"给我亲妹妹买,上回圣诞节她送了我这条围巾,这次她知道我来首府,非要我给她买纪念品。"

说到围巾的时候,梁意致拍了拍脖子上的围巾。

这条围巾孟昭和见梁意致戴过好几次,但孟昭和一直以为那是季听雨送的,毕竟季听雨也准备过同一个牌子的礼物。

时间上也凑巧。

但再想想,孟昭和就觉得自己这个想法漏洞百出,梁意致之前因为送她回家都被季琤闹出过那么大的乌龙,吃一堑长一智,他怎么可能还会收女学生的礼物呢。

孟昭和给他推荐了玩具公仔和城市纪念马克杯。

梁意致采取了她的意见,回去的路上路过卖冰糖葫芦的摊贩,他买了四份,分了一半给孟昭和,另一半他拿去给那两个男生。

孟昭和回去的时候,季听雨已经洗过澡躺在被窝里了,她被子上摆着资料。

孟昭和把梁意致买的糖葫芦递给她,说道:"梁老师买的。"

江邢一个人坐在孟昭和家的客厅里,今天收到孟昭和那条说"首府有点冷,这里的冬天有雪"的短信时,他在上课。

等下课看见信息的时候,他深思熟虑了好久才回了四个字。

【比赛加油。】

江邢本来想叮嘱她别着凉了,想问问她其他事情,就是不问随便闲聊两句也可以。但他又怕打扰孟昭和,最后就回了那四个字。

但孟昭和后来一直没有回复他。

江邢开始后悔,早知道就不发那四个字了,要是当时发点别的说不定孟昭和就回复自己了。

江邢既害怕打扰孟昭和,又想要知道她在首府的情况,于是夏令第二天又收到了江邢送的饮料。

送饮料的时候,许峙站在夏令旁边在和她说学生会的事情,江邢直接横插进两个交谈的人之间。

三个人表情各不相同。

许峙蹙眉黑着脸。

夏令有点蒙。

江邢有点不好意思。

夏令看着那瓶饮料,没接,愣了愣,问道:"你不会想追我吧?"

许峙的脸更黑了。

江邢的忸怩也没了,说:"我有病,我脑子萎缩?我喜欢你,你侮辱谁呢?"

这话最终指向的事实不假,就是有那么点让人不愉快。

相较于夏令,许峙更不愉快了,他喜欢,所以他有病,他脑子萎缩?

夏令一把夺过江邢手里的饮料,气鼓鼓地说:"你妈妈要不是林云英,你出门肯定被打死。"

拧开瓶盖,夏令豪饮了一大口,问道:"说,什么事?"

江邢无非是问问孟昭和今天怎么样了,有没有发生什么事情。

夏令把瓶盖拧上,说:"也没有什么事情,今天上午她会去比赛会场,下午他们竞赛队再最后训练一下,明天比赛。比赛完他们会在主办方那边集体吃一顿庆祝的晚饭,后天中午差不多就到了。"

"你怎么知道这么多?"江邢撇嘴,他怎么不知道。

"我给她发信息聊天的时候她自己和我说的。"夏令没发觉自己在往江邢伤口上撒盐。

江邢嘴里发酸,昨天他也给孟昭和发信息了,怎么她就没有告诉自己这些呢?

他不由得嘀咕了一句:"她怎么没告诉我呢?"

夏令听见了，说道："她干吗告诉你，我和她的关系你能比？"

江邢"哼"了一声，不服气地说："我们两个那是金钱关系，住一个屋檐下的。"

夏令皮笑肉不笑道："我和她一起洗过澡。"

江邢强撑："我们一起去冲过浪，我们还睡过一张床。"

夏令又说："我和她一起洗过澡。"

江邢走了，临走前骂骂咧咧。

晚上，江邢又给孟昭和发了条信息，还是"比赛加油"。

等他吃完晚饭孟昭和回复他了。

孟昭和：【刚刚在讨论题目，才看见。】

孟昭和：【谢谢。】

第二天，江邢拿着"孟昭和昨天五点半还在看竞赛资料"的信息去和夏令显摆。

夏令"哦"了一声，丝毫没有受到打击。

今天的比赛从上午一直进行到下午，孟昭和他们抽中的比赛号是下午的。

梁意致叮嘱着："不要紧张，正常发挥就好，我上午看下来，能超过我们的没两个。"

孟昭和手机关了机，看着明明非常靠后的序号，明明下午场还要等一个多小时，但在会场里此起彼落的发言中，很快就轮到了他们。

梁意致站在台下提示他们放松。

孟昭和站在巨大的屏幕前，看着座无虚席的观众席，距离她三米之外，是这个行业里金字塔顶端的精英代表。

孟昭和作为队长，第一个站上发言讲台："各位领导好，各位来自五湖四海的竞争对手你们好，我是来自喀城南港外国语学校经济竞赛队的孟昭和……"

今天江邢下课早，倦怠地倚着储物柜，拿着手机不停地刷着学校论坛。最新的竞赛消息还没有在论坛上公布，江邢的大拇指都划抽筋了。

走廊上的广播突然发出噪音，众人被吸引注意力，在短暂的试麦克风的噪音后，一直负播报的学生声音响起了。

"各位老师各位同学下午好，现在插播一条重要信息。代表我校参加全国经济竞赛的选手们在比赛中取得了令人骄傲的成绩，孟昭和同学获得了优秀选手奖，在这里感谢参赛选手为我校带来的荣誉，感谢带队老师梁意致梁老师为竞赛付出的心血……"

黄字红底的横幅很快就在学校里拉了出来。

晚上少了个孟昭和，他们四个人一起去学校门口的串串店吃了一顿，这是一顿以为孟昭和庆祝名义的聚餐。

江邢在论坛刷信息，看见了最新放出来的比赛现场图。

孟昭和拿着奖杯和一群人合影，合影上有另外五个和她一样拿着"优秀选手"奖杯的学生，还有几个头发岌岌可危，但显得特别聪明的中年人。

再往下刷，还有孟昭和单独和一个男生的合影，那个男生穿着其他学校的校服，照片上的两个人都有一些拘谨，但不知道怎么落在别人眼里就是少年的青涩。

这张合照迅速因为学术比赛的加持在网上炸出了水花，照片里的两个人被誉为全国经济竞赛里的"郎才女貌"。

串串的签子有倒刺，吃得江邢越来越不愉快了。

夏令看见他手机上的合照，冷不丁地开了口："这是首府存志代表队的队长，叫唐时景。"

没等江邢开口，许峙就问道："你怎么知道？"

"孟昭和跟我说的啊。"夏令想到了之前江邢给自己显摆的"孟昭和昨天五点半还在看竞赛资料"，笑了，"就比赛的时候对作为对手的对方觉得欣赏，然后比完赛之后男生主动问女生能不能有幸单独合影一张，女生同意了。"

夏令说着，两手一拍："于是这张照片就出来了。"

顿了顿，她又故意来了句："全是孟昭和跟我说的哦。"

江邢撂了签子拎起书包准备走了。

怎么他还是什么都不知道？

江邢特意没给孟昭和发恭喜她比赛获得好成绩的信息，把手机往床头柜上一丢，十点钟就妄图入睡。

不细想也知道注定是失败的。

手机因为收到消息一振，他手伸得格外快，但手机一拿起来，不是孟昭和，是夏令。

夏令：【明天虽然是周六，但是孟昭和他们到了机场之后会统一坐车先回学校。】

江邢看着夏令发来的信息，翻了个白眼。

江邢：【哦，又是孟昭和跟你说的。】

夏令：【我准备去学校门口接她，你来不来啊？】

这条信息，江邢没回。

第二天他还是掐着时间去了学校，但是没有直奔学校，而是先去了学校旁边的花店，果不其然看见夏令抱着一束花从里面出来。

江邢靠着墙壁，努力降低自己的存在感，看夏令走远之后，才进了花店。

老板听见开门声，"欢迎光临"脱口而出。

江邢问道："老板，刚刚出去的那个女生买的是什么花？你给我来一束全面压制她的花束，价钱不是问题。"

老板听罢笑了两声："那个女生是自己挑选了几种花组合在一起的，说是送给最要好的朋友。"

自己挑选？

江邢思索了几秒，决定不仅要在漂亮上打败夏令，就是在心意上也要碾压她。

只是……选什么好呢？

夏令从花店出来，和下了飞机正坐车回学校的孟昭和发信息，问她还有多久到。

孟昭和说：【快了，就两个红绿灯了。】

夏令：【好的，我在校门口等你。】

回复完孟昭和后，夏令张望四周，没有发现江邢的身影，这人之前还和自己比跟孟昭和的关系，结果居然到现在还不出现。

正准备唾弃他的时候，她看见一个有点眼熟的身影从马路对面走过来。

那画面让夏令觉得眼熟。

曾几何时，江邢上学迟到的时候，她在校门口值班就能看见这场景。

夏令看见江邢怀里的花了，又看了看自己怀里的，两束花的包装纸上印着同一家店的标志。江邢把花小心地护在怀里，惹得夏令好奇。

但在夏令面前，他是护不住的。

夏令想看，把花抢过来还不是分分钟的事情。

江邢怕被她弄坏了，也不敢跟她硬来，说："你小心点。"

说完，花瓣飘了几片在地上，包装纸也破了一道。

夏令看着抢过来的花束，震惊得有点讲不出话。她石化的那几秒，仿佛火山已经喷发过七次，海啸席卷全球，地震正在进行，世界的灾后重建都已经全面完成了那么漫长。

"你买了一束菊花？"夏令从石化中找回语音功能，语气里全是不敢相信，"你是来接女生的还是来抬棺的？"

江邢把花束抢了回来，小心翼翼地试图将被撕破的包装纸拼回去，回道："你懂什么。"

纸是不可能拼回去了，江邢还指望全面碾压夏令呢，结果现在外观上就被可恶的敌人强行破坏了。

孟昭和从车上下来的时候就看见江邢抱着束花，样子有点委屈，敢怒不敢言地偷偷瞪着夏令。

夏令看见孟昭和下车，大老远地朝着她招手，小跑过去把手上那束满天星和玫瑰为主的浪漫花束塞进孟昭和怀里，挽着她的胳膊感叹："你太棒了。"

孟昭和一手抱着花，一手拉着行李箱，朝站在校门口等她的另一个人走去。她离那人越近的时候脚步越慢，最后停在他面前，看见他手里那束花，包装纸破了。

她一眼就看见了里面的花。

一束小雏菊。

孟昭和伸手，但江邢没有把花递过去。

她手还伸着，微仰着头看着他，问道："不是给我的吗？"

怎么可能不是，可包装纸都破了，而且好像的确没有夏令那束花好看。

江邢把花递过去。

孟昭和把两束花都抱在怀里，再去拉行李箱的时候，江邢先接了过去，说道："我帮你拿。"

孟昭和从行李里把买给夏令的书签和明信片拿了出来，和夏令在校门口道别后，孟昭和抱着两束花走在江邢旁边。不过几天没有走这条路，和寒假几天不出门再走这条路是不一样的感觉。

江邢看孟昭和给完夏令东西后，仿佛他不存在似的就往回家的方向走，好像没给他准备纪念品，于是故意开口找存在感："恭喜啊。"

迟到了一天的贺喜。

迎面吹来的风不如首府那么冷，吹响了孟昭和怀里花束的包装纸。

孟昭和问道："你怎么昨天不和我说？"

"哼。"江邢因为合照和纪念品的醋一起发作了，"你昨天多忙啊，一会儿和这个人拍照，一会儿又和那个人合影，还要抽空给你的好朋友买纪念品。"

"拍照""合影""好朋友"和"纪念品"这几个词被他刻意咬重了音。

这么忙居然还能注意到他当天没有给她发消息，他真是不知道该高兴还是该生气。

"江邢。"孟昭和突然叫了他一声。

江邢拉着行李箱斜睨了她一眼，问道："干吗？"

语气不怎么好。

孟昭和把花抱紧了一些，脚步突然加快，什么也不说故意卖关子。

回到家后,坐飞机的疲倦感还是袭来了,孟昭和准备回房间睡个午觉,竞赛的事情一结束,她觉得一身轻松。

江邢把行李箱拖进她房间里,再出来看着关上的卧室门,气不打一处来。

真什么都没有他的份?

江邢转身甩上自己蜗居的小卧室房门,愤懑地往床上一倒。

结果迷迷糊糊间他气得睡着了,再醒来,窗外的天空都灰蒙蒙的。

江邢拿出手机想看一眼时间,看见有 APP 推送的信息,手指不小心碰到了跳转页的广告,直接从这个 APP 跳转到了网页。江邢没等网页加载出来就直接关掉了,叠在后面的那个网页重新回到最前面。

是他在花店里买花时搜的各种花的花语,现在停留的那个界面,是雏菊的花语。

人们用雏菊花来占卜爱情,传说小雏菊是森林妖精贝尔蒂丝的化身,它被赋予明朗、希望和天真快乐的意思。收到这种花祝福的人,可以过明朗、天真、快乐的生活。

有人叫它们雏菊,有人称呼它们为 Daisy,也有人冠以玛格丽特,但江邢觉得它们现在拥有了一个新名字——

他那被孟昭和践踏的爱恋啊。

平时聊天不告诉他事情,纪念品也没有他的份,亏他买花的时候还精挑细选,选择玫瑰他嫌普通,选择满天星他觉得小家子气,最后挑了雏菊。

老板还夸他,说雏菊的花语是:我暗恋你,那你爱不爱我。

呵,她爱个鬼,他连个鬼都不是。

江邢气得口干舌燥,床头柜上的水杯里也没有水了,穿上拖鞋打开房间门,没有注意,脚踢上了一个软绵绵的东西,被踢到的东西滚到了旁边。他开了走廊的灯,这才看见房间门口放着的东西——

一个马克杯,一个玩具公仔,以及一枝小雏菊。

2

江邢感觉孟昭和喜欢他。

产生这个念头的当天晚上,江邢失眠到天亮,觉得不可思议。阳光从半透光的窗纱漏进室内,禁止鸣笛的路段只剩下汽车引擎声起起伏伏。

江邢起了个大早,但孟昭和没起得来,所以今天也没有早饭,他跟着孟昭和一起去上了学。

今天上午，江邢有一节数学课，一起上课的周漾听得眼皮都耷拉下来了，正准备看看江邢有没有趴下，他要是也倒了，周漾准备也加入后排"休闲养老"的队伍里。

他扭过头一看。

江邢不仅没有昏昏欲睡，反而精神抖擞。

周漾觉得稀奇，问道："你早上吃兴奋剂了？"

江邢精神状态饱满，回道："没有啊，我甚至昨天一个晚上都没有睡觉。"

也不是没见过他通宵打游戏，但通常第二天都是萎靡不振，现下他这样子，周漾想不通。

奇了怪了。

江邢一个晚上没睡觉，不仅早上精神状态亢奋，就连中午胃口也不错。

周漾端着餐盘跟着江邢随便找了个位置坐下来，将筷子立在餐盘旁边调整了一下握筷的长度，看着对面大快朵颐的江邢，他预感不妙，说道："你一夜没睡，第二天还亢奋，这都是猝死的前兆。"

"滚。"江邢差点将嘴里的鸡骨头吐周漾餐盘里，"知不知道什么叫作人逢喜事精神爽？"

"喜事？你发财了？你斗地主排全球第一了？"周漾接连发出质疑。

江邢原本想反击，但想了想后，朝他招手，让他凑过来一点。

周漾没凑过去，不仅没有凑过去，反而还往后倾斜，更远离了江邢，说道："我怀疑你叫我把头探过去，然后要给我一巴掌。"

不过周漾开完玩笑后，还是靠了过去："行，你说吧。"

江邢瞄了眼四周，压低了声音，将拿筷子的手挡在自己嘴边，小声说："我怀疑孟昭和对我有意思。"

他一说完，周漾立马就接话了，表情瞧不出是什么意思："我怀疑你有臆想症，女生做错了什么要被你这么侮辱？"

"不是臆想，她送了夏令书签，但送我的礼物和夏令不一样。"江邢耐心地分析。

周漾咬了口鸡腿，说道："你看书吗？你都不看书她干吗要送你书签？"

挺有道理，但江邢不服，继续据理力争："我昨天送了她一捧小雏菊，结果我睡午觉起床后，一开门就看见她回了我一枝小雏菊，而且还和她送我的礼物摆在一起，你知道雏菊的花语吗？花语是暗恋啊。"

"那万一她不知道小雏菊的意思呢？"周漾说罢，朝他眨了眨眼睛，一副"你看我是不是说得很有道理"的模样，"我清明节去看我奶奶也是买点水果当礼物，然后再放上一束白色的菊花。你现在再联想一下，是不是和孟昭和送你这些东西的场景格外相似？"

江邢用筷子恶狠狠地戳着米饭，没好气地说："你今天还真是又不会讲话，鬼话还多。"

竞赛结束后，孟昭和将去首府比赛期间落下的功课都补起来，PPT做到一半，她习惯性地点了保存，起身去上厕所。

穿过后排有些积灰的神学思想书籍，马可福音和历年的日报月报放在一起。

灰尘悬浮在空中，被脚步搅乱的空气带着细小的灰尘一起舞动。

孟昭和刚走到厕所门口就听见里面的动静还不小。

就算孟昭和现在还没有进去也知道了里面的人是谁。

她推开贴着女厕所标识的门，开门的声音惊得里面正在洗手的人回头。

季风铃的手伸在水龙头下面，让水流冲洗掉手上的泡沫。

今天季风铃好不容易抓到了季听雨。

季听雨不会自己往季风铃的枪口上撞，今天她和孟昭和一样是来图书馆补作业的，结果上厕所的时候被季风铃撞了个正着。

季风铃生气是因为这次季听雨竞赛表现不错，她们的爸爸连着好几天都不回家住了。季听雨向来不敢反抗，此刻也是唯唯诺诺地贴着墙，全身上下每一个细胞不是叫嚣着反抗，而是呈现防守状态。季听雨被季风铃讨厌，所以无论季听雨现在是什么状态，都叫季风铃看不惯。

季风铃面目可憎地看着季听雨，讽刺道："你总是这样装可怜让谁心疼啊？那是我爸爸，我爸爸，你怎么这么不要脸？"

季听雨跌跌撞撞地跑了出去。

孟昭和下意识地看了眼季听雨离开的方向，和镜子里的季风铃交换了视线之后，孟昭和就装作没有看见她，推开厕所隔间的木门。

等孟昭和上完厕所出来，季风铃还没走，她靠在水池旁边用纸巾耐心地擦干净手上的水渍。

孟昭和走到旁边的空位置挤上洗手液，慢慢用双手搓出泡沫。

季风铃抬手把纸团丢进垃圾桶里，喊了孟昭和的名字。

她既然都喊名字了，孟昭和没法继续假装看不见她。

孟昭和将手上的泡沫冲干净，伸手抽了张纸巾，瞥季风铃一眼，问道："又要我帮你送东西？"

"你装什么？"季风铃目光狠辣，"我还真是被你这副沉迷学习的样子给骗了。"

"泼脏水之前理理清楚。"孟昭和将半湿的纸巾揉成团,"我骗你什么了?"

"你骗我说你不喜欢江邢。"

孟昭和伸出一根手指晃了晃,否定道:"我没有对你说过这种话,你当时问我的是我是不是在和江邢交往,你没有问我喜不喜欢他。"

这两者之间的差别不用孟昭和解释。

大约是打竞赛的缘故,孟昭和习惯了说话时措辞的严谨。

就比如她没有对季风铃说过她不喜欢江邢,但她对齐好说过,所以她说的不是"我没有说过这种话",而是加了个"对你"。

"再者,我没有骗你。你花钱叫我给江邢送东西,我收了钱也帮你送到了,所以这脏水别往我身上泼。最后,我是喜欢他,而且我觉得你没有什么胜算。"孟昭和把纸团丢进垃圾桶里,"要跟我比一比吗?"

季风铃笑着问:"这么自信?"

"你打败不了我,也赢不了江邢。"孟昭和语气平平,但一字一句专往人伤口上捅,"因为……他喜欢的人是我。"

孟昭和虽然现在下了"战帖",可她眼下要收拾的不是季风铃。

从厕所出来的时候,她没看见走过来的江邢,快步朝自己的座位走过去。

江邢觉得今天做的最错误的决定就是和周漾一起吃午饭,现在他鼓起勇气来找孟昭和问问清楚,问她知不知道雏菊的花语,结果一来自习室就看见她的电脑和书包放在桌子上。

他随便找了个坐在附近的女生,指着孟昭和的空位置,问道:"你看见这个人去哪里了吗?"

女生没注意,猜测道:"可能去找书了,也可能去上厕所了。"

江邢没在往常孟昭和找书的地方找到她,再往里面走就是厕所了,这时刚好看见孟昭和从里面出来了,只不过她没看见自己。

江邢快步正准备走上去,也没注意路,和后脚从厕所出来的季风铃迎面撞上了。

江邢侧身躲了躲,说了声"对不起",刚要走,季风铃叫住了他:"江邢。"

江邢抬头看,孟昭和已经消失在书架之间了。他伸长了脖子张望,也没看见她,便回头去看叫住自己的人,有点印象,问道:"有事?"

季风铃双手握拳,似乎鼓起了很大的勇气才问:"你喜欢孟昭和吗?"

每一个字都落在这空荡荡的四周,连灰尘都振不动的话,但每一个发音都像一只手慢慢在握紧江邢的心脏。

江邢愣了愣,说道:"你这都看得出来?火眼金睛?"

他承认了?季风铃没有想到他居然直接承认了。难怪孟昭和表现一副稳操胜券的模样，难怪……难怪季听雨都说他们关系不一样，连孟昭和帮江邢系领带时的表情细节都说得有鼻子有眼的。

江邢想到了中午被周漾泼的冷水，想着男女生想法的不同，没眼力见地问季风铃："你都看得出我喜欢她了，你再帮我看看我现在表白成功率是多少？"

他就说说，也没有动手打人，语气也很正常，结果季风铃捂着脸跑了。

江邢摸不着头脑，疑惑道："奇了怪了，她跑什么跑？"

竞赛虽然结束了，但这期学校校刊要制作竞赛队的专题报告。问题一早就发到了所有人的手机上，大家填写好电子档再传回去。

本来孟昭和不准备像季风铃一样专门去堵季听雨，但机会自己出现在她面前。

梁意致叫孟昭和去办公室一趟。

孟昭和到办公室里的时候，季听雨正在借用梁意致办公室的电脑填写那份专题采访的回答。

梁意致叫孟昭和去办公室是为了把推荐信给她，他昨天已经给自己曾经的经济学教授发过邮件了。

季听雨坐在角落的位置默不作声地填写着，耳边全是梁意致夸赞孟昭和的话。

孟昭和从梁意致办公室里出来的时候，季听雨的专题采访回答也填写得差不多了。孟昭和没有等多久，她就从梁意致办公室里出来了。

视线相碰的时候，季听雨目光闪了一下，但很快又迎了上去。她没有那么害怕，她知道孟昭和不可能像季风铃那样欺负自己。

这栋楼现在没有什么学生，眼下还不是社团活动的时间，她们两个也没在意有没有人听墙脚，因为附近连只鸟都没有。

两个人站在走廊的栏杆处朝下望，孟昭和先打破了沉默："那天坐飞机去首府，你看见了那张照片了吧？然后你告诉了季风铃。"

"是的。"季听雨没有撒谎，直接承认了。

飞机上，她和孟昭和的座位是相邻的，她也是余光看见孟昭和专注地看着某一样东西，感觉好奇所以偷瞄了一眼。

那是一张照片，具体是什么时候拍的季听雨不知道，但她清清楚楚看见了流转于照片之下的感情暗潮。

她一眼就看出被镜头精确捕捉后拓印在相片上江邢的目光，相片上看起来都那么专注，更遑论那一刻的现实里。

3

"是我告诉季风铃的。"季听雨深吸了一口气,调整了自己的状态,"我一直以来都被她欺负,只有一段时间是我过得相对轻松的,就是她去找齐好麻烦的时候。我没有想过要举报你和江邢,只是想她如果找我麻烦,是不是也会无暇欺负我了。你被欺负的时候夏令会帮你,江邢也会帮你。我不一样,别人不对我落井下石我就感恩戴德了。我只是不想再被她欺负了……"

"自救是你的权利,但你使用权利的方法就是把别人拉下水吗?"孟昭和想笑,"我们这些旁观者也应该是千夫所指,季琸发帖之后你站出来解释帖子的事情,从而让我觉得自己以前的袖手旁观可耻卑劣。但后来我想想,你不是因为我吧,你是因为梁老师。"

否则夏令一开始找季听雨她就会答应,而不是梁意致遭受牵连被学校停课,被学生家长污蔑之后她才站出来。

"我们扯平了。"孟昭和准备走了,"这样我也不用对你抱有感谢了。"

季听雨长这么大,没有成为过爸爸的期望,也没有成为过妈妈的骄傲,争光似乎都是季琸的事情,她呢?她难道就不是爸爸妈妈的小孩吗?

学校里季琸欺负她,季风铃也欺负她,被季风铃弄伤的手指只有梁意致发现了,关心她,让她去医务室。

只有他会公平地对待她和季琸,承认她的优秀。

圣诞节那天她都带着礼物了也没有机会送出去,好不容易过了几天,她鼓起勇气准备把买好的礼物送给梁意致的时候,发现他脖子上已经围着一条一模一样的围巾了。

是他亲妹妹送的。

江邢想到了一个好办法。

他手里拿着社会实践课的报名表,说道:"我要报名去烈士陵园扫墓。"

他不仅申请去烈士陵园扫墓,他还要申请负责扫墓的花束采购,到时候他拉上孟昭和一起去买花,顺其自然他就可以借着满店的花问问她都知道哪些花的花语。

等江邢把自己绞尽脑汁想了几天的"作战计划"宣布出来的时候,许峙和周漾站在一块,两个人很有默契地交换目光。

江邢问他们听完之后的感想。

许峙挠了挠眉心,说:"周漾,你说他这是聪明还是怕了?"

"我瞧着像多此一举。"周漾实话实说。

打击别人的积极性就数他们两个最拿手。

江邢白了他们两个一眼，借着储物柜的柜门开始填写表格，不以为意地说："这叫浪漫。"

许峙凑过去，看见江邢在名字那一栏洋洋洒洒地写下"江邢"两个大字，抬手拍了拍他的肩头，提醒道："计划挺完美的，但是你漏算了一件事情。"

江邢的最后一笔因为被许峙拍肩的那一下，有些飘了。

"什么事情？"

"社会实践课多的是你这样为了绩点分数拉及格的人，孟昭和门门课拔尖，都在准备大学的申请材料了，她现在还去参加什么社会实践？"

江邢居然把这件事给忘了。

校刊出的那天，学校的社会实践报名也快要截止了。

孟昭和站在自己的储物柜前翻看着校刊上关于他们竞赛队伍的报道，忽然旁边的柜子传来动静。

江邢手里拿着一瓶饮料和一张写了一半的社会实践课报名表，他胳膊倚着柜子门，把饮料递给她，问道："你社会实践选了什么？"

"我没选，我分数够了，不需要补分。"孟昭和把饮料放进柜子里，继续看没看完的采访，随口问他，"有事？"

当然有事。

她要是不去，他怎么借着扫墓买白菊的由头问她知不知道雏菊的花语？那他还怎么知道孟昭和喜不喜欢他？

江邢开始游说："去吧，社会实践多有意义的一件事。烈士陵园里为祖国为人民献出一切的英雄们，值得我们学习这种精神，替他们扫墓。"

孟昭和抬眸望着他，问道："然后呢？"

"反正你得去。"江邢恨不得现在就去给她拿一张社会实践的报名表，"你一定要去。"

"干吗非要她去？去扫墓你害怕啊？害怕你选择别的，比如去福利院给老奶奶老爷爷倒尿盆啊。"夏令不知道什么时候拿着杯牛奶出现在他身后。

江邢倚着的柜子，好巧不巧是夏令的，她是来找下节课的书的。

"我这是叫她不要错过这么有意义的活动。"江邢辩解道。

夏令把他从自己柜门前赶走，拿完书之后，她赶着去隔壁教学楼上最后一节课。临走前，她视线扫过江邢，说："我看着不像。"

孟昭和笑了，附和道："我看着也不像。"

夏令走了之后又只剩下他们两个了。

孟昭和把校刊合上，随手夹在腋下，等会儿还要摆回走廊的书香一角。

将柜子里之前江邢送的饮料拿出来，孟昭和拆开吸管，问道："你社会实践是去扫墓？"

江邢"嗯"了一声，看了眼报名表上的名字，又问："你真不去？"

孟昭和最近已经在办理留学签证了，申请大学的手续也在进行中。现在的确没有必要参加什么社会实践活动，只需要老老实实把最后一次期末考试考完就可以。

"你真害怕啊？"孟昭和反问。

他完全不害怕，可不怕两个字已经快要脱口而出的时候，江邢做题时脑子都没有转那么快，立马又改口："怕，你陪我一起去呗。"

周漾还没去上课，许峙已经走了。

江邢劝说完孟昭和回来就看见周漾一个人站在储物柜前。

周漾看见江邢一脸笑容，问道："劝说成功了？"

江邢拿着水笔，抵着储物柜的门继续开始填写报名表，说："巧舌如簧，没办法。"

那飘飘然的样子引得周漾发笑："说说，让我学学你的巧舌如簧。"

"其实也没什么技术含量，我就说社会实践是有意义的活动，又说我害怕，叫她陪我一起去扫墓。"

周漾佩服江邢睁眼说瞎话，他这人看着怕蝴蝶怕虫子是个跳蚤般大小的胆子，但之前中元节约人大晚上一起去他家后院爬山。

中元节大晚上都敢去爬山的人，现在为了追个女生，去扫墓害怕这种话都能说出口了。

扫墓的烈士陵园不在南港区，学校有大巴会载学生一起过去。

江邢黑着张脸坐在靠窗的里排，孟昭和瞄了眼他的表情不明所以。

周漾上车的时候也看见江邢的表情了，看好友憋屈就是损友最大的快乐。

周漾随便挑了个座位，在孟昭和正后面。坐下来之后，他拿出手机给江邢发了条信息。

周漾：【你这表情像表白被拒三百次的人。】

发完信息的下一秒，前排传来了手机收到消息的提示音，江邢回得也挺快。

江邢：【去年，前年，哪一年扫墓不是挑个学生去采购？怎么就今年开始不要学生采购了？】

周漾看着消息上的每一个字，读到最后没良心地笑出了声音。

天时地利人和，好不容易找到一个问雏菊花语的好机会，结果一开始孟昭和不去，好不容易把人劝去了，结果今天扫墓的花束学校自己统一购买了。

周漾：【不知道吗？去年学生会查账单目录发现有人借着采购开了价目不对的发票，赚差价。】

周漾：【你不知道？】

江邢：【你们知道，你们不说？】

周漾：【忘了。】

江邢：【滚滚滚。】

周漾：【别生气了，想一想，社会实践是多有意义的一件事，不要老想着哄女孩子，想想为社会为人民做出的贡献。】

周漾这是拿他诓孟昭和的话堵他。

江邢：【我怀疑你在幸灾乐祸。】

周漾：【别怀疑，就是幸灾乐祸。】

大巴车速不快，中午从学校出发之后，开了一个小时就到了郊区。

一路上孟昭和看江邢表情不好，也干脆没和他讲话。

领完工具，大家就自主分工干活。

孟昭和拿了把除草的农用镰刀，江邢找到她的时候，她勤勤恳恳地蹲在那里割草。

叫她来原本是别的心思，结果现在倒好，真的来为社会贡献自己。

江邢拿着把农用的除草剪刀，看着比孟昭和的好操作不少，危险系数也低。

"跟你换一个。"

孟昭和看见递过来的剪刀，会省事不少，但又不觉得他能用好镰刀，便没跟他换，问道："你会用镰刀吗？"

"你瞧不起谁呢？"

一分钟后，他自己证明了孟昭和的话，瞧不起他呢。

杂草处理到一半，孟昭和听见旁边传来"嗞——"的一声，扭头看过去，镰刀被江邢丢在旁边，他看着被镰刀弄破的手套。

"割到手了？"孟昭和停了手里的动作。

他手套没摘，孟昭和没办法直接看到伤口，起身想走过去，结果眼前有点发黑。

江邢说："流血了。"

孟昭和没顾着突然起身低血压带来的眩晕感，走过去握住他的手腕，扯他的手套。

等看清楚伤口后，孟昭和不讲话了。

是没什么好讲的。

"这伤口……"孟昭和想了想措辞。

247

"要缝针吗？需不需要去打破伤风？"

孟昭和演技一般般，故作惊恐："可能要截肢。"

江邢听出来了，损他呢。

孟昭和松了握着他手腕的手，说道："老实说，江邢，用红笔记笔记，不小心被红笔划一下手，那笔印都比你这伤口大。"

江邢不服，委屈地说："我流血了。"

孟昭和把两个人的除草工具重新换回来，语气淡淡的："刷牙时牙龈出血量说不定都比你这多。"

"是，我瞎矫情。"江邢重新戴上手套，拿起孟昭和换过来的剪刀，对着杂草猛剪了几下泄愤。

孟昭和听到了他的嘀咕，瞥他一眼，说："你不是需要个壮胆的陪你，你是需要个医疗队守在旁边。"

她这是明摆着的嘲讽了。

江邢哼了一声，朝着空气剪了两剪刀，说："你还说。"

"走，带你去处理一下伤口。"孟昭和收起镰刀，将手套摘了，朝他伸手。

大巴车里有简易的医疗箱，孟昭和拿碘酒、棉签帮他伤口消毒。

孟昭和动作很熟练，因为今天要除草，她把头发扎起来了，随便又简单的一个马尾，她一低头，头发从后面滑下肩头。

看到她发梢上沾着一根杂草，江邢抬手帮她拿下来。

不好随便丢在车里，但张望四周也没有找到可以丢杂草的垃圾桶。

给他们医疗箱的大巴司机在旁边看，江邢抬头张望的时候就看见司机在笑。

司机和江邢目光对上了，大约是自己笑得太明目张胆了，司机也有点不好意思。

彼时，孟昭和在帮他贴创可贴。

司机笑着说："别人贴创可贴是因为保护伤口，你贴创可贴是为了防止找不到伤口吧？"

涂碘酒的孟昭和也笑得手抖。

江邢撇嘴道："大叔，你存款多少？房子买了吗？儿子女儿成绩优秀吗？"

4

司机被江邢问得摆手摇头，说他这个脾气不好惹。

社会实践结束返校的第一天，许峙就知道了江邢还没开口，那一天就收获了一个伤口。

"我也有顾虑，万一孟昭和对我没意思，到时候我该怎么好意思和她合租。"

周漾他们管这个不叫有顾虑，叫尿。

江邢问道："她都要出国念书了，你说我表白还有用吗？"

许峙倒是很赞同："智商上两个人的确不是很配，不怪她有顾虑。"

江邢骂道："滚吧。"

江邢现在被一把刀架在脖子上，他的拓展论文还没交。

四月过半了，还有一堆破事挤在这里，他也烦大学材料申请，南港外国语学院没有国内学籍，他不能去国内的大部分大学，他这个成绩基本只能寄托于"资本入学"。

这两年不少合资的大学挤进国内，可以留在国内念书，也接受他们这种学籍的。

林云英给他找了个国内的合资大学，师资力量相当不错。

她也随口问起了孟昭和："那个小美女怎么样？"

母子两个身上沾着些香火的味道，坐在一辆车的后排，江邢裤子的膝盖上有点脏，是给他爸爸和爷爷磕头时下跪沾到的。

他拍了拍裤子，说道："她申请剑桥了。"

孟昭和在入五月之后收到了录取邮件，回复了接受录取后，她跟梁意致道了谢。

自动售卖机里的饮料全都换成了冰镇的，小卖部阿婆的刨冰机又拿了出来。

孟昭和从图书馆出来的时候，一颗从操场上飞过来的棒球滚到了她脚边，一个学生小跑着过来，把球捡走了。

江邢在小卖部买冰，给孟昭和发信息叫她过去吃。

一起发来的不仅有消息，还有一条转账记录，是这个月的房租。

走出很远还能听见棒球杆击中球的声音，前天的雨打落了树叶，最后叶子不出多久会烂进泥土里。

江邢买了两份冰，孟昭和进店的时候他正从柜台处端着两份冰在找座位。

天气转热，他已经换上了短袖，风从小卖部开着的窗户吹进来，在白色的校服上吹出浪波。

小卖部里没座位，他们两个不打算等位置，干脆拿着冰，一边走一边吃。

"拓展论文交了？"

"交了。"江邢挖了勺冰送入口，"交了是交了，过不过再说。"

操场上的棒球考试还没有结束，击球失败的人懊恼地坐在球场边，迎接着这次体育考试的不及格。

毕业晚会的消息陆陆续续放出来了，学生会又在每天忙毕业晚会节目的筛选和彩排。

浇着巧克力酱的冰有些化了，纸杯变软，炽热的日光照在路面上有些晃眼。
江邢问道："你手续办完了吗？"
孟昭和因为阳光半眯着眼睛，抬手用一尾小指勾下粘在嘴角的头发，回道："差不多了，你什么时候去看学校？"
说起学校，江邢没什么高兴的："就在南港，懒得去看。"
"对了。"孟昭和突然想到了什么，"六月你也住不了几天，房租别给了。"
一直说着"给钱，谢谢"的人居然不要钱了。
但想想，都五月中旬了。
没几天了。

中午吃饭，周漾看见江邢兴致缺缺的样子，掐指一算，问道："表白失败了？"
许峙摇头说："失败至少说明有些人勇敢地迈出了第一步。"
周漾在许峙旁边坐下，说道："懂了，还尿着呢？"
江邢虽然没讲话，但是给了他们一个白眼。
随着一道蝉鸣声在学校里响起，毕业晚会的时间也触手可及，他们已经结束了所有的课程。
孟昭和的录取通知书正远渡重洋而来，她交了最后一门课的考卷，她没课了也没考试了。
江邢已经站在她储物柜前等她了，他昨天考完最后一门课，已经把东西都搬走了。
他今天来学校也没穿校服，穿着短袖和及膝短裤，脚踩着一双和衣服同色系的鞋子，在和刚从考场里出来的周漾讲话。
讲着讲着就动手是男生之间的常见现象。
是周漾先找碴的。
昨天江邢就考完试了，还为此特意发了条动态，定位是南港外国语学院，配字：【永别了。】
都考完试了还来，本来想问他原因，一看他身后储物柜上孟昭和的名字，周漾就猜到了，八成是来给孟昭和搬东西的。
周漾拿话刺他："尿包啊，都最后一天了，明天毕业日了，你付诸行动了吗？"
"你急什么？"江邢自然是还拧巴着。
"想看你表白被拒绝呗。"周漾打趣道。
江邢抬手一拳捶在他胳膊上："滚滚滚。"
孟昭和走过去的时候，周漾已经走了。
储物柜里的东西也不算特别多，就是一些书和资料。

一摞书很快就把孟昭和的手臂压出了红印子，江邢把她臂弯里的书全都拿走，最后只剩下一些可以塞进书包里的小东西。

毕业晚会的大海报在学校电子屏上播放，就在明天毕业日的晚上。

江邢看见她落在电子屏上的视线，问道："明天毕业晚会，你去看吗？"

孟昭和收回注意力，下意识地看向声音的源头，回道："去啊，最后一次了。"

最后一次了。

江邢同意，好像也是最后一次探明她心意了，也是他厎的最后期限。

"一起去吗？"江邢又问。

毕业日那天活动不少，有外籍学生最爱的毕业舞会，也有夏令他们学生会组织的毕业晚会。

孟昭和说："好啊。"

江邢抱着她那一摞书，样子看上去很轻松。

德桦院离学校很近，孟昭和一路上还是问了他好几遍，需不需要她分担一点。

江邢用抱着一摞书，还能分出一只手帮她拉开单元门的举动告诉她——不需要。

那一摞书孟昭和让他先随便放在沙发上，她放了假就有时间大扫除一次了。

江邢照做了，将书随便放在沙发上，然后去厨房倒了杯冰水，凉意顺着喉咙入腹，他渐渐意识到他毕业了。

没有高考的压力，也就没有毕业时不一样的青春结束的强烈感觉。

端着那杯水，江邢走去沙发旁边坐了下来。

柔软的沙发触及即弹，连带着摞在旁边的书突然倒了，有几本倒了江邢身上。

动静传来的时候孟昭和在阳台上收衣服，还不忘提醒他："明天毕业日学校要求穿校服，你别忘了。"

"知道了。"江邢把倒下的书和资料全部重新摞起来。

随便拎起一沓资料，虽然和资料上的字互相不认识，但江邢还是知道，那大概率是孟昭和之前竞赛的资料。

他只捏着最上面几张纸，突然一张照片从资料纸中间飘了出来，落在了另一份资料上。

是孟昭和辩论赛时帮他系领带的照片。

孟昭和从阳台走进来，一眼就看见江邢手里拿着的那张照片。

心跳像是一辆车被踩到底的油门，轰鸣的引擎声只存在她自己的脑海里。有种心脏快要从喉咙里跳出来的感觉，大象在她心头迁徙，角马群带起漫天尘土。

兵荒马乱中孟昭和还能装出一副淡然模样，仿佛没把这事放在心上，说道：

"照片是辩论赛那天拍的。照相的人后来把照片给我了,我就随手夹在资料里了。"

她故意用了"随手",骗他也骗自己。

江邢重新打量起了那张照片,在一张照片上用第三视角看自己是件特别奇怪的事情。

照片上的自己垂眸看着孟昭和,那表情那神态看得他都起了一身的鸡皮疙瘩。

偷瞄了一眼回房间放衣服的孟昭和,江邢从口袋里摸出手机,趁孟昭和出来之前,把照片先放在了茶几上,然后弯腰继续去捡地上的资料和书。

最上面的依旧是竞赛资料,只是在一堆复杂的经济专用词中,她写在资料留白里的那行字显眼至极。

【你不在场,也足够照亮这团包裹我的迷雾。】

照片是孟昭和坐飞机时一直带在身边的,那沓资料是最后的总复习。

她竞赛之前在酒店里也一直在看那沓资料,回回翻到那张照片也算是给自己加油打气。

后来比完赛之后,这些资料就一直被孟昭和放在了柜子里,江邢一直在身边能看见,孟昭和就把资料里的照片给忘了。

她万万没想到这会被江邢看见。

孟昭和靠着门,调整着自己的呼吸,最后还是有一种被人识破想法的窘迫。

她抿着唇,双脚踩地板。

可门一打开,还是平时的孟昭和,波澜不惊,好像一切尽在掌控之中的从容不迫。

她开门出去的时候,江邢还坐在沙发上,正在帮她把掉在地上的书一本一本地捡起来。

她走过去,犹豫着要不要随便开口问他要不要点外卖,只见照片和一沓资料一起摆在茶几上。

资料再普通不过,但孟昭和还是一下子就看见了在一堆字中间,她手写的那一行字。

江邢听见了孟昭和打开卧室门走过来的脚步声,一抬头,发现她已经站在沙发旁边,此刻正看着茶几上的东西。

"你不在场,也足够照亮这团包裹我的迷雾。"江邢慢慢念出这行字,扭头看向她。

有了之前显摆塞缪尔的失败的案例,江邢这次也谨慎,问道:"很不错,谁说的?"

孟昭和努力放缓语气,但架不住他将自己想着他时写下的句子缓缓念出来,尾音有点飘："你要不猜猜？"

江邢不像孟昭和那样博学，记忆力又好，一个句子记得全已经实属不易，名言和人名应对起来更是难上加难。

他肯定猜不出来。

孟昭和没卖关子，说道："塞尔努达。"

塞尔努达，他不知道。

"二七一代的代表诗人，他的诗我都挺喜欢的。"

听她科普，显得江邢更没文化了。

见他不语，孟昭和准备扯开话题，却听他悠悠开口："我喜欢你。"

孟昭和一愣。

他坐在沙发上，下巴微微抬起，歪头看着她，笑着问："你猜猜这话是谁说的？"

5

和一个聪明人谈恋爱是件很有难度的事情。

孟昭和见多识广，在书里见多了各国文学里的爱，如阿黛尔·雨果，也如马尔克斯。

江邢说完之后，短暂的沉默在四周弥漫。

他玩不过孟昭和，她能抓着江邢不小心烧掉宿舍那个看似与她八竿子打不着的小转折就把他一步步算计到现在跟她合租。

她也不是个多直来直往的人，但自从那套"看书"不强求的暗恋理论已经淹死在多良的海水里之后，她也有求非己之物的贪。

她太聪明，如同对待她的竞赛题一般，她对江邢的心意一样了如指掌，就算有偏差，也不会太大。

所以她知道，这是最水到渠成的一个时机。

还差一点。

她还得给江邢添把火。

"你在跟我表白吗？"

很直白。

江邢被她这么问得有些不自信了。

"那你不应该让我猜是谁说的，而应该让我猜你是对谁说的。"

江邢斗不过孟昭和，最终在孟昭和一点点的"引导"下，讲出了那句："我是对你讲的，是在和你表白。"

孟昭和负着手站在沙发旁边，如同企业晨会里听部门经理汇报完工作的一把手,点了点头,说:"那我们就恋爱原因导致关系转变这一问题协商一下,争取达成共识。"

毕业日那天,天气给足了面子,不是烈阳高照,而是有风的多云天气。

风将国旗和校旗吹得猎猎作响,在大礼堂听完了各级领导的发言后,已经快要到了中午的饭点。

秃头的老校长喝茶的声音从麦克风里传出来,冗长枯燥的会议平时就不受欢迎,更别说是在毕业日这一天了。

四周的人起身离开出去溜达一圈后再进来,进进出出。

孟昭和这种平时坐得最端正的人,这时候也昏昏沉沉了。她将手肘撑在扶手上,用手背托着腮,旁边座位的那人起身动作不小,连排椅子振动得让她都清楚地感受到了。

手机躺在她的手掌心里,随手向下拉着信息列表,都快要饭点了,今天夏令居然没有找她一起去吃午饭。

旁边的位置很快又有人坐了下来,孟昭和先是闻见一阵熟悉的沐浴露味道,接着视线里多出一条和她抢椅子扶手的手臂。

手臂线条显得他不羸弱,皮肤不是病态的白,但也不似太阳下暴晒的酱油皮。

孟昭和顺着手臂望过去,江邢懒散地坐在椅子上,腿没规矩地朝她这边伸着,似乎坐在这一排排的观众席之间委屈了他的腿长。

江邢问道:"中午跟不跟我出去吃?"

孟昭和保持托腮的坐姿没变,她的发尾落在了江邢的手臂上,她还在刷新消息列表,还是没有夏令的消息。

孟昭和把手机锁屏,反扣在她裙子上,问道:"上回你把'有钱'的项链卖掉了,这回请我吃饭准备坑谁?"

"不是。"江邢听着她把那么丢份的事情讲出来有点坐不住了,"我以前是你租客的时候你损我就算了,我现在都是你男朋友了,你讲话怎么还这么对我重拳出击?"

孟昭和一本正经地说:"男朋友这身份又不是你的免死金牌。你是我租客的时候和你是我男朋友之后,我对你的态度没有变化,这说明我不是以色侍人的那种两面派。"

"你好能扯。"江邢看她一本正经地胡诌,抬手捏了捏她托腮的细手腕,"吃不吃午饭?放心好了,再不济请你去普里湾吃员工餐,那里不需要掏钱,不会沦落到我们两个去刷盘子的程度。"

等校长发言完,孟昭和还是跟江邢一起去吃饭了。

毕业晚会和毕业舞会都没有强制要求学生参加,上午学校官方的毕业日活动结束后便不限制学生来去自由。

不少去毕业舞会的学生都回家换礼服了。

孟昭和去看毕业晚会,下午还有联排,夏令他们又要演话剧,她还特意叫孟昭和过来看下午的联排。

校门口的人流量很大,他们两个没少去天街吃东西,但两个人单独去好像没几次,以前总是还有夏令他们。

孟昭和和江邢并肩走在树荫下,但还是有阳光从枝叶缝隙中漏出。

"今天都毕业日了,你不和许峙、周漾一起吃最后一顿吗?"

"暑假又不是不一起出去玩了。"江邢看见孟昭和抬手挡阳光,拉着她的手臂,将她换到更靠近树的那一侧,"到时候你跟我一起去?"

"准备跟他们炫耀?"

江邢想了想,是想炫耀,说:"我们都没发官宣动态。"

"见光死知不知道?"孟昭和不怎么喜欢张扬,"我怕他们说我图你家的钱。"

"有我在,谁胡说我撕……"

"法治社会,你别这么暴力。"孟昭和站在树荫下等对面的红绿灯,挡太阳的手举着有点酸了,自己抬手捶了捶手臂,"这年头虽然不许在网上造谣,但你还不准别人说句实话?"

江邢听明白了,问道:"你真就图我钱?"

孟昭和没立刻回答,陷入了短暂的沉思,然后回道:"也图你长得好看。"

这话让人听得不怎么高兴。

孟昭和还故意安慰他:"放心吧,我查过了,一般男人的颜值毁于中年发福,等你中年发福的时候我要么和你在一个户口本上了,要么早和你掰了,所以不要有颜值危机感。现在想想中午吃什么?"

"吃什么?"江邢气笑了,"我请你去普里湾吃骰子。"

他们中午吃的是天街的越南菜。点菜这种事落在了孟昭和身上,江邢没说有什么忌口,孟昭和就全照着自己的口味点了。

等服务员确定了菜品离开后,江邢手里拿着手机,眉头蹙着,眼神无比认真。孟昭和起身去洗手间,等她出来,江邢刷手机的动作和神情都没有丝毫变化。

"你在看什么?"孟昭和没回自己的座位,往江邢坐着的沙发上挤过去。

手机界面已经退回到了最初的搜索界面,但是历史搜索记录还在搜索栏的下面——

【朋友圈官宣千万不要再这样发了。】

【不烂大街的高级小众官宣文案。】

【超甜的官宣文案,快和另一半用起来吧。】

诸如此类,不少。

看清楚之后,孟昭和起身要走。

江邢反应比她快了不少,一手拉着她将她重新拉回沙发上,一手把手机递给她,说:"挑一个。"

江邢也很好哄。

孟昭和说网上的都是别人用过的,他们之间值得一条独一无二的,得容她想一想,这什么时候能想出来了就不知道了。

但江邢同意了。

返校看联排,以前热闹非凡的学校,此刻见不到多少人了。

毕竟距毕业晚会和毕业舞会开始还早。

要不是之前和夏令说好要去看联排,孟昭和现在估计也回家待着了。

沿着学校马路边层层叠叠的树望过去,热浪在空气中翻滚,不少学生都躲去体育馆或是住宿生的宿舍了。

也有还没有放假的低年级学生抱着书背着书包忙着准备功课。还有些艺术类的学生,拎着大包小包的艺术作业往教室走。

毕业晚会在操场西面的会议中心举行,孟昭和半眯着眼睛,白晃晃的阳光刺得她眼睛疼。

因为走路习惯性摆动的手臂和走在旁边的人的手臂碰到了,孟昭和不着痕迹地往旁边挪远了一些,第二次再碰到,她还是下意识地躲远了一些。

等第三次,她就知道不是无意的。

"你干吗老是挤过来?"孟昭和没地方让江邢了,再让她就要撞树了,她把江邢往旁边推开了一些。

孟昭和也不是个傻的,又问道:"你不会想牵手吧?"

"不能想?"江邢任由她把自己推远了一些,伸出手,尾指碰了碰她垂在身侧的手,"牵不牵?"

孟昭和没躲,由着他先是勾起自己的手指,最后小心翼翼地把她的手握在手掌心里。

牵手之后,江邢才有一种交往了的踏实感,说:"这才感觉谈恋爱了。"

孟昭和开玩笑:"那我们以后恋爱纪念日过这天?"

这话听着像是畅想未来,江邢爱听,爱听所以高兴。

"你们女生不是讲究什么在一起一百天纪念日、一千天纪念日,还有什么第一次牵手的百日纪念，第一次接吻……"

讲到一半，江邢停住了。

他嘴角挂着笑，仗着身高差，垂着双眸看着旁边的孟昭和，问道："怎么样？想不想多过两个节日？"

到底孟昭和还是在一定程度上占领着智商高地，降维打击在各个方面。

"可以啊，胆子大点的过母亲节和父亲节。"

撩人反被撩。

江邢呼吸都停滞了。

孟昭和笑着继续说："还有光棍节。"

江邢："……"

他就知道不是什么好话。

会议中心已经出现在视线里了，天气太热，细细的薄汗从相触的皮肤处滋生。孟昭和实在是不想晒太阳，为了能走树荫下的路，他们绕路从会议中心后门进。

灼热的日头烘烤着大地，没走一段路，附近学生都没有了。

孟昭和正准备进会议中心之后不动声色地把手从江邢掌心里挣脱，还没找到合适时机，忽然和同样牵着手的两个人迎面撞见了。

四目相对的时候，一阵风吹过，把孟昭和头顶的树叶吹落了几片。蝉鸣声此起彼伏，不远处的一棵松树长得非常好，遮云蔽日。

能遮云蔽日却没有办法为此刻面对面撞见的四个人遮羞。

孟昭和看着对面和许峥牵着手的夏令，夏令手里拿着杯奶茶，和许峥手里那杯一样的，很明显两个人不可能是各自吃过午饭后碰巧在奶茶店遇见了，只可能两个人是一起去吃的午饭。

难怪今天上午夏令没发信息找她一起吃饭，原来是和许峥一起吃情侣餐了。但自己此刻被牵到发热的手提醒孟昭和没资格说别人见色忘友。

四目相对后，尴尬如同四周的热浪席卷了她们全身。

先甩开旁边人的手跑掉的是夏令。

然后再是孟昭和。

徒留江邢和许峥还站在原地，互相在心里骂了对方一句"居然谈恋爱了"之后，给予对方同款皮笑肉不笑的笑容，来了一句："真巧。"

江邢明知故问："好巧，你和夏令吃完饭了？"

许峥同款虚伪："巧得很啊，你也和孟昭和吃完饭了？"

江邢显摆："对啊，没看见我们牵着手吗？正在散步。"

许峥反击："不愧是我的好兄弟，心有灵犀啊。我也喜欢大热天吃完饭后和女朋友散步，但……你女朋友跑了。"

"我们当然是好兄弟,你女朋友不也跑了吗?"

等孟昭和返回会议中心的时候,夏令也猫着腰出现在门口。最后两个人默契地假装什么都没有发生,相视一笑往里走。

江邢和许峙早就来了,两个人斗完嘴之后,此刻正站在舞台最旁边的服装道具旁边。

"你居然真追到了?"江邢倚着带滚轮的衣架,"你们什么时候在一起的?"

"比不上你有难度。"许峙打趣道。

表面听着像好话,细品就知道是在损他了,损他智商、成绩和孟昭和不相配。

江邢随手拿了个道具当武器,许峙立马防守。

孟昭和和夏令一起坐在观众席的最后排,看着舞台上的两个人。

夏令蹙眉,问道:"那个拿着仙女棒的是你男朋友?"

孟昭和扭头看她:"那个正在企图召唤奥特曼的是你对象?"

夏令的表情一秒恢复平常,摇头,说道:"不是啊,我不认识他。"

孟昭和做作地笑了两声,回道:"巧了,我也不认识那个拿仙女棒的。"

第十章 永不衰竭的爱意

1

联排其实没什么好看的，没一会儿夏令被叫去彩排了。

又是莎翁。

话剧表演似乎永远都绕不过这个人。

孟昭和看过话剧原著，觉得学生的表演没有那么精彩。

她看得兴致缺缺，和早上听校长演讲差不多的状态，她托着腮随手刷起了手机，除非是夏令出场的时候她才赏光抬下眸。

舞台上开始彩排，江邢也跑下来了，他还顺走了话剧道具，把仙女棒丢给了孟昭和。

还没和她说句话，他手机就响了。

是林云英。

江邢在孟昭和旁边坐下，也没回避，直接接了电话："喂，妈。"

"你准备什么时候搬回家？我安排柏丽去帮你。"

江邢听罢，瞄了眼旁边认真刷手机的孟昭和，界面似乎是某网友求知平台，孟昭和在看"英国留学生求生指南"，他支支吾吾没说出个具体时间。

挂了电话，江邢刚想和孟昭和说林云英问他什么时候搬走，只来得及讲几个字，突然话剧的背景音乐激昂了起来，把江邢吓了一跳。

孟昭和不解地看着他，将头偏过去，耳朵对着他。

在震耳欲聋的激昂音乐里，江邢嘴里呼出的热气洒在孟昭和耳朵上，声音混着音乐进入她耳朵里："我妈妈刚打电话给我，问我什么时候搬回去。"

原本指望孟昭和挽留，想看看她面露不舍，但算盘全都落空了。孟昭和若有所思地想了想，说道："你最好早点搬走，我这个暑假要把房子租出去了。"

最好早点搬走……

"你都不会舍不得我吗？"

孟昭和将手机放到旁边，拿起仙女棒，敷衍至极地挥一挥。挥完之后，孟昭和把仙女棒塞到江邢手里，还是感觉他拿着比自己拿着适合。

至于舍不舍得这一点，孟昭和想自己大约是个心狠的人，可能是因为从小都在分别。

江邢转念一想，说道："等九月份开学，我们就不在一个洲了。要不舍得，到时候再不舍得吧。"

孟昭和一愣，问道："我们还能坚持到九月份啊？"

江邢在生气，毕业晚会的表演结束之后，他没等孟昭和直接走了。

等孟昭和和夏令打完招呼走出会议中心，四下都没有江邢的身影。

孟昭和以为他自己气鼓鼓地走了，结果一出校门，就看到他站在路灯下，用脚踢着地上的小石子。

"我还以为你走了呢。"孟昭和摸准了他的脾气，冷战这招对孟昭和其实不好用，孟昭和是金牛座的，她如果不想哄了，真要冷战，没人能比得过她。

知道江邢是因为自己那句话所以才生气的。

但那是孟昭和的真实想法。

她开始认认真真地给江邢分析他们之后的状况："以后我们不在一个学校，甚至不在一个国家，你身体不舒服或者我身体不舒服总会有人比对方第一时间照顾到自己。"

解释分析适得其反，江邢更生气了："我们才在一起你就给自己找退路了？"

"万一退路是给你用的呢？"

"你质疑我？你不相信我？你还给自己开脱？"

江邢说完直接扭头走人了。

孟昭和小跑着追上去，多亏了十字路口的红绿灯拉住了他的脚步。

他被孟昭和追上了，干脆直接朝亮着绿灯的其他方向走。

不是回德桦院的路。

绿灯不长，最后几步得跑起来才能不妨碍直行的车辆通行。

你追我赶的戏码，在现实生活中一点也不浪漫，江邢沿着护城河的健康步道大步流星。

"你再走你就自己走吧。"孟昭和不想追了，站在原地给他下最后通牒。

江邢没辙，但也没转身朝她走过去，而是往后退。等看见孟昭和被路灯投在他脚边的影子后，他才回头去看，就直直地朝后面的人伸了手。

孟昭和故意不牵。

他五指动了动，似在催她。

"你不是脾气很大吗？路都不看就走。"孟昭和抬手在他手上打了一巴掌。

她到最后也没牵，双臂环在胸口，把不牵手的决定坚持到底。

江邢这辈子就没受过这种气，明明之前是孟昭和理亏，到头来好像全成他的错了，而且他还没得别的办法，自己女朋友，难道还丢护城河里叫她冷静冷静？

"就事论事。"江邢叫她别扩大矛盾，手还伸着，说，"牵着，我们就是'论事'。"

孟昭和拒绝："不牵也能就事论事。"

她态度明确也架不住江邢力气大，他分分钟把她环臂拆开，捏着她和自己反方向用力的手腕，然后把自己的五指扣进她指缝里。

牵手成功，江邢跟皇帝下诏似的说："论吧。"

"我觉得你就是太幼稚太理想化了，一个圆满的爱情故事听起来容易，但维护起来是很不容易的，尤其是在异地面前。那是要付出很多东西的，感情没有想象中那么好经营。"

江邢捏着自己掌心里没有肉的手，问道："你小时候见证了多少灰色爱情，把你搞得这么悲观？"

说句幼稚的，他就是个理想化的人。

观点与只看过童话书的小孩差不多。

他奶奶喜欢他爷爷，在那个婚嫁不自由的年代不顾一切选择了对方。他爸看上他妈，用林云英的话说就是"坑蒙拐骗"地动员了全家去追她。

有句话叫什么？

世上无难事。

他是理想主义，是"诗歌化爱情"的拥护者，可之后他居然也过了近两年"曾是寂寥金烬暗"的分手后依旧暗恋眼巴巴等着孟昭和消息的时光，等石榴红了，她也没回来。

那是后话了。

彼时爱意如同喀城这个南方城市夏天的热浪一样，浓烈又湿热。

就事论事没有论出个结果。

网红店铺门口的打卡队伍如同东西不要钱一样，装载着货物的渡轮在南港的码头整装待发。

香草味道的冰激凌就剩下一个了，孟昭和拿走了。

江邢随手从冰柜里拿了一瓶汽水，娴熟地在收银台用开瓶器开了盖子。

阿婆摇着扇子妄图说服江邢喝完之后把玻璃瓶送回来。

这自然没可能。

从天街后面走，孟昭和看见一家眼熟的水果店，突然想到了高一刚开学没多久的时候，她有一次去找孟沭，水果店的老板告诉她台球店在巷子后面。

巷口的店铺已经换了,但孟昭和望着只有一盏小灯亮着的巷子,她还记得,是那里面。

汽水慢慢从玻璃瓶里消失。

孟昭和小口小口地吃着冰激凌,伸手捏着江邢的尾指,说:"问你件事。"

他把汽水换了一只手拿,掌心的温度被从冰柜里刚拿出来的汽水带走了,他将尾指上那抹温热紧握手里,问道:"什么?"

孟昭和刚想开口,就听见有人喊她的名字。

循着声音望过去,是和朋友刚吃完饭的孟沭。

他一副醉态,眼睛半眯着,脸和脖子泛着红。

看见孟昭和真停了下来,孟沭就知道自己没有认错人,和四周的人说:"看吧,我就说是我妹妹。"

有个醉态横生,打着酒嗝的人说:"叫妹妹一起来喝一杯。"

孟昭和看着走过来的孟沭,蹙着眉下意识地后退了一步。下一秒,她的视线被白色的衣服占据了一大半。

鼻尖传来柠檬的味道,是江邢用到现在的那个味道的沐浴露。

江邢挡在孟昭和前面,看着孟沭。

本来他是孟昭和哥哥,江邢应该客气点,不过想到孟昭和竞赛前他明明知道孟昭和跟奶奶关系不好,还非要孟昭和回去,江邢就拿不出好态度。

也着实觉得没必要给不要脸的人脸。

"你是谁?"孟沭看着挡在孟昭和前面的人,酒精麻痹着大脑,但他很快反应过来了,"男朋友?"

"有事?"孟昭和的视线越过江邢的肩头,落在酒后丑态毕露的孟沭身上。

"没事,你亲情寡淡不肯回家,我在马路上碰巧看见你,和你打个招呼而已。"孟沭说罢,朝她挥挥手,"听说你要出国了?不过承你诅咒,爸爸留给你出国的钱真拿去给奶奶看病了。"

表面看上去不像是为难孟昭和,但话里尽是埋汰。

江邢傻傻地听不出来,只以为他这个当哥哥的似乎还有点哥哥模样。

目送着孟沭和他那群狐朋狗友离开后,江邢说:"你哥还好,比我想象中好一点。对了,你刚想问什么?"

孟昭和没心思循循善诱,告诉他高一巷子里他们的初遇了,语气平平的:"没什么。"

孟沭一行人已经走远了,他今天喝得有点多,忽然肩头有重量,他侧眸望过去,是刚认识没多久的一个人。

"兄弟,你妹妹挺有本事。"

"怎么？"孟沭以为这人是听见自己刚刚说孟昭和出国念书，在喀城出国念书也不是一件多稀罕的事情，"不过，她成绩是很不错，好像今年在全国经济竞赛拿奖了。"

"不是。"那人语气有点激动，"跟她牵手那个男生叫江邢。"

孟沭听着名字耳熟，但又想不起来，问道："谁？"

"普里湾老板的独生子，天街一条街都是他们家的。"那人还竖起个大拇指，"你妹妹本事不小啊。"

孟沭不太信，回头朝着他们离开的方向望过去，那里已经没有孟昭和的身影了，说道："你喝多了，发昏了吧。"

"没看错，我在普里湾看见过江邢好几次了，抱着条戴金链子的法斗。"那人保证自己没有看错人，"下回我们去普里湾消遣，是不是可以免费？"

　　毕业晚会一结束，好像高中也真的结束了。

有的时候在德桦院朝南港外国语学院的方向看，能看见学校浸在一片夜色之中，学校里路灯亮着，光影交错。

暑假他们又去多良冲了浪。

住在那次结缘认识的靳尧家的食宿酒店里。

那次冲浪季错过的烟火表演，这次他们遇上了。

烟火表演之前还有晚霞，光色帷幕漫在天空，只有半个小时的最佳观赏时间。

江邢穿着冲浪服，头上顶着毛巾，和孟昭和一起坐在沙滩上，冲浪板摆在不远的位置。他们看完晚霞后，就地看了烟火表演。

双人床的房间里，江邢和孟昭和各占了一张。

江邢玩了一会儿手机后，翻了个身，朝着孟昭和的方向侧躺着。

她拿着手机，在打字。

江邢枕着自己的手臂，问道："你在和谁聊天呢？"

"夏令。"孟昭和把手机递给他看，"她和许峙谈恋爱被她爸发现了，好像现在在逼她分手。"

他们两家那不对盘的磁场从老一辈就开始了，自己家小孩和对头家的小孩在一起了，着实不能怪叔叔拆散真爱。

江邢随便翻了两下聊天记录，又把手机还给她，问道："他们要分手吗？我怎么都没听许峙说什么。"

孟昭和把手机那头的夏令安抚好后，把手机放到床边，说道："应该不会，他们都收到同一所大学的 offer（录取通知书）了。"

同一所大学的 offer……江邢扯了扯嘴角，说不羡慕是假的。

"我笨。"江邢又给自己找借口,"但我这么个消极的读书状态开始之前我不认识你。"

"我知道啊,所以顺其自然嘛,异地恋也有异地恋的谈法。我又没想过叫你放弃这里的学校陪我读书。"孟昭和将被子往上拉了拉,这话反过来也是的,她也没想过为江邢放弃前程留在南港。

江邢没想那么多,就听进去那句"异地恋也有异地恋的谈法",好似孟昭和也在考虑他们之间关系的维持办法,他为这一点开心。

开心她珍重这段感情。

"以后我可以坐飞机去找你。"江邢算了算英国的假期,"有好多好多假期可以让我去找你。"

江邢在旁边盘算着以后。

孟昭和将被子盖在下巴上面,薄薄的空调被上是廉价清洗剂的味道,嗅着上面的味道,孟昭和始终没有搭腔。

第二天,有人在多良的沙滩上举办婚礼。

江邢早上醒来的时候,孟昭和正兴致勃勃地站在阳台上看远处的那场婚礼。

热浪已经在多良的海面上翻滚而来,江邢走到她旁边,睡眼惺忪地说:"吹风也会黑,现在你不怕黑了?"

"正准备回去呢。"看到新郎新娘拥吻,知道婚礼也差不多结束了,孟昭和被海风吹得汗津津的,"结婚本就需要勇气,这个时候结婚更是勇气可嘉。"

"那你以后想什么时候结婚?"

"四月吧。"孟昭和想了想,"在四月的黄昏暮色里。"

这个想法是随口说出来的,可等她随口说出来之后,旁边的人背靠着栏杆,冷不丁地"嗯"了一声,接着又说:"好的。"

2

王赛拎着饭来到宿舍楼下的时候,一个女生从旁边窜出来,手里拎着一个纸袋子。

女生口音听着像喀城本地人,拎着袋子的手负在身后,问道:"请问你是江邢的室友吗?"

王赛不用听到最后也听懂了,伸手说道:"行吧,东西给我吧。"

那个女生倒也不客气,把东西给他之后笑着说了声再见就跑了。

王赛趁人走了之后,偷偷看着里面的东西,不知不觉已经走到了宿舍门口。

一开门,只有万年不下床的二号床上的人还在宿舍。

"江邢呢？还没下课啊？"王赛抬手去掀江邢的床帘，发现床铺是空的。

二号床的人躺在床上打游戏，说道："江邢？凌晨的飞机走了。"

"课不上了？"王赛把礼物丢在江邢桌上，"去找他女朋友了？"

"废话，一年哪个节日你见江邢没过去的？"二号床的人看见了王赛丢在江邢桌上的礼物，"我就好奇，他女朋友有这么大的魅力吗？"

"江邢的朋友圈背景头像和微博头像不全是他女朋友吗？你没看见吗？"

"脸看见了，我说的内在。"

"内在？"王赛坐在自己座位上吃饭，今天的筷子又是残次品，"看看外在就不错了，江邢能让你看见他女朋友的内在？"

飞机降落在机场，江邢已经深谙英国机场的效率了。

等了半个小时后，他拿到了自己的行李。

目的地脱口而出，街道上白茫茫的一片，雪堆积在四周。

马上就是圣诞节假期了。

大腹便便的英国秃头的士司机不是个健谈的人，江邢也不和他搭话，换上临时的电话卡，给林云英报了个平安。

和孟昭和异地了两年不到，他已经能娴熟地计算两地的时差了。

现在是国内上午十点。

林云英刚开完会，看见儿子发来的越洋短信，把手里的文件递给吴柏丽，给江邢回信息。

林云英：【每次放假都是你跑去找她，怎么就不见她回来找你一次？】

倒也不是对孟昭和有意见，实在是自己儿子平时在学校，一放假就坐飞机出国，她不是对儿子占有欲极高的母亲，但也架不住会有想儿子的时候。

江邢：【你红包准备好了没？准备好了我就带她回家了。】

林云英：【和你一本正经地说着呢。】

江邢十二月底飞英国去找孟昭和必然是要跟她一起过圣诞节和元旦的，洋节日老人不在乎，但元旦这样的节日不一样。

林云英不忘叮嘱他给奶奶打个电话。

司机把他载到了目的地之后扬长而去。

江邢从小就生活在喀城，一个几十年冬天都没飘过一片雪花的城市，别说下雪了，就是冬天跌到十度以下都是稀罕事。

他从喀城飞过来，实在是吃不消这突然的温度变化。喝了一杯热可可后，江邢才老远看见孟昭和从同学的车上下来，开车的是个男生，金发碧眼。

车不差，毕竟是在剑桥，俗话说得好，在剑桥，有钱、有权、会划船，总

265

要占一个。

隔着车窗玻璃，江邢和车里那个男生视线交会，黑色的汽车驶过他们，和白色的积雪对比鲜明。

孟昭和小跑过来，也不在意她脚上那双鞋防不防滑。

"我们今天下课要分配小组作业，所以晚了，你怎么不找一家店坐着等我？"孟昭和知道江邢怕冷。

这不是江邢第一次飞来找她了。

去年孟昭和第一次在英国过圣诞节的时候，江邢就飞过来找她了，也是像这样冻个半死，喜获人生第一个冻疮。

不过那次没住几天，他立马又回国了。国内大学和英国大学不一样，江邢没有圣诞节假期，所以那次来也匆匆去也匆匆，一过完圣诞节他就走了。回学校考了一门试，第二天又来了，似乎全然没把机票钱当作钱。

孟昭和被他牵着手，问道："你今年怎么来这么早？"

"老师调课了，而且这次考试考得晚，我过完元旦再回去。"

一进公寓楼里，江邢才渐渐觉得自己活过来了。

孟昭和的公寓在二楼，采光很不错。

一个客厅，两个卧室，两个储物间。

不是学校提供的宿舍，但是离学校很近。是孟昭和和一个中国女生合租的，江邢第一次来就没有见到那个室友，孟昭和说对方是已婚人士，那年圣诞节和她丈夫一起去龙道泡温泉了。

"今年她也不在？"江邢进屋后，看见紧闭着的另一扇卧室门，有点窃喜。

"嗯。"孟昭和把柜子里的男式拖鞋拿给他，"现在有热水，你去洗个澡吧。"

江邢从行李箱里随便找了件换洗衣服，冲了个澡出来之后，他身上的寒意去了一半，但还是觉得冷。

虽然同样是喀城人，但好歹孟昭和是一点点感受到英国的降温，总比江邢这样直接从十度以上的城市飞到这个零度以下的城市要好。

床上的被子铺好了，床单下面垫着加热的床垫，孟昭和趁他洗澡的时候打开的。现在躺进去，已经挺暖和了。

这是江邢第一次睡她床。去年孟昭和公寓里之前租客的双人上下铺还没有换掉，他睡下铺，孟昭和睡上铺。

那会儿他还忍不住问："你隔壁那对已婚的，她老公来了，他们也分开睡吗？"

孟昭和看着书，没察觉到江邢话里的酸味和委屈，问道："没有啊，我室友房间的床换了，别为难英国工人的办事效率了，这次床的数量不够，就先换了几个房间的床,到我时正好没有了。"

这次就不一样了,江邢裹着孟昭和的被子在她床上滚了一圈。她坐在书桌前正在看资料,是圣诞节假期的作业。

加热的床垫一点点带走他身上的寒意,增加了倦意。

虽然是坐飞机,但也累。

他迷迷糊糊地睡着了,醒来的时候,天都黑了。

他翻了个身,旁边的床上有人。

旁边的人很惬意地把腿搭在他身上。

江邢大脑还没有开机成功,惊吓地起身,看清是孟昭和才意识到自己来英国了。

懒人床头支架上摆着她的平板电脑,她靠在床头,正在看课件的教学视频。

感觉到旁边躺着的人突然变大的动静后,孟昭和把耳机摘了,问道:"怎么了?"

"没事。"江邢松了口气,重新躺回被窝里,把脸埋在孟昭和的胳膊上。

他就一个脑袋露在外面,朝着躺在自己旁边的人眨巴眼睛,说:"我都来了,你还看什么资料?"

孟昭和抬手双击了屏幕暂停,斜睨着旁边那个满脸写着邀请的人,谈了一年多恋爱了,他什么心思,孟昭和还是知道的。

任由他将自己从半靠在床头的状态变成彻底躺平。

江邢将胳膊伸到她后背,把人拉进怀里,问道:"今天送你回来那'金毛'是谁啊?"

"和我一个学习小组的。"孟昭和放松了身体,任他抱好之后在他怀里找了个舒服的姿势。

江邢帮她把肩头的被子塞好,又问:"你跟他说了你有男朋友了吗?"

"他没问,我也没说。"孟昭和转头,看着江邢的脸,他眼尾微垂,刚睡醒的人,眼睛水光十足,"要不你下回给我支烟别耳朵上?"

"算了,今天看见我了,他应该也知道他和我之间的差距了。"江邢收紧了抱着她的胳膊。

孟昭和打击他:"他剑桥的。"

孟昭和刚说完,感觉自己的腰被他不留情地捏了一把,不疼,有点痒。

"我家有条街。"

"是是是。"孟昭和把腰上的手拿掉,"这学期课上得怎么样?学了些什么?你后面没课了吗?怎么这次这么早就来了?"

江邢的手被她从她腰上拿走了。

江邢一边讲,一边又不着痕迹地把手又放回去:"开了张病假条。"

"你找熟人造假的病假条?"孟昭和想不出来,"普通小感冒不行吧?"

江邢大拇指刮蹭着她腰肢上的皮肉,说道:"我妈好几年前投资了块地,那块地前年建了医院。"

和很久以前他显摆为什么他炸了宿舍还没被开除一样,不是捐了栋楼,而是学校建在他家地皮上。

孟昭和伸长胳膊,搂着他脖子,说道:"突然更爱你了。"

"怎么我感觉突然到来的爱不是因为我来看你呢?"

孟昭和手摸着他的头发,说道:"错觉错觉。"

不知不觉,两个人枕在一个枕头上,鼻息交织在一起。

天又开始下雪了,雪悄无声息地落在窗台上,窸窸窣窣布料摩擦的声音在耳边响起,没有壁炉营造浪漫,房间里昏暗。

重量落在自己身上的时候,孟昭和没躲。

江邢把孟昭和视线里大半的天花板挤出了她的眼睛,温热潮湿的感觉先出现在她嘴角。孟昭和默许了他的动作后,江邢一点点地放开。

孟昭和嘴上亮晶晶的,是他的杰作。

直到呼吸和体感的温度都飙高,孟昭和能明显感觉到他身体起来的反应。

江邢有点喘,手撑在她身侧,问道:"要不……"

"我不太支持婚前性行为。"

孟昭和话音一落,江邢眼前一昏。

见她的眼神无比认真,十秒后,江邢在旁边躺下了,扯过被子盖过头顶,闷闷地说:"你暂时别和我说话。"

孟昭和拉过被子,心跳得很快,但孟昭和知道并不全是因为刚刚的情热,而是她一说,江邢就真停下来的尊重。

看着旁边被子隆起的部分,孟昭和笑意更浓了:"要不你再去洗个澡?热水还挺多的。"

3

早上孟昭和醒的时候,旁边床上没有人了。她听见卫生间传来的水声,裹紧被子翻了个身想抓着睡意的尾巴再补一会儿觉。

但迷迷糊糊中,听见些许响动,孟昭和睡在靠外的地方,身上的被子被掀开,江邢把她往里挤,孟昭和闭着眼睛滚了两圈给他让位置。

他刚洗完澡,身上带着热气和沐浴露的味道。不再是柠檬味,是她浴室架子上的甜橙沐浴露味道。

江邢把人捞进怀里的时候,孟昭和的睡意彻底没了。

相拥入睡虽然浪漫,但很不舒服,法式热吻同理,浪漫但容易让人窒息。

孟昭和伸了个懒腰,问他几点了。

江邢偏头看她很少展露的懒洋洋的样子,头发有点乱,少了口红和眼线,看着比平时还幼态一些,身上蓝底白条纹的睡衣和他的是一套的。

"快九点了。"

孟昭和揉了揉眼睛,说:"我今天带你出去玩?"

"去哪儿玩?"

虽然来英国读书已经一年多了,但孟昭和其实也没有去哪里玩过,每天不是加入图书馆学习气氛组,就是在各个教室里上课,有时候也会懒得动弹,窝在房间里写作业。

相较于国内的大学,似乎无聊单调了很多。

孟昭和刷江邢的动态,甚至看看两个人的聊天记录,能知道他今天去多良冲浪了,后天要去伊岗的山地公路玩一天的越野摩托。

今天住家里被"有钱"半夜爬了被窝,改天睡宿舍里半夜又被室友的呼噜声和臭袜子味道折磨得食欲、睡眠都差了。

孟昭和还在思考是否要带江邢去打卡哈利·波特,要不要大冬天去吹吹泰晤士河面的寒风。

江邢看她若有所思的样子,往她旁边拱了拱,说道:"你想不出来?我有想法。"

"想去哪儿玩?"

江邢笑盈盈地说:"床上。"

说完,他的腿就被踹了一脚。

孟昭和从他怀里挣扎着起来,随手将头发扎起来,催促道:"快点起床。"

江邢早上洗澡的时候就洗漱好了,孟昭和在卫生间刷牙洗漱的时候,他换好了衣服,坐在她书桌前的椅子上,书桌上的书很多,所以不算多整齐。

资料夹摆成一摞,江邢随手翻了翻。

和以前读书时看她的作业资料一样,还是看不懂。

书桌上的书立里是她这一年多以来所有的读物杂志书刊,江邢翻了两本就没兴趣了,想把书重新放回去的时候,看见了书之间的信封。

他没有偷看的心思,但看清了信封表面印着银行的标志。

信封上有一块透明的区域,上面有孟昭和的名字,下面是她的住址,这是银行常见的那种账单信封。

江邢蹙眉,下意识回头看了眼关着的卫生间门,拆开已经拆开过的信封,里面是学生贷款。

贷款的金额不小,要求她在毕业后一年半还清。

今年的英格兰跌破了有史以来的最低温,喀城还是十几度的冬天,江邢短短两天感觉自己过了一年四季。

脖子上围着孟昭和的围巾,黑色的,他系起来也不突兀。

泰晤士河面被寒风吹起褶皱,街道上的店铺还开着,白金汉宫前的卫队正在换岗。江邢站在泰晤士河边吹风,双层的红色巴士驶过他面前,看着两层敞篷的设计,江邢棉服下的鸡皮疙瘩都起来了。

孟昭和看他怕冷的样子,将围巾替他围紧了一些,问道:"要不我们回去?"

江邢吸了吸鼻子,像个女朋友似的挽着孟昭和的肩膀,说:"难得来一趟。"

"去年你来不也是裹着被子在我床上睡了好几天嘛。"

威斯敏斯特大教堂里今天人还算少的,他们去看了那块让曼德拉醍醐灌顶的无名氏墓碑。

它和一群曾经显赫一世的英国国王或是享誉世界的世界名人的墓碑比起来并不显眼,上面的译文,江邢看得一知半解。

匆匆逛了一个多小时后,江邢肚子饿了,仰望星空派没能够被端上餐桌,他们宁可去唐人街吃一顿算不上很正宗的中国菜。

店里开着暖气,江邢这才觉得活过来了。

虽然是中国餐厅,但江邢看着菜单上面的英文,突然有点不认识这些菜都是什么了。

孟昭和提醒:"看图片点。"

"都说时尚是个圈,以前流行的现在也流行。同理,小时候不识字就会看图,现在读了十几年书最后还是和小时候一样只能看图片。"江邢将菜单摊开,自己动手解着围巾。

听他讲歪理,孟昭和帮他把理变得更歪了:"你难道不应该得出读书没用这个道理吗?"

"老实说,好像有点道理。"江邢将围巾解了一半,人不动了,沉思了半响,但立马嘴甜地补了一句,"不过读书还是必要的,不去南港外国语学院怎么遇见你啊。"

孟昭和用餐厅里提供的水壶给他倒了杯热茶,说:"嘴巴这么甜?"

"空口无凭。"他得了便宜还卖乖。

孟昭和瞥他一眼,说道:"想让我亲你一口采集证据就直说。"

江邢被戳中小心思了:"那我直说了?"

孟昭和瞥了眼旁边和他们一样黑发黄皮肤的华侨同胞，虽然不知道对方汉语有没有退化，但还是立马伸手捂住了他的嘴巴："不准你直说。"

江邢的脸不大，孟昭和的手指又纤细修长，他上半张脸露在她掌心外面。

挡住半张脸后，她所有的注意力都集中在他的眼睛上，他眼睫毛很长，投在眼底有一片小阴影，捂着嘴巴也不能锁住他讲话："那我拐弯抹角地说？"

讲话呼出的热气洒在孟昭和的手掌心。

痒。

吃过午饭后，身体没有之前那么怕冷了，但这顿饭实在是说不上有多好吃，厨艺似乎是每个留学生必备的技能。

孟昭和双手揣兜，江邢挽着她的胳膊，问道："晚上你做饭？"

"嗯，我们去趟华人超市。"孟昭和看见垂在自己臂弯里的手，伸手将被风吹红的手握在掌心，揣进棉服的口袋里。

江邢也不客气，手揣在孟昭和口袋里反握住了那只比自己温热的手，问道："可以点菜吗？"

孟昭和想了想后说："看你贡献。"

"我会烧白开水。"江邢自告奋勇地说，"烧饭也行，就是我之前给你做过的。"

不会做饭的人很常见，但把"爱心便当"做成在能吃范畴，不算难吃但和好吃完全不搭边的境界，也实属不易。

孟昭和回味了一下那已经"悠远"的味道，扯了扯嘴角。直接打击不好，毕竟是他烫了手做出来的。

孟昭和轻捏他的手指，说："你站在旁边什么都不做，就是对我最大的鼓励和帮助。"

"听着不像是好话啊。"江邢想，说出这个观点主要的原因是孟昭和不是个嘴下留情说好话的人。

"错觉错觉。"

孟昭和带着江邢去了她常去的华人超市，今天还是老板的女儿在收银。江邢推着购物车跟在孟昭和身后，他就负责推车。

食材和调味料一件一件地被放进购物车里。

江邢看见一瓶包装特别可爱的调味料，没看路，一边往前推着购物车，一边伸手去拿调味料。

直到购物车撞上了前面突然停下脚步的孟昭和，江邢吓了一跳，怕购物车的前轮撞到她的脚，将停在半道上的人拉到自己旁边，问道："你怎么突然不走了？脚疼不疼？"

说完，江邢才发现孟昭和的视线落在不远处正对着她笑得有些勉强的女人。

女人长着一张亚洲面孔，臂弯里挎着一个购物篮，推着一辆儿童小推车，小推车上系着一个气球。

江邢从那个女人的眉眼之间隐隐看出孟昭和的样子，心里大概能猜到这是谁。

是任馥贞先看见孟昭和的，等她注意到自己了，才对孟昭和打招呼。

任馥贞推着小推车走到他们面前，推车里是一个三四岁的小孩，围嘴上染着奶渍，嘴里咬着奶嘴，饶有兴趣地仰着头，小手拉扯着系着气球的线。

"好巧啊。"任馥贞的视线扫过他们，最后落在江邢身上。

孟昭和注意到了任馥贞的目光，介绍道："我男朋友。"

任馥贞朝江邢笑了笑，客套地说："有空的话一起吃个饭吧，我今天还有点事情就先走了，你们慢慢逛。"

和江邢想象中一点也不一样的"见丈母娘"的修罗场画面。

很快他们也买好了东西，江邢一只手提着比较重的那个购物袋，另一只手牵着孟昭和。

和任馥贞的见面，总让他觉得有点不对劲，但又说不出来哪里不对劲。

孟昭和从碰见任馥贞之后就变得有些寡言，她将食材放在桌上，站在冰箱前正整理着冰箱格子里的东西。

孟昭和做了个暖身的火锅，又炒了两个菜。

江邢反坐在椅子上，手搭在椅背上，看着厨房里忙碌的身影。她开了点窗户，以防止房屋里的火警系统被触发。

孟昭和脱掉棉服后，只有较宽松的一件短款毛衣，显得她比之前还瘦。

江邢从椅子上起来，走到孟昭和身后抱着她的时候，她正在等火锅汤底煮沸。

孟昭和用胳膊肘捅了捅有点"碍事"的人，问道："等着急了？"

"你跟阿姨关系不好？"

孟昭和没讲话，没来英国之前她以为挺好的。

那时候孟昭和想任馥贞愿意用她丈夫的钱给自己买房子，以为来英国见到任馥贞会上演一出母女相见后热泪挥洒的亲情戏码，两个人相拥大哭着阔别许久迟到的相见。

开学那天任馥贞等到孟昭和办理完所有手续才来，她甚至都没有在喀城进行开学军训有着时差的江邢关心多。

去年万圣节的前一天，孟昭和和薛与梵逛街的时候遇见了在店里买南瓜和糖果的任馥贞，当时任馥贞客套地说"万圣节要不要过来和妈妈一起过"。

那次是孟昭和第一次去任馥贞和她丈夫在英国的住所，席间男人很客气，饭后任馥贞让孟昭和跟着一群孩子一起去要糖果,但孟昭和比他们夫妻预料的回来得早,孟昭和听见了男人要求任馥贞以后不要经常带孟昭和过来的要求。

男人的原话,孟昭和一直记着。

"我给她买了房子就是希望她不要过来找你,不要打扰我们的家庭。"

也是,如果这个男人真的能够接受她,当年任馥贞或许就会带着她一起走了。

那次之后,孟昭和再也没有去过任馥贞在英国的家。

她也没有找在喀城的亲爸要过留学的钱,而是用理性权衡利弊和未来的可能性去申请助学贷款,和靠着南港那套房出租的房租过日子。

孟昭和用胳膊推了推身后的人,说:"帮我去房间找根发绳,我头发有点碍事。"

贴着自己后背的怀抱离开后,孟昭和突然觉得从窗户缝隙吹进来的风有点刺骨,她其实并不怕英国湿冷的冬天了。

江邢在孟昭和床上找到了一根黑色的发绳,走到她身后,五指穿过她的头发,黑色发绳扎两圈有点松,说道:"绕第三圈又绕不上去。"

孟昭和关火了,说:"那就这样吧。"

4

有一块土豆最后烂在了清汤锅里,最后和几片白菜叶一起被孟昭和倒进了垃圾桶。

锅碗都已经摆在了洗碗机里,运行的声音有点大,但卧室的门关上,便听不见什么了。

墙壁上投影着《哈利·波特》,找的是不带中文字幕的的原版。

两个人都有南港外国语学院的念书经历,让他们看起来不困难。

孟昭和靠着江邢的手臂,感觉到落在自己肩头的手正缠绕着自己一绺头发,发丝被他绕来绕去。

他玩得起劲。

孟昭和晚上吃得很饱,身下的加热垫也不遗余力地把热意输送给她。

她打了一个饱嗝,江邢下意识扭头去看她,笑声很轻。

孟昭和听见了他的笑声,问道:"笑什么?"

"没什么,饱嗝是对厨艺最诚实最实在的赞誉。"他手朝床头柜伸过去,"喝水吗?"

"喝。"

江邢把水杯递给她,等她大口喝了半杯之后接过杯子重新放回床头柜上,说道:"明天吃可乐鸡翅行吗?"

见他点起菜来了，孟昭和伸手，说："给钱。"

这句话虽然会迟到，但是永远不会缺席。以前好歹还加个"谢谢"，谈恋爱之后连个谢谢都没有了。

江邢靠在床头，睡衣扣子也没有好好扣，一个大男人的锁骨和肩又直又好看。他抬手，将自己的手拍在她掌心，问道："肉偿行吗？"

"在钱这方面，我坚决不让步。"孟昭和不给商量的余地。

贫嘴了两句，在电影的音效下，孟昭和听见了洗碗机结束工作的提示音，正准备起身去收拾，被她随手丢在床上的手机接到了最新的消息，细小的振动也被江邢听见了。

"我去吧，你躺着。"江邢起身穿拖鞋，动作很麻溜，但还是叹了口气，"唉，用劳动力换取一口饭吃。"

孟昭和还是不放心地问："你行吗？"

"瞧不起谁呢？"江邢说着就走出了卧室。

孟昭和拿出手机，是任馥贞给她发来的短信。

说他们一家人圣诞节要去瑞士度假不在家，意思是告诉孟昭和这次圣诞节没有办法喊她过去吃饭了，在短信的最后面还问她是否需要钱。

可能是曾经脐带相连所以感情不同，孟昭和有时候不知道是否是自欺欺人，她总觉得任馥贞还是有一点爱自己的，否则也不会给她买房子。

任馥贞只是更爱自己。

孟爸爸也曾经为孟昭和准备过出国的钱，但他只是更偏向于自己的母亲。

孟昭和不是不被爱着，只是从来不是别人的第一选择。

每每想到这里，孟昭和从不会再回复父亲或是任馥贞的短信，既然自己不是对方的第一选择，孟昭和宁愿去借助学贷款，她把自己物化，变成一件待价而沽的商品，去衡量自己未来的价值。做到这个份上了，她想自己对他们从来不是最重要的，那干脆不成为他们的选择，咬碎了牙和血吞，她想要和他们彻底划清界限。

肇。

删掉了任馥贞的短信，孟昭和躺回被窝里，睡意已经没了。她隐隐听见厨房传来锅碗瓢盆碰撞的声音，等瓷器碰撞的声音消失后，脚步声在她卧室门外响起。

"摔了几个碗？"

"没有摔。"江邢掀开被子躺进被窝，"就是有几个碗磕了几个豁口出来。"

意料之外，情理之中。

孟昭和不是靠在床头看电影的姿势了，整个人已经躺在被窝里，半张脸埋在被子里打哈欠。

江邢把电影关掉，跟她共枕一个枕头，像是普通情侣之间的睡前闲聊。

"我和你一起跨完年再回去，你说阿姨知道我什么时候回去吗？她会不会等我回去了联系你，喊你带我去吃饭？"

江邢还记着任馥贞今天在华人超市里随口说的那句话。

本来就是随口一说的邀请，孟昭和没放在心上，她是一个失望惯了的人，又想到任馥贞刚刚在短信里说的话，这次江邢是没办法"见丈母娘"的了。

本来孟昭和想直接告诉他任馥贞只是随口一说，但望见他总是带着水光、很亮的眼睛，孟昭和又把话收回去了，不忍直接打击他。

"你好幼稚啊，江邢。"

刚说完，一只手捏上她腰窝。

孟昭和怕痒往旁边躲，又被人伸手捞了回去。她挣扎了一下，没拧过抱着自己的手，也不白费力气了，习惯性地把腿搭在江邢腿上。

房间里只留着卫生间门口的一盏小灯，房间昏暗，四下也安静。

"江邢，你真的很想见我家长吗？其实他们并不好，见了还不如不见，甚至我都不是很想见他们。"

江邢从小家里关系就好，爷爷奶奶相敬如宾，他爸妈在他记忆中也恩爱，家人于他而言很重要，是真正意义上避风的港湾，是他骄傲的资本。

"但那不是你的家人吗？家人很重要啊，以后我也是你的家人。"

原生家庭造就了他们两个在家庭归属度上的差别。

孟昭和知道这个差距的大小，所以她不在这件事上和江邢做过多的辩论。

江邢见她不说话，天真地觉得自己三言两语就能把孟昭和说通，说通她去克服十几年的亲情寡淡。

"我其实也挺想带你去见我妈和我奶奶的，你什么时候回国？我安排安排。"

孟昭和来英国之后就没有再回去过了，国内的房子被她出租了，她回去也没有地方住，还不如待在这里，而且这里的房租也不会因为她假期少住一个多月就不算她的。

大约是讲起了他的家人，江邢慢慢给她说家里的状况，虽然大部分情况孟昭和早就有所耳闻。

"我爷爷和我爸爸都是很年轻就去世了，别人都说是我们家开赌场太缺德遭报应。我虽然不信这些，但有时候还是会担心我是不是四十岁也要驾鹤西去，到时候留你孤儿寡母多可怜……"他越说就把孟昭和抱得越紧，仿佛四十岁就在眼前一样。

一截手臂横在孟昭和后腰上，越收越紧，直到孟昭和脸颊都贴在他胸膛上了，她才勉强仰起脸看着江邢，问道："可怜吗？我拿着你的遗产再婚，就是不再婚我……"

看着怀里那个毛茸茸的脑袋，江邢气血上涌，将她搭在自己身上的腿夹住，问道："孟昭和，你是不是怕四十岁的时候送不走我？"

孟昭和后腰上的睡衣有些往上跑了，江邢后知后觉自己手臂上的皮肤和她后腰上的皮肤相贴着，也不是没有摸过，甚至还摸过好几次了。

江邢很喜欢像个老中医一样隔着皮肉摸她的脊椎和骨骼。

掌心贴上去的时候，孟昭和挣扎着从他怀里翻了个身，背对他，装出一副自己要睡觉的样子，"好心"提醒他："别摸了，等会儿你还得去洗澡。"

江邢把她散在后面的头发撩开，将脸埋在她后颈处，鼻尖嗅着她头发和沐浴露的味道，没听孟昭和的提醒："你说我们能在英国领证吗？我只知道拉斯维加斯是可以注册结婚的。"

孟昭和朝后踢了他一脚，说："自己去洗澡，快点。"

江邢没动："先得在你身上找点刺激，这样去洗澡才能速战速决。"

当他的掌纹贴上孟昭和心口的那一刻，孟昭和感觉自己全身都在烧。他倒不像是在自己身上找刺激，反而像在她身上点火。

孟昭和感觉自己后颈上洒下的呼吸和鼻息变得更加急促和炽热。

在她马上要缴械投降的那一刻，床头柜上的手机发出振动，孟昭和的意识逐渐回笼，她听见一声低骂。

江邢的好事被打断了，通常没什么人找他，除非是找他吃喝玩乐。

但大部分大学同学经过第一年的相处就知道江邢每逢节假日都要飞去英国找他女朋友，所以除非是一般工作日，不然不会找他玩。

江邢收回在孟昭和身上作乱的手，伸手去拿床头柜上充电的手机。

等看清楚短信发送者是谁后，江邢双眸里的混浊褪下去了不少。

见江邢起床，孟昭和以为他要去洗澡了，说道："热水管够。"

但很快孟昭和就看见他拿着手机进了浴室。

短信是孟沭发来的。

他今天和朋友一起去普里湾赌钱，他朋友输了个精光，在厕所门口和一个服务员杠上了，发生了一点小摩擦，现在普里湾的保安要把他们赶出去。

江邢还是了解自己家赌场规矩的，要是小摩擦也不可能被保安请出去了。

孟沭第一次找上江邢的时候，是孟昭和刚去英国没多久，江邢逃了一下午的军训回的普里湾，孟沭当时也是输得口袋空空，在别人耍无赖。

就在他快得罪对方的时候，他一眼就认出江邢就是那个之前在天街被他遇见时和孟昭和牵着手的男生。

江邢觉得这个未来大舅子实属不像样子,比他还不像样子,但那毕竟是孟昭和的哥哥,他也不好见死不救。

结果擦了一次屁股之后,江邢这种平时老是闯祸让林云英头疼不已的儿子现在去给别人收拾烂摊子。

江邢老办法处理:"你就说是我朋友,不要说你是孟昭和的哥哥,这样他们不会为难你。老规矩,下次别这样惹事了。"

5
江邢从卫生间回来的时候,孟昭和已经侧卧着睡着了。

上床的动静再小也还是把孟昭和给吵醒了。

后背贴上有些湿热的怀抱,孟昭和是看见江邢拿着手机去浴室的,打趣了一句:"和妹妹在厕所聊完天了?"

"不是妹妹。"江邢把人抱进怀里,"我洗个澡的工夫你居然都睡着了,良心不痛?"

孟昭和没睁眼,等他躺下后,习惯性地把腿搭在他身上,不怕他更生气似的添油加醋:"良心要是会痛我还能让你去洗澡?"

说完,感觉搂着自己的手臂猛地松开,孟昭和明所以,睁眼见江邢伸手去拿床头柜上的手机。

"我非要看看我们能不能在英国登记。"

"毛病。"孟昭和伸手去抢他的手机,把他的手机塞到自己的枕头下,"你困不困?睡不睡觉了?"

"困也不是特别困,睡也能睡,但你要找我干点别的我也……"江邢一顿,"有力气。"

"那你去把厨房那几个碗的豁口补起来吧。"

孟昭和说完,江邢老实了。他将下颌贴着孟昭和额头,说:"睡觉。"

可老实安静了没多久,他又开口轻唤了一声孟昭和:"睡了吗?"

"怎么了?"

江邢想到了自己之前看到的助学贷款账单,手指摸着她肩颈的皮肤,说道:"没什么。"

他说完,先前一直闭着眼睛的孟昭和睁眼。

孟昭和学他细细地摸着他的肩颈,轻轻地捏着他的耳垂,说道:"下回吧。"

孟昭和话只说了一半,但江邢立马就懂了是什么意思。他有点激动,将埋在自己颈窝的人往上提了提,和她鼻尖相抵,问道:"是我下回来,还是我下回洗澡的时候？"

孟昭和没给他准确答案。

在那些交织的呼吸中，孟昭和往被窝里钻了钻，脸贴着他的睡衣，手捂上他嘴巴，说："不准讲话了，睡觉。"

江邢来英国其实也没有玩过多少地方，他本意就不是来旅游的，只是想陪孟昭和。今年他还算逗留得比较久，只是等英国又落了一场雪，他还是没等来他期待中的和丈母娘的饭局。

孟昭和想直接和他说的，但看着用她笔记本订机票，有些失落的江邢，孟昭和没打击他，伸手捏了捏他的耳垂，说道："下回你来，我提前和我妈妈说好，让她空出时间。这次她临时有点事，还让我和你说不好意思呢。"

"真的啊？"

"真的。"孟昭和嘴上这么说，但眼睛不敢看他，借口扯起了别的话题，"你什么时候把你的行李收拾一下，检查一下有没有漏的东西。"

"没事，反正下次还要再来的。"

江邢的机票买在二号早上，等到了临走的早晨，他又赖在孟昭和被窝里不肯起床，盘算着自己下次什么时候能来："过年我放假，但你要上课，而且我得去我奶奶那里，不过年初四之后应该可以过来找你。之后是复活节，不知道你复活节的时候我能不能再请到假。"

"你累不累？"孟昭和用指腹摸着他耳后，"过年你就在家好好陪阿姨吧。"

江邢又问："那复活节我过来？"

"你又不上课了？江邢，你老实告诉我你上学期挂了几门？"

江邢不肯说，说了孟昭和铁定不准他复活节过来。

他没时间在床上磨磨叽叽了，打着要误机的由头起床把自己挂了大半科目这件事给搪塞了过去。

去机场的路上，江邢兴致不高，望着街景捏着孟昭和的手，恨自己当年念书的时候混日子，他要是好好念书，就能像许峙和夏令一样申请同一个大学了。但想想孟昭和这个程度，大概也不是他好好念书就追得上的。

机票已经拿到了，江邢拿着护照不太想走。

每次都是这种怅然若失的情绪，直到得到了孟昭和说复活节她去找他的口头许诺，江邢才展露一丝喜悦。

大厅里已经在播报登机通知，孟昭和松开握着他的手。

江邢一步三回头，说道："那我等你回来。"

江邢回喀城之后，调整了一下时差就又要回学校了。

他和宿舍里其他几个人关系一般般，男生之间相处比较容易，江邢这个人也好说话，虽然不经常回宿舍住，但是网费、水电费照旧平摊。

光这一点，他就简直是所有男生都梦寐以求的室友。

江邢一回宿舍就看见了自己桌上的礼物盒。

宿舍里几个人躺在床上，打着不同的游戏，看见江邢回来了，开口打趣他这几天过得滋不滋润。

虽然江邢好说话，但这方面的玩笑，他不会和室友开。他假装没听见，拿起桌上的礼物盒，问道："谁的？"

王赛趁着英雄复活，举手回道："我那天回宿舍的时候，有个女生叫我带给你的。我记得你认识她，刚开学的时候她还在新生晚会上跳过舞，叫什么挺好？"

"齐好。"江邢纠正他。

因为曾是南港外国语学院的同学，当时在一个大学里碰见时，江邢还挺意外的，不过在齐好表露了几次"贼心不死"之后，江邢就懒得搭理她了。

江邢礼物也没拆，随手丢进垃圾桶里。

江邢提醒他们："下回别帮人代送。"

回到喀城之后，江邢迎来了寒假前的考试周。孟昭和还是照旧那么忙，她好似每天都有写不完的作业，几次江邢找她，她都要隔半个小时才回复。

【我在做小组作业。】

江邢最后一节课下课，喀城都已经天黑了，他收到了孟昭和发的消息，这个时间点都是英国的十一点多了。

他打了一个视频电话过去。

第一个没接，第二个是孟昭和打回来的。

环境背景一眼就能看出来不是在公寓里。

江邢看着屏幕上的人，问道："你在哪儿？"

"我在学校图书馆。"孟昭和回答完他之后，无缝切换英语模式在图书馆的咖啡店里点了四杯咖啡。

"你怎么还在图书馆里？"

"赶小组作业。"孟昭和叹了口气，他们小组作业还没有结束，然而最后期限已经在脖子上方三厘米了，它即将在明天上午十点的时候落下来。

孟昭和正戴着耳机和江邢聊着天，没有注意到后面走来的人。那人拍了拍孟昭和的肩膀，开口是非常正宗的英式发音。

这是孟昭和一个学习小组的成员，他叫劳里·珀，英国人，祖上有一点法国血统,但到他这里,连法语都听不懂。

他解释道:"莉莉想吃松饼,我怕你不好拿咖啡,就过来帮你。"

孟昭和被劳里吓了一跳,本能地下意识躲闪,让他短暂地出现在了镜头里。

江邢在晃动的镜头里看清了那张脸,之前圣诞节他去找孟昭和的时候,孟昭和就是从这个男生车上下来的。

江邢问道:"怎么了?"

孟昭和重新把手机镜头对着自己,说:"没事,我一个学习小组的成员。"

没聊两句,前台的服务员把东西都打包好了,孟昭和准备挂电话:"不说了,我买的咖啡好了。"

虽然劳里听不太懂中文,但猜到了大概的意思,比孟昭和先伸手拿过那些咖啡,说:"没事,我来拿吧,你继续接电话。"

图书馆里也不好再继续接电话,孟昭和还是和江邢说了再见之后把电话挂了,没让劳里拿着,拎着那袋饱腹的甜品跟上了他的脚步。

刚回座位,江邢的短信也来了:【怎么又是那"金毛"?】

孟昭和:【他叫劳里,他是因为其他人肚子饿了去咖啡店里买一点甜品。】

孟昭和:【只是一个学校小组的而已,不和你说了,我们开始赶作业了。】

江邢:【我还是喜欢你第一学期那个学习小组,全是女生。】

孟昭和:【幼稚。】

国内过年的时候,孟昭和还在上课,但有几次去唐人街的时候看见过年元素还是会愣几秒。

三月底,学校里的学生正在准备一年一度的划船比赛。

孟昭下课后拎着购物袋回去的时候,薛与梵也正巧从学校回来,怀里抱着能砸死人的英版时尚杂志,因为找钥匙,平板电脑都快要从有些脏旧的帆布包里面掉出来了。

孟昭和赶忙上前解救她。

薛与梵看见孟昭和后松了一口气,说:"你回来得真及时。"

孟昭和拉开门让她先进,问道:"过年你老公不来找你吗?"

"今年过年他们家要去祭祖。"薛与梵在玄关口脱了鞋,穿着拖鞋走到客厅的沙发处,把怀里的东西和肩上的书包都放下。

虽然她们只是普通合租室友,但是孟昭和一开始就知道薛与梵的丈夫是顶着家里的压力和她结婚领证的,她和夫家人关系不好,所以两个人到现在也没有办婚礼,她也一直没有以儿媳的身份和她丈夫的家里人相处过。

但薛与梵其实乐在其中,她懒得去应付婆媳关系,光是学业就够她头疼了。

薛与梵在沙发上松了一口气,问道:"你男朋友不来找你?"

"我复活节才回去,他元旦陪我没陪家人,他和我不太一样,他挺看重亲情的,我就没让他过年再来找我。"孟昭和在厨房给自己倒水,拿起薛与梵搁在沥水架上的马克杯,"喝吗?"

"谢谢。"

柠檬水很解渴,歇了好一会儿之后,薛与梵邀请孟昭和今天晚上一起去逛唐人街,蹭蹭过年的气氛。

两个人一起去华人超市买了速冻饺子,但孟昭和这样的南方人,过年吃的大多都是汤圆。

一排一排的红灯笼挂在街道上,一家店外面的大屏幕上正在转播春晚,不少人似乎不畏寒地站在那边看转播。

期间薛与梵走开去接了一个电话,是她丈夫打来的。

等每年必不可少的小品开始的时候,孟昭和的手机也振动了。

江邢刚吃完早午饭,今天的喀城也不冷,他在奶奶家里游手好闲。

"没我陪你过年,冷不冷清?"

"还好吧,我室友今年过年也一个人。"孟昭和说实话。

电话那头江邢"哼"了一声,语气听上去没有话里说的那么高兴:"那还真是可喜可贺啊。"

拿着手机的手有点冷,但孟昭和还不想那么早把电话挂断,问道:"你在干吗?"

"没干什么,昨天该收的红包都收完了,下午准备出去玩。"江邢走到奶奶的院子里,懒洋洋地坐在铺着毛毯的躺椅上。

"那挺好,你好好玩。"

"你怎么都不问问我和谁一起出去玩?"

这压根儿不需要问,夏令这个时间点在美国,许峙也在,今年他们两个人的父母都特意飞到美国过年。

算来算去也就只有留在国内念书的周漾可能性最大。

即便猜到了,但孟昭和还是装模作样地问,给江邢一个亲口说的机会。

"你和谁出去玩啊?"

江邢卖了一下关子才肯说:"跟周漾,放心,没有女生,就我们两个人。"

没聊两句,孟昭和听见电话那头有人喊江邢,便不打算拉着他继续煲电话粥,说了两句新年快乐之后就把电话挂了。

薛与梵正好也打完电话。

孟昭和还没来得及把刚切断电话的手机锁屏,一条转账通知就来了。

江邢:【压岁钱。】

江邢:【保平安的。】

江邢:【原本打算昨天晚上给你转的,但怕你睡觉手机没开静音被吵醒,我今天起晚了,所以现在才给你。】

孟昭和给他转回去了。

孟昭和:【我又不是小孩了。】

江邢:【没结婚就一直是小孩。】

发完这条之后,他把孟昭和转回来的钱,又转过去了,还补了句。

江邢:【我奶奶说的。】

但江邢很快又想到了孟昭和那句"我不太支持婚前性行为",重新点开聊天界面,又给孟昭和发了一条。

江邢:【在我们没生小孩之前,都是小孩。】

头顶红红火火的灯光照着孟昭和的脸颊,薛与梵走过来就看见她勾起的嘴角,熟络地勾着她的手臂,问道:"走吗?"

"走。"

"你看上去心情变好了。"

孟昭和大方地承认是刚和男朋友打电话的原因。

薛与梵听完笑了:"果然谈恋爱和结婚是不一样的,等你以后板着脸接电话,对面大概率是甲方和你老公。能打听一下你们聊什么了吗?"

孟昭和想了想,笑着说:"被人用永不衰竭的爱意表白了。"

第十一章 你就仗着我喜欢你

1

江邢有一门课得等过完年开了学才考。

考试前那一个晚上他又在用一支笔一本书等待一个及格的奇迹，室友复习失败之后，痛定思痛，把全宿舍的手机都收起来，锁在了衣柜里。

江邢借此才勉勉强强看了一晚上的书。

但考试这个东西向来是考的全不会，会的全没考。好不容易背了还考的，等默写的时候发现自己又忘了，最后好不容易记起来了，却记混淆了。

室友回宿舍两腿一伸，无可奈何地说："等补考呗。"

手机终于从室友的衣柜里被拯救出来了，江邢一开机，看见满屏幕的未接电话和短信的时候，脑子有点蒙。

是孟沐和孟昭和。

薛与梵没敢去敲孟昭和的门，不久前她听见了从隔壁卧室里传出来的吵架声。合租到现在，孟昭和在她印象里一直是一个脾气还可以的小姑娘，爱干净，没有不良嗜好。

想着还是给孟昭和留一点个人空间，薛与梵把做好的便当放在桌上，贴上便利贴就离开了。

孟沐在普里湾闯祸了，他先给江邢打电话，但这次江邢因为复习，手机被室友锁衣柜里没接到。

孟沐看着态度坚决已经报警的吴柏丽，不得不先打电话给孟昭和，让她帮忙找江邢。

孟昭和这下不仅知道孟沐今天闯祸了，还知道江邢一直以来给他收拾烂摊子。

"也没有叫他干嘛，就是有几次让他帮忙结账，我和朋友在普里……"

"你和你朋友怎么不去死啊？"孟昭和听到一半就觉得头疼，"你要脸吗？

你是谁啊？你叫我男朋友帮你去收拾烂摊子。"

孟沭保证道："就最后一次，这次他们家要报警。"

"你最好现在就洗洗屁股去坐牢。"

孟沭急了："我是你哥。"

孟昭和被气笑了："你是畜生。"

"孟昭和你真不是个人，你就和奶奶说的一样，心狠。"电话那头的人开始破口大骂了。

孟昭和不示弱，反问道："你就是个人了？"

把孟沭的电话挂掉之后，孟昭和颓废地坐在床边，所有情绪一下子涌上心头，堵得她有点呼吸不过来。

江邢的电话一直没有打通，生气和心疼混在一起，孟昭和倒在床上，把脸埋在被子里化成闷闷的一声脏话。

今天的课很满，孟昭和上午的状态很差，糟心的事情还不止一件，他们的小组作业被退回来了，辅导员完全没有留情面地给了评价："我看到一半的时候还以为是DL大学学生的作业。"

DL大学，一级慈善师，专收被牛津、剑桥拒绝的学生。

话里的意思他们都听懂了。

下了课为了作业，他们这个学习小组不得不再去图书馆里。劳里拎着外带的咖啡回来，看见孟昭和倦意十足的样子，以为是作业给她的打击。

"你别放心上，不是给我们一次重做的机会了吗？这次好好做。"

孟昭和接过咖啡，对他说谢谢。她自己知道不全是因为作业，但有些事情还是不想和别人说。资料和笔记本摊了一桌，孟昭和深吸了一口气，将烦心的事情先抛开，不想因为自己的状态拖累同学重做作业的节奏，把手机开了静音放进书包里。

由于时差，江邢没有能够第一时间联系上孟昭和，等他把孟沭那件事解决完，他还是没打通孟昭和的电话。

室友找他一起出去吃饭放松，他拿着手机一直在刷消息列表。

走进包厢的时候，江邢一抬眸撞上已经坐在里面的齐好，下意识蹙眉往后退了一步，看了眼包厢的门牌号。

王赛推了推江邢，说："没走错，那什么挺好的朋友和老二在一起了，所以就喊上我一起吃饭了。"

江邢听王赛再一次把齐好的名字念错，也不想纠正了。

江邢随便找了个位置坐下来，手机长亮着摆在桌上，随便哪个APP的推送都能把他惊到，草木皆兵。

他注意力全在手机上，等喝了一瓶啤酒后，才回味出了麦子发酵的味道。他是沾了酒脸和脖子就会泛红的人。

他们不知道江邢酒量差，一个个还在叫服务员再搬一箱啤酒过来。江邢拿起手机借口去上厕所缓和一下。

走廊尽头有扇窗户，三月的喀城已经领先大部分城市率先开始回暖，风吹着也不冷。

风有踪迹可循，此刻踩着最远处的树梢和行人的发梢奔驰而来，最后迎面撞在江邢身上。

安静了好久的手机再一次振动，江邢拿起手机看见发消息的人的备注瞬间清醒了不少。

江邢没回消息，直接给孟昭和回拨了一个电话。

此时孟昭和刚从图书馆里出来，凌晨的英国街头，只有几家二十四小时营业的快餐店还开着门。

莉莉提议吃完东西再各回各家，孟昭和胃口不佳，但还是被他们拖上了车。

江邢电话打过来的时候，孟昭和和劳里坐在座位上，等待着精力依旧充沛的莉莉点单。

她手机忘记关掉静音了，还是劳里先看见孟昭和亮起的手机屏幕，提醒她。

"喂，等一下。"孟昭和起身准备去外面接电话，起身没注意，腿撞到了桌子的边缘。

江邢隐隐听见电话那头传来男人提醒孟昭和小心的声音，蹙眉问道："你们那边都几点了？你还在外面？我怎么听见男人的声音了？是不是又是那个'金毛'？"

"你吃饱了撑的是吗？"孟昭和推开快餐店的门，开门见山，"你帮孟沭去收拾烂摊子了是吗？"

刚刚还准备好好问她怎么大晚上不回公寓和男的在外面，结果孟昭和前一句话一出，江邢火气就上来了，接着就听她说孟沭那件事。

"那不是你哥吗？要不是你哥我都懒得搭理。"江邢手搭在窗棂上，"没事，你不用感谢我。"

"谢谢？你脑子发昏了？孟沭是个什么垃圾你看不出来？"孟昭和吼完意识到现在是在大马路上，她随时都有被周围市民控诉扰民的风险，马上深吸了一口气压下了自己的怒火，"为了我你去给他收拾烂摊子？那我还真是感动啊，我在你心里这么重要，重要到你都舍得去给那个蠢货花钱。"

以前在南港外国语学院念书的时候，第二学年有一次作业，老师没给阅读范围，让他们自己选择一本书写论文。

在写腻了莎翁之后，孟昭和没有丝毫犹豫选了珍妮特·温特森的书，但没有选择她最著名的《橘子不是唯一的水果》，而是选的珍妮特的自传。

孟昭和自认为自己和故事的主角还是很不一样的，她或许更不幸一些，可依旧自我安慰，虽然自己拥有母亲的时间更短，但没有母亲的童年，她从来没有被要求必须活出怎么样的人生。

孟昭和很小的时候就想好了以后不和这群家人生活在一起。

所以她宁可去申请助学贷款也不想再向爸爸要钱，她可以彻彻底底和那群人划清界限，完全跳出那个盖上盖子的名为"原生家庭"的垃圾桶。

但现在，她喜欢的这个人却在她脚踝上系上绳子。

绳子的一头是她，另一头是那个垃圾桶。

"江邢，我现在告诉你，我的家庭关系不像你家，我从小的生长环境和你也不一样，我不像你天天看童话书，童话书里还有恶毒后妈呢。我不像你一样看重亲情，我家里人对我来说就是附骨之蛆。我要你无私奉献了吗？为了我去帮孟沭？为了我这三个字真是全世界最好的道德绑架。你能不能不要那么理想化，那么幼稚？"

酒精把江邢脑子烧昏掉了，每一个字都从他左耳进，右耳出，最后雁过无声，他就听清和记住了最后两个字——幼稚。

她现在嫌弃自己幼稚了？

第一次喝醉酒他变回苗苗班的样子她都没有觉得自己幼稚，现在说他幼稚了？

嫌弃他没那只"金毛"成熟了？

"对，我幼稚，我没有你旁边那个叫什么劳里的'金毛'成熟。"江邢打着酒嗝，"你可以嫌我幼稚，但我在喜欢你这件事上比谁都认真。"

话语权回到自己手上后，江邢大脑宕机了，说话已经不过脑子了："你死撑什么呀？有家里人的帮助不好吗？你跑去助学贷款，你真觉得一个大学生出来能赚很多钱吗？你说我理想化？你在这件事上难道不理想化吗？"

孟昭和没讲话，英格兰的风好冷，拿着手机的手都有些僵了，嘲讽讥笑的语气连她自己都没有察觉到："是呀，你一出生就在我的终点线上了，不对，你是套了我无数圈之后生在了别人的终点线上。"

电话那头江邢的声音还在响起："孟昭和我对你不好吗？你要去国外念书，我和你谈异地恋。你就没有为我想过吗？你当我钱真的多，随随便便飞去找你是吗？对，我是钱多，但我不累吗？"

谈恋爱里有很多禁忌。

如果要排序,"我累了"能登顶榜首。

第二天,江邢早上起床后,在床上翻了一个身。大脑后知后觉地开了机,他只记得自己昨天晚上喝了酒,然后和孟昭和打电话。

一想到孟昭和,江邢立马从床上起来。

但映入眼帘的是有点陌生的环境,不是他宿舍,也不是他家里。

江邢下意识地低头,裤子还好好地穿着,再掀开旁边的被子,没有女人。他松了一口气后,思绪慢慢清晰了起来。

再打量四周,江邢才发觉有点眼熟,好像是周漾家。手机已经没电关机了,此刻像块废铁一样摆在床头柜上。

昨天晚上周漾和同学一起出去吃饭,他刚在卫生间上完厕所,隐隐听见外面走廊上有个熟悉的声音。

出去一看,还真是个熟人,应该说比熟人还熟一点的苗苗班熟人。

江邢拿着手机,醉态已经掩盖不住了。

他说着说着,都有点结巴了。

周漾没办法,只好把人带回家了。

他简单做了个早饭,去开客卧的门,发现江邢居然醒了。

周漾倚着门框,看着呆坐在床上放空脑子的人,想到他昨天晚上喝多了又抱着电线杆人畜不分的样子,打趣道:"孙子,醒了?"

江邢抓了抓头发,往后一倒,靠床头,问:"我怎么在你这里?"

"昨天我们在一个饭店里吃饭的,怕你当街表演幼儿园舞蹈,爷爷我好心把孙子你带回家收留了一个晚上。现在你既然醒了,就起床洗漱准备吃早饭。"

江邢还没彻底清醒,低骂了一句。

之后他才慢悠悠地从床上爬起来,说道:"借我一根充电线。"

江邢在客厅里找了个插座给手机充电,洗漱完出来,手机还不能开机。看着桌上卖相极其一般的早饭,他胃口一般般,还挑剔了起来。

周漾忍了忍,说道:"放平时我连粥带碗塞你嘴里,但今天我慈悲为怀,毕竟有些人昨天刚经历了分手这么难过的事情。"

"分手?"江邢蒙了。

"对啊,你昨天打电话和孟昭和说分手了。"周漾语气听起来有点幸灾乐祸,拿着橙汁给江邢倒了一杯。

江邢脑子彻底罢工了,之后零零碎碎的片段开始闪回,喃喃道:"我有病吗?我怎么跟她说分手了?"

周漾在江邢迷茫的视线中点了点头,说道:"你说了,你确实有病。"

江邢猛地从椅子上起来，拿起还在充电的手机，现在每一秒开机的等待对他来说都是折磨。

好不容易开了机，他给孟昭和打去电话，没打通。

给她发微信，被拉黑了。

江邢去她的 IG，发现还没有被屏蔽，就最近一条留言，又给她发了私信。

【我错了，我昨天喝酒发昏了，我说话没过脑子。你把我从小黑屋放出来，我给你打电话解释。】

私信没有石沉大海。

孟昭和在江邢准备订机票去找她之前回复了。

【漏了，IG 居然还没有屏蔽。】

江邢一愣，再发私信，被拒收了。

2

江邢彻底联系不上孟昭和了。

最后他只能寄希望于夏令，但夏令能站在他这边简直就是他痴人说梦。

过了三天后，江邢想到了被吴柏丽送进警察局的孟沭。

江邢没准备像以前一样无条件帮孟沭了，想让孟昭和看在孟沭没他帮忙得坐牢的份上找他。

孟昭和还是没把江邢从小黑屋里放出来，只是叫夏令给他转述了一句话。

"该怎么样就怎么样。对女服务员进行性骚扰，我这边建议直接枪毙。"

他们知道了孟昭和对亲哥的态度，都说孟昭和心狠。

江邢瞥了眼说得最起劲的王赛，说道："她和她家里人关系本来就不好，她家人对她不好，她没必要对他们好。"

但这件事他懂得太晚了。

孟昭和把要对江邢说的话转发给夏令之后，有点颓废地坐在沙发上。

薛与梵回到公寓时，她面对沙发椅背，人往前倾，下巴倚着沙发。

薛与梵从厨房端了两杯热可可出来，问道："看你这状态怎么这么多愁善感呢？"

孟昭和接过马克杯，嫌有点烫，没直接喝，把和江邢分手这件事告诉薛与梵了。

薛与梵知道他们感情一直很好，但又想到那天孟昭和打电话发火的样子，对这个结果也没有那么意外。

"闹矛盾了？"

孟昭和把自己原生家庭这件事说了一遍，又说江邢帮孟沭收拾烂摊子这件事。

薛与梵听明白了，自己拼命想要逃出来的原生家庭，换作是谁都不喜欢男朋友和这样的家人有牵扯，又问道："但……你能否认他爱你这件事吗？"

"他说他累。"孟昭和在沙发上转了个身，把马克杯放在茶几上，人往旁边一倒。她还记得那时候电话里江邢声音的疲倦，略带埋怨的话仿佛下一秒就要放弃她。

那天孟昭和站在夜色浓郁的街头，看着不远处用报纸、纸板御寒的流浪汉，哽咽着说："你要是累，那就分手好了。"

电话那头回答得特别快："随你，你要分手就分手。"

孟昭和听罢就把电话挂了。她自己提的分手，她以为她能不动声色，但事与愿违，她已经不记得自己什么时候那么狠狠地哭过了。

被退回的作业，初到英国的不适应，偷听到母亲和英国继父的话都不曾给她那么大的打击。

孟昭和在寒风肆虐的街头，一把眼泪一把鼻涕地哭，用被风吹红的手把江邢的电话和微信全部拉黑了。

劳里在快餐店里看见孟昭和在哭，跑出来把他的外套披在她肩头，问道："出什么事情了？"

从孟昭和哭得断断续续的话语中，劳里听出她分手了，安慰里带着些许喜悦："没关系，我喜欢你，我也可以对你好。"

"你这个人怎么这么没有眼力见？"孟昭和把身上的外套脱下来，丢还给他。看他一脸蒙，孟昭和才意识到自己说的是中文，然后用英语说："我不喜欢你。"

孟昭和不记得自己那天怎么走回公寓的。

回忆至此，孟昭和撇嘴，说道："他第二天找我，我其实挺开心的。"

"你给他机会了？"

孟昭和拿起旁边的抱枕，说："没，我把他IG也拉黑了。"

薛与梵无奈地笑了："我打赌他肯定会飞来找你。"

"我准备去找他。"孟昭和看着灰白色的天花板，"我不能否定他对我的喜欢，我准备复活节假期回去一趟。"

薛与梵拿起马克杯碰了碰她搁在茶几上的杯子，说："提前祝你一路顺风。"

三月下旬，一年一度的赛艇比赛正在倒计时，孟昭和看着复活节回喀城的航班信息，手机一振，是任馥贞。

孟昭和到医院的时候，已经是任馥贞的弥留之际了。

去年圣诞节她去滑雪的时候摔了一跤，当时任馥贞没有在意，结果一个月前开始频繁头疼。等她一周前在家里昏倒再送到医院已经回天乏术了，能用上的医疗设备都用上了，大大小小的手术做了不下五台。

那个英国男人并不让孟昭和一直陪在旁边，怕任馥贞放不下孩子而痛苦地挣扎。他们都知道任馥贞没有多少时间了，频繁地急救续命不过是在徒增她的痛苦，这些靠着仪器才争取来的活着的时间她也没有办法感受它的流逝和生活的阳光。

任馥贞在一周后的早晨去世了，出乎意料的是，后来的葬礼那个英国男人让孟昭和参与了全程。

牧师站在石碑前讲述着任馥贞的一生时，孟昭和低头看着身上黑色的衣服，听着耳边隐隐的抽泣，不敢相信一个活生生的人就这样无声无息地躺在泥土之下。

办完任馥贞的葬礼已经是复活节之后了，孟昭和一身风尘疲倦地回到公寓，已经错过了回喀城找江邢的假期。

躺在床上翻了一个身，她看着窗外灰蒙蒙的天，起身问薛与梵最近是否有人来找她。

"没有，但我有一天在工作室睡了一晚上，应该不会有人那么不凑巧地就那天来了吧？"

孟昭和去问了公寓管理员有没有人给她留下字条或者便签。

管理员摇头说没有，她还是不死心，在门口又找了几遍，依旧没有任何和江邢相关的东西。

夏令明显是一个不知道什么叫作"宁拆十座庙，不毁一桩婚"的人，但好在江邢和许峙那么多年兄弟没白当，有时候许峙也会施舍给江邢一些孟昭和的消息。许峙和夏令感情稳定，有时候夏令和孟昭和聊天之后，会随口向许峙透露一些，许峙转头再告诉江邢。

比如孟昭和在准备考研了。

比如孟昭和可能要去高中经济老师梁老师投资的工作室。

比如孟昭和卖掉了德桦院的房子。

比如孟昭和可能不回来了。

江邢一愣，问道："她不回来了？"

许峙说很大概率，毕竟德桦院的房子都卖掉了，她要是想回来应该不会卖掉房子的。

江邢自我安慰道："万一她急需用钱呢？"

但又一想，她是不是出什么事情了，所以急需用钱？

不过任凭他怎么想来想去也没有人可以为他答疑解惑。

"到时候直接问她不就好了。"许峙让江邢别瞎想。

"我去哪里问她？我现在都不敢去任何一个APP上问她了，生怕她发现原来这个APP还没有拉黑我。"

分手之后江邢去找了她一次，他敲了很久的门，那扇门都没有开。

被拒之门外这件事，把江邢打击得不轻。

他回来病了一场，不敢让林云英知道自己抱着"有钱"偷偷哭了一晚上。

第二天，"有钱"就开始绕着他走路了。

孟昭和一下子消失得太干脆了，干脆到不留给江邢一点再去找她的勇气。

"当面问。"许峙在江邢一脸疑惑中宣布，"我和夏令准备结婚了。"

晚上，江邢抛下许峙，和周漾去下馆子。

周漾开了瓶啤酒，往有豁口的酒杯里倒酒。

江邢伸手准备给自己也拿一瓶，周漾眼疾手快，拿筷子敲他手背。

江邢讪讪地收回手，问道："你说结婚这件事这么容易的吗？"

"不知道。"周漾哪儿知道，他都没谈过恋爱，"你觉得呢？"

问完意识到自己不该这么问，周漾马上说："对不起，你肯定觉得难，毕竟你分手了。"

周漾道了句歉，但丝毫平息不了江邢的憋屈："我怀疑你是故意提起的。"

周漾喝了酒，所以是江邢开车把他送回去的。

随手搁在中间杯槽里的手机振动了一下，是林云英。

林云英：【你奶奶带着齐好来了，不想见就现在掉转车头。】

江邢看着快要到家的十字路口，趁着红灯给妈妈回复了消息。

江邢：【母爱真伟大。】

林云英：【别溜须拍马，我看你讲好话我都怕，总觉得你马上就要伸手问我要钱。】

江邢在家门口的红绿灯掉了头，一脚油门开去了普里湾。

江邢奶奶信佛，平时喜欢去庙里烧香。世界很小，这年头一起打牌的叫牌友，齐好奶奶和他奶奶没想到是多年的"香友"。

一来二去，他奶奶默认了齐好半只脚进了他们家。

好在林云英主张恋爱自由，在中间当个和稀泥的好人，一边不忤逆丧夫丧子宠溺独苗苗孙子的老人，一边给儿子通风报信。

江邢把车停在他老妈的专属停车位上，没眼力见的保安走了过来，看见是他之后打了个招呼又走了。

普里湾上面是食宿酒店，江邢叫前台给他开了间一层楼都没有人的房间。

没了听墙脚的风险，江邢晚上睡得还算不错。

第二天早上，江邢是和林云英一起在普里湾吃的早饭。

林云英脱掉高跟鞋，换上室内拖鞋，说道："昨天晚上你奶奶还非要叫我给你打电话问你回不回去了。"

"我不是都和奶奶说了我不喜欢那个齐好吗？"江邢看着端进林云英办公室的早饭，随便挑了一份自己喜欢吃的，"你让奶奶别操心了。"

"你奶奶又没事做，没事做就想着给你找对象。"林云英不准他挑食，让他再拿一份蔬菜沙拉。

"她有孙媳，比现在她挑中的这个好无数倍。"江邢说着往嘴里塞了一个虾饺，"你叫她放心。"

"孙媳？之前那个？"林云英都笑了，"说实话，儿子，我都瞧不起你，你真是太丢你们江家男人的脸了。"

他爸爸在他妈妈二十岁的时候就先下手为强了，他爷爷在婚嫁不自由的年代和他奶奶自由恋爱结婚了，他呢？被人甩了。

老子英雄儿好汉，不仅在事业方面，爱情方面也一样。

"你以前不还说我爸不是个人，在你二十岁的时候就惦记你了。你现在倒是数落起我来了？我这叫让祖国美丽的花朵再成长两年。"

林云英打趣道："再成长两年就被别人采走了。"

孟昭和收到夏令要结婚这个消息的时候，她刚参加完大学毕业典礼。

毕业典礼也是一个需要精力去参加的活动，因为得抱着鲜花和一众大约这辈子都不会再见面的人合照。

劳里问孟昭和能不能合照，孟昭和思索了片刻之后同意了。

他问道："我听说你申请了喀城的大学？"

孟昭和点头。

"你很喜欢南港吗？"

喜欢吗？谈不上多喜欢。那座城市的快节奏其实会让人很疲倦，仿佛在透支生命，但她从小就活在喀城。

那座城市有纸醉金迷，有高昂的房价，有累死人的"996"生活模式。

孟昭和说："南港有一个我喜欢的男生。"

参加完毕业典礼回到公寓，孟昭和收到了夏令说她要结婚的消息。之前已经发到邮箱里的录取通知书和夏令发来的结婚请帖安安静静地挨在一起。

"你要结婚了？"

"是啊。"电话那头夏令的语气轻快，"你会回来给我当伴娘的吧？"

孟昭和回喀城是在七月份，助学贷款在卖掉德桦院的房子的时候就已经还掉了，剩下的钱孟昭和在任馥贞的葬礼之后准备还给那个英国男人。

意外的是，虽然那个英国男人不待见她，但并没有要那笔钱，于是孟昭和用那笔钱在南港买了一个精装修的小公寓，她一个人住绰绰有余了。

孟昭和回国读研这件事没什么人知道，她连夏令都没有告诉，就只告诉了梁意致。

梁意致和他大学室友合开了一家风投机构，邀请孟昭和以投资助理的身份来工作室实习锻炼。

这年头"American-born Chinese（在美国出生的华裔）"简称"ABC"的男人受到不少女生的喜欢，孟昭和打趣自己也是"ABC"，因为投身风投，想要留在风投的办法就是：Always be closing（永远完成交割），俗称"ABC"。

等去梁意致工作室实习这件事尘埃落定之后，孟昭和才告诉夏令，彼时夏令正为婚礼筹备忙得脚不沾地。

两个人久别再次见面，是在七月中旬，喀城的天热得人想原地封印在空调房里。

夏令到咖啡店的时候，孟昭和正在看项目资料。

曾经要好的朋友并没有因为许久不见而产生距离感，她们还是和以前逛街一样，相互挽着手臂，夏令诉苦婚礼筹备的烦琐。

"没有想到你们最后居然真的走到了一起。"孟昭和朝夏令竖起大拇指，"爱情啊，真是个奇妙的东西。"

"我也是脑袋发昏才答应他求婚的。我们那天去曼哈顿玩，后来去了隔着一条河的新西泽州的酒吧喝酒，我喝得有点多，就去一个街区外还开着的便利店里买水喝。你不知道，那天真的像是在拍美国大片，持枪抢劫，我心都悬在嗓子眼了。许峙抱着我躲在仓库里，我当时都准备用手机写遗言了。"

想起那时候的画面，夏令耳尖泛红。她捂着嘴巴躲在许峙怀里，拼命掉眼泪，他的声音在自己耳边响起，很轻。他告诉她，他不会让她死的。

遇见抢劫这件事夏令没有告诉过别人，毕竟遭遇持枪抢劫，是个人听了都会像孟昭和现在这样惊得下巴都要掉下来。夏令更不敢和她爸妈说，只能说她和许峙这段绝地逢生的大难不死的爱是青梅竹马的日久生情。

夏令和孟昭和两个人各拿一杯奶茶，准备去看看衣服，随便逛逛街。

夏令挽着孟昭和，偷偷瞄了她一眼，小声问道："我听说阿姨去世了？"

孟昭和"嗯"了一声，一边嚼着嘴里的果肉，一边说："她去滑雪的时候出了意外，复活节的时候因脑溢血去世了。"

夏令一听这个时间，不由得一愣。

她和许峥在一起，不可能听不到江邢的事情。虽然她以前看不惯他们三个狐朋狗友，但俗话说得好，嫁鸡随鸡，嫁狗随狗，现在她都和许峥是一个红本子上的人了。

纠结了半天，夏令还是开口了："你知道吗？江邢复活节的时候去英国找你了，他敲了一天的门都没有人给他开门，他以为你真的一点都不想见他。我听许峥说那次他蛮惨的，回来还生病了。"

这些事从别人口中听说，惊讶翻倍。

那天很有可能是孟昭和去参加任馥贞葬礼的时候。

夏令探口风："你想过再给江邢一次机会吗？"

夏令和孟昭和见面连一杯奶茶都没有喝完，江邢就从许峥那里听说孟昭和回来了。

江邢等着许峥再多说一点："然后呢？"

许峥摊手，无可奈何地说："没然后了，我又没在我老婆身上装窃听器，我怎么知道然后呢？"

还是今天早上夏令说要和孟昭和逛街，许峥这才知道孟昭和回来了。

江邢也知道了他们结婚孟昭和要当伴娘。

她是伴娘，他是伴郎。

那天他们肯定会见面，肯定会讲话。

那天怎么还不来？

"你老婆去逛什么街？她现在见什么孟昭和？她就应该好好待在家里筹备你们的婚礼。"

许峥瞥他，说："我都不着急，你着急什么？"

江邢歪理一大堆："这才叫兄弟，作为兄弟迫不及待想要见证你幸福的时刻。"

听他胡说八道，许峥顺着玩笑继续说："那你别当伴郎了，伴郎要给我挡酒，你酒量不行，你来当花童吧。"

花童？真当他是苗苗班的？

江邢骂道："滚。"

3

孟昭和趁着还没有开学，跟着梁意致一起研究项目。前年他辞掉了南港外国语学院老师的工作，也是前年结了婚，现在老婆孩子热炕头了。

生的是一个很可爱的女儿，五官和梁意致很像。抱着孩子过来的是一个看上去与孟昭和差不多大年纪的女人。

孟昭和用资料挡了挡脸，用复杂的眼神看向梁意致，说道："但不得不承认，温柔老男人的确很吃香。"

梁意致一把抱过孩子，说："这是我妹妹。"

孟昭和把资料放下，不好意思地说："抱歉，误会解除。"

孩子刚被梁意致抱了没一会儿，就挣扎着想从抱孩子动作完全不及格的爸爸怀里出来，朝着办公室外带她来的女人伸手："佳禾，佳禾……"

梁意致给她的小屁股上来了一巴掌，教育道："你要叫小姑，不准叫小姑名字。"

梁意致把孩子抱出去给自己妹妹之后，叮嘱了两句又重新回办公室和孟昭和讨论项目资料，又问了她开学的时间。

"那等你课表出来了，你发给我，我给你排班。"

"彻底压榨可利用价值吗？"

梁意致纠正道："这叫现在不努力，老了吃苦。"

"不押韵。"

吐槽完梁意致之后，孟昭和想到了一件事，提前请假："但是我八月份的时候要去参加我好姐妹的婚礼，我得去当伴娘。"

梁意致准了，不过想到小姑娘刚刚损自己，反将一军："你的好姐妹都结婚了啊？你呢？"

"这不打算将美好的青春年华奉献给伟大的VC（风投）事业嘛。"孟昭和卖乖，看了眼墙壁上的时钟，她今天还准备准时下班，然后去超市买点蔬菜水果呢。

梁意致看见了她偷瞄时钟的小动作，想着妹妹和女儿今天也来等自己下班，便说道："今天早点下班吧，你回家路上小心。"

江邢把车停进院子后，抬眸看见被自己冷落了好久的另一台车，一边走一边想着要不明天换一台开。一开门，江邢就听见客厅里传来的声音。

看见和奶奶一起坐在沙发上的齐好，江邢下意识就要扭头离开。

奶奶听见开门声了，朝门口望了一眼，看见转身要走的江邢，连忙叫住许久不见的孙子："回来了？"

江邢只好硬着头皮进去，叫了一声"奶奶"后，抱起沙发最旁边的"有钱"，胡诌道："回来是回来了，准备拿个东西再出门。"

他的视线自始至终都没有落在奶奶旁边坐姿端正的女人身上。

他这才毕业，班都还没有开始上，说起来能有什么重要事情，无非是跟那几个同学吃吃喝喝。

"站着干吗？坐下，我难得来，你不陪我讲两句话就要走？"

"奶奶你是难得来吗？"江邢嘀咕了一句。

最近他没在家住，还能因为什么，就是因为他奶奶隔三岔五把齐好带过来。

江邢没坐，开始找借口："我等会儿要出去，许峙结婚，叫我们帮他掌掌眼，看看礼服。"

"许峙都结婚了，你看看你。"奶奶数落起他，"那你去吧。"

江邢一惊，居然这么好说话，把"有钱"从腿上放下去，正准备开溜，只听沙发上的老太太又开口了："你把小好一起带过去，她和你们都是高中同学，见面聚一聚也不尴尬，比起陪我这个老太婆在这里看电视要有劲。"

齐好讨长辈喜欢，嘴巴甜："没事的奶奶，我陪你看电视不无聊。"

原本就是为了躲开齐好找的借口，带她简直就是痴人说梦。

江邢说："奶奶你知道带她来她会无聊你下回就别带她来了。"

他根本没在意自己的话让奶奶旁边的人脸黑了又红了。

齐好打圆场："我等会儿要去盛泰给我奶奶买东西，我可以自己打车回去，不麻烦江邢了。"

奶奶拉着齐好的手，说道："到时候买完东西大包小包的更不方便，叫他送你去。"

奶奶态度强硬，就算江邢不带齐好去许峙他们的局，也要江邢现在把齐好送去盛泰买东西之后再把人送回家。

江邢装模作样回房间洗了个澡换了套衣服，磨磨叽叽地忙完下楼，没想到齐好居然还背着包站在门口等他。

林云英今天没在，否则就有人能够提前给他通风报信了。

江邢没搭理齐好，走到车库，开了那台最近没开的车。

齐好拉开副驾驶座的门，等系上安全带才问他："我可以坐副驾驶座吗？我有点晕车。"

"我怎么没见你和我奶奶坐后排有说有笑的时候晕车难受呢？坐了就坐了，找个什么借口，你要晕车你来开车，开车不晕车。"江邢说完发动了车，叫她报地址。

齐好在江邢连接车载投屏的手机上输入地址，听见他的话，有点委屈地问：

"你为什么对我永远抱有这么大的恶意呢?"

"你不把心思放我身上我可以叫你见识一下什么是礼貌。"

这个时间点有点堵车,齐好家不住在南港区,开车过去得费一些时间。

江邢刚洗过澡,车里很快就全是他身上的味道。

柠檬味,这么多年一直没变的味道。

最新一次的文明城市又在评比,街道上的国旗和标语全都换新了,盛泰广场上的绿化带装饰了小灯,火树银花。

江邢打了转向灯,准备开往地下停车场。

"等会儿你不用等我,我知道你不是心甘情愿送我,我自己买完东西去坐地铁好了。"齐好慢慢解开安全带,眼底全是落寞,"你放心,我不会和奶奶说的。"

这种欲擒故纵扮可怜博同情的方法齐好以为管用。

江邢沉默了一会儿之后说:"你早点说我就不下地下停车场了。"

"你真的这么讨厌我吗?"

齐好紧紧抓着自己的包,心里疑惑:以前他有女朋友的时候不待见自己,我能理解,为什么现在还这样呢?

她心里其实有个答案,但是她最不想承认的答案。

"你还喜欢孟昭和是吗?"

江邢刚准备回答,车里响起了手机来电铃声。

当奶奶的到底是了解孙子的,怕孙子把齐好送到盛泰就走人,非要江邢去盛泰的果脯铺子和燕窝店里买两份老人爱吃的果脯和燕窝,一份带回家,一份送给齐好的奶奶。

江邢没等齐好,自己下了车,准备速战速决。

手机里又传来奶奶的声音:"你就是不喜欢人家,你也要客气一点。你记得把人送回家,一个女生回家叫人不放心,大不了奶奶下次不带她过来了,但这个妹妹人真的挺不错的……"

"我在盛泰买东西了,奶奶,你最好记得刚说的话,下次别带她来了。"江邢见齐好磨磨蹭蹭下了车,走远了把车锁上后找电梯。

手机里弹出许峙的消息。他被夏令逼着非要在两套婚纱里二选一,他把图片放到三个人的群里。

许峙:【兄弟们,这是大家来找碴的最终关吧?我实在是没能看出两条裙子的区别。】

周漾:【眼已瞎。】

江邢:【盲人+1。】

江邢低头打字，从停车区域照着指示牌走，找到了负一楼超市门口的电梯。他把手机里的图片放大，实在是分不出来。

江邢：【既然都一样就随便选一件吧。】

许峙：【你不懂，女人都需要你选择之后讲出一套支撑选择的理论的。】

周漾：【婚姻爱情里的女人真恐怖，已被劝退，告辞。】

三个人在群里贫嘴，江邢面前的电梯开了，他看了眼运行方向后进了电梯。电梯门到了最大开门时间后，慢慢关上。

余光中他恍惚看见被挡在电梯门外的人，电梯里有人伸手按下开门键后，江邢后退了一步给外面的人让出空间。

孟昭和拎着一大袋子东西，手快要废掉了，手机还在振动，是夏令发来的消息。

叫她帮忙看两套礼服。

看着关上的电梯，她都准备把东西放在地上好好回夏令的短信了，结果门突然又打开了。

电梯里人不少，孟昭和拎着一大袋东西朝电梯里的人说了声“谢谢”，在齐好错愕的视线中，她垂着眸，似乎完全没有注意到站在里面的两个人。

电梯门一关，手机信号就不好了，江邢把手机揣回口袋里，视线落在紧闭着的电梯门上。电梯门上没有贴花里胡哨的广告，此刻上面映着盛泰的标志以及一张让他呼吸和心跳瞬间紊乱的脸。

孟昭和的模样还是和上次在机场分别的时候差不多，头发没有变短，穿衣风格也没有改变。

好像还是那次在机场搂着他脖子，亲吻过他嘴角的模样。

孟昭和到一楼就出了电梯，江邢的目光紧紧地锁在她身上，直到马上要关闭的电梯门隔断了他的视线。

江邢挤开前面的一家三口，说：“抱歉，让一下。”

追出电梯的那一刻，一楼明晃晃的灯光将孟昭和的身影更清晰地投入他的眼睛。心情难以言说，如同蝗虫过境时麦子的胆战心惊，是白鹭游过浅水滩时足边小鱼的提心吊胆，是那般惊心动魄。

江邢恍惚之间想到了那次被拒之门外的场景，他叫住了她。她在意外中转过身，然后和他对视。

孟昭和没有扭头离开，没有面目可憎地望着他，就只是站在那里，那样子和两年前在机场朝他挥手告别的样子重合，自此江邢觉得他世界里的万物终于可以继续按照轨迹生长或落败。

堵车的路段，车辆走走停停。

放在后排的购物袋发出窸窸窣窣的声音,孟昭和看了一会儿车窗外的街景后,又低头研究着手机上的导航。

十分钟前,孟昭和被旁边这个手握着方向盘的人用"绑架代替邀请"的办法"请"上了车。

她在想要是自己再慢一点,或者电梯里那个男人没有那么好心帮她按开门键,是不是现在她就自己提着一大袋东西在挤地铁。

肯定没有现在方便,但也不至于像现在这样别扭。

孟昭和朝旁边偷瞄了一眼,觉得江邢和以前相比好像没有什么变化,但好像又不一样了。他的样子随着年岁的增长变得成熟一些,但穿衣还是偏爱休闲运动风。

还是用柠檬味的沐浴露。

苹果在塑料袋里滚过来滚过去,不消停,和她现在的心情差不多,乱得很。孟昭和想到了之前和夏令逛街的时候,夏令告诉她,江邢去找过她一次。孟昭和抠着手,想摸清楚他现在的态度。

江邢单手握着方向盘,另一只手屈着,手肘倚着车门。开车需要集中注意力,他余光偏将旁边的人尽收眼底。

江邢曾经在床上辗转反侧和正在进行惨无人道的考试月的周漾讨论过被拒之门外这件事,他说:"我不应该敲门的,我应该直接撬锁进去。"

周漾对他翻了个白眼,说:"你撬锁进的不是公寓,是英格兰的监狱。"

邀请会被拒绝,就像他敲门会被拒之门外,既然不能撬开英格兰的监狱,但他现在至少可以直接把人塞进车里送她回家。

车里的两个人都没有闲聊,但心跳还是过快,静默里裹着热烈。

看见熟悉的路牌之后,孟昭和在导航上又确认了一遍,提醒道:"下一个红绿灯左转。"

车里只有孟昭和的声音,她坐在副驾驶座上稍微有点局促,鼻尖的柠檬味很重,引擎的声音不小。

江邢打了转向灯,转向灯有节奏地闪动着。

他确认了一遍:"左转?"

"嗯,左转。"孟昭和已经能看见小区最旁边的单元楼了,"大门就在旁边,可以靠边停的,保安不会说什么。"

江邢听出来,孟昭和这是没打算让自己知道她住哪栋楼,哪怕等会儿他就是开车进去了,也没准备叫自己上楼喝杯茶。

江邢没说话,将车开到入口,电子屏上跳出他的车牌,最下面写着"临时停车"。

孟昭和扯了扯嘴角，只能继续指路："开到底，然后是第二栋。"

他把车靠着花坛随便一停，没占消防通道，但也没有在停车位里。

江邢将车熄火，只在金钱场残局时才运作的脑袋在那一刻想着上楼喝茶的借口。

孟昭和坐在副驾驶座，并不知道他此刻的头脑风暴，将安全带解开后想了想，虽然是他"半绑架"似的将自己拖上车的，但还是要说声谢谢。

"谢谢。"

江邢收到这声"谢谢"的时候，孟昭和已经准备开门下车了。

江邢庆幸自己换了辆车，孟昭和把车门摸了个遍也没有找到开车门的办法。

江邢站在另一边，轻轻松松把车门打开，然后弯腰去够后排的购物袋。

姗姗来迟的办法，还是来了——

他站在孟昭和的视野盲区，将购物袋撕了个口子。

孟昭和从另一边绕过来之后，就看见果蔬散了一地，还有拿着个破袋子站在原地装无辜的江邢。

孟昭和欲言又止，但还是说出口了："怎么这么多年不见，你还是吃什么什么不剩，干什么什么不成？"

那个破袋子是没有办法再装了，江邢和她每人拿了满手的东西进了电梯。

干什么什么不成？

这不就做成了一件跟她上楼喝茶的事吗？

孟昭和费力地把大拇指放在指纹采集器上，用一根手指拉着门把手，把厚重的木门拉开，半蹲在玄关把手里的东西放在地上，忽然，头顶的灯亮了。

她转过头，江邢的手还没有从开关上移开。

苹果磕坏了两个，塑料盒也磕裂了，盒装的西瓜幸好外面又单独套了一个塑料袋，不过此刻里面已经果肉外露，袋子里漏了小半的瓜瓤和汁水。

孟昭和从江邢手里把东西全部拿走，踩着后脚跟把鞋随便一脱，拿着几样果蔬往里走。

等她把东西塞进冰箱后，返回玄关，江邢也已经脱了鞋站在地砖上。

他问道："有拖鞋吗？"

孟昭和一愣，问道："你还不走，要拖鞋干吗？"

江邢脸黑了，之前没有请他上楼喝杯茶的想法就算了，现在他人都上来了，客气一下能少钱？

江邢咬牙道："借用一下厕所，总可以吧。"

孟昭和眯起眼睛打量他。

聪明的人在很多方面都占据智商优势，好比现在，她一眼就看穿了他的装腔作势。

见他不说真话，孟昭和故意平淡地"哦"了一声，弯腰把剩下的东西拿起来，说："那你反正就上个厕所，很快的，不用穿拖鞋。"

她说完，面前的人板着张脸往里面走，穿着黑色的棉袜，脚底还是卡通熊的图案。

她这间公寓不大，两三眼就能看完了。

江邢现在既委屈又生气，但还是装作平常一般把门关上，然后躲在门后捶胸顿足。

他又不是真的想上厕所，倚着洗手池，将口袋里振动的手机拿出来。

是他们三个人的群。

许峙在群里崩溃，周漾在逗他。

许峙：【我选了第一条裙子，讲了三点原因，最后夏令选了第二条，原因是因为我没有选择它，说明它不是肤浅的漂亮。】

周漾：【爱情的苦，是你自己要吃的。】

许峙：【但说实话，怎么看都是第一条好看，夏令也就挑老公的眼光好一点，其他方面太差了。

周漾：【我这边建议你两条都买。】

许峙：【有道理，什么二选一，喜欢就都拿下。反正迎宾接亲，好像要很多件礼服。】

周漾：【我的意思是你既然觉得第一条好看，你穿呗。】

周漾：【是吧，反正迎宾接亲要很多件礼服。】

许峙：【滚。】

聊着聊着，他们反应过来江邢一直没出现，便在群里圈了他的账号。

江邢看了眼关起来的厕所门，隐隐约约还能听见孟昭和在厨房收拾的声音。

江邢：【……】

周漾：【他叫我滚，我滚了，他结婚你替他挡酒。】

许峙：【别，兄弟，他是我的花童，你是伴郎。】

江邢：【……】

许峙：【失了智了？不会打字就会发点点点。】

江邢：【我现在在孟昭和家里。】

群里另外两个人非常有默契地沉默了一分钟。

周漾：【我怀疑有人不准备做人了，已报警。】

许峙：【证人在这里。】

周漾：【你确定自己不是证物？】

江邢：【我准备找个借口过夜。】
周漾：【看，这就是检察院未来新星的直觉。】
江邢：【喝点酒是不是好办法？】
许峙：【你确定孟昭和家里有酒吗？】

好像是一个很难执行的办法，江邢开启今天第二次头脑风暴，脑袋里的小灯泡一亮。

江邢：【烧菜的料酒总归有的吧，那算酒吗？】
周漾：【做个人吧。】
许峙：【做个人吧。】

冰箱从上到下已经整理过两遍了，一直以来良好的生活习惯让她公寓里干干净净整整齐齐。找不到事情做之后，孟昭和倚着沙发背，脚指头开始相互打架。

太聪明这件事也不太好，就像以前读书时，老师一眼就能看穿学生自以为聪明的小动作。

江邢的所作所为落在孟昭和眼里其实也一样。

他演技拙劣，一点也没有注意到卫生间的门上有一块毛玻璃。

他的身影隐隐约约地从毛玻璃里透出来，孟昭和一看就知道他没在上厕所。

孟昭和心里有个答案，但又不认为造物主真的会造出这么痴心绝对的人。

现在想来，上他的车，让他上楼，让他进屋，是她头脑发热做出来的糊涂决定。

但她清晰地知道，自己不是个容易头脑发热的人。

七弯八拐的借口一瞬间蹦出脑海——

荒谬当道，爱拯救之。

孟昭和走到鞋柜前，从里面拿出一双还绑着塑料绑带的拖鞋，默不作声地路过厕所门口，把拖鞋放在门前的地毯上。

4

孟昭和在厨房找到了一点事情做，削那两个磕坏的苹果。她用刀将磕坏的地方切掉，剩下的切成丁，准备做苹果酱。

入锅、加水、放糖。她随意地把头发扎起来，垂了几绺在耳侧。油烟机自带的灯光打在她的侧脸上，用灯影剪裁出一张高分的侧脸。

孟昭和习惯一边做饭一边收拾，江邢出来的时候，她正在收拾那盒没有办法抢救的西瓜。

他没看脚下，等脚踩到拖鞋了，才因为脚底的触感发现地毯上摆着一双室内拖鞋。

孟昭和往锅里加了些柠檬汁,等听见身后的脚步声时,江邢已经站在厨房门口,倚着两用的柜子在打料酒的主意。

总不能在人家眼皮子底下明目张胆地拿,江邢想支走她:"大晚上了你还做东西吃?"

孟昭和将翻拌用的锅铲搭在旁边的碗上,回道:"都大晚上了你还不回家?"

只要江邢回忆以前,他就可以发现他和孟昭和拌嘴,他胜的次数寥寥无几。有些人读书聪明,但说理说不过市井泼皮,偏孟昭和脑子聪明,吵架拌嘴这方面也是个能手。

江邢想留下来,难。

偏这时候他手机还响了。

孟昭和见他接电话便没有出声。

电话很短,可能都没有一分钟就挂断了。

电话挂断之后,江邢身上那股劲瞬间和刚才不同。他蹙着眉朝玄关处走,说道:"我有点事情先走了。"

看他那样子,应该还不是小事。

江邢临走时虽然火急火燎,但是也没有忘记给自己留一招。

"袋子是我不小心弄破的,明天我把磕坏的苹果赔给你。"

他穿好鞋开门走的时候,孟昭和没送他,站在厨房门口说:"大可不必。"

江邢装聋,当没听见,走了。

他一走,孟昭和突然觉得公寓里宽敞了起来,那股让她不自在的感觉消失了,一同消失的还有空气里的柠檬味道。

现在只有锅里小火慢炖的苹果的香甜味道了。

孟昭和走到厨房的窗边朝下看,过了一会儿,江邢从单元楼里走出来,身影被楼下的树木挡住,但不妨碍孟昭和看着他开车从楼下离开。

车灯最后被前排的楼房挡住了,孟昭和转过身,背靠着厨房的墙壁,脑海里那张写着"荒谬当道,爱拯救之"的小字条不知什么时候已经变成矗立在神经末梢的旗帜。

孟昭和第二天从工作室回家,果然看见门上挂着的水果袋子。

袋子里不仅有两个苹果,还有一盒西瓜、一盒密瓜和去皮去核切好的一盒杧果肉。

孟昭和把购物袋从门把手上拿下来,环顾空空荡荡的四周,除了她没有第二个人。

白天在梁意致的工作室里研究项目资料，孟昭和好奇地问梁意致能不能免费辅导之后的毕业论文。

　　梁意致想了想之后，同意到时候帮孟昭和看硕士论文，同意之后又丢给她另一沓厚资料，说："那从现在开始压榨。"

　　资本无情，但人间自有真情在，夏令喊孟昭和休息日去她的婚房吃饭。

　　虽然婚礼还没办，但因为结婚证领了，两个人提前搬进婚房住了。

　　距离婚礼只有十几天了，婚房布置用的材料才刚刚买起来。

　　孟昭和穿上夏令给她拿出来的拖鞋，说道："你还真是不急。"

　　"结婚已经很愚蠢了，办婚礼只能说是愚蠢至极。"

　　夏令已经把大部分事情都丢给专门做婚礼筹备的公司去准备，但照婚纱照得本人去，挑照片得本人去，事情就是派发下去了，但最后还得本人去确定。

　　夏令从孟昭和手里接过鲜花和水果，说道："你怎么还买东西来？"

　　"第一次来，总不好空手吧。"孟昭和环顾四周，"你老公不在家？"

　　夏令从柜子里找到一个空花瓶，她没有养花种花的经验，不知道要把花的根部处理之后再放在灌了水的花瓶里，只能随便摆一摆。

　　"别说，昨天刚吵完架。"

　　夏令把花瓶放在茶几上，一说到许峥，她又想到了筹备婚礼的烦琐，心烦人也就跟着累，拿起沙发上的抱枕躺了上去。

　　夏令缩了缩脚，让孟昭和坐在沙发上陪她聊天，和好朋友在一起，多半都是讲另一半坏话。

　　昨天吵架是因为一些婚礼的小事，吵完之后，许峥示弱说今天带她去吃好吃的。

　　夏令生着气，把揉自己脑袋的手拿掉，赌气不同意："我不和你去吃，我和我小姐妹一起去吃。"

　　许峥一赌气，回道："随你，我明天也去和我小伙伴一起吃饭。"

　　夏令躺在沙发上，无奈地对孟昭和两手一摊，说："所以，他现在和江邢去吃饭了。"

　　讲到江邢，夏令突然从沙发上爬起来，凑到孟昭和旁边，小声问："你们见过面了？"

　　这件事孟昭和没说出去，那就只可能是江邢告诉他们的。

　　夏令问她怎么想的。

　　孟昭和盘腿坐在沙发上，似是装傻地来了句："什么怎么想的？"

　　"感觉啊，你的想法啊。"

　　难说。

　　她也不知道应该怎么说，她那个叫莉莉的大学同学，在毕业那一年得了抑郁症，没有人发现，因为莉莉在人前比谁都乐观，比谁都热爱太阳。

孟昭和太聪明了，聪明到能意识到自己的情绪变化，并且将它们分门别类。

她知道自己理性，她可以有不能饱腹的思想操守，有抱负有才华有头脑，但这些和去爱一个人并不冲突。

她有分析自己的理智，她只是不能像分析自己那样去分析江邢，没有准确的数据，没有一击必杀的把握。

追人这件事，她以前不擅长，现在也不得心应手。

夏令突然憨笑，朝着孟昭和挑起眉头，问道："要不我和许峙帮你放鱼饵？"

江邢在市立医院。

他从医院住院部大楼出来的时候，看到许峙坐在医院对面的咖啡店里喝咖啡。江邢走进咖啡店，感觉咖啡的苦涩味道已经熏进了桌椅里。

服务员拿着菜单过来问他喝什么，江邢翻到最后一页，妄图在果茶里找到一个合胃口的。

纠结的时候，他突然好奇许峙怎么找自己吃饭了，问道："你不在家陪老婆，来找我吃饭？"

许峙抿了口咖啡，酸味有点重，不是很符合他的口味，皱着眉说："我和夏令吵架了。"

"这月老的代表作的票房也开始走下坡路了？"江邢看着果茶也没有多大的胃口，还不如去他妈妈办公室泡杯碧螺春喝喝，"你居然没有哄一哄？"

"哄了，她不领情，说今天叫孟昭和去家里吃饭。我一气之下就来找你吃饭了，搞得跟只有她有朋友似的。"

许峙刚说完，对面那人已经合上了菜单。

江邢起身，说道："我一看就知道是你的错，来，我带你回去跟夏令道歉。"

等许峙开车回到新家的小区外面时，他才察觉到江邢的动机，但也没有说什么，就是在心里默默记了一笔。

许峙回家前还设想过夏令现在在家里是不是在对孟昭和大吐苦水。

果然，一开门，迎接他的是他老婆不怎么欢迎的目光和语气："你怎么回来了？"

许峙没回答，看了眼吃了一半的外卖，问道："你们两个今天就在家里吃外卖？"

孟昭和的视线越过进屋的许峙，看见了走在他身后的江邢，尴尬仅仅存在一瞬间,和江邢对视了一眼之后,孟昭和戴着一次性手套继续吃炸鸡。

江邢一进屋就看见孟昭和腮帮鼓着,两只手拿着块炸鸡吃得津津有味的样子。

他抓到了视线交会的一瞬间,扯开孟昭和旁边的椅子。他余光瞄见搭在桌沿边的手臂缩了缩。

两个人也没有打招呼,就光听着对面坐一块儿的小夫妻拌嘴。

许峙又找了两副一次性手套出来,从一堆垃圾食品里找到两个还没吃的汉堡,丢了一个给江邢。

夏令看他们开吃,仿佛一个胜利者看着许峙,问道:"你不是说今天出去吃吗?你现在吃我点的外卖干吗?"

"听着不欢迎我的语气,我怀疑现在有个小白脸藏在衣柜里。"

夏令听许峙打趣,顺着玩笑开下去:"猜错了,已经完事翻窗走了。"

许峙抽了张纸巾,帮夏令把嘴角的蜂蜜芥末酱汁擦掉,说:"有的时候我会怀疑你是不是给我买了人身意外险,准备气死我之后去骗保?"

新婚小夫妻还是和以前读书时一样拌嘴,一起念书的时候就知道他们是对欢喜冤家,没有想到结婚了还是没变。

夏令真不怕气他:"是不欢迎你回来,我晚上订了日料店的座位,两人座。"

许峙看了眼窗外的天,说道:"别去了。"

夏天的喀城雨水多,打雷是常有的事情,变天也快。

他下车的时候觉得闷热,估计快下阵雨了。

"今天好像有雷阵雨。"江邢顺着许峙的目光看向窗外,不是晴空万里,不远处的云仿佛要压垮房顶了。

夏令问孟昭和:"你公寓的窗户关了吗?"

孟昭和看了眼灰蒙蒙的天,说:"就开着一条缝通风的,没事。"

灰蒙蒙的天以前在英国念书的时候她看习惯了,那听上去漫长的四年读书生涯,居然就这么一眨眼被她过完了。

孟昭和专注地吃着自己面前的那份炸鸡,有时候旁边也会伸出一只戴着黑色手表的手,手从她面前晃动着,有时候拿她的炸鸡,有时候抽纸巾。

没一会儿,许峙去阳台接了通电话。夏令突然想到了楼上的储物室里有人送了他们一箱果酒,摘了一次性手套小跑上了楼。

餐桌旁边就剩下孟昭和和江邢了。

炸鸡外面裹着的酱汁有点咸了,孟昭和吧唧了一下嘴巴,忽然听见旁边传来声音:"上回我送的水果你回去之后还在门把手上吗?"

这是江邢从进屋以来和她说的第一句话。

"在。"

他一副那就放心了的模样，说道："原本我想等你回来的。"

他没有说之后为什么又没有等她。

一声闷雷在屋外响起，豆大的雨珠砸在窗户上，黑云压城。

许峙听见雷声把电话挂了，关上阳台的推拉门，和楼上下来的夏令碰见了，从她手里拿过果酒，说："打雷了。"

夏令去厨房拿了四个杯子出来，先给孟昭和倒了一杯，最后才给江邢倒。只是果酒刚刚流入他手里的玻璃杯，夏令就意识到了什么。

孟昭和喝了一口，点头说："不错。"

孟昭和说完，夏令就拿走江邢手里的杯子，把果酒倒进孟昭和杯子里，说道："他不能喝。"

江邢看着塞回来的空杯子，不满地说："你瞧不起谁呢？八度的酒，我能醉？"

众人的嘲笑被门铃声打断了，是夏令妈妈路过附近给小夫妻送了点吃的过来。女儿女婿的好朋友，阿姨自然是听过他们名字的。

小夫妻两个没有来得及笑话江邢，跑去接妈妈手里的东西。

果酒是荔枝味的，气泡感微弱，水果的味道和酒精结合得很好，酸甜度的把握正好在孟昭和的口味上。

外面的闷雷持续，手机没有用，只能摆在旁边。

幸好客厅里阴凉，四部手机都扣在桌上，在计算着玩手机被雷劈的风险，知道概率很小，但还是后怕。

四个人随意地聊着天。

许峙随口问孟昭和："你去了VC行业？"

"对。"

他们四个的大学专业其实都稍稍搭着边，江邢考试的时候都记不住知识点，更别说叫他现在用出来和他们侃侃而谈。

许峙又问："挺辛苦的吧？"

孟昭和这段时间体验下来，那的确不是轻松的工作，如实说："我现在做实习投资助理，都已经觉得不容易。"

这话题没有聊多久，因为夏令觉得无聊，她想到了上次在商场里抽奖送的飞行棋。

下飞行棋的决定倒是没人反对。夏令去找飞行棋，许峙去上厕所，客厅里又只剩下孟昭和江邢，那一口果酒对他造成的"伤害"微乎其微。

"VC？"江邢好奇，"你去当营养师了？"

他那样子像幼儿园里一脸天真的小孩。

孟昭和语塞："VC是风投的意思。"

等她说完，江邢又像是个好奇宝宝得到了答案后的满意模样："你成绩挺好的吧，我听夏令说你去了高中经济老师的工作室。"

这算是重逢之后江邢第一次说起他们分手之后的事情，孟昭和知道夏令不可能主动和江邢说这些事，只能是许峙告诉他的。

显然，江邢还是关注她的。

不是背后的原因她猜不到，而是怕自己自作多情。

他们随口聊了两句，夏令找到了飞行棋。等许峙回来后，四个人各拿一个颜色的棋子。四个人事先定好了惩罚，输掉的人要去朋友圈上传自己的搞怪"沙雕"视频，而且不能屏蔽任何人。

这是赌上地球居民身份证的一场大战。

恶战比他们想象中更快分出结果。孟昭和将第一架到终点的飞机棋子反扣在停机场，看着江邢再一次和飞机起飞的"六点"擦肩而过。

对面的小夫妻还落井下石："不是吧江邢，孟昭和的两架飞机都回家了，你一架都没有出来？"

"我觉得我们别继续了，直接让江邢录视频算了。"

江邢不信邪，这种完全没有技术含量、全靠运气的游戏还能就这么把他打败了？运气？江邢从投胎姓江，他的运气就比别人好太多了。

可有的时候，人不得不信邪。

江邢倒了，看着那数字五，他开始两眼发黑。

不知道是小夫妻俩谁提议的："要不给我们表演个苗苗班的文艺节目吧，我们直接让你免费起飞一架飞机。"

士可杀不可辱。

四分钟后，等江邢看见孟昭和反扣第二枚棋子的时候，他深吸一口气，站了起来。

椅子在地砖上拖动，发出刺耳的声音。

辱吧，让三个人看见总比让一票人看见好。

他下颌紧绷着，心如死灰地说："讲龟兔赛跑可以吗？"

江邢是个幼稚的人，但如果硬要说和这样的人在一起有什么好的，那大概是快乐。

不必计较这件事有没有意义，应不应该做，只追求快乐与否。

许峙和夏令都在笑，夏令起了一身鸡皮疙瘩，掐着许峙的胳膊说："看得我拳头都硬了。"

孟昭和也在笑。

那个故事念得声情并茂,甚至可以进行剖析写篇几百字的阅读理解。

江邘连耳根都泛红了,那样子让孟昭和想到了以前他第一次在她面前表露出怕飞蛾的样子。

孟昭和因为他的表情而扬起的嘴角渐渐又扯平了,如果那时候任馥贞没有出事就好了,她或许就能在公寓门前碰见来敲门的江邘。

龟兔赛跑救得了一时,救不了一世。

孟昭和的三架飞机都回家了,江邘还是只出了一架。骰子被他放在掌心中,他念了一遍"天灵灵地灵灵,太上老君快显灵",塑料骰子在空中转了一圈,落在桌上,滚了两下从桌子边缘掉下去,最后停在孟昭和脚边。

一个数字"二"。

孟昭和弯腰把骰子捡起来。

小夫妻两个抻着脖子问:"几?"

"终于是六了。"孟昭和把骰子放在桌上,朝上的是一个"六"。

棋子终于可以起飞,但江邘的神情没有喜悦,大家都没有细究,将他不解疑惑的样子当成喜极而泣前的不敢相信。

晚上是江邘送孟昭和回家的。

车里放的音乐是他一直偏爱的曲子,孟昭和不太欣赏得来,但也没有因为嫌吵就叫他关掉。

江邘看着前面路口已经亮起的红灯,慢慢踩下刹车,用余光打量着副驾驶座上目光一直落在窗外的人。

那个骰子他其实是看见了的,不是六。

她拿到桌上却撒谎说那是"六"。

这一切似乎都是和好的预兆,但没有红着脸,没有红着眼,一切发展得都太平淡太顺利了。

他有一点心慌,没有缘由的心慌。

"孟昭和。"

听见有人喊自己,孟昭和把涣散的视线重新聚焦,扭头看向驾驶座上的人。

"有事?"

"你撒谎了。"

孟昭和一愣,她以为他不知道。

理智常常伴随着冷静,它们对等,且成正比,随着另一方的增长而增长。

她太理智,所以也总是绝对冷静。

"你很想输?如果你实在是特别想要污染别人的朋友圈,可以再发的。"

听她这么说,江邢的心又沉下去了,撇嘴道:"好吧,我还以为……"

"以为什么?"

"我以为你还喜……"江邢话讲到一半,被急促的电话铃声打断。

手机连接着车载蓝牙,中控显示屏上直接显示出来电号码,但没有备注,不知道是没设置,还是不会显示。

江邢在方向盘上按下通话的按键,下一秒齐好的声音响起。

"你今天还过来看我吗?"

车已经到小区门口了,孟昭和解开安全带,没讲话,但意思很明显了——立刻靠边停车。

"不是。"江邢停了车,一边想挂断电话,一边伸手想拉住孟昭和解释清楚。但电话没有挂掉,人也没有拉住,车门被甩上了,把他那声"孟昭和"留在了车内。

"你和孟昭和在一起所以不来看我吗?"

江邢看着已经进小区的人影,火气噌一下上来了,冷声说:"齐小姐,你好,我想我有必要再和你解释一下,我和我奶奶不一样,我没有什么道德感。我对那天把你一个人丢在盛泰和孟昭和先离开这件事一点都没有内疚,你听清楚了吗?我更没有因为你后来自己打车回家出车祸这件事感觉到内疚,所以你别来烦我了,行不行?"

江邢准备偷喝料酒那天离开孟昭和公寓前接了个电话,是奶奶打来的。

奶奶说齐好自己从盛泰打车回家,路上遭遇了车祸。

江邢到医院的时候,齐好没醒。

警察在病房门口和齐好的父母解释车祸的原因,是一辆私家车恶意变道,齐好乘坐的出租车避让不及,撞在花坛上了。因为坐在后排没有系安全带,她脑袋撞在车窗上,才导致昏迷。

医生说了没有生命危险。

冤有头债有主,责任在那辆恶意变道的私家车上,但江邢奶奶还是内疚不已,非说他们家一定负责。

江邢怕事情刹不住车,连忙把奶奶拉到一旁,说:"我们负什么责?你别打我主意,我是不内疚的,又不是三岁小孩,她一个二十多岁的成年人打车,难道我还要在监护书和责任书上签字吗?"

"我都叫你把人送回家了,谁叫你半路把人丢下跑了?你要不跑有这件事?"瞧着态度恶劣的孙子,她上手朝他胳膊来了两下,"我邀请人家来家里做客,回去路上出车祸了,我们还不负责吗?"

江邢觉得没必要，司机又不是他们家安排的。

"你要想负责你认她当干女儿吧，我可以叫她干妈，孙媳你别想。"

但江邢还是被逼着去医院看望了两天齐好，所以今天许峙是去市立医院找的他。

先前江邢还想着这复合发展得太顺利，果然不能想，越想坏事越可能发生。

孟昭和前脚刚到家，后脚就有人按门铃了。

她从猫眼往外看，是江邢。

在车里听见齐好打来电话的时候，孟昭和算是想明白今天在夏令家里的时候，江邢那句"原本想等你回来的"是什么意思了。

原本想等她回来的，但是因为齐好想见他，所以他把水果挂在门把手上，去找了齐好。

江邢站在门口按着门铃，大约是心急，所以他觉得门铃已经响很久了，但一直没有人过来开门。

那感觉让他想到了两年前去英国找她，他赶早买了机票过去，飞到伦敦，却没人给他开门。

当时喀城和伦敦的温差很大，他身上那件卫衣不能御寒。他在公寓门口等了一天，又在楼下的咖啡馆坐了一晚上。

天亮了之后，江邢知道自己等不到了。到机场的时候天空万里无云，清晨的阳光很美，明亮又清冷。

像孟昭和。

回喀城他就发烧了，那次他光顾着伤心，没有矫情地量体温，就抱着"有钱"哭了一晚上。隔天他被狗嫌，发烧也加重了。

顶着红肿的眼睛去医院挂水，医生象征性地问他是不是衣服穿少了感冒。

他回答："为情所伤。"

医生是个幽默的人，笑他们年轻男生感情泛滥。

江邢坐在椅子上，等着医生写病历，说："我就喜欢她一个。"

医生笑道："你和我讲没用啊，你和她讲啊。"

江邢一下子被戳中痛处，可怜地说："她不肯见我。"

可能因为不是自己家的孩子，所以医生看小年轻谈恋爱抱着看玩笑的心态，还在取药单子上贴了一张便利贴，便利贴上写着：【忘情药一盒。】

江邢当着"好心"医生的面把便利贴拿掉了，重新贴回医生的桌子上，委屈地说："我不要忘掉她。"

5

这年头结婚还要彩排，江邢以为今天能碰见孟昭和，但夏令说她不过来了，流程一类的在手机上和她说也一样。

还有一个伴娘是夏令在南港外国语学院的室友,和他们不算太熟,但也不陌生。因为伴郎伴娘的人数一样,他们决定两两分组。

夏令偷偷问江邢要不要和孟昭和一组。

江邢想到了一周前,孟昭和面无表情地就给他开了条门缝,然后说:"你没必要和我解释齐好,我们有什么关系吗?又不关我的事。"

是啊,他们什么关系?

他们又没有关系。

换以前江邢肯定哄,偏被拒之门外的样子像极了自己之前去找她,本来就是欲加之罪,他又没有干坏事,等孟昭和说完他扭头就走了。

听见夏令要把他和孟昭和分一组,江邢死要面子,讲违心话:"不要,我才不要和她一组,我和她又没有什么关系。"

当了多年损友的死党瞧见江邢口是心非,全在笑,都不需要交流,光凭一个眼神就能明白对方的那种默契。

许峙憋笑:"那实在是有点麻烦了,要不周漾你和孟昭和一组吧。"

周漾假意喜出望外,立马人都坐端正了,说:"好啊,他们之间没有什么关系,我和孟昭和关系就不一样了,一个高中的校友,这关系不要太亲密。"

剧本完全没有按照江邢设想的进行,眼看着分组马上要确定了,他咳嗽了两声,假装不在意:"我随便说说的,你们结婚重要,就还是按照之前的分工好了,我不会因为个人喜恶影响到我的情绪,会全力配合的。"

近朱者赤,近墨者黑。就连夏令也加入了逗江邢的队伍里:"那肯定要周漾和孟昭和一组啊,这前男友前女友一组确实不太吉利,是吧。"

见他们都在笑,所以江邢也很快就发现自己被他们逗着玩了,没好气地说:"非得要我承认我还喜欢她是吧?"

因为是最要好的朋友结婚,孟昭和一共请了三天假,提前一天去帮夏令布置婚房。男方那里有单身派对,夏令不准备组织,明天结婚是个力气活,夏令怕嗨过头第二天起不来就不肯结婚了。

第二天,夏令趴在窗口看着外面的接亲情况,最后又忍不住蹲在楼梯口,看着在大门外正改口喊着她亲妈,妄图用甜言蜜语攻陷岳母的许峙。

夏令的小姨瞧不过去了,把新娘子带回了房间里,给她整理裙摆,说:"多不像样子。"

夏令坐端正,拿扇子挡着脸,还不忘打听婚鞋藏在哪里:"你们把鞋藏哪里了?随便藏一藏,别到时候他找不到。"

照理不过是塞几个红包进来之后开始软磨硬泡。

许峙在外面柔情地呼唤"内贼"夏令，平时欢喜冤家的两个人这次倒是夫妻同心。

孟昭和站在窗口，刚刚他们到的时候她就看见了江邢。他和平时吊儿郎当的样子不一样，今天他从头到脚都是正装，不得不说正装加持有点犯规了。

走进房间的时候，他手里拿着几个还没有派上用场的红包，周漾扫到角落里的孟昭和后偏头和他说了句什么。

等他抬眸从一群人里精准抓到孟昭和身影的时候，又立马错开视线。

周漾是和他开玩笑的："搁以前还能叫你去牺牲一下美色，问问孟昭和鞋子藏哪里了。"

江邢进屋的时候刻意没往房间里面看，但被周漾话里提到的人名勾起好奇之后，他一抬眸就看见了窗户边的孟昭和。

她还是站在那里不讲话，就像是高二话剧表演时一样，站在那里发呆或是随便干点什么都好看。

"现在怎么就不行？"江邢不服。

周漾见他上钩，叫他上，他又怂了。

知道江邢这人拧巴，得要人刺激，周漾悄悄挪到孟昭和旁边。

江邢没过去，站在房间的另一边看着角落里的两个人在聊天。

孟昭和因为和周漾的身高差，虽然踩着高跟鞋，但还是得抬一点头，一问一答，两个人聊得还挺热火朝天。

孟昭和此刻讲话的样子和把江邢挡门外那次简直就是两个极端。

周漾是来刺探军情的，想从孟昭和嘴里套出婚鞋藏在哪里。

孟昭和朝他伸手，说："有钱能使鬼推磨，给钱，谢谢。"

红包都在江邢那里，周漾摸了一下口袋就找到一个。

"就一个啊？鞋还两只呢。"孟昭和故作难办事的模样。

她不过是随便开个玩笑，怎么都不可能让新郎官找不到鞋子的，不过是惩罚的小游戏得多来两个。

孟昭和还没有把手缩回去，一沓红包放了上来。

江邢不知道什么时候走了过来，把剩下的红包全放在她手上了。

"够不够？"

这是自那次吵架冷战后，江邢讲的第一句话。

看他手上已经没红包了，知道他拿不出东西了，孟昭和摇头，说："不够。"

周漾强压着嘴角，把江邢的手搭在孟昭和手上那沓红包上，使坏地问："够

313

不够?"

"不要。"孟昭和说着把红包上那双手背青筋微微凸起的手拿掉。她这才发现江邢今天为了这身衣服还换了一块手表。

孟昭和把红包塞进包里,在江邢黑了又红,红了又黑的脸色中,缓缓开口:"养他,要人亏本。"

那头叫伴郎帮忙了,周漾还没有来得及就孟昭和的发言对江邢发出嘲笑就被叫走。

江邢看见周漾去了就没动,还站在孟昭和旁边。

这边又只剩下他们两个人,也没有人关注他们两个,毕竟主角是新郎新娘。

孟昭和今天穿的是条绿色的吊带裙子,丝绸质地,没有任何花纹,突出的是裙子的款式,下摆的剪裁是裙子的亮点,裙摆只到小腿,偏她脚踝和小腿的线条很好看,还穿着黑色的绑带高跟鞋。

她锁骨上费了心思涂了高光,脖子上是条绿髓的四叶草项链,和她裙子很搭。项链垂在领口上面一些,江邢没敢继续往下看。

"我还能叫你养?"

孟昭和"哦"了一声,语气听不出情绪。她垂手站在他旁边,目光落在夏令身上,好一会儿才又开口:"是不用叫我养,你和我又没有关系。"

之后婚礼上两人还是有机会讲话的,但江邢刻意避开了孟昭和。孟昭和也不会上赶着去找他,不是陪在夏令身边,就是当个局外人一样站在角落里。

"你脚不疼吗?"另一个伴娘问孟昭和,说着,她悄悄将脚上的高跟鞋脱掉,当双足贴在地上了,才觉得轻松一些。

孟昭和也不是经常穿高跟鞋的人,低头看了眼脚上,摇头说:"还好。"

那个伴娘也注意到了孟昭和今天寡言,以为她是累的,感叹道:"结婚真的好累啊,但是看夏令又觉得好幸福。"

是幸福,但相比爱情上的如意,让孟昭和动容的是父母对出嫁女儿的不舍。

这种不舍,大概这辈子她都不会拥有。

就连这次回国,孟昭和都没有让父亲那边的人知道。

已经到了六点,孟昭和提醒道:"把鞋穿好,应该要入场了,我们过去吧。"

会场门口,许峙正蹲在夏令面前,给她穿着高跟鞋的脚贴着创可贴。里面的司仪在找新郎,叫他先入场。

夏令挽着爸爸,孟昭和帮夏令把婚纱裙摆整理好,瞥见她在不断握拳再松开,拍了拍她的肩头,安慰道:"没事的。"

夏令深呼吸，说："我好紧张，要不打套拳放松一下？"

孟昭和扑哧一声笑了出来："我这边建议你千万不要。"

这个婚礼布置都是许峙亲自盯梢的，孟昭和推开门后不需要跟着上台。

一个被妈妈抱着的送戒指的小花童正站在旁边严阵以待。

等看见夏令和许峙交换戒指，孟昭和突然发现原来自己也有一种送夏令出嫁的不舍情绪。

"你哭什么？"

江邢和孟昭和一样不需要上台，本来不打算和她说话的，但看见她眼眶里蓄泪的样子叫他瞬间忘了白天不欢而散的事情。

孟昭和没看他，深吸了一口气，睁大眼睛不想让眼泪掉下来，回道："告诉你干吗？"

江邢没抬杠，他甚至都可以预判孟昭和可能会来一句"我和你又没关系"。

他手里拎着一盒创可贴，瞄着她的高跟鞋，问道："你的脚疼不疼？"

"不疼。"其实挺疼的，不是绑带勒的地方疼，而是整个脚板，所以贴创可贴是没有用的。

马屁拍在了马腿上，江邢把创可贴塞回口袋里，看着台上正在宣誓的两个人，有那么一点羡慕。

新郎没有那么麻烦，不需要换礼服，夏令一天下来光是衣服就换了好几套，化妆师帮她重新改了发型，专业能力很强，用的时间也很短。

挡酒这件事落不到江邢身上，就他那点酒量分担了和没有分担没有什么区别，他就拿着烟跟在队伍后面。

周漾挑大梁，但也不能全让他喝。他看见孟昭和手里的酒杯，有点意外地问："你能喝？"

江邢也附和道："你个女的喝什么？"

孟昭和不夸大自己的酒量，回道："比你还是好一个多良的海。"

一圈下来之后，孟昭和知道自己醉了，但她的酒品比江邢好一个太平洋，只是侧坐在椅子上，将手搭在椅背上，脑袋枕在手臂上面。

一双温热的手摸上她脑袋时，她还能悠悠醒来，知道那个人是夏令的妈妈。

"今天真是多亏你们了。"说着，夏妈妈偷偷给孟昭和塞了个红包，"等会儿阿姨叫司机送你回家。"

孟昭和挥手拒绝："不用了，阿姨你们今天也忙累了，早点休息，我等会儿自己打车回去好了。"

夏妈妈自然不能放一个喝醉酒的小孩自己回家，但家里信得过的司机一时

315

半会儿还真叫不来,她和夏令爸爸都喝了酒,小夫妻两个也沾酒了,都需要司机送回家。

江邢把比孟昭和还醉的周漾扶到了座位上,听见旁边孟昭和跟夏令妈妈讲话,便说道:"阿姨放心,我没喝酒,等会儿她和周漾由我来送。阿姨你去忙,他们两个我看着。"

夏妈妈夸了他们几声"好孩子"之后,让他们下次一起来家里吃饭。

孟昭和目送阿姨离开后,胃里开始翻江倒海,她将脸埋进臂弯里。

江邢一只手从后面伸过来,捏着她脸颊,问道:"你不是挺横的吗?"

他另一只手里还拿着杯水,又问:"喝不喝?"

自然是喝的。

看她眉头蹙着,江邢发觉捏着的脸颊有些烫。

他没见过孟昭和喝醉,连她喝酒都没有怎么见过。她皮肤泛着粉,身上那股清明感消失了,她眼睛从来都不亮,但瞳孔很黑,她迎着光看着江邢。

光线有点刺眼,她眼睛微闭,说不出的勾人。

一杯水下肚,难受的感觉只稍微缓和了一点。

四周的人吃得差不多了,有点吵闹。

孟昭和张了张嘴,声音被掩盖下去了。

江邢手撑在椅背上,弯腰把耳朵贴过去,问道:"你说什么?"

"我不舒服。"

"去厕所?"

"嗯。"孟昭和这一声应得很简短,尾音有点下压。

江邢觉得她真是没有比应这声"嗯"更乖的时候了。

孟昭和以为自己会和电视剧里一样吐个死去活来,但她压根儿什么都吐不出来。上了个厕所之后,她看地砖都在晃。

等她的时候,江邢站在厕所外面抽了支烟。

孟昭和出来时还是之前那个状态,扶着墙走得很慢,慢也没什么用,还是被地毯绊了一下。

穿着高跟鞋被绊倒了不是小事,江邢把人拉到自己旁边。她的手够不到墙壁,只能扶着他。

已经有宾客陆陆续续走了,周漾还倒在那边。江邢从椅子上找到了孟昭和的包,将她的包挎在自己的手臂,问道:"回家吗?"

醉了她就想睡觉,听见"回家"两个字自然是乐意的。

江邢只能扶一个,他压根儿不用选,搂着孟昭和往外走,叫服务生把旁边的周漾"运"到他车上。

小夫妻两个送他们出去，夏令看见孟昭和垂着脑袋全靠江邢扶着，感动得要死："宝贝，你结婚时我一定也献身。"

孟昭和没听懂，只是挥了挥手，说："我先走了。"

许峙没说感谢的话，只是拍了拍江邢的肩膀，叮嘱道："路上小心。"

不是晚高峰的时候，路上没堵车。

江邢看着已经如同一摊烂泥瘫在后座的周漾，没打算把他送回家，而是准备送去普里湾。

看着副驾驶座上已经睡着的人，江邢抬手帮孟昭和把面前的头发别到耳后。因为坐姿懒散，她的裙摆有些往上跑了，露出粉色的膝盖。

偶尔有几声呓语，但江邢一凑过去，她又不说了。

"你要不要住普里湾？"

孟昭和有一个女生的基本素养，回道："不要，我要回家，我还要卸妆，我今天化妆了。"

到普里湾的时候，已经有人等在了门口，不需要江邢把周漾搬下去。

江邢没下车，降下车窗说："你们好好照顾。"

那人颔首："知道，您路上小心。"

不是第一次去孟昭和这个新公寓了，但江邢没有哪次比这次心情更好。车还是停在那个位置，不占消防通道，但也没有在车位里。

江邢把人从副驾驶座捞出来的时候，孟昭和已经彻底屈服于睡意了，连自己怎么回来的都不知道，只觉得脚底好疼。

腰上有一股力量搂着她往旁边一个热源靠近，她在热源里闻见烟草味和柠檬味，不是她讨厌的味道。

江邢站在原地没动，看着突然主动将脸贴上他肩头的脑袋，有点不知所措。

耳边有树叶沙沙的声音，还有她的声音。

"江邢……我脚疼。"她脚上没有水泡，倒是脚底热得很。

江邢让她靠着车身，将身上的西装外套脱下来，蹲下身垫在地上，捏起她的脚踝。

他不是很会脱孟昭和这双高跟鞋，费了一些时间才找到解开的地方，然后用同一种办法解开另一只鞋。

"问你疼不疼，你还说不疼。"江邢用手掌轻揉着她的脚底，"你就仗着我喜欢你，一天到晚对我口是心非，对我爱搭不理的，你和我横些什么？"

317

第十二章 从此刻，到以后

1

是厕所晃眼的灯光把孟昭和的思绪拉回来了，她脑袋靠着墙面，慢慢想起了刚刚上楼时电梯里有些冷的空调，看着现在托着她的腰，将她抱到洗漱台上的人。

江邢把一句话讲了三遍后，才得到孟昭和的回应。

"叫你去睡觉你不肯睡，非要洗漱，醉成这样了还要洗脸。哪个是你的卸妆水？"

最后一句他问了第三遍后，孟昭和终于抬手拎起一瓶蓝白液体分离的卸妆水，说："这个，眼睛嘴巴，摇一摇，敷上面。"

说话前言不搭后语。

江邢好一会儿才明白，是用前需要摇一摇，因为这是水油分离的眼唇卸妆水，要在眼睛上敷一下，才能卸干净。

孟昭和有些不配合，江邢一手托着她下巴，一手将卸妆棉按在她眼睛上。

孟昭和突然蹙眉："你拿给我揉脚的手捏我脸，你都没洗手。"没说他的手法问题。

他松了手，象征性地洗了一下，说："你自己的脚，嫌弃什么？"

卸完妆，江邢就像是揉面团似的用洗面奶给她洗脸，看着昏昏沉沉但因为他揉脸不舒服哼唧的孟昭和，忽然笑了。

他抬手在她两侧脸颊上各写了一个"三"，又往她鼻尖打圈。

"咪咪。"

以为孟昭和听不见，江邢又在她额头上写了个"王"，然后掌心托着她的下巴，说："小老虎。"

孟昭和依旧没有反应。

江邢玩得起劲，正准备画个脸谱，垂在他身侧的腿忽然抬起，踢了他一脚。

"江邢，你死了。"

那一脚踢得软绵绵的，连人都没有踢动，脚还踹在他身上，他腰间的衬衫、皮带和西裤很容易就区分开来。

江邢没动，站在原地。

两个人距离有点近，孟昭和的腿不得不屈在那里，裙摆的布料垂感很好，此刻越过膝盖沿着屈起的腿往下滑，全都堆在她大腿上。

水龙头没关好，水滴如同断线的珍珠砸在白色的水池里。

孟昭和脑袋昏昏沉沉，没察觉这个姿势的不妥之处，只是觉得揉搓着自己脸颊的手格外讨人厌。

江邢一点点地帮孟昭和卸下脸上的浓妆，他还是喜欢孟昭和现在的样子。

在英国的时候，他每天醒来看见的都是她不施粉黛的样子。

抵着自己腰上的脚动了动，江邢低头看见她无意识地蜷缩起脚趾，惹得他有点痒。

他抬手拍在她脚背上："动什么动？"

和她讲句话得做好十句有九句不理的心理准备，那只脚放下了，堆在大腿上的裙摆马上就要垂下去了，白皙的皮肤和裙子的颜色对比很强烈。

视线往上是盈盈一握的腰，按照她身材定做的裙子修饰她身材的效果很显著，锁骨上的高光还在。

她眼睛很容易显得清冷疏离，现在那双眼睛含水低垂，平时的孟昭和已经消失得无影无踪了。

江邢的手掌心还带着洗面奶的泡沫，指尖慢慢抚过她的锁骨。

呓语响起，江邢听见他的名字了。

"你锁骨上不是涂着亮晶晶的东西吗？不洗？"

孟昭和费力地抬眸，回道："洗。"

给孟昭和洗了个脸，把江邢洗出一身火气。此刻距他几步之遥的花洒下，孟昭和靠着墙在冲澡。

江邢负手站在干湿分离门的另一侧，摸了摸口袋想抽烟，但发现烟被他随手丢车上了。

水停了，卫生间一下子就安静了下来，没有水雾弥漫。

她本来就喝多了，此刻又累又头晕，没注意站在那边高瘦的人，赤裸裸地走出来，顺手拿下架子上的浴巾，摇摇晃晃地往外面走。

江邢看见这一幕，人彻底被神罚丢下火焰山了。

孟昭和现在只有一个想法——睡觉。

但庄周刚准备骑着他的鲲来找孟昭和约会，她被一只手摇醒了。

"醒酒药，水。"

孟昭和虽然喝多了，但还是知道吃了药之后明天醒了能好受一点。可到底喝多了，她忘了自己赤裸裸地躺在被窝里，坐起身时，大片肌肤暴露在空气中。

吃一粒药，她喝了大半杯水。

喝完她好似真的醒酒了一些，还知道提醒江邢早点睡觉。

只是她说话声音太轻了，江邢刚走又折返回来，问道："你说什么，声音太小了听不见。"

孟昭和讲了第二遍，声音还是有气无力的。

江邢没逗她，是真的没听清楚，他坐在床沿边，手撑在她枕头上，侧耳说："我还是没听清。"

孟昭和眯眼，她现在摸不透江邢是不是故意的。她微微起身，胳膊挽着他的脖子，扯开嗓子说："我说你回家路上小心一点。"

江邢立马别过头，伸手揉了揉耳朵，表情不太好。

看见他表情不好，孟昭和眼睛笑得弯弯的，一副小人得志的模样。

看见她的表情，江邢又好气又好笑，抬手捏了捏她的脸颊，问道："关心我，你怎么不收留我过夜？"

"不准过夜。"孟昭和很快又恢复酒后的倦态，"不行的……我上次说，下回不让你洗澡的，但我们现在不是以前的关系了，不行的。"

尽管还是前言不搭后语，但江邢听懂是什么意思了。

江邢正准备说他可以睡沙发，就听见孟昭和又开口："你那次找我，我不在，薛与梵也不在。你听着可能像是假话，但你去找我那天，公寓里真的没有人。"

她先前使坏挽着他脖子的手还没松，双瞳剪水，比任何时候都亮。

"我去医院了，我妈妈那时候快不行了。我原本想在复活节时回来找你的，但葬礼一直忙到复活节假期之后了。我一直猜你会来找我，但是你没有留字条，我以为分手后你真不联系了。"

他们两个其实都算不上主动的人，都以为对方决绝。

真相从孟昭和口中讲出来，一点点将江邢的情绪拨动，从惊讶到欢喜。

她躺在深色的床单上，显得她整个人更白皙了。

尹东柱笔下的神圣烛火熄灭又复燃，从多良和南港吹来的海风擦过璀璨霓虹，在渡轮起航时来到窗外，它们没有扑打窗棂，而是从窗缝中钻进室内，吹动窗帘。

幽静的湖水、峻岭的高山依旧在。

今夜，风依然掠过星星。

今晚，我们依旧发现彼此相爱。

在此刻，别用问句，别用自我猜测的办法，而是直接问她。

江邢看着她，问道："孟昭和，就把现在当作那时候，你要赶我回去吗？"

今天她醉是因为喝了好几种酒，最后一种是葡萄酒，嘴里还有淡淡的葡萄酒味道。

视线里的人突然靠近，孟昭和感觉到自己的理智又被压下去了，酒精烧着她的脑袋，她有点不受自己的主观控制。

她迷迷糊糊知道自己在接吻。

她听见脱衣服的声音，衣服被丢在地上。

她觉得自己脑袋混沌了，但她能分出不同衣服落地的声音，先是上衣，然后是衬衫，再是裤子，最后她听到了皮带金属扣砸在地板上"咚——"的一声，紧接着感觉到自己被人从被子里剥了出来。

身体被温热又有点重的另一具身体压着。

孟昭和发昏了，她好像听见江邢在说话。

"明天我带你去把结婚证补了。"

孟昭和醒来的时候，已经过了早上，她请三天假是有先见之明的。身上压着一条手臂，她翻了个身，手臂又压在她肚子上，有些不舒服，更不舒服的是相贴的皮肤间分泌的汗水，汗津津黏糊糊的。

江邢在手臂被孟昭和从她身上拿起来的那一刻就醒了，他的力气远比孟昭和大，手臂一收，把人卷进怀里，将下巴搁在她肩头。

他刚醒，声音有点哑："醒了？"

他把热气呼在孟昭和耳后，让她一阵战栗。

孟昭和拍着他胳膊，嫌弃道："你手拿下去，压得好重。"

"昨天我人压你身上也没有见你这么矫情。"

这句话像个炸弹，把孟昭和的羞耻心炸出来了。几个小时前的荒唐她没办法全部甩锅给酒精，毕竟她后来变得清醒了，细节也全记得。

江邢能没皮没脸一大早讲这种话，孟昭和却不行，索性背对着他，没让他发现自己的羞赧。

虽然孟昭和背对着他，但江邢看见了她变红的耳尖，帮她回忆："你昨晚还说你舒服死了的。"

好像意乱情迷的时候她是说了那一句。

孟昭和无声地骂了句，努力让自己语气听上去平常化："是你舒服死了吧？舒服到都听错了，我明明说的让你不得好死。"

两人聊着聊着，不知道怎么就又围绕起舒服不舒服这件事了。

江邢捏了捏她的腰，问道："你不舒服？"

孟昭和躲了躲，说："你高估你自己了。"

士可杀不可辱。

刚说完，孟昭和先是察觉到旁边人起身的动静，以为他生气要走。下一秒，一只手将她按着，使她趴在床上。她再想起身已经晚了，江邢跪在她身上，那只按在她肩头的手往下摸，说道："你平时和我横就算了，床上你和我横什么，怎么这么没有眼力见？"

江邢压低身子，凑到孟昭和耳边，似是威胁又似是嘲讽："嗯？"

孟昭和此刻无比清醒，清醒到能预测到他下一步的动作。

"江邢，你去死，你从我身上下去。"

江邢起床的时候，旁边的人白了他一眼，然后裹紧了被子翻了个身不看他。

孟昭和有点干的嘴巴动了动，声音没有任何杀伤力："滚。"

江邢头一次没生气，老神在在地起床，去浴室里洗了个澡。看着床上手指头都懒得动一下的人，他淘米煮粥，加了点冰箱里的虾仁。

已经过了饭点了，她到现在一口饭都没吃。

孟昭和有点饥肠辘辘，江邢打开房门的时候她被饿醒了。他走过去把被子从她脸上拉下去，说道："有粥，起来吃点。"

孟昭和自然没有往他自己亲手做这方面想，以为他点的外卖。可等她刷牙洗漱完出来，看着黑色瓷碗里色香味一样没占的粥，她眼皮抽了抽，又朝厨房望过去，一片狼藉。

江邢给了她一把勺子，显然没把自己当客人，也没把孟昭和当主人，自我感觉还特别好地说："坐下来吃吧，瞧瞧你，下了床就能吃到我亲手做的粥，可真是一桩……"

一桩美事。

孟昭和抢先接话："可真是一桩人间悲剧，我都这么惨了还要吃你做的粥。"

江邢："……"

粥难吃是难吃了点，但现在孟昭和是真的饿得不得了，很快就吃了一碗。

吃完饭，她又想回去睡觉。

江邢把厨房的"战后惨况"收拾了一下，除了水池四周溅得全是水，抹布也没有拧干，锅碗都洗得不算太干净，其他也勉强算是打扫了。

收拾完，周漾打电话过来了。他喝得多，睡到现在才醒，人也不是很舒服，想叫江邢送他回家。

江邢正好准备回普里湾换套衣服，临走前和孟昭和报备了一句："我出去一下。"

孟昭和听着这话的意思是他等会儿还要再来，躺在被窝里蹙眉，开口的语气和林云英颇像："赶紧走人。"

江邢到普里湾的时候，周漾顶着个鸡窝头坐在床上发呆。

江邢拿了两套干净的衣服，一套他自己穿的，还有一套借周漾的。

普里湾的后厨虽然过了营业时间，但还是起锅给他们做了个迟到的午饭。

江邢想到孟昭和说他做的粥难喝，叫后厨做完再打包一份。

周漾浑身都不舒服，按着太阳穴转了转脖子，不知道身上的酸痛是因为江邢家酒店过软的床具，还是因为喝酒喝的。

"你没有不舒服吗？"

闻言，江邢学他转了转脖子，一副神清气爽的样子，说道："没有啊。"

周漾眼尖，看到江邢脖子上若隐若现的红痕，问："你昨晚在哪里过夜的？"

江邢还没意识到什么，有点迷茫地看看周漾，不知道他为什么突然这么问，回道："孟昭和家里。"

这人的命运啊，是各不一样的。

周漾开始骂："许峙结婚你洞房，就我最可怜，抱着马桶吐了一晚上。"

2

孟昭和知道吃药会有副作用，但明天还有伟大的风投事业等着压榨她，只好吃完就睡觉。

刚枕上枕头她就听见门铃声，要是冬天她会骂人，还好现在是夏天。

门外是江邢。

他拎着从普里湾打包的饭菜，顺便解释了一下："我昨天晚上把周漾送去普里湾住的，我正好在那里有干净衣服，回去洗个澡换一下衣服。"

孟昭和胃口一般般，但今天就只喝了一碗粥，要吃还是能再吃点。

这些饭菜虽然只是为了服务楼上入住客户而做的，但味道一点也不差。

江邢趁她吃饭，懒洋洋地斜靠在沙发上，看到茶几上摆着半杯水和一盒还没有收起来的药，看见盒子侧面的适应症他就懂了。

"孟昭和，你这算谋杀吗？"

孟昭和在啃鸡腿，听见他说话，一回头就看见了他手里的药盒子，回道："毕竟我们两个没有关系。"

这话现在的使用频率已经远超"给钱，谢谢"了。

"我们两个要不再交往试试看？"江邢把药放回茶几上，"我能负责的。"

孟昭和吐掉鸡骨头，背对着他盘腿坐在椅子上，吊带睡裙一点都没有挡住

323

昨天晚上江邢留在她身上的杰作。

"我图你什么？图你抽烟，是个预备役肺癌患者，还是图你打架，是未来局子的常驻嘉宾？"

"我在南港有一条街，我还有普里湾。"

江邢说他有钱，正巧还是孟昭和最爱的钱。

孟昭和皮笑肉不笑地说："那交往干吗？明天早上民政局门口见，老公。"

江邢看她那笑容，就知道她是逗他玩，扯了扯嘴角，问道："你就没想着叫我负责？"

孟昭和吃了两块肉之后彻底没有胃口了。他有一条街，有那么多钱，长得又不是歪瓜裂枣，实在是没必要找她这种爹不疼娘不爱，家境也一般的。

所以江邢即便长大了几岁，还是一个理想主义者。

孟昭和没回答他的问题，把桌子收拾了之后，赶他回家："你早点回去吧。"

说完就回了房间。

孟昭和睡了一上午，但还是瞌睡连天，加上吃了药有点不舒服。她把房间的空调设置好，裹着空调被将脸埋在枕头里。

睡意慢慢积累，她迷迷糊糊的，但记得好像一直没有听见江邢离开的声音。快要进入深度睡眠时，卧室的门开了。

如同电线杆上成群结队的麻雀，因为一个惊吓，叽叽喳喳的一哄而散。

孟昭和的睡意一下子跑光了，她还没来得及发飙，另一边的床陷下去了，她隐隐地闻见酒味。

"你喝酒了？"

相比江邢喝酒了这件事，让孟昭和更不解的是他哪里来的酒。

"喝了。"他一开口，酒味更重了。

孟昭和脑袋里的警笛拉响了，问道："哪来的酒？"

"厨房。"

孟昭和拼命回忆了一下，只想到一瓶特别便宜的黄酒，她烧菜用的。看见他笑，孟昭和眼皮抽了抽："你还有脸笑？你做个人吧。"

江邢没恼，一条腿往孟昭和身上一搭，手臂一搂，加之被子的束缚，孟昭和动弹不得。江邢用脸颊蹭了蹭她后颈的皮肤，像个刚学会讲话的小孩，啰唆得不得了。

"孟昭和……孟昭和……"

孟昭和头疼道："我要是死了，我就会很欢迎你现在叫魂。"

江邢收了收手，抱得更紧了，小声说："我想留下来过夜，孟昭和。"

他这个破酒量啤酒都招架不住，还有胆子喝黄酒。在酒精的作用下，他开始一遍一遍地重复自己说的话。

"你既然要过夜，行，我给你去厕所打个地铺。"孟昭和开始想今天自己要被他抱得窒息死，还是被他烦死。

"我不要，我不要，我不要……"

孟昭和没数他说了几遍不要，但很佩服他每句"我不要"都是用不同语气说出来的。大概能猜到不叫他满意他还要继续烦，孟昭和费力地把胳膊从被子里伸出来，捂住他的嘴巴，说："现在，你闭嘴在床上睡觉，不然……"

突然，孟昭和想到一件事，挑起眉尾，恐吓道："你不乖乖闭嘴睡觉，我就叫蝴蝶来把你吃掉。"

说完，旁边的人飞速踢掉脚上的拖鞋钻进了被窝，没有奸计得逞的快乐，倒是一脸委屈和害怕。

孟昭和见江邢乖乖地躺在旁边，眼睛、嘴巴都闭上了，睡姿端正得不得了，很像幼儿园小朋友为了小红花，努力在午睡时表现自己"好孩子"的一面。

可这"好孩子"的一面没有持续好久。孟昭和侧卧着睡了没一会儿，一只手搂上了她的腰，身后的人凑了过来，和之前在被窝外的姿势差不多，将孟昭和拉进怀里。

"你睡了吗？"他的声音很小，就像是考试的时候遇见不会做的题目，偷偷喊隔壁的同学给答案一样，全是气声。

孟昭和假装没听见，身后的人也没有安分。

"我睡不着。你别叫蝴蝶来，我给你讲故事吧，我会讲《龟兔赛跑》《三只小猪》《狼来了》《灰太狼和小红帽》……嗯？是灰太狼吗？"

他是真的喝多了，连故事名字都记错了。

虽然不是很懂为什么他睡不着要讲故事，但孟昭和连续被打断，睡意没有多少了。她伸手去拿床头柜的手机，点开照相机的图标。

江邢睡醒后，第一反应是口渴。昨晚做了个梦，他回到在苗苗班的时候。

他幼儿园也是在喀城念的，双语幼儿园。里面有很多漂亮的老师，他小时候最喜欢他们苗苗班的小月亮老师，因为她是全幼儿园最会讲故事的老师。

江邢口干，干到喉咙都有点痛了。床的另一边已经没有人了，他开始找手机，床上没有，枕头下没有，床头柜上也没有。

手机最后在餐桌上被找到，和一份早饭摆在一起。

已经上午九点多了，孟昭和大概上班去了。

卫生间还有江邢昨天用过一次的洗漱用品，江邢随便洗漱了一下，拿着手机准备开始吃早饭。

看着微信图标上的消息数字,他以为是什么公众号又推荐信息了,点进去发现是周漾他们。

周漾:【我人笑裂开了。】

消息接收时间是昨天晚上,江邢不明所以,以为周漾看见什么笑话要分享给他,但因为他睡着了没有回,周漾说了一半没说了。

江邢:【?】

从和周漾的聊天界面退出去,下面是许峙的。

许峙:【我都不知道你这个记忆力是好还是不好。高中念书什么都记不住,苗苗班的节目倒是现在还记得住。】

江邢:【??】

发完两个问号,江邢突然发现自己一觉睡醒后,有点看不懂这个世界了。

怎么一个个说话都让他一头雾水呢?

嗓子干,早饭里正好有杯牛奶,大约是孟昭和早上从冰箱里拿出来的,到现在,牛奶已经是常温的了。

他喝了一口,润润嗓子。

正巧许峙醒了,回复也来了。

许峙:【哎哟!醒了?】

江邢:【嗯,怎么了?】

许峙:【在干吗?】

江邢:【嗓子干,喝牛奶。】

许峙:【是得多喝点牛奶润一润,毕竟讲了一晚上的童话故事,嗓子不干才怪。】

江邢:【?】

江邢有点蒙,但孟昭和做的早饭好吃,他将手机放在旁边。等他把饭团解决完之后,手机一振,是许峙发的一条视频和一个动态截图。

动态截图是孟昭和发的一条朋友圈,内容是一个视频。

许峙把那个视频发给江邢了。

拍摄的环境有点昏暗,画面还有点模糊,勉勉强强看出一个男人埋在一个女人的肩头。如果不是此刻视频里讲童话故事的男声和他本人的音色很像,江邢都不敢相信那是他。

不敢相信,也不想承认。

江邢的世界如同末世电影里的城市,摩天大楼在崩塌,海面卷起海啸。他慢慢低下头,然后双手掩面,仿佛有六把无尽之刃捅在他身上。

给"始作俑者"发去谴责短信的时候,江邢才意识到自己已经被孟昭和拉黑了。他一低头，意外地看见消息框前居然没有熟悉的红色感叹号，消息已经发出去了，喜悦被视频折损了一半。

江邢：【你剥夺了我在地球生活的权利。】

今天早上孟昭和来上班，同事都看见了她昨天发的朋友圈，大部分人的重点都不在江邢讲故事上，而是孟昭和有男朋友。

这件事孟昭和不太好否认。

说不是男朋友，但两个人都睡一张床上，否认了他们都要背后戳她脊梁骨。

江邢吃了早饭，把餐具收拾好了放在水池里，挤上洗洁精，把她早上放在水槽里的碗和杯子也一起洗掉了。

洗碗的时候听见了消息提示音，江邢冲了冲手上的泡沫，随手往衣服上擦了擦水渍，拿起手机。

孟昭和：【不至于，我同事拿着视频去教她家小孩讲故事了，都说你讲童话故事感情很丰富。】

江邢：【我将乘坐本月三十二号二十五点六十一秒的火箭从地球出发前往月球。请告诉我的妈妈，送走她儿子的罪魁祸首叫孟昭和，脖子上有我咬的牙印的那个孟昭和。】

孟昭和：【看见最后一句话，我反手取消删除朋友圈，准备再发个 ins。】

江邢：【名誉损害，你准备怎么赔？】

孟昭和：【财产损害，你准备怎么赔？】

江邢：【胡说八道。】

孟昭和：【你昨晚喝掉的沙洲优黄，六块五。】

孟昭和：【给钱，谢谢。】

和江邢贫完嘴，有同事在工作闲聊群里问孟昭和晚上要不要去聚餐。想着自己之后上学，可能更无暇参加工作室的聚会，孟昭和犹豫了一下，同意了。

晚上聚餐定在天街，知道孟昭和以前是南港外国语学院的学生，大家都问她天街有什么好吃的店。

思来想去，孟昭和没有选择出来，毕竟在国外又待了四年，天街或许早就变样了。但架不住盛情难却，她只好又打开江邢的聊天对话框。

孟昭和：【天街哪家店好吃？】

江邢：【等一下，我在收租群里问一声。】

收租群？

简简单单三个字，没有任何一个生僻字，没有金字旁构成的字，但看着多富贵无极啊。

十分钟后，孟昭和收到了多条转发消息。

是天街每家店的招牌菜推荐和自我优势阐述。

孟昭和把消息再转发到工作群里，对面的同事看见群里的叠加消息，从电脑后面探出头，问道："小孟，你这是哪里来的攻略？"

微信群转发消息会有每个人的头像和网名，大部分商家都会把自己家的店铺照片设置成头像，店铺名字设置成网名。

有个细心的同事问道："这看上去不是一般的群啊，怎么都在喊老板？"

孟昭和硬着头皮解释："天街是我同学家的，我很久没在天街吃过东西了，不是很清楚，所以问问他。"

对面那个同事有点惊讶地说："普里湾是吧？小孟，你们学校的地皮也是他家的吧？"

"普里湾老板生的是个儿子，小孟你在学校里见过他吗？这有钱人的儿子念书的时候是什么样子的？有保镖有保姆吗？"

"没有。"孟昭和试图改变同事被电视剧荼害的认知，"就和普通学生一样。"

孟昭和就有点纳闷了，江邢也不是明星，为什么同事们居然都知道？

等同事看了半天的攻略之后，孟昭和才看见江邢不久前又发来的消息。

江邢：【你要去天街吃饭？你今天不回来吃晚饭了？那我怎么办？】

孟昭和看见消息，蹙眉，把手放在键盘上，开始打字。

孟昭和：【你别告诉我你现在还在我家？】

江邢：【准确点是在你床上躺着。】

江邢：【坐着有点累，躺着舒服。】

孟昭和：【麻烦你现在坐起来，迈开您的纤纤玉足，抬起您娇弱不能久坐的屁股，然后从我床上起来，拿上您的东西，出我公寓的门。】

孟昭和：【十分钟之后我用手机看监控，你还没走我就打电话报警了。】

发完消息，闲聊群里的同事已经从一众店铺自述和推荐菜单里票选出三甲，最后开始群里投票。

孟昭和还没有选，旁边的同事催道："小孟快选。"

最后烤肉店以微弱优势夺魁。

不知道是谁在群里来了句："谢谢小孟同学提供的攻略。"

孟昭和突然发觉自己好像有点过分，江邢对她好，可自己刚刚还赶人走。

十分钟过去了，江邢没回消息，孟昭和拿起反扣在桌上的手机，点开能查看公寓的摄像头。

画面被分成几个小格，卧室没人，厨房没人，客厅没人，阳台没人。

就在孟昭和以为江邢走了的时候，厕所门打开了。她在手机上看见江邢走进她的卧室，格外自然地掀开她的被子，然后往床上一躺，在被子上找到了他自己的手机。

紧接着一条消息弹了出来。

江邢：【有摄像镜头？】

江邢：【那天我们……有拍到吗？有录下来吗？】

江邢：【想重温。】

办公室里的孟昭和表情管理彻底失败，从脖子到耳尖都是红的。

手机里显示的监控画面在实时更新，她看见江邢从床上爬起来，然后走到摄像头下，觉得新奇地看着镜头，还面不改色地朝镜头挥了挥手。

孟昭和：【滚！】

3

晚上下了班，孟昭和是搭同事的车去的天街。

天街已经和她四年前毕业时完全不一样了。烤肉店还比较好找，将车停在天街的停车场后步行五分钟就到了。

不知道什么时候，天街后面建起了一排新建筑。有个在本地念大学的同事小敏说天街后面那条街是新建的博彩一条街。

另一个不太了解喀城的同事觉得新奇，说道："小敏姐姐是本地人啊，我还以为赌场都在码头那里呢。"

小敏走在她们中间，一边挽着和她说话的人，一边挽着孟昭和，说："那里赌场少，主要是普里湾太有名，所以让人觉得赌场都在码头。大齐，你玩过吗？要不要入乡随俗一下，今天吃过饭我们去来一把？"

她直摇头，说道："不行，我爸妈知道了会把我的腿打断的。"

"小赌怡情，我们去玩一把。放心吧，我也不是赌徒，就玩一玩。"

她们都低估了小敏姐姐的洗脑能力，等吃完烤肉之后，大家还惦记着饭前随口一说的小赌。

小敏拉着大齐和孟昭和去了名字听上去最正派的一家，可能是招牌上带了条龙，所以看上去正气。

里面全是烟味，光线也有些昏暗。

孟昭和一走进去就心生退意了，看来不是所有赌场都是普里湾，这样烟雾缭绕，每个牌桌上吊了个灯的才是大家印象中的赌场。孟昭和都有点怕，更别说大齐这样在内地长大的人。

偏小敏姐姐手快，筹码都换好了。

小敏姐姐的自制力真的很强，只准她们来小钱，之后背包就要锁起来，输光了就不准再换筹码翻本了。

孟昭和准备随便玩德州扑克,只是人还没有走到牌桌旁边,一只手就从旁边伸出来,一把将她拉住。

孟昭和被突如其来的一只手拉住了手臂,手臂上的肌肤和对方湿热的掌心相碰,立马让孟昭和觉得反胃。等她转过身看见那张脸,反胃更严重了。

是孟沭。

孟昭和勉强才认出那是孟沭,他比以前瘦了很多,染了头黄毛,皮肤常年浸在烟酒里,加上日夜颠倒的作息,已经变得格外差。他还文了条花臂,妥妥一副喀城地痞流氓样子。

"我还以为我认错了呢,还真是我聪明漂亮的妹妹啊。你什么时候回来的,怎么都没有听说呢?"

孟昭和挣扎着想摆脱被他拉着的手臂,但孟沭就是瘦,力气还是比她大。

"我以为之前国庆撕破脸那次大家心里都清楚了,我出国留学没要你爸的钱,回来当然也没有通知你们的必要。"

"一家人说没关系就没关系了?"孟沭攥紧手指,捏得孟昭和胳膊都有点发麻,"不过你就是个铁石心肠的人,我那时候明明可以不蹲局子,只要你帮我跟江邢说说好话,但你居然叫我去死。"

"你二十多岁了,即便是个啃老的巨婴,你也应该想到犯错了就应该自己承担责任。"说着,孟昭和对那只拉着自己的手又掐又打,但怎么都挣脱不开。

说到那次蹲局子,孟沭想到了一个人,打量着孟昭和的脸,问道:"从英国回来是因为你和他复合了?"

孟昭和知道他想什么,回道:"没有复合,我不会和他在一起的,你别指望能从他身上捞油水了。"

"你在骗人。"孟沭知道江邢有多喜欢孟昭和,因为喜欢所以才会给他收拾那么多次烂摊子,因此他不信他们没复合。

但他又知道孟昭和有多心狠,有些怀疑地问:"你不是为了那个人回来的?"

"我回来是因为工作和学习。"孟昭和讥讽他,"毕竟不是每个人都有一个肯把退休金全部拿出来让孙子吸血的奶奶。"

孟沭的脸色变得难看,冷冷地说:"是啊,我吸血。听说你把德桦院的房子卖掉了?那房子卖得不便宜吧,你口袋里应该钱不少,不准我去江邢身上捞油水,你要不奉献自我?"

孟昭和挣脱不开,抬脚就踹在孟沭身上,拿起旁边的烟灰缸砸了过去。

"奉献自我不必了,给你坟头上供倒是可以。"

动静不小,附近的人都纷纷望过来。

有一个嘴里叼了支香烟的男人问道:"孟沭,这是谁啊?"

"我妹妹。"孟沭捂着被烟灰缸砸疼的额头,抓住刚挣脱的孟昭和朝那桌走过去,"漂亮吗?"

男人拿下嘴里的香烟,笑着问:"问我漂不漂亮,要卖给我?"

孟沭被孟昭和那几句话刺激得一点理智都没有了,和那人开玩笑:"普里湾老板儿子的前女友,带劲吗?"

拿着筹码一直没找到会玩的项目的大齐率先看见孟昭和跟人拉拉扯扯,立马跑过去,将孟昭和另一条手臂拉住,妄图把孟昭和从孟沭身边拉走。

孟昭和还没来得及骂,二楼突然传来动静,紧接着一群人从外面冲了进来,拿着防爆盾和手枪,一瞬间,整个赌场里的人都噤声了。

大齐比孟昭和还大一岁,看见警察立马腿都软了,惊恐地问:"我们不会要进局子吧?"

喀城的博彩业是合法的,孟昭和安慰大齐乖乖抱头蹲好,提供身份证明然后简单说明自己为什么在这里就可以了。

事实也是,警察是来抓一个逃犯的。不过在场的所有人还是得例行公事做个简单的笔录,然后就可以签字走人了。

"什么情况?"小敏姐姐正在兴头上,还没从一群人井然有序的排队中反应过来。

大齐一颗心终于平复下来了,八卦道:"小孟,刚刚那个人是谁啊?"

孟昭和记得孟沭以前不这样,他虽然不是个特别好的哥哥,但绝对不会像今天这样。大约是出社会学坏了,也不知道他现在这副样子有没有把他敬爱的父亲和奶奶给气死。

孟昭和没打算说谎,回道:"我同父异母的哥哥。"

"你是普里湾老板儿子的前女友啊?那今天这份攻略不就是你前男友给的?"大齐从孟昭和身后探出脑袋看向她。

还好同事们没有把孟昭和朋友圈那个人和江邥联系起来。

孟昭和很漂亮,脸好看,气质也好,是那种和男人走在一起,会让别人觉得这个男人一定很有钱的漂亮程度。

小敏姐姐有点惊讶:"那你现在这个男朋友压力岂不是很大?毕竟要和普里湾老板的儿子做对比。"

孟昭和想到了那个在镜头前招手的江邥,扯了扯嘴角,说道:"他没有什么压力,他光有厚脸皮了。"

负责登记的警察不多,进行得也有点慢。

周漾从二楼下来,一眼就看见了刚登记完的孟昭和,她在记录表上签了名字,然后低着头朝门外走去。

周漾和旁边的老师打了招呼之后,朝着孟昭和走去,环顾四周没看见江邢。

他在门口叫住了孟昭和,问道:"你一个人来的?"

"我和我同事一起来的。"孟昭和指了指刚出来的大齐和小敏姐姐。

她还是第一次看周漾穿制服,一件蓝色的衬衫短袖,袖子上还有检察院的标志。

"今天来玩挺不凑巧的,吓到了没?"

倒是没有吓到,就是被孟沭恶心到了。

孟昭和跟两个同事回家的方向不一样,小敏姐姐临走时偷瞄了两眼周漾,带着大齐先走了,一边走还一边给孟昭和发信息。

小敏姐姐:【小孟,姐姐的未来靠你了,这种制服真好看!】

"你怎么回去?江邢来接你,还是你自己打车?"周漾等会儿还要回院里,不然就可以送她了,想到一些事,又提醒她,"这边赌场不太干净,你们下次要玩还是去江邢那里。"

"谢谢。"孟昭和看见从里面出来的孟沭不想和周漾再聊天,生怕被孟沭听见有关江邢的事情,"你忙吧,我自己回去。"

孟昭和打车到小区的时候,发现价格不对,但今天的心情实在是差到不想和司机计较了,下车后重重关上车门表示不爽。

她没注意到跟着她坐的网约车一起停在小区门口的的士。

打开公寓门,迎接她的不是一室黑暗,突然还有点不适应。

江邢听见开门声从卧室出来,都没来得及穿拖鞋。

"回来了?"

看见江邢,孟昭和又想到了孟沭,到底还是她天真了,回南港她就应该把所有最坏的结果都想到,她抱着侥幸心理设想过她不一定和那些"家人"遇见,或许能偷偷和江邢在一起,可江邢家的情况连同事都知道。

江邢帮孟昭和把包拿下来,走近闻见她身上有在赌场沾到的烟味,问道:"你要不要先去洗澡?还是我给你放水泡澡?"

"江邢,"孟昭和站在玄关处脱鞋,手搭在门把手上,将门从里面打开,"你现在从我家里离开。"

江邢手里还拿着她的包,没跟上她突然的态度变化,明明之前还好好的,聊天的时候他通过文字也没有觉得她不开心,甚至昨天晚上她还把自己发她朋友圈里了。

他小心翼翼的,生怕踩雷:"你怎么了呀?"

孟昭和将门推开，说道："你走吧，你一直待在我这里不好。"

他没动，孟昭和就一直扶着门，让门开着。

"哪里不好了？挺好的。"江邢不想走，走到玄关处拉了拉孟昭和的胳膊，"把门关上，飞蛾和蚊子会进来的。"

孟昭和挣脱他的手，说："我们两个没有关系……"

又是这句话，江邢刚刚讨好的态度不见了。

他就不懂了，这人怎么就这么善变，一会儿给他希望，让他觉得复合就在眼前，一会儿又赶他走，决绝得不得了。

他自作聪明，以为能像那天孟昭和喝醉酒一样逼她再做一次决定："你要赶我走了，我就不来了，我以后都不来了。"

江邢说完，只见门推得更开了。

江邢穿上鞋，将孟昭和的包砸她身上，走了出去。刚走到电梯门口，他气不过又折返回来。

"你……我……"江邢气得话都说不完整，顿了顿又走了。

临开学前，孟昭和将手头上一些比较急的事情交接给了小敏姐姐。

小敏姐姐有一种她要辞职的错觉。

梁意致从办公室出来看见孟昭和下了班之后在整理桌面，问道："你怎么搞得像离职了一样，周末记得来被压榨。"

孟昭和把水杯倒扣在桌上，回道："知道了。"

同事们问晚上要不要一起吃饭，大齐想到了上次赌场的事情，说："只吃饭，不准赌博，远离赌博。"

小敏姐姐在自己座位上笑，不过她很快又八卦了起来："我阿婆去买菜，听说我们上次去玩博彩的附近出事情了。"

大齐耳朵竖起来了，问道："怎么了？"

"好像是有个人赌钱的时候玩老千，被人砍了两根手指。现在不仅手指没了，赌输的五十万还得还。"

大齐听得鸡皮疙瘩都起来了，觉得自己手指都开始疼了，在胸口画十字，说道："还好我家那边打击黄赌毒非常有力度，喀城什么时候能一样啊？"

这不大可能，博彩已经成了喀城的经济产业之一。

大约是砍手指的事情太恐怖，这个话题很快就被带过去了，几人又聊起晚上吃什么。

"我看天街上的越南菜不错，小孟，你吃过吗？"

孟昭和高中毕业的时候和江邢一起去吃过，味道的确不错，否则也不能开了这么多年还在,于是回道:"挺好吃的。"

"那下了班一起去?"

孟昭和将手机放进包里,说:"不了,我今天有点事情。"

上次江邢把手表落在她房间里了,两个人约好今天在她小区见面拿东西的。

不仅有手表,还有一双他的小熊袜子。

和高中时一点没变。

江邢和孟昭和约定的时间是在晚饭之后,孟昭和拿了个袋子把他的手表和袜子装起来,看见卫生间里摆着他之前用过的洗漱用具,犹豫了一下还是拿起来丢进垃圾桶了。

距离约定的时间已经到了,孟昭和出门。电梯里信号不好,等她出了电梯才收到江邢说堵车会迟到的短信。

小区里灭蚊灯安装在电动车停车棚旁边,车棚自带充电装置,孟昭和险些以为运作的灭蚊灯是车棚漏电了。

她拿着手机,估计江邢现在在开车,最后还是没给江邢回短信过去。

已经过了饭后散步的时间了,也没有多少人乐意在八月份的天在外闲逛。路灯下有飞蛾萦绕,喀城的霓虹灯太亮,这座城市没有最佳观赏月亮的时候,中秋也不例外。

等江邢的时候,孟昭和想了想明天的安排。

去置办一些开学要用的东西,她不寄宿所以不需要买日用品,家里有一些日常消耗品需要补。

在心里记了一点东西,一阵夜风刮过,孟昭和没来由地觉得如芒在背。

入夜了天也没有凉下来,孟昭和出了一身汗,想起冬日里自己曾经幼稚地说宁愿热死也不要冻死,自嘲地笑了笑,拉开单元门准备回家里等江邢。

拉开单元门,孟昭和拿出手机在备忘录里把明天要买的东西记下来。她隐隐听见了一阵急促的脚步声,以为是同楼的邻居,下意识还帮人抵了一下门。

单元门被人从外面拉住之后,孟昭和收了抵门的脚,低头继续往前走,昏暗的夜色里突然传来一个人声。

孟昭和被吸引了注意力,从手机上移开视线,突然迎面袭来一只手掌,她被按在墙上,捂着她口鼻的手绑着纱布,一股血腥味和碘酒混合的味道钻入鼻子。

在亮起的楼道灯下,孟昭和看清了那张脸,是孟沭。

她呜咽了一声,瞬间一抹冰凉贴上了她的脖子,挣扎之间觉得脖子一疼,她没敢再出声,也没敢动。

孟沭附在孟昭和耳边,像一头濒死的鬣狗,眼睛里全是血丝,声音不大:"给我钱,我要钱。"

4

孟昭和抬手握着孟沭那只绑着纱布的手……

一声哀号将消防通道里的声控灯都喊亮了。

孟沭是濒死的野兽，死前也会反咬一口，刀具掉在地上的声音清脆，他嘴里全是咒骂。电梯在中间的楼层，孟昭和从单元楼里跑出去之前又给孟沭补了一脚。

有液体从脖子往下流，汗水流进伤口，疼痛感还不小。

晃眼的车光直直打过来，孟昭和脚步慢了下来，抬手挡在自己面前。

江邢看见她了，车慢慢停下来，思考着怎么开口才能显得自己酷一点，这两天自己很快乐，一点都没有想她的假象。

只是车窗降下来，他看见了她脖子上鲜红的血，差点连挡位都没有挂，开了车门就准备下去，结果被安全带拉回了原位，之后他手忙脚乱地下了车。

江邢还没开口，孟昭和就把一个纸袋子塞到他手里。

孟昭和频频回头，语气有点不稳："你的东西。"说完，她就要走。

孟昭和准备先去找小区的保安，首先要确保小区邻居不会被孟沭伤害，然后报警将他绳之以法。

来不及和江邢交代太多，她怕孟沭跑了，也怕时间越久万一有人在楼道里进出遇见孟沭就不好了。

可刚走，江邢又把她拉住了。

孟昭和挣脱不开，又着急，说道："你的东西都在里面了，没丢没弄坏，不信你自己检查。"

江邢额头青筋都要起来了，现在是他手表、袜子的事情吗？

"出什么事情了？"

孟昭和挑重点和他解释："孟沭找我要钱，我没有，我现在要去找保安把他控制住，然后报警。"

江邢把纸袋丢给孟昭和，朝着她先前跑来的方向走。

这次反倒是孟昭和拉住他了："你去干吗？"

"收拾他。"

"专业的事情交给专业的人去做，他手里有刀，你送什么人头？"孟昭和正准备拉着江邢去找小区保安的时候，正巧赶上小区里的保安开着小电瓶车巡逻。

孟昭和跑到路上朝他们招手，她脖子上的血迹把两个保安都吓了一跳。她挑重点讲了事情，告诉了保安哪栋楼，又提醒他们："他手里有刀，你们一定要小心。"

"你快去处理一下伤口。"保安指了指孟昭和的脖子,拿着对讲机提醒值班室里的同事报警,很快小电瓶车闪着红蓝灯开远了。

江邢将人塞进车里,孟昭和还没有看见孟沭被制伏,心悬着不肯走。

"相信喀城人民警察的出警速度。"江邢将车门上锁,不给她拒绝的余地,一脚油门将车开出了小区。

等车开远了,孟昭和脖子上的痛感慢慢强烈了起来。

听见她"嘶"了一声,江邢又气又心疼:"知道痛了?"

伤口虽然不深,但出血量很大,孟昭和的白T恤红了一大块,她又不敢用手去碰伤口,梗着脖子到了私立医院的急诊科。

孟昭和准备先去分诊台,江邢拉着她直接往里走。想到以前在英国的时候他能开离谱的病假条,那时候他说他们家有块地皮租掉了,建了医院。

应该就是这家医院。

医生很快就来了清创室。

江邢看了看他的头顶,头发挺多的,有点不放心,问道:"有头发少的吗?"

孟昭和瞥了他一眼,直接插队已经不厚道了,还话多。

医生认识江邢,没生气,只觉得好笑,准备好医用物品,熟练地套好手套,说道:"我技术很好的。"

江邢又问:"要不要住院?"

"不需要。"

江邢"哦"了声,又问:"要不要打破伤风呢?"

"我建议最好还是打。"

说完,医生将棉球蘸上碘酒,提醒孟昭和可能会有点痛。

孟昭和"嗯"了一声,表示自己知道。

江邢也凑了过去,说:"疼?那你给她上麻药啊。"

医生看着旁边的脑袋,也不好叫他滚蛋,耐心地说:"不缝针,所以不用打麻药,伤口不深,处理一下就可以了。"

江邢一副主任级别视察的模样,仿佛他能瞅出医生操作里的错误,目不转睛地看着医生给孟昭和处理伤口:"血流了这么多,要不要输血啊?你确定真的不用住院观察一下吗?"

医生还没来得及回答,孟昭和黑着张脸叫江邢出去。

人出去了,医生耳边清静了,笑着说:"你男朋友真幽默。"

"他啰唆,跟小孩一样,发烧一天量几十遍体温。"孟昭和说着说着,心情好了一点。

"他啰唆不是关心你嘛。"

等听见医生的话孟昭和才意识到她忘记否认"江邢是她男朋友"这件事。

江邢在清创室外面等，孟昭和一出来他就迎了上去，弯腰将脸凑到她脖子处，看得格外认真。

孟昭和在等医生开单子去打破伤风针，江邢凑得太近，鼻息洒在脖子里有点热，她身子往后躲了躲，说："都贴纱布了，你眼睛能 X 光扫描吗？"

"不是看你伤口。"江邢微微抬头，和孟昭和平视，"我思考为什么都挺久了，之前的吻痕还没消下去？"

这种污糟的事情，他居然还一副求知样子。

打完破伤风需要留观半个小时，孟昭和脚上穿的还是拖鞋，医院里的空调吹得她有点冷，她抬手用掌心搓了搓手臂才稍微缓解了一些。

坐在她对面的阿姨是带小孩来挂水的，看见她脚上穿着拖鞋，提醒道："出门还是要穿鞋子，像这样吹空调小心下次来月经肚子痛。"

江邢起身离开了，孟昭和没在意他的去向，低头看着自己的脚。

江邢很快又折返回来。直到一只手捞起她的腿，孟昭和才回过神。

他手里拿着双小熊袜子，是孟昭和今天还给他的那双。

孟昭和一个女生都不穿带图案的袜子，他一个男生袜子比她还少女心。

对面那个阿姨笑得开心："还是男朋友好。"

人类本质都是八卦的，不分年纪。

孟昭和看着袜子上的小熊，有些别扭地蜷缩起了脚趾。

江邢阴阳怪气地来了句："阿姨，你误会了，我和她没有什么关系。"

他的发音着重落在后面几个字上，还是瞥着孟昭和一个字一个字说的。

孟昭和不理他，背靠在椅背上，留观的时间无所事事，脑袋放空就开始想事情，想是不是应该给父亲打个电话，又在想孟沭人生是哪一步走错了，变成现在这样。

孟沭咒骂着要一起去死的话还响在耳边，孟昭和有点后怕。如果不是那只断指的手给了她机会，又或许她对孟沭断指的攻击没有成功，孟沭会不会脑子发热给她捅上一刀？

孟昭和想着自己的事情，完全没注意旁边的江邢。

"没有关系"这话是他自己说的，但见孟昭和不否定，他心里又觉得不爽。

"袜子还我。"

脖子上有伤，孟昭和不方便直接扭头看他，只得微微转过身，问道："那你给我穿干吗？"

她居然问得出"给她穿干吗"这种话？

孟昭和抬起脚，脱了一只袜子，说："还你。"

"废话，给你穿当然是对你好。"江邢看着丢过来的袜子，伸手将孟昭和还没放下去的脚捞起来，重新帮她穿好袜子。

孟昭和的腿还搭在他腿上，穿着小熊袜子的脚悬在空中。江邢现在在她面前如同一道经济悖论题，让她捉摸不透。

今天发生了太多事情，以前背资料时飞快运作的脑子显然有点超负荷了。人性情感伦理又不能和常规命题相比，前者因人而异，各不相同。

孟昭和把腿放下，没说话。

江邢抬手看了眼时间，还有五分钟就要留观结束了。他的袜子穿她脚上有点大，见她不讲话，只是垂着双眸，视线落在前面都能反光的地砖上。

"我听周漾说上次你去天街后面的赌场了？"

江邢虽然有的时候知道自己幼稚、理想化、没有一身本事，但幼稚不代表蠢到家。

几天前他出去吃饭，身边有个朋友喝多了，凑到他旁边说："有个人在天街后面赌博耍老千被人砍了手指头，那人你还认识，有一次吃饭你还帮他结账了的。"

结合那天孟昭和吃完烤肉回来的态度变化，江邢有理由相信那天孟昭和碰见孟沭了。他们要是在一起，或是结婚了，孟沭出老千被抓肯定又要找他帮忙。

"你是不是因为你哥所以叫我走？"江邢问她，想了想又换了个问法，"如果没有你哥，你会和我复合吗？"

"没有我哥我们应该不会分手吧。"孟昭和微微侧身看他。

这好像是他们两个头一次认真地聊起这件事。

孟昭和又补了句："但也不一定，很多事情是没有办法假设的。"

就像孟昭和没有办法假设她如果没有这样的原生家庭是否会更幸福一样，她不能假设没有孟沭，他们会不会因为别的事情分手，有可能他们因为比现在更无法挽回的原因而分手。

可以假设，但不能只假设好的一面。

江邢持反对意见："但假设可以让自己看清自己。"

孟昭和不讲话了。

如果能假设，她不想分手。

这个答案如同一颗小石子，落在深谷幽潭里，泛起的涟漪远比她想象中的大。

留观的时间过了，还没出医院的大门，警局就联系上了孟昭和。

她身上的衣服还带着血迹，在警局的走廊尽头她看见了已经生出白发的父亲。儿子拿刀威胁女儿，换作是谁都会崩溃，他也只是个普通人。

第三次婚姻最后还是落得一个离婚的结果，离婚是因为孟沭赌博。

再见面，孟父没有怪孟昭和报警，可能是看见她受伤了，也可能是因为一点仅存的良知和父爱。

警察问孟昭和要不要提供伤情鉴定，孟昭和摇头拒绝了。

临别的时候，孟昭和看到父亲坐在楼下抽烟，不再似年轻时神采奕奕，都有些驼背了。

"孟沭在外面欠了五十万，不管是坐牢还是送去管戒所，你自己决定。我建议你最好不要给他还那五十万，他这辈子大概率是赚不到什么钱给你养老了。那点钱你自己留着，真等你走了，给他还是捐掉都随你。"孟昭和没给父亲自己的电话号码，只是把这件事的利弊跟父亲分析了一下。

他们不住在一个区，孟昭和最多给他喊个网约车回家。

"我知道，你自己回家小心，一个人住在外面注意安全。"孟父有点哽咽，手里拿着支烟，"等会儿我自己走。"

孟昭和随他，只是没走两步又回头，看着眼前那个已经有点陌生的人，说道："我妈……两年前去世了。"

孟父一愣，立马垂下眼睛，半晌说不出一个字，最后开口变成了叮嘱："孩子，你以后好好过。"

孟昭和没接话，转身走了。

从楼下走到警察局大门的路不长，孟昭和没来由地觉得轻松，却又觉得心里空空的。

那根连接着她和原生家庭这个垃圾桶的绳子已经断了，高楼城墙已经坍塌，虽然难过，但孟昭和知道这并没有什么不好的。

她眼眶一热，但眼泪还是憋住了。

夏夜虽然不比白日有毒辣的太阳，但也折磨人。

值班的警察恪尽职守地站岗，电动门开了一半，孟昭和走出去。这一片区域没有什么商业广场，也没有多少写字楼，马路上显得有些空。

她刚走出去，就看见一辆眼熟的车停在禁止停车的标识旁边，江邢站在车边，好像所有等人的男人都喜欢抽烟。

红色的星火一亮一暗，他抬手按了按眼睛，睫毛被眼泪打湿，再一睁眼看见孟昭和站定在他面前。

江邢把烟按灭，说道："结束了？我送你回家。"

他去开车门，却看见孟昭和还站在原地。

339

在南港外国语学院，因为课程他们看过太多书了，有莎翁，有塞缪尔，有简·奥斯丁……对书里亘古流传的名言分析鉴赏过。

此刻孟昭和不想问江邢的心是否如四月一样，不想问他是否愿意为自己微笑而生出忍耐的力量。

只想告诉他，她假设过了，她发现她的感情依然如旧。

孟昭和先前憋住的眼泪现在在往下掉，鼻尖泛着红。

"我脾气不太好，家境不太好……"

江邢看着孟昭和，看她突然展现在自己面前的那副无措模样，甚至有点像是怯场的样子。她从没有这样过，读书的时候孟昭和能当着全校人的面作为优秀学生代表进行各种演讲，她做什么都能应付得很好，她连经济竞赛都得了奖。

他不聪明，但他知道孟昭和很多不曾展露的情绪背后的真正意思。

江邢说："我喜欢，我能接受……"

孟昭和有点急，冲动地开口都没有想好措辞，甚至江邢的话都没有打断她："我拧巴，我还有点口是心非，我……"

江邢抬手，轻轻搂上她的后背，轻声说："我喜欢，我能接受。你相信我，孟昭和。"

请你坦白告诉我你的心情是否还如四月一样。
我的心愿和感情依然如旧。

——《傲慢与偏见》

上天赋予你一种坚韧，当我把热泪向大海挥洒，因心头的苦怨而呻吟的时候，你却向我微笑，为了这我才生出忍耐的力量，准备抵御一切接踵而来的祸患。

——《暴风雨》

5

出了今天这件事，江邢把孟昭和带去了普里湾过夜。

这个决定他没和孟昭和说，等孟昭和发现的时候，已经快到码头了。

江邢把车开进地下停车场，样子很专心，说道："你还敢回去住呢？"

他把车停在最靠近电梯的那个车位后，孟昭和握着安全带，没有下车的意思，嘴硬道："有什么不敢的？"

江邢解开自己的安全带，看孟昭和没有丝毫要下车的样子，他坐在驾驶座上，腿伸了伸，问道："你胆子这么大？"

"对你来说不害怕飞蛾、蝴蝶的人不就是世界上最勇敢胆大的人吗？"

"合着你在警察局门口深情表白是为了以后方便痛击我是吗?"江邢伸手帮她解开安全带,"快点下车。"

江邢见她还是不动,自己先下车,然后走到副驾驶座旁边,开了车门,没好气地说:"你是大小姐,下车还要人给你开门。"

他伸手把人从副驾驶座拉出来。

孟昭和看着无人的四周,还是觉得别扭,小声说:"我住这里不太好吧?万一被你妈发现了好尴尬。"

地下停车场又闷又热,江邢还是个招蚊子的人,他不给孟昭和磨叽的机会,抬手把掌心扣在她后颈上,将人带进电梯间,然后用车钥匙按下电梯的上行键。

"都十点多了,你当我妈是工作狂吗?她也正常上下班的。"

孟昭和被他带到电梯门口时,电梯停在负二楼,此刻正慢慢上来。

"那碰见其他认识你的人也很尴尬的。"

"我们家也不是无情的资本吸血鬼,这个时间点除非是晚班的服务员,其他人都下班了。再说员工也不坐这个电梯,你放心吧。"江邢刚说完,电梯就到了负一楼,电梯门开了。

里面有一个打着电话,低头在包里翻找东西的女人。

孟昭和很眼熟,记得这是江邢妈妈的秘书。

吴柏丽低头翻包找着东西,没注意外面是谁,用肩膀顶着手机在和电话那头的林云英通话:"老板,我现在在电梯里,那份文件已经送来了,我还有三分钟到您办公室……"

电梯外的两个人都愣住了,江邢没有想到打脸来得这么快,自己才说林云英下班了,员工也不会坐这个电梯。

等挂了电话,吴柏丽才察觉到电梯门开了但没有人进来,一抬头发现是江邢,他旁边还站了个人。

撞见江邢带女生来普里湾,吴柏丽反应很快,突然放空目光,开始装瞎,手往前一伸,眯起眼睛问道:"请问这是几楼?我看不见……"

"柏丽姐,别装了。"江邢进了电梯,按了楼层键,"你们今天怎么还没下班?"

孟昭和进了电梯就站在角落的位置,低头看着自己脚上黑色的拖鞋和印有卡通熊图案的黑色袜子。

吴柏丽不装了,问道:"不忙谁加班?"

孟昭和感觉遇见吴柏丽是件尴尬的事情。

江邢不以为意,拿着门卡一刷,进了房间,将门卡放在卡槽上,房间瞬间通电。

房间很干净,装修得也很不错,毕竟每晚的房价摆在那里。江邢弯腰在架子上找东西,看见售价菜单,随手把板子推倒,骂了句黑心。

听见孟昭和在说尴尬,他不以为意道:"有什么好尴尬的,以后你的人生还可能有更尴尬的事情呢。"

说完,电话响了。江邢没出去,一手拆着饼干,一手拿着手机,说:"喂,亲妈怎么了?"

在电梯里碰见吴柏丽的时候江邢没叫她保密,吴柏丽自然把他带孟昭和在普里湾过夜这件事说给林云英听了。

通话时间很短,等江邢挂电话后,孟昭和问道:"阿姨?"

江邢点头。

"她说什么了?"

江邢坐起身,微微仰起头看孟昭和,笑着说:"咳,说叫我别学我爸,又说要没忍住,东西在床头柜里。"

说着,江邢起身往卫生间走:"我先洗澡了。"

孟昭和听见卫生间响起的水声,走到床头柜前,鬼使神差地拉开抽屉。

看清里面的东西之后,她耳尖发烫。

果然还真应了江邢那句"以后你的人生还可能有更尴尬的事情"。

说来就来。

江邢洗澡的时候还在盘算美好的未来,想着这次复合是不是就是永远,或许该去许峙那里取取经,聊聊婚后生活的心得。

他想了很多,甚至连以后婚房的窗台上摆什么花他都想到了,但他没想到自己洗完澡后面对的是已经关上房门的1503。

他被孟昭和赶出来了,只好顶着湿漉漉的头发去前台开了隔壁的房间。

拿手机给孟昭和发信息她没回,在床上翻来覆去了半个小时后,他又去了前台。

时间不早了,前台的工作人员趴在桌上休息,听见敲台面的声音,立马理了理刘海站起身。

江邢说要1503的房卡。

工作人员进系统,发现1503已经有人入住了。

江邢说:"我知道里面有人,你再给我一张房卡。"

孟昭和原本以为自己会失眠,但她低估了今天一系列事情对她精力的损耗。洗完澡她一沾枕头就睡觉了,还睡得特别沉。

半夜爬床这事江邢发誓他是第一次干,但干得格外得心应手。

江邢钻进被窝的时候,感觉到一丝不对劲,但很快又想到孟昭和衣服脏了,应该是洗澡的时候顺便把衣服也洗了一下。

房间里开着空调，但孟昭和还是习惯性地把窗户开一条缝。此刻窗帘浮动，底部的流苏坠子相碰，发出的声音使得房间并不安静。

码头的渡鸟被惊起，海里月亮的倒影被行驶而过的渡轮碾碎，江邢的理智被孟昭和的肌肤抓着跌到了低处。

江邢咽了咽口水，伸手去够床头柜的抽屉……

九月开学，孟昭和忙了好几天，等没课那天她正好要去医院换掉脖子上的纱布。

夏令度蜜月回来了，听说了孟昭和的事情，特意叫孟昭和换药休息那天去她家里吃饭。

一大早江邢提了盒月饼过来，说是别人送给林云英的，还提了一个保温瓶，里面是海鲜粥。

孟昭和瞌睡足，江邢敲门进来的时候，她将被子盖过头顶，人陷在床垫里，因为瘦，被子都显现不出她身体了。江邢坐在床边像拔萝卜的兔子，想把人从床上拉起来。

推拉了一番，孟昭和裹紧被子滚到床的另一边。

江邢见她不起来，干脆踢掉拖鞋爬上了床。

躺在床上能看见角落的监控，她一直独居，装个监控很有必要。

就是……

江邢问道："你这个监控视频可以保存多久？"

孟昭和起床了，光着脚跑去厕所洗漱。

保温瓶里的海鲜粥见了底，孟昭和把保温瓶洗干净后还给了江邢。

他看见外面的水渍，问道："你怎么还洗了？"

孟昭和觉得要留个好印象。

去的还是上次的医院，江邢来之前和医生打好招呼了，他去停车，孟昭和就自己先去了清创室。

医生看见只有孟昭和一个人，还松了一口气，大约是为自己的耳朵庆幸。

换下纱布后，医生给她换了一个大的防水创可贴，说道："没事了，恢复得挺好的。"

江邢停完车朝着急诊大楼走去，没走两步，听见身后有人喊他。

他回头张望，最后才发现是斜前方的齐好。

上次因为江邢把齐好丢在盛泰，导致她自己打车回家出车祸，江奶奶过意不去，就把人从市立医院转到了这家医院。

齐好出院后,复查也就继续来这家医院了。
齐好问道:"你不舒服吗?"
江邢对齐好出车祸这件事倒是没有多少愧疚之意,觉得她烦是因为之前奶奶撮合他俩,以及那次她打电话让孟昭和误会了。
现在奶奶不撮合,他和孟昭和也复合了,见到齐好多少能比以前客气了些。
"不是,我送孟昭和来的。"
闻言,齐好的表情瞬间垮了,但还是装出一副关心的样子,问道:"她怎么了?"
她表情的变化江邢看得一清二楚,"伤口换药"的答案都在嘴边,想了想又咽回去了,改口道:"我们来孕检。"
此刻,"被迫产检"的人正站在他们身后。
孟昭和也没想到除了医生和验孕用品,还能被第三种人和事物的存在通知自己怀孕。
九月的天还是很热,三个人相互交换眼神之后,孟昭和慢慢抬起手,一手撑在后腰,一手摸着肚子,看了看齐好,又看了看江邢。
齐好刚走,孟昭和朝江邢眨了眨眼,小声问道:"我装得像不像?"
刚熄火的车重新发动了,视线范围里已经没有了齐好的身影。
孟昭和不再装模作样,说道:"你挺会骗人的嘛。"
"都是为了我们的爱情,感动吗?"江邢打趣。
孟昭和沉思片刻,说:"这算名誉损害吧。"
江邢怎么说也是和她睡过一张床的人了,深知这话后面会跟着四个字"给钱,谢谢"。针对此问题,江邢苦心研究过几天,终得破解之法。
"给钱,谢谢。"
等着孟昭和这话一出,江邢马上回道:"没钱,肉偿。"

夏令为孟昭和脖子上的伤捏了把汗,但听说他们复合了又替她高兴。
她们两个坐在客厅里拆夏令度蜜月的战利品,许峙在下厨,江邢怕自己作为另一半的魅力被许峙会做饭这一点比下去,便跟着一起进了厨房。
虽然在那顿午饭上他没有任何帮助,甚至还是副作用的。
十分钟后,许峙拉开厨房推拉门,朝着客厅喊了一声:"孟昭和,把你这个没用的男人领走,一直在给我帮倒忙。"
江邢不服,开了瓶酒,誓要在他家嚣张一回。
夏令把蜜月旅行买的礼物拿给孟昭和,笑着问道:"江邢这么幼稚,你以后怎么办?"

孟昭和回头看了眼正在酒柜前看酒的江邢，想到自己曾经很多次说他幼稚，说他理想化。听见夏令的话，她眼里带着些许笑，回道："但你不觉得很可爱吗？"

　　酒是江邢要喝的，喝完就睡在了客房里。

　　三个人负手站在床边，听他讲故事，听完《龟兔赛跑》之后，床边就剩孟昭和一个人了。

　　江邢开始讲《三只小猪》，讲到被狼弄坏的房子时，指了指空气，说道："房子没用。"然后又指了指他自己，声音里染上一丝委屈，"我也没用。"

　　他趴在床上，半张脸埋在被子里。

　　孟昭和蹲在床边，看着他的侧脸，摸了摸他的下巴，说："你说得不对。"

　　鲜有人能拥有从头至尾全是美好的人生。

　　一生，三万日夜，在数万星辰明灭之间，将一种爱意从头贯彻这以万为单位的生命天数之中。

　　从此刻，到以后。

- 正文完 -

番外一 育婴课

见林云英纯属意外。

那天孟昭和上午和下午都有课,偏上午老师放得晚,十一点半了还没有任何下课的迹象。

孟昭和随口和江邥吐槽了一句:"这个时间点食堂都没有饭了。"

等下课后,孟昭和还在犹豫是随便吃点垫肚子,还是去食堂吃点冷饭。

江邥叫她在北门等,挑个显眼的位置。

孟昭和看他说要显眼,给他拍了个垃圾桶的照片。

孟昭和:【我蹲上面了,你看够显眼吗?】

等了一会儿之后,孟昭和收到江邥的消息。

江邥:【我妈说够显眼了。】

一抬头,孟昭和就看见一辆银色腰线的宾利停在面前。

林云英在附近办事,午饭她带着孟昭去吃了家新开的网红店,这家店怎么看都是江邥告诉林云英的。

所以现在躺在孟昭和手机里那条叫她好好吃饭的信息,看着尤为故意。

收到儿子信息的时候,林云英正被合作方邀请一起吃午饭。那个大腹便便的男人在尾款上咄咄逼人,但林云英也没有别的理由拒绝。

江邥的短信来得很是时候,林云英只好摆出一副无可奈何的样子,说:"家里小孩有事。"

店是江邥找的,林云英到学校门口的时候,就看见孟昭和站在一个红色的垃圾桶旁边。

孟昭和上车后局促地坐在林云英旁边,连呼吸都放缓了,在心里骂了江邥八百遍。她没有多少和长辈相处的经验,长大后和妈妈一起吃饭的次数屈指可数。

林云英也莫名挺直了腰杆,上次紧张还是丈夫死后她一个人捡起手里的产业。

儿子小时候就是家里其他人带大的,全家都上赶着宠,一切都轮不到林云英,所以她不太会和孩子相处。

讨论分手费的环节一直没出现,等服务员拿着菜单关上包厢门的那一刻,孟昭和像个痛失所爱的人。

她坐在林云英对面低头抠手指,林云英似乎有点忙,拿着手机不知道在给谁发信息。

服务员拿着菜单离开后,林云英看着对面和她一样不知所措的小孩,拿出手机,点开那个备注是"碎钞机"的对话框。

林云英:【儿子,我应该说点什么?】

江邢:【想说什么就说什么,随便聊聊。】

林云英:【不行的,我紧张。】

江邢:【你是长辈,你紧张什么?】

林云英:【那我就随便聊聊了?】

江邢:【行,随便聊。】

林云英将手机放下,喝了口柠檬水,心想早知道就应该叫吴柏丽一起来吃饭了。她两只手搓了搓,犹豫着要怎么称呼对面的小孩,最后挑了个最不容易出错的喊法:"小孟……"

孟昭和下意识地坐端正,像上课认真听讲的学生。

但林云英一定不是个合格的老师,原本想随便问问关于孟昭和的一些事情,结果被她这么一看,讲出口的话就变成了与江邢有关的事。

"下次有空去阿姨家里看江邢小时候幼儿园文艺表演的录像吧。"

晚上江邢在小区门口等孟昭和,小区门口坐着个卖水果的奶奶,骨瘦如柴的手拿着蒲扇,赶着烦人的蚊虫。

等孟昭和出地铁的时候,他已经买了一堆吃都吃不完的水果,当然不能指望他会挑水果,水果卖相极其一般。

他单手拎着一大袋水果,另一只手牵着孟昭和,说道:"天这么热,阿婆不容易,也不贵。"

孟昭和突然想到白天的事情,把手伸到江邢腰上,狠狠地掐了一把。

江邢吃疼,把她的手从自己腰上拿下来,问道:"今天午饭吃得怎么样?我妈都和你说什么了?"

说什么了?

想到他幼儿园文艺表演的录像,孟昭和故意卖关子:"不告诉你。"

江邢最近有点忙。

孟昭和也发现了，睡前隐隐约约听见他说上课什么的，但当时孟昭和实在是太困了，所以没细问。

周日她不上班，也没有课，待在公寓里准备打扫卫生。

进入十二月，喀城的天冷了下来。

江邢换了件厚衣服准备出门，他是去上课的。昨天晚上他说了一次，孟昭和没记住，今天就没好意思再问。

夏令已经度过了怀孕最难受的那两个月，今天听说孟昭和休息在家，临时叫她出来逛街。

孕妇不能天天躺着，也要适当运动。

孟昭和走在夏令旁边，看着她不辞辛苦地排队买奶茶，问道："运动是指排队买奶茶啊？"

"许峙管我就算了，和你出来你不能管着我。"夏令今天非要喝到生椰奶茶，挺着肚子试图用孕肚打动孟昭和的恻隐之心，只可惜现在还没显怀，没有打动成功。

最后孟昭和把奶茶换成泡芙，她也没有不开心。

"许峙放心你出来？"孟昭和从口袋里拿出一张纸巾，替她把小指上的奶油擦掉。

夏令嘴里塞着泡芙，含混不清地说："他忙，现在和江邢在上课。"

等夏令带着孟昭和出现在这栋商场的顶楼时，孟昭和总算明白江邢上什么课了。

这层楼全是卖母婴用品的，孟昭和站在一面玻璃前，看着正在上育婴课的江邢，不禁有点语塞。

江邢摆弄着手上的道具婴儿，照着老师的指导一步一步操作，然后孟昭和眼睁睁地看着他拧下了道具婴儿的胳膊，下一秒，头也掉了。

孟昭和只觉得自己胳膊和脖子一疼，说道："别人老婆怀孕，对男人来说是有了个孩子，江邢以后有了谋杀他人的风险。"

夏令听罢在旁边笑："但你换个角度想一想，他有和孩子相近的心理年龄，能和孩子玩在一起，给孩子一个完整的童年，而且你要相信江邢的童话故事储备量。你们准备什么时候结婚，什么时候要孩子？"

孟昭和看江邢在里面笨手笨脚地把"散架的小孩"重新拼装起来，一身寒意，嘀咕道："太恐怖了。"

夏令不解地问："生孩子吗？"

孟昭和摇头，说："不是，别人都是准爸爸的样子，你看江邢像不像手握仇敌儿子的大反派。"

别人是拍嗝，他是找了个陪他练习郭芙蓉绝技"排山倒海"的陪练。

但江邢显然没有清晰的认知。

许峙看见在教室外面站着的夏令和孟昭和，提醒正努力在育婴课上锻炼"组装人体"的江邢。

晚饭是他们四个人一起在外面吃的，江邢照例开车送孟昭和回家，然后很自然地过来蹭住。

洗过澡后，两个人窝在床上玩手机，江邢的手机一直在振。孟昭和本来不想查岗的，奈何他手机一直没消停。

"谁啊，给你发那么多信息？"

听见孟昭和问，江邢一只手从她肩后搂过去，把手机递到她面前。

是一个聊天群。

他今天上课的那个育婴课的群，群里的人在讨论今天的上课内容。

孟昭和好奇他怎么突然跑去上这个课了。

江邢把手机放到一旁充电，下巴搁在孟昭和肩上，说道："是许峙，他原本和他亲戚一起去学的，但他亲戚没空，课又不能退，他就叫我一起去上课。"

孟昭和想到了白天欣赏到的画面，他那是去学习育婴的吗？他是去学习幼儿身体结构和重组可能性的吧？

江邢把手搭在孟昭和肚子上，问道："要不我们学以致用？"

孟昭和把他的手拿掉，想到白天他照顾道具婴儿的样子，有点后怕："那是要坐牢的。"

过年是在江邢家过的。

他们家人口也简单。

他妈妈、他奶奶还有他，算上孟昭和就四个，做了一桌的菜。

快吃完饭的时候，她们给孟昭和各包了一个红包。

吃过饭，孟昭和和江邢去院子里。喀城水土不养梅，但她们还是种了不少，只可惜冬天都不开。

冬日梅花都在玻璃花房里过冬，孟昭和看着一盆不开花的绿梅，觉得不可思议，问道："你们家连花都有房子住？"

江邢双手揣着兜，他已经很久没踏进花房了，现在想来关于花房的所有记忆还都是小时候因为他揪花叶子，惹哭林云英然后挨爸爸揍的画面。

没有花开着的花房没什么好逛的，孟昭和走了一圈之后，没有兴趣了。江邢站在花房的门口等她，等她出来后，伸手去关灯。

他们一出花房就看见外面有小孩子跑了过去，手里拿着仙女烟花棒。

孟昭和看见那小孩像个起飞的小火箭一样，嗖一下就跑出好远，难怪工作室里已婚的同事都说孩子只有在肚子里的时候最让人省心。

除了夏令，孟昭和没有怎么接触过孕妇，她当时还安慰同事："等孩子长大了就好了。"

同事说："你到底年轻。放心吧，等你死了都还操心呢，他们逢年过节来扫墓，还要求你在地底下保佑他们。"

孟昭和在想这些，但她看小孩的目光让江邢误以为她看中了仙女棒。

这附近没得卖，小孩的仙女棒是前面邻居买的。这附近的住户都是有点来头的，商场上的利益从各个方面考虑，他们家送了不少给江邢。

见孟昭和没伸手，江邢以为她不好意思，说道："喜欢就收下。"

孟昭和不喜欢，可刚想开口，对上江邢无比期待的目光，他朝她眨了两下眼睛。看来是他自己想玩，孟昭和便朝他邻居说了声谢谢，伸手接过了装着仙女棒的袋子。

送走他邻居，他们坐在一楼的阳台上，江邢点了支烟，他用香烟帮她把烟花点上。一根仙女棒十几秒就会被消耗完，但他一根接一根地全点燃了。

林云英叫他们去洗澡，然后准备晚上守岁。

孟昭和许久不在国内过年了，也许久没有和别人一起过年，看着电视，聊着明天早上汤圆、饺子的馅。

新的一年，南港还是没有落雪，但它依旧是喀城发展的标志之一。

第二天，他们家亲戚来拜年，大家都知道江邢找了个女朋友。

孟昭和站在江邢旁边，小声地跟着他喊人，收到了很多红包。

初五，她跟着他的家人去普济寺烧香，求万年富贵，求身体健康。

之后又抽了一天去给江邢爷爷和爸爸扫墓，孟昭和看着墓碑上的照片，心里突然难过，她祈祷江邢能够长命百岁。

番外二　真好

薛与梵是珠宝设计专业的,她寄了一个快递给孟昭和,是她自己设计的一套组戒。

江邢来之前,孟昭和正坐在地上拆快递,并给薛与梵发了很多张反馈图。听见门锁声音的时候,她正准备先把戒指放起来,然后去拿垃圾桶过来收拾地面垃圾。

孟昭和没想到自己坐地上屈着腿,腿会麻,一站起来,力气使不出来,直接膝盖着地又跪下去了。

江邢开门就看见她拿着一个饰品小盒子单膝跪在地上,立马脱了鞋进屋想把她从地上拉起来。

看见饰品盒里的戒指,江邢血液倒流,原本伸到孟昭和面前,想要扶起她的手缩了回去。他捂住了嘴巴,有些不敢置信:"天哪,你跟我求婚?你怎么买了这么多戒指来给我求婚,天哪,孟昭和你居然在跟我求婚!"

孟昭和看江邢刚伸过来的手,正准备扶着他重新站起来,结果扑了个空。原本腿麻了,现在听见他的话,孟昭和整个人都麻了。

解释的话都没来得及说出口,一双手指修长的手伸到了她面前。

孟昭和顺着那只手朝上望去,看到江邢眼睛里带着光,很亮,五指张开。

"我愿意。"

愿意你个大头鬼。

五分钟后,江邢已经把每一个戒指都在手上试了一遍,发现没有一个适合他后,终于相信孟昭和没向他求婚。

孟昭和坐在沙发上,脚搭在茶几上,揉着自己的膝盖,见他闷闷不乐,笑着说道:"果然还是幼儿园的小孩最有想象力。"

江邢突然想到了,他得求婚了。

他想象着他们在黄昏时的海边,迎着徐徐海风,接受一众亲朋好友的见证。

这一切准备工作都会在孟昭和不知情中进行，他会把璀璨的钻戒戴在孟昭和的手上，他们的名字会写在一本结婚证上，然后在四月举办婚礼……

半夜江邢好不容易等孟昭和睡着了，他才悄悄地从床上爬起来，找了好久才找到了一张纸。裁剪了一下之后，他蹑手蹑脚地拿着小纸条去量孟昭和的指围。

江邢屏气凝神，小心翼翼地拉起孟昭和的手。他突然发现自己没有拿水笔，又折返出去。水笔的笔帽他差点没拔开，费了九牛二虎之力才成功，结果用力过猛，笔帽因为惯性打在了床沿边。江邢抿紧嘴巴看到床上的人只是翻了个身又继续睡觉了。

江邢顾不得手疼，跟着挪到床的另一边。

这事情他没干过，太紧张。

结果他拿着水笔在纸上画标记的时候，不小心画到了孟昭和手指上。

他紧张地看着闭眼睡觉的人，想到孟昭和实在是聪明，怕她早上起来看见手上的水笔痕就能猜出来，又不得不去厕所抽了她的洗脸巾，蘸了点水妄图"毁尸灭迹"。

一般人做贼，天都不帮忙。

江邢也不知道为什么自己只是抽了一张纸巾，就带倒了她放在水池旁的瓶瓶罐罐。一阵响动后，江邢垂头丧气地从厕所出来，看见还在睡觉的人，他也猜到了，小声说："你压根儿没睡着。"

话音刚落，孟昭和缓缓抬起眼皮。

看见她睁眼，江邢颓废地坐在床边，把她的手拉起来，用蘸了水的洗脸巾帮她把水笔痕擦掉，问道："你什么时候醒的？"

"你一开始出去拿东西的时候。"

江邢被打击到了，没想到孟昭和居然一开始就是醒着的。

他把纸巾丢进垃圾桶，懒得走到床的另一边，掀开被子直接把孟昭和挤了过去，喃喃道："我伟大的计划居然一开始就流产了。"

孟昭和笑着说："你以为你是我？以前读书的时候随随便便计划设计一下就能成功地把你骗过来跟我合租？"

说完，孟昭和才意识到这件事江邢一直不知道。

话音刚落，旁边才躺下的人突然坐了起来，伸手开了房间的大灯。

孟昭和被光刺到了眼睛，抬手想挡光，但手腕被人握住，好在一片阴影投在了她身上，但那片阴影是江邢投下的。

孟昭和被江邢压着，对上他的眼睛，一时间摸不透他的情绪。

毕竟自己设计、欺骗在先，孟昭和错开对视的目光，偏过头有点心虚地说："对不起……我那时候……"

"合租这件事居然是你设计的？"江邢说不震惊是假的，回头反观当时，才发现她似乎没有和别人合租的必要。

可孟昭和要赚钱，爱钱这一点与找人合租这事又不突兀，所以他一直没有怀疑过。

他问为什么，孟昭和头一次和他说起高一巷子的事情。

江邢不太有印象了，惊讶于自己当时随口一句话、随意的一个举动居然成为她喜欢自己的原因。

讲完那件事的前因后果，孟昭和摸底似的问他："你还生气吗？"

"我生什么气？我感觉我要高兴得一个晚上睡不着了。居然是你先喜欢我的，天啊！"江邢没有控制音量，似乎一点也不害怕有扰民的风险，"天啊，你居然先喜欢我，我居然这么早就被你喜欢了，我……"

这件事给江邢的冲击实在是太大了，他那副状态像极了"戒指求婚"乌龙时。孟昭和听着耳根泛红，挣脱桎梏抬手捂着江邢喋喋不休的嘴巴。

孟昭和不松手，看着自己巴掌外的那双眼睛，十分明亮。孟昭和在他的眼神里有些底气不足，不过还是警告他："你现在闭嘴睡觉。"

说完，孟昭和看见他眼睛变弯了，在笑。

她捂他嘴巴的手在江邢整个人压下来的时候只能做微弱的抵挡，然后胳膊屈着，夹在两个人身体中间。

他将脸枕在孟昭和肩头，真如她刚说的那样，闭嘴睡觉。

孟昭和被压得有点喘不过气，说："你重死了。"

他抬手把手指搭在孟昭和嘴上，稍稍用腿抵着床面缓解了些许身体的重量，说："闭嘴，睡觉。"

这话其实很有说服力，因为他的手没乱摸。

过完年之后五个月不到是夏令的预产期。

许峙为了这个即将到来的闺女又是上课又是打造公主房的，最后夏令疼了一晚上，生了个儿子。

许峙有点被打击到。

江邢能懂这种心情，孟昭和瞥他一眼，问道："你们男的是不是都喜欢女儿？"

江邢怕她误会，解释："这倒不是非得一定要生女儿的问题，主要就是自己去上课自己装饰婴儿房，最后到头来居然是个儿子。就像是一个宣传活动，一直在宣传奖品多丰富，最后发现二等奖是一包榨菜，一等奖是两包榨菜。"

"儿子不配拥有这种待遇吗？"

"儿子要这种待遇干吗？随便养养好了。"

每每想到江邢这句话,孟昭和想以后最好生个儿子,气不死他。

孟昭和和江邢结婚的时候,许峙和夏令的儿子都会走路了,给他们免费当了小花童。

四月的海边,想象中浪漫,现实里全是混乱。

孩子是度蜜月的时候怀上的,孟昭和不得不佩服生命的伟大,因为那段时间她跟着江邢又是冲浪又是潜水。一个月后,孟昭和的月经推迟了,她以为是自己太累,但有天早上起来吐了一次,她估摸着是怀孕了。

有夏令这个过来人,孟昭和怀孕的时候等于多了一个指导老师,很多知识都有人直接告诉她。

休息日孟昭和在夏令家,许峙和江邢去多良冲浪了。

夏令的儿子早上折磨自己爸妈天没亮就起了,结果现在吃过早饭后又睡了。

夏令在给孟昭和找她当年怀孕时做的笔记,沙发上睡觉的小人醒了之后撒娇要人抱,孟昭和已经显怀了,但抱他不算费力。

夏令回来看见了,紧张得立马叫儿子下来,然后使唤儿子去给孟昭和拿水果。还穿着尿不湿的小孩从孟昭和腿上下去后,小短腿走得飞快。

孟昭和看着小孩的背影,忍不住摸了摸自己的肚子,说道:"儿子也挺好。"

遂了江邢的愿,是个女儿。

夜里,新手妈妈起来喂奶,正巧收到夏令给她发的一段视频。视频里"父慈子孝",夏令的儿子趴在许峙腿上,小孩背上放了个果盘,婴儿肥的小脸皱在一起委屈得不得了。

孟昭和:【你老公怎么能这么对我女婿呢?】

夏令:【臭小子不肯睡觉,刚挨了一顿打。】

夏令:【想当年自己发誓一定不会做像自己父母一样打小孩的坏家长,但现在血压一飙高,我鸡毛掸子拿得比许峙还快。】

孟昭和:【送我家来从小培养感情吧。】

夏令:【你老公怕是要把我儿子连夜送回来。】

孟昭和喂完奶后,江邢把小孩抱走去拍嗝,他比孟昭和还适应身份的转变,向来不舍得把孩子放在婴儿床上睡,就是放上去了人也要守在床边。

孟昭和给夏令回了一张江邢守在婴儿床旁边的照片。

夏令:【画面挺温馨的,不像我家这两个冤孽。】

孟昭和:【温馨也不能天天亲他闺女的脚吧。】

夏令:【毁掉一个男人只需要两个办法,告诉他世界上没有奥特曼,告诉他,

他闺女会结婚嫁人。】

　　孟昭和：【说到这个，你知道江邢怎么给他女儿取名的吗？】

　　孟昭和：【可爱的女孩儿名字应该取叠音，但他女儿可爱翻倍。】

　　夏令：【笑死我了，许峙说不会叫江江江江吧？】

　　孟昭和：【不愧是穿一条裤子长大的狐朋狗友，他猜对了。】

　　夏令发了一排的"哈"字。

　　孟昭和：【气死我了，以后有二胎干脆叫噔噔噔噔算了。】

　　那个把她气到的人显然没有自知之明，看着女儿的睡颜很久后，又拿着手机拍了一堆照片才舍得上床睡觉。

　　房间里留着夜灯，时不时传来小孩吧唧嘴的声音。

　　孟昭和有些困了，她后半夜可能还要起来喂奶，迷迷糊糊入睡的时候，放在身侧的手被拉了起来。

　　在浅浅的呼吸声中，夹杂着江邢说话的声音。

　　孟昭和听见他的声音，下意识地"嗯"了一声，表示自己在听。

　　"真好。"江邢来了一句没头没尾的话。

　　孟昭和以为他又在说孩子，回道："是是是，你闺女最好。"

　　"不是。"江邢摸着自己掌心里的手指，摸到了她因为要照顾孩子摘掉了婚戒的无名指，"我是说和你在一起这件事。"

　　和你在一起，和你相爱，和你结婚，和你有了孩子，和你过日子这些事。

　　真好。

番外三 长命百岁

江邢不觉得自己聪明,因为没有许峙那么好的成绩;也知道自己不是个勤快的人,因为参加学校活动不积极;也不觉得自己多勇敢,因为连打针都觉得疼;更不觉得自己有多牛,因为不像孟昭和那样证书奖状一大堆,入学简历比他们家厨师的拿手菜菜单还丰富。

要说起来,他觉得自己挺平平常常。

只是有点钱,长得也有那么一点招人喜欢。

有一回,林云英去了江邢读书的学校。同桌气喘吁吁地从教师办公室冲了回来,激动地握住正沉浸在漫画书里的江邢的肩膀。

"江邢,普里湾是你们家的吗?"

于是,"普里湾"这三个字成了他的护身符和标签。

小时候谁都有过不切实际的梦想,江邢也不例外,他说要造福人民。

后来这句话被林云英拿来说教:"你只要不闯祸就是在造福喀城人民了。"

那么看来造福人民比赢一盘斗地主还简单。

江邢以前觉得很多事情都很简单。

因为他不优秀,所以林云英最害怕的就是"富不过三代"。不过等他结婚之后,林云英甚是欣慰,虽然没有达到泪洒现场的程度,但那也是感谢老天爷的程度了。

"娶了这么个聪明老婆是你对我们家最大的贡献。"

过年的时候有人送了他们一个小叶紫檀观音像,观音臂弯里抱着个小孩。

清明他们一起去上坟,将结婚的消息告诉了江邢的爸爸。

婚前的单身派对,江邢贡献了人生里屈指可数的几次打牌败绩。他纸牌输掉了,被一个人问起第一次见到他老婆是什么感觉。

江邢靠在椅子上,望着包厢一角。

别人看他没有立刻回答,开玩笑说孟昭和不在场让他大胆地说,谁都不会告诉孟昭和的。

江邢还是没说话，有人好奇他是不是忘了第一次见他老婆的场景了。

他没忘，只是那不是什么特别美好的画面，而是学校里匆匆一瞥，或是各项和学习有关的活动中，永远榜上有名的、冰冷的三个字——孟昭和。

高二学期末彩排《女巫的子孙》话剧的时候，江邢觉得，孟昭和很漂亮，比上次见她还好看，比那时候坐在他旁边非要问他怎么打牌的女生更好看。

他们的婚礼是在四月末的海边举行的，伴娘是孟昭和老板的妹妹，叫梁佳禾，伴郎依旧是至今没有找到对象的周漾。

想象中夕阳火烧云，橘色天空和深蓝大海、金色海滩和海风拂面。

事实很骨感，海风潮湿，吹得人汗津津的，头发和裙子上都有沙粒，不过好在喜悦还是大于很多东西。

宣誓敬酒结束后，婚礼派对上没有了新郎新娘的身影。

太阳已经彻底没入大海中，银盘挂在椰树上，海风潮声，夜里的多良灯火通明，火树银花。

酒店外面，远处的黑色礁石旁，白色的浪花冲刷沙滩。孟昭和披着江邢的西装外套，江邢拉着她的手，让她放心。就像是每次带她去冲浪一样，他让她放心，相信他。

海风吹鼓了白色的衬衫，礼裙裙摆扬起又坠下。孟昭和被他牵着手，沙子里残存最后的白日温度。

沿着海岸线而铺设的马路上，亮着一溜路灯。用夏令儿子的话说，像橙子。

他们去度蜜月回来一个月后，孟昭和就发现自己怀孕了。

虽然怀孕的喜悦远远大于恐惧和不安，但怀孕初期的难受让孟昭和遭了不少罪，闻到什么味道都想吐，特别是油烟味，最后小夫妻两个连夜投奔了林云英。

但是换了个环境，孟昭和又睡不着。

最后林云英把厨师和保姆一起打包送到了他们住的房子里。

孟昭和吐了三个月之后，终于告别了折磨人的晨吐。江邢以为好日子马上就要来了，结果换他不舒服了，因为每天和老婆睡在一张床上，没想法不可能。

孟昭和懒得动弹，说道："你要不怕，你就来。"

江邢肯定怕。

结婚之后江邢基本天天准时回家，很少出去玩，偶尔打牌，那肯定许峙和周漾也在。孟昭和知道江邢不会在这种事情上撒谎，有时候打个电话问问夏令就知道了。

"团伙作案"被抓可能性太高。

今天约在普里湾，江邢却是最后一个到的，来之前他们在聊许峙的儿子。

江邢喊来服务员，要了壶金骏眉，问起孤家寡人的周漾看见兄弟们老婆孩子热炕头是什么感觉。

周漾还没有回答，许峙就笑了，给江邢透底："人家已经把你们婚礼那个伴娘弄到手了。"

听江邢骂了句，许峙白了他一眼："你不是也和我老婆的伴娘好了吗？"

周漾坦荡荡地问他们："你们还记不记得高中时我特别宝贝的那块手帕？给我手帕的女生就是她。"

江邢问道："真不是你幻想出来的？"

周漾回道："我有病？我是人生有多悲惨，需要幻想出来一个女生喜欢了自己快十年？"

他们三个打牌，很少玩大的，也不怎么玩钱。毕竟除了周漾，这里有两个都没有"自己的钱"这个概念的两个已婚人士。

周漾理着牌笑道："怎么样？看看好兄弟自由自在羡不羡慕？"

江邢瞥了周漾一眼，说道："也是，这里有个有独立经济的，今天晚上夜宵周漾请客。"

周漾不是小气的人，于是请了。等点完餐，江邢突然想到了什么，看了眼手机上的时间，已经十一点半了，有些犹豫不决。

周漾以为他是鱼的记忆，拿起手机就忘记自己要干什么了。

过来人许峙一眼就看穿了，说："他在犹豫怎么告诉他老婆晚点回家。"

周漾更不理解，说道："那就打电话啊。"

许峙摇头，说："这时候万一孟昭和睡着了呢？一个电话打过去要是把孟昭和吵醒了，孟昭和就会说要打电话不能早点打啊。你给我发条信息，我醒了看见消息不就可以了吗？"

周漾还是不理解，说道："那就发信息啊。"

许峙笑了："存在他老婆没有看见信息的可能性，到时候秋后算账，孟昭和就会说你不回来都不知道要说一声吗？江邢就会辩解，说他发过信息了。大部分情况下，孟昭和就会说信息容易被忽视，为什么就不能打个电话？"

周漾懂了，然后略带心疼地看向许峙，说："你比他惨，你老婆是夏令。"

许峙摆手，说道："没关系，兄弟现在这把骨头还受得住。"

最后犹豫再三，江邢决定还是不吃夜宵直接回去了，到家只花了一刻钟的时间。

孟昭和还没有睡，"有钱"趴在沙发上昏昏欲睡，格外尽职尽责地守护着孟昭和。

江邢在玄关换鞋，说："我回来了。"

孟昭和应声的语气听不出什么情绪，只有一个简单的"嗯"。

短短一个音江邢就意识到不对劲了，他看到孟昭和坐在沙发上，棉质的睡裙下面是六个月已经很显怀的肚子。

她怀孕后体内激素变化导致整个人悲喜哀怒转变得特别快，今天眼尾都耷拉着，江邢估摸着可能是因为晚上没有太阳，也可能是因为他在喘着气……

孟昭和指着趴在自己旁边的"有钱"，开口语气忧心忡忡："江邢，'有钱'的牙……一点都不齐，你看它下面这排牙……"

"有钱"呜咽了一声，不知道听没听懂。

还真是让人猜不透，江邢怎么也没有想到是因为"有钱"的牙，他甚至都想到了晚上没有太阳。

江邢有点无奈，就像是之前孟昭和怀孕四个月的时候，有一天因为晚上没有太阳而难过，他怎么都没有想到原本聪明自律、在智商上藐视他的孟昭和会变成这样。

他叹了口气，走到她旁边："老婆，它只是条狗。"

"有钱"抬头看着江邢，妄图寻找救星，只是它抬头看着站着的江邢就像是在朝孟昭翻白眼。

孟昭和一下子委屈了："它朝我翻白眼。"

江邢伸手把狗抱走："没有，它看我呢。"

孟昭和怀孕费人和费狗，不过还好在年初就卸了货。

他们第一个孩子是一个女儿。

在林云英和孟昭和的强烈抗议下，"江江江江"用名失败。

叫江安筠。

江安筠小朋友完全继承了爸爸的运动细胞，刚学站立就被江邢带去冲浪。

孟昭和看着江邢站在冲浪板上，江安筠那么小小一个人站在她爸爸前面，抓着爸爸的手一点儿也没有哭，她心都要跳出来了，结果父女两个玩得不亦乐乎。

林云英最大的愿望就是这个小孩能继承江邢的乐观，再继承孟昭和的智商。

一转眼，江安筠就要上幼儿园了，孟昭和自己出了张入园测试卷。

孟昭和批改完看着那张简单到不行的数学考卷，怒火中烧，很为难地告诉林云英："妈，可能你的愿望实现不了了。"

看着全是做错的算式，林云英反倒怕孟昭和承受不住，连忙把在外地出差的儿子喊回来了，说道："要么气死一个，要么打死一个。"

江邢着急地求救："保我老婆啊。"

结果回来母女两个占据沙发两边井水不犯河水，江安筠小手捧着一个大黄桃吃得开心。

江邢小心翼翼地坐到自己老婆边上,问道:"怎么样了?"

"你妈叫我别担心,从幼儿园到大学你妈都有门路。"孟昭和叹了口气,一副"平平淡淡才是真的"的模样。

江邢松了一口气:"对,要的就是这样的心态。"

孟昭和看他,皮笑肉不笑:"嗯,你妈还说了她都能把你弄成大学毕业,江安筠以后也没有问题的。"

江邢听罢,不服气地说:"缺不缺德?拿我举例。"

如果要说江安筠小朋友的优点,那大约是会做人。

她继承了爹妈的好皮囊,嘴巴还甜,人一点点大,但是鬼灵精一个。

夏令家的儿子从小就是小捣蛋,用夏令的话来说就是"他是我和许峙的爸"。

以前在学校多根正苗红的两个人,一个是学生会主席,一个是学生会秘书处的部长,是活跃在所有积极向上的活动上的常客,现在生了个儿子,继承了许峙的闷骚和夏令的暴力因子。

她家儿子比江安筠大了两岁,江安筠三四岁的时候赶上夏令儿子许嗣邈上幼儿园最让夏令、许峙头疼的时候,幼儿园老师布置的作业他不写,幼儿园不准打架他天天都干。

周六两家人聚餐的时候,夏令说起这件事就头疼:"你说他从幼儿园就这样还有得救吗?你说这是随我和他爸的哪点基因啊?"

夏令说这话的时候,孟昭和看见许峙的手一顿,然后视线慢慢挪到他老婆脸上,一切尽在不言中。

两个小孩在院子里玩,江安筠很快就迈着小短腿跑了回来。

夏令问:"哥哥呢?"

江安筠穿着户外的小凉鞋进屋就要脱鞋子,她撒娇卖乖地喊着干妈干爸还有她亲爹,知道这三个人中总有一个能帮她脱鞋,她不会喊孟昭和,因为知道她妈妈的铁面无私。

夏令看着洗了一下手,走去门口,但没有给江安筠脱鞋,而是抱起她,说道:"来,你带干妈去找哥哥。"

许嗣邈在后院的花园里欣赏毛毛虫,江安筠随她爸,看见毛毛虫就跑了。

看着自己儿子穿着今天早上才穿的新衣服蹲在那里看虫,夏令血压都上去了。

前一段时间喀城多雨,下了好几天才停,后院虽然铺了不妨碍走路的石头小径,但许嗣邈穿着双小白鞋蹲在烂泥地里,当妈的不得不揍了。

"许嗣邈——"

这一声甚至传到了前屋,江邢朝着声音的方向望去,随后又看着淡定的许峙,问道:"你不去看看?"

"不去。"许峙继续择菜,"这叫命定天数,他要学会从小面对。"

江安筠被夏令抱着,也被夏令那一声"许嗣邈"吓到了,自己捂住耳朵之后可怜巴巴地看着夏令。

夏令对上那双小鹿眼,心都化了一半,连忙安慰道:"没事没事,干妈凶的是哥哥。"

江安筠把手从耳朵上拿下来,奶声奶气地说:"你不要凶他。"

"是毛毛虫先爬到我脚边的,哥哥帮我把它抓走了,你应该表扬哥哥……"大约是说了太多话了,江安筠中途还喘了两口气:"我告诉妈妈,让她来表扬哥哥。"

夏令挑眉,看她给自己儿子求情,人不大,说话有条有理,不由得眼睛都笑得眯起来了:"宝贝,你二十年后来当干妈的儿媳妇吧。"

江安筠听不懂这句话是什么意思,但是看一向疼自己的干妈笑得这么开心,只知道是好事,很爽快地点了头:"好呀好呀。"

先前全神贯注看毛毛虫的许嗣邈不知道什么时候扭过头看着她们,粉雕玉琢的小脸带着孩子的稚气,但表情格外严肃,严肃之下稍稍带着手足无措的窘迫。

喊了半天不肯动的人,这回不装聋作哑了,踩着泥巴草地走了过来,毫无威慑力地警告:"不要开这种玩笑。"

看着平时混世嚣张的儿子这个时候像个鹌鹑一样,夏令干脆把怀里的江安筠放下来了,让两个小孩子手牵手,一起往回走。

"许嗣邈,你牵着点妹妹。"

他怄气,手抱臂环在胸口:"不牵。"

"我牵你。"江安筠说着跑上前拉住了他上衣的衣摆,反正也不是第一次被许嗣邈拒绝了。

"也不要你牵我。"

"为什么呀?"只要得不到答案江安筠能问一路的为什么。

孟昭和看着跟在许嗣邈身后的小跟班,还和夏令开玩笑:"你说像不像追着人念经的小和尚?"

"你看待事物的想法好奇怪,那不是青梅竹马,两小无猜吗?"

孟昭和打趣道:"像你和你老公一样?"

"说到这个……"夏令撸起袖子找许峙,"许峙,你之前和我说你喜欢我是因为幼儿园我从你班级门口路过,你放屁吧,我整个幼儿园都和你一个班,你是不是喜欢错人了？"

那头他们夫妻去解决他们家的矛盾。

江邢洗过手走到孟昭和身侧，伸手搂着她，看着屋前的院子，和在院子里玩耍的两个小孩。

他凑过去贴了贴孟昭和的侧脸，说道："真好。难怪有人想要长命百岁。"

孟昭和反手抱住他，小声说："会的，你也会长命百岁的。"

"跟你一起长命百岁。"

本书由清途委托长沙大鱼文化传媒有限公司正式授权广东旅游出版社，在中国大陆地区独家出版中文简体版本。未经书面同意，本书的任何部分不得以图表、电子、影印、缩拍、录音和其他手段进行复制和转载，违者必究。